LES PLANIFICATEURS DE GUERRE

ANDREW WATTS

Edited by
MATTHIEU GRAUX

Severn River
PUBLISHING

LES PLANIFICATEURS DE GUERRE

Titre de l'édition originale *The War Planners* publiée par Point Whiskey Publishing.

Severn River Publishing

ÉGALEMENT PAR ANDREW WATTS

Pare-feu

Série Planificateurs de Guerre

Les Planificateurs de Guerre

Le Théâtre de Guerre

Les Pions du Pacifique

L'Échiquier des Éléphants

Une Force Écrasante

Frappe Mondiale

Série Max Fend

Glidepath

La Connexion Oshkosh

Livres disponibles pour Kindle, en version papier et en livre audio. Pour en savoir plus sur les livres ou sur Andrew Watts, visitez AndrewWattsAuthor.com.

1

La première victime d'une guerre, c'est la vérité
—Eschyle

Présent

Ils vinrent le soir, sans s'annoncer, juste après que David soit rentré du travail. Deux hommes en costume à forte carrure et aux visages graves se tenaient devant la porte d'entrée de sa maison.

"Puis-je vous aider, messieurs ?" demanda-t-il en tenant la porte entrouverte.

"Vous êtes David Manning ?"

"C'est exact."

"Chéri, c'est qui ?" demanda la femme de David, Lindsay, depuis la cuisine.

Un des deux mastodontes montra son badge. "On nous a demandé de vous escorter..." dit-il comme s'il essayait de rappeler à David quelque chose qu'il était déjà censé savoir.

"Pardon ?" Après avoir vu l'écusson de la CIA sur le badge, David ouvrit un peu plus la porte. "M'escorter où ?"

L'un d'eux regarda l'autre. "Vous n'avez pas reçu l'appel ?"

"Je suppose que non."

"Vous auriez dû recevoir un appel."

David fronça les sourcils. "À quel sujet ?"

"David ?" dit sa femme d'une voix douce en marchant dans sa direction. L'inquiétude pouvait se lire dans ses yeux alors qu'elle scrutait les visages dans l'embrasure de la porte. Son bras était tendu vers David, pour lui donner son téléphone de travail.

Le téléphone vibrait. *Appel masqué.*

Il prit le téléphone, en ne quittant pas les hommes des yeux. "Excusez-moi." Ils lui ont firent un signe de tête pour lui signifier de prendre l'appel.

"Allô ?"

"Bonsoir monsieur Manning. Sergent-chef Wallace à l'appareil. De l'équipe d'intervention rapide du département de la défense. Il est de mon devoir de vous informer que la Cellule Rouge conjointe numéro Dix-Huit Delta a été activée, et que vous êtes sur la liste. Nous avons envoyé des hommes qui devraient être chez vous d'un moment à l'autre pour vous escorter..."

"Ils sont déjà là."

"Très bien, monsieur. Nous sommes vraiment désolés pour la brièveté du délai. La personne qui aurait dû partir a eu un empêchement et vous étiez le suivant sur la liste. N'oubliez pas que votre participation à une Cellule Rouge conjointe est confidentielle..."

La Cellule Rouge. C'est donc de cela qu'il s'agissait.

"...Si on vous demande, vous devez informer vos amis et votre famille que vous partez en voyage d'affaires. Nos hommes vous escorteront à..."

"Attendez. Vous voulez que je parte maintenant ?"

"C'est exact, monsieur." L'homme au téléphone lui donna

plus de détails sur ce qu'il devait apporter—"Seulement vos papiers d'identité" — et pour combien de temps il partait — "environ deux semaines". David avait du mal à se concentrer. Il était toujours perplexe, frustré et se sentait coupable de laisser sa femme comme ça.

Et pour finir, "Monsieur Manning ? Allô ? Monsieur, comprenez-vous ces ordres ?"

Ces ordres ? David n'avait pas entendu ce mot depuis longtemps. Cela faisait plusieurs années que David avait quitté l'armée. Les derniers ordres qu'il avait reçus concernaient sa démobilisation.

Leur nouveau-né pleurait dans la cuisine. Lindsay, qui était exténuée, partit s'occuper du bébé. Leur Jack Russell aboyait dans son chenil, où David l'avait enfermé avant d'ouvrir la porte. David entendit sa fille de trois ans demander à sa mère ce qui se passait.

"Rien, ma chérie. Il ne se passe rien..." répondit Lindsay, en regardant son mari avec inquiétude.

David demanda à son interlocuteur au téléphone : "Est-ce que vous pouvez le laisser un peu de marge de manœuvre ? Ce que je veux dire c'est que je ne m'y attendais absolument pas. Et *deux semaines...*"

"J'ai bien peur que non, monsieur. Il s'agit d'une question urgente de sécurité nationale."

Son sens du devoir l'emporta. "Je comprends, merci." Il raccrocha. Il regarda les deux hommes à la porte et leur dit "Accordez moi un instant s'il vous plaît."

Ils se regardèrent puis l'un d'eux dit : "Nous devons partir dans deux minutes, monsieur Manning."

David hocha la tête en lâchant un soupir de frustration. Il se dirigea vers sa femme qui berçait leur plus jeune enfant dans ses bras. L'expression sur son visage voulait tout dire. Elle en avait assez entendu pour comprendre qu'il allait devoir s'absenter pendant un certain temps. Il avait beaucoup voyagé ces derniers temps pour son travail, ce qui était difficile pour une famille avec des enfants en bas âge.

"C'est insensé", chuchota Lindsay lorsqu'ils se retrouvèrent dans la cuisine. David pouvait encore sentir les yeux des hommes du gouvernement fixés sur lui depuis la porte d'entrée. "Comme ça, sans te prévenir ? Ils ne te laissent même pas faire ton sac ? David... tu travailles pour In-Q-Tel, pas pour... tu sais..."

Tout ce qu'il trouva à répondre fut de hausser les épaules. "J'ai signé avec la CIA l'année dernière. Techniquement, ils ont le droit de faire ça s'ils veulent."

"Tu ne dois pas en parler à ton travail d'abord ?"

"Le type au téléphone a dit qu'il s'en chargeait."

David fit de son mieux pour faire bonne figure, même s'il était tout aussi frustré que sa femme. Il embrassa Maddie, sa petite fille de trois ans, caressa la tête du bébé, puis embrassa sa femme pour lui dire au revoir.

"Appelle-nous si tu peux."

"C'est promis. N'oublie pas que c'est un voyage d'affaires." Ils se regardèrent dans les yeux avant qu'elle ne lève les siens au ciel.

Quelques minutes plus tard, David était à l'arrière d'un SUV sombre, dans les rues de Vienna, en Virginie, en direction d'il ne savait où.

La soirée avait assez bien commencé. David était allé chercher sa pizza préférée chez Joe's, sur Nutley Street. Lindsay s'était épanché avec enthousiasme sur son nouveau cours "Maman et moi" qu'elle suivait à la salle de sport. Sa seule doléance était que c'était beaucoup plus difficile maintenant qu'elle avait une poussette double. Maddie avait passé le dîner à courir après le chien dans la cuisine.

Et maintenant, David partait en voyage avec de mystérieux

hommes du gouvernement. L'un d'eux faisait défiler les stations de radio et s'arrêta momentanément sur NPR. Ils repassaient des informations qu'il avait entendues ce matin. La Chine commençait à liquider une grande partie de la dette américaine qu'elle possédait. La production d'acier de la Chine avait également ralenti. Les marchés américains s'agitaient. Ils citaient les experts habituels, qui donnaient leur avis sur la question de savoir si une catastrophe était imminente. Puis l'homme à l'avant éteignit la radio.

Il y avait beaucoup de monde sur la route. La pluie commençait à mouiller le pare-brise, brouillant les feux arrière rouges des voitures qui se trouvaient devant. L'autoroute I-66 avançait lentement. Ils bifurquèrent sur Dulles Toll Road un instant plus tard.

"On va à l'aéroport ?" demanda David.

Pas de réponse. Ces gars n'étaient pas très causants.

Il commença à réfléchir à ce qui pouvait être urgent au point de devoir activer une Cellule Rouge de cette manière. Et pourquoi avaient-ils besoin de lui en particulier ? Ce devait être en rapport avec son travail. Le militaire au téléphone avait dit à David que quelqu'un avait eu un empêchement... mais il n'y avait pas beaucoup de personnes ayant l'expertise de David.

David travaillait pour In-Q-Tel, une société de capital-risque unique en son genre. In-Q-Tel était une société à but non lucratif basée à Arlington, en Virginie, dont le seul but était d'investir dans les outils informatiques de technologies de l'information les plus avancés et de les sécuriser pour qu'ils puissent être utilisés par la CIA et d'autres agences de renseignement américaines. Son travail consistait à identifier et à évaluer les nouvelles technologies susceptibles d'être acquises et utilisées par le gouvernement.

Les personnes qui avaient activé la Cellule Rouge devaient

vouloir des informations concernant un sujet sur lequel il avait travaillé. Une technologie en particulier. Mais David passait régulièrement d'un projet à un autre. Il y travaillait depuis plusieurs années maintenant. Ils pouvaient être à la recherche d'informations sur des dizaines de projets hautement confidentiels. Mais les Cellules Rouges étaient censées trouver des moyens pouvant potentiellement être utilisés par des terroristes ou des États-nations pour attaquer les États-Unis. David n'était pas vraiment un expert en la matière. C'était juste un expert en technologie.

Il avait passé ses premières années après avoir quitté la marine à travailler pour In-Q-Tel en tant que chercheur de premier échelon. Sa récente promotion lui avait permis de voyager davantage et de travailler sur les projets prioritaires. Mais il s'agissait toujours de recherche. David se renseignait par ses propres moyens sur les terroristes et les espions dans des livres, à la télévision et, occasionnellement sur NPR.

David pensa à sa famille. Il se souvint avoir dit à Lindsay qu'il l'aimait quand il partit au travail ce matin-là. Il l'avait embrassée sur la joue alors qu'elle s'occupait de leur plus jeune fille, Taylor. Lindsay était assise dans le rocking-chair, les yeux à moitié fermés, mais elle avait souri. David était souvent amené à voyager dorénavant. C'est Lindsay qui maintenait l'unité de leur foyer. Elle avait élevé les enfants pratiquement toute seule. Elle était la compagne idéale. Il lui devait tout, et l'aimait chaque jour davantage.

Il ne savait pas pourquoi, mais David pensa aussi à sa mère. Il essaya de se rappeler la dernière fois qu'il lui avait rendu visite. C'était il y un an, dans la grande maison en bord de mer que ses parents possédaient près d'Annapolis, dans le Maryland. Il essaya de se souvenir de la dernière chose qu'il lui avait dite, mais il n'y parvint pas. C'était probablement à propos de son travail. Elle lui disait toujours qu'il travaillait trop dur et faisait trop d'heures, et que le gouvernement ne pouvait pas continuer à pousser les gens comme ça. Que le fils de Mme Green, qu'elle voyait à l'église, travaillait aussi pour le gouvernement, mais qu'il rentrait à la maison tous les jours à 16 heures et qu'il n'avait jamais à partir en déplacement.

Il espérait ne pas avoir été trop condescendant dans sa réponse. Elle ne disait ça que parce qu'elle tenait à lui. Si elle avait toujours été de ce monde, il aurait passé plus de temps à ses côtés...

Épouse de militaire de la marine depuis plus de trente-cinq ans, elle avait élevé ses trois enfants de manière inflexible. Elle les avait élevés pratiquement toute seule, elle aussi, car leur père était souvent amené à s'absenter. David aurait aimé qu'elle soit encore là pour la naissance de Taylor. Il aurait aimé qu'elle puisse connaître les rires et les pleurs d'une petite-fille supplémentaire. Cela aurait apporté un souffle de vie à une grand-mère mourante. Mais les difficultés et les sacrifices étaient un mode de vie dans une famille de militaires comme les Manning.

David reprit soudainement ses esprits lorsque la voiture ralentit et tourna sur une route près de l'aéroport de Dulles. Des avions de ligne décollaient et atterrissaient sous la pluie, moteurs rugissants.

Le SUV s'arrêta devant un portail de sécurité à la périphérie de l'aéroport de Dulles. Des hangars sombres se trouvaient de l'autre côté de la barrière. La porte s'ouvrit et la voiture pénétra avant de s'arrêter à côté d'un Gulfstream G-V.

La porte de David s'ouvrit et il sentit un courant d'air frais. Les hommes lui firent signe de les suivre, et ils montèrent ensemble l'escalier raide qui permettait d'accéder à la cabine de l'avion. Les moteurs à réaction se mirent à vrombir au moment même où il entra.

Ils indiquèrent à David de s'asseoir puis ressortirent immédiatement, le laissant seul dans le jet. Il pouvait voir les pilotes effectuer leurs vérifications prévol dans le cockpit.

Un autre SUV se gara dehors et trois personnes en sortirent. David ne pouvait pas voir de qui il s'agissait à travers la fenêtre recouverte de pluie, mais l'un d'entre eux se dirigea vers les hommes qui l'avaient escorté.

Quelqu'un demanda : "Nous sommes prêts à partir ?"

"Oui, monsieur. Nous décollons dans cinq minutes."

"Compris. Merci, messieurs, ce sera tout." Les hommes qui avaient escorté David prirent congé.

Les trois nouveaux arrivants gravirent l'escalier et entrèrent. Ils formaient une masse de vestes sombres et humides. Il y avait une femme dans le groupe, réalisa David. Il y avait aussi une grande brute qui avait le même regard d'ogre que celui des hommes qui étaient venus chez lui. Le dernier homme parlait à l'un des pilotes, qui venait de rentrer dans la cabine pour fermer la porte. Un membre de l'équipe au sol à l'extérieur avait retiré les escaliers roulants.

Le bruit du moteur à réaction s'atténua, puis un sifflement se fit entendre lorsque la porte de la cabine se ferma.

Un sentiment de soulagement et de curiosité s'empara de David lorsqu'il réalisa que la personne qui avait parlé aux pilotes était Tom Connolly, l'un des cadres supérieurs de la société pour laquelle il travaillait. David ne travaillait pas directement pour lui, mais ils avaient participé à des réunions ensemble. Mais *que faisait-il ici ?*

Tom remarqua que David le regardait. "Un instant, David. On va tout t'expliquer dans une minute, une fois que nous aurons décollé. Désolé, je suis conscient que tout cela est un peu précipité et que ce n'est pas idéal."

Ils vacillèrent tous un peu lorsque l'avion se mit en branle.

David se détendit un peu et regarda autour de lui. Il était assis dans la cabine spacieuse de ce qui se faisait de mieux en matière de jet privé. Il était immense, et presque vide. Il y avait dix sièges luxueux, dont le canapé en cuir couleur crème où David était assis.

Tom portait un costume froissé et la fatigue se lisait sur son visage. La femme était petite et rondouillarde. Elle devait avoir la quarantaine et avait des mèches de cheveux décolorées et un sourire qui semblait incongru compte tenu de la situation. Elle avait un air penaud, comme si elle espérait que David n'allait pas lui en vouloir.

"Qu'est-ce que je fous là, Tom ? Et pourquoi tu es ici ?" demanda David, en les regardant à tour de rôle.

Alors qu'il parlait, il entendit les moteurs s'animer. Puis ils furent tous collés à leur siège quand l'avion décolla et s'éleva dans le ciel nocturne.

Tom se pencha et cria pour couvrir le bruit des moteurs. "Je suis désolé, Dave ! C'était la meilleure façon de nous y prendre ! Nous devions agir vite !"

David sentit la pression dans ses oreilles s'égaliser alors que l'avion prenait de l'altitude. Il se sentit glisser dans son siège lors d'un virage et se repositionna pour s'asseoir droit. Le vacarme du décollage s'était dissipé, et ils se regardaient tous les quatre.

Tom demanda : "Tu vas bien ?"

David se contenta de répondre d'un signe de tête. Il était toujours sur ses gardes. Il ne connaissait pas très bien Tom, mais il connaissait sa réputation. *Connard* était un mot qui revenait souvent pour le décrire. On disait de lui qu'il se croyait toujours plus intelligent que tout le monde, quel que soit son niveau d'expertise sur le sujet en question, et qu'il avait tendance à traiter les gens comme s'ils étaient idiots. Autant dire qu'il n'était pas très apprécié dans une organisation pleine de gens intelligents. David avait travaillé avec lui à quelques reprises, et à chaque fois Tom avait utilisé ce ton condescendant, comme si les ingénieurs et les analystes lui faisaient perdre son temps.

Tom demanda : "Tu as faim ? Tu as soif ?"

"Est-ce qu'il y a des toilettes dans cet avion ?"

Tom renifla et répondit. "Bien sûr. C'est à l'arrière. Je t'expliquerai tout quand tu reviendras. Vas-y."

David se leva et se dirigea vers l'arrière en passant devant la femme et devant l'assistant de Tom, le grand type, qui l'observaient.

"Laissez la porte ouverte", dit l'homme de main.

David fit ce qu'il avait à faire, se lava les mains, puis s'éclaboussa le visage avec de l'eau avant de retourner s'asseoir sur le siège en face de Tom. Son corps s'enfonça dans le fauteuil en cuir.

Tom parlait dans le téléphone blanc intégré à son siège. Il avait un air menaçant.

La femme tendit la main à David et se présenta en lui adressant un sourire poli : "Bonsoir, je suis Brooke Walters."

"David Manning", répondit-il.

Tom parlait en même temps au téléphone : "Alors, c'est confirmé ? Il est parti ? D'accord. Compris. Oui, nous avons décollé. Walters et quelqu'un de chez In-Q-Tel. Non. On a dû partir avec quelqu'un d'autre. Manning. Oui, je vous expliquerai plus tard. Oui. Il y a tout le monde sur la liste. Oui. Oui. D'accord. On se reparle plus tard." Il raccrocha le téléphone et regarda David, en laissant échapper un profond soupir.

David ferma les yeux et prit quelques profondes inspirations, en essayant de se calmer. Il regarda ensuite Tom droit dans les yeux et lui demanda : "Tom, qu'est-ce qui se passe ?"

Tom inclina la tête et le regarda fixement. David pouvait sentir l'odeur de tabac dans son haleine. Il y avait un paquet ouvert de Marlboro rouges sur la table.

Tom dit : "Nous avons dû ajouter un élément de dernière

minute à notre équipe : toi. Désolé. Nous n'avions pas le choix."

La femme semblait s'enfoncer dans son siège.

David répondit : "*C'est ce que je suis en train de réaliser*. Mais pourquoi ? Qu'est-ce qui était si important pour qu'une Cellule Rouge soit activée dans un délai aussi court ? Et qu'est-ce que tu as à voir avec ça ?"

Tom le regardait toujours fixement et son froncement de sourcils traduisait sa fatigue. Il jeta un coup d'œil au grand type et dit : "Tu peux nous laisser une minute ?"

L'homme de main acquiesça et alla s'asseoir à l'arrière de l'avion. Tom attendit qu'il soit suffisamment éloigné avant de parler. Il sortit un dossier et lut des passages de certains documents.

"Il est dit ici que tu sors d'Annapolis. Tout comme ton père. Et ton frère et ta sœur y sont allés aussi. Une vraie famille de l'Académie navale, hein ?"

"Qu'est-ce que tu lis ?"

"Ton dossier."

"Mon dossier ?"

"Donc ton père était amiral."

"Il est toujours amiral. Est-ce que tu pourrais me dire de quoi il s'agit ?"

Tom leva les sourcils et poursuivit : "Et ton frère était un SEAL... et maintenant il travaille pour... oh, je n'avais pas encore vu ça. Il travaille pour nous ?"

David fronça les sourcils. "Non. Il ne travaille pas pour In-Q-Tel."

La femme laissa échapper un rire. Tom leva les yeux et sourit.

Tom dit : "In-Q-Tel. Bon. Dave, mettons les choses au clair. Je ne suis pas employé par In-Q-Tel. Enfin, pas vraiment. C'est une sorte de travail à temps partiel pour moi. Mon véritable employeur est l'organisation qui paie indirectement les factures d'In-Q-Tel. L'agence centrale de renseignements, la CIA. Je suis spécialisé dans le contre-espionnage."

David fronça les sourcils. "Qu'est-ce que tu racontes ?"

Tom l'ignora. "Cette situation a commencé il y a quelques semaines. Nous avons découvert des informations très inquiétantes. J'avais déjà entendu des rumeurs, bien sûr, mais tant que je ne les avais pas entendues d'une source fiable, j'avais tendance à les considérer comme des théories du complot. Des rumeurs comme ça... ça semble trop fou pour être vrai."

Tom sembla perdu dans ses pensées pendant un moment, puis il regarda David droit dans les yeux. "Une pénétration de cette envergure... et à des niveaux aussi élevés. C'est impensable." Il soupira. "Mais il semble que ce soit bel et bien arrivé. Et la source qui nous a renseignés nous a dit quelque chose d'encore bien pire." Il regarda à nouveau le dossier. "On a un long vol devant nous à présent. Je te promets de répondre à tes questions. Mais je viens d'apprendre que c'était toi que j'emmenais avec moi, alors fais-moi plaisir et laisse-moi un moment pour lire ta biographie."

David serra la mâchoire, en essayant d'être patient.

Il dit : "Tom. Écoute... s'il s'agit d'une atteinte à la sécurité nationale sur un projet ou quoi que ce soit, je coopérerai et fournirai tout ce dont tu as besoin. Mais je ne comprends toujours pas comment cela peut nécessiter de me faire partir de chez moi sans me prévenir. Et qu'est-ce que j'ai à voir avec ce qui se passe ?"

Tom l'ignora. "Ta sœur est pilote dans la marine, correct ? Hmm. Sacrée famille. Et toi... tu as échoué à l'école de pilotage. La brebis galeuse de la famille en quelque sorte. Vous avez dû avoir des conversations enflammées avec ton père." Tom leva brièvement les yeux. Assez de temps pour voir l'éclair de colère dans les yeux de David.

"C'était à cause d'une disqualification médicale pour mauvaise vue."

Tom balaya cette affirmation d'un signe de la main. David réalisa alors que ses airs de connard n'étaient pas un rôle qu'il se donnait pour la CIA. Cet aspect de sa personnalité était authentique.

Il poursuivit : "Tu as donc obtenu un poste d'analyste chez In-Q-Tel en 2008 et tu y travailles depuis. Le projet sur lequel tu travailles actuellement est ARES, n'est-ce pas ?"

David regarda la femme, puis posa à nouveau ses yeux sur Tom.

Tom remarqua son hésitation. "Détends-toi, elle sait tout. Elle est de la NSA."

David la regarda avec surprise. Elle avait un sourire enjoué.

Le téléphone du siège de Tom sonna. Il répondit : "Connolly à l'appareil, j'écoute."

David se tourna vers Brooke et lui murmura : "OK, *est-ce que vous, vous pouvez* me dire ce qui se passe ?"

Elle répondit : "Bien sûr. D'abord, je voudrais que vous sachiez à quel point je suis désolée de la façon dont cela s'est passé. Je n'ai rien à voir avec tout ça. On m'a mise au courant hier..."

Tom raccrocha le téléphone et se leva, puis se dirigea vers l'avant de l'avion. Brooke et David le regardèrent ouvrir la porte du cockpit, parler aux pilotes, puis revenir s'asseoir. L'avion s'inclina vers la droite et David eut un haut-le-cœur. Quoi que Tom ait dit aux pilotes, ceux-ci semblaient avoir fait quelques corrections de trajectoire.

David demanda : "Changement de destination ?"

Tom répondit : "Nous n'avions pas vraiment de destination jusqu'à présent. Les pilotes devaient l'annoncer en cours de vol. C'est chose faite. Nous serons en Californie dans six heures."

Avaient-ils vraiment décollé sans savoir où ils allaient ? David se demandait dans quel pétrin il se trouvait ?

David dit : "Très bien. Je suis tout ouïe."

Tom déclara de sa voix rauque : "Nous avons perdu quelqu'un. En fait, je viens d'avoir la confirmation au téléphone il y a quelques minutes. Il avait disparu depuis environ une semaine. Mais il semble qu'ils aient désormais identifié le corps. Un agent stationné en Chine. C'est lui qui nous a envoyé l'avertissement il y a quelques semaines. Il est tombé sur quelque chose de gros. Plus gros que ce que nous avions imaginé. Il s'avère que toutes ces rumeurs étaient fondées."

David laissa échapper un soupir. "Je suis désolé pour l'agent. Quelles rumeurs ?"

Tom demanda : "Dave, est-ce que tu suis les nouvelles de l'économie chinoise de près ?"

David répondit : "J'ai vu les infos. Ça s'effondre, non ? Notre marché boursier est aussi très touché."

"C'est ça. Leur marché boursier est en déclin. Mais le plus important c'est que le chômage en Chine commence à augmenter. Et leur revenu médian commence à baisser. Ce que tu n'as probablement pas vu aux infos, c'est qu'il y a eu plusieurs grèves des travailleurs. Et des manifestations. Pour l'instant, le gouvernement met le holà là-dessus. Ils sont bons pour censurer. Mais tôt ou tard, *60 Minutes* ou CNN va en parler."

"Je ne comprends toujours pas comment ça m'a mené dans cet avion..."

Tom répondit : "David, nous avons des raisons de croire que la Chine prévoit d'envahir les États-Unis."

David comprenait maintenant l'urgence.

Tom poursuivit. "Des dirigeants de leur gouvernement ont mis les plans à exécution. Notre agent était là-bas pour enquêter sur un cercle haut placé censé s'occuper du "problème économique". Nous pensions que cela serait une augmentation de la censure, ou peut-être une sorte de politique monétaire qui énerverait la réserve fédérale. Nous nous sommes bien trompés."

David resta assis là, engourdi et confus. Il y a quelques instants, il s'inquiétait d'avoir été convoqué sans préavis pour un voyage d'affaires et d'avoir ensuite été mis dans un jet allant vers une destination inconnue. On lui annonçait maintenant que la troisième guerre mondiale était sur le point d'éclater. Il ne voyait toujours pas en quoi cela le concernait, mais l'ampleur de la situation lui intimait d'écouter sans poser de questions.

"Ce cercle restreint de dirigeants chinois a trouvé une solution. Voici ce que tu dois savoir. Tu es ici parce qu'il y a un incendie à l'horizon. Quelques-uns de mes collègues et moi-même essayons de combattre cet incendie. Nous allons essayer soit d'y échapper, soit de l'éteindre lorsqu'il nous atteindra. Dans tous les cas, tu feras partie d'un groupe qui apportera sa contribution. Je t'emmène dans un endroit où tu pourras nous aider à préparer notre défense. Nous voulions faire appel à quelqu'un d'autre, mais il y a eu un empêchement de dernière minute. De plus, il y a de fortes chances que je sois surveillé. Nous avons tous dû faire des pieds et des mains pour monter dans cet avion sans être vus. Personne ne devait savoir que tu ferais partie de ce voyage. Personne ne doit savoir que ce voyage a lieu. C'est pour ça que j'ai dû te faire venir ici ce soir sans te prévenir à l'avance. Pour garder cela secret. C'est aussi simple que cela."

David regardait Tom, en tentant de ne pas laisser paraître

ses émotions. Il ne savait pas quoi penser. Il était partagé entre la colère et la méfiance. Son sens du devoir venait s'immiscer dans ce mélange de sentiments. Un million de choses lui passaient par la tête, mais l'une d'entre elles dominait les autres.

David s'enquit : "Et ma famille, Tom ?"

"Je ferai en sorte qu'ils sachent que tu vas bien. Tu ne pourras pas communiquer avec eux pendant quelques temps."

"Ma femme va me tuer. Je n'ai pas..."

"Je t'arrête tout de suite. Maintenant tu m'écoutes, David. Écoute-moi bien. La raison pour laquelle tu es ici est plus importante que tes histoires avec ta femme. Mets-toi bien ça dans le crâne. C'est une affaire de sécurité nationale du plus haut niveau. J'ai besoin que tu comprennes ça. J'ai besoin que tu fasses passer ton pays avant ta famille, et que tu arrêtes de te plaindre de la façon dont ça s'est passé. Je t'ai dit que j'étais désolé. Mais honnêtement, je me fous éperdument des désagréments que ça a pu causer. Pour être tout à fait honnête, c'est le dernier de mes soucis. Le fait est que nous avions besoin de toi et que nous avons dû procéder de cette façon."

David se tut et son visage se mit à rougir. Ils restèrent assis sans parler, pendant un moment. Le seul bruit était celui des moteurs. Brooke avait regardé la scène avec un grand intérêt, mais faisait mine de ne pas y prêter attention.

David finit par demander : "Où est-ce qu'on va ? En Californie ?"

Tom sourit d'une manière qui mit David mal à l'aise. "Dans un premier temps, oui. Après ça, je peux pas te dire."

David étudia Tom pendant quelques secondes avant de dire : "Combien de temps cela va durer ?

"Quelques semaines. Quatre au maximum."

David leva les yeux au ciel.

"Ne prends pas la mouche, mon vieux, comme je te l'ai dit,

j'appellerai ta femme pour toi. Je m'occupe de tout. Tu ne pourras pas l'appeler toi-même. Tout ce que je peux te dire c'est qu'après l'atterrissage, tu monteras dans un autre jet avec les autres membres de ton équipe. Je n'irai pas avec vous. J'ai d'autres chats à fouetter. *Même moi je ne* sais pas où va ce vol. En raison de la nature sensible de cette mission, nous avons cloisonné beaucoup d'informations. Mais quand tu arriveras, tu auras droit à un briefing qui t'expliquera tout. Sache simplement qu'il s'agit d'un projet vital qui contribuera énormément à la sécurité de notre nation. Et nous avons absolument besoin de quelqu'un avec ton expérience."

"Quel genre d'expérience ?"

"Tu rempliras parfaitement ton rôle. Ta connaissance de la marine est un avantage, mais c'est surtout ta connaissance d'ARES qui nous intéresse."

"Quel est le rapport avec ARES ?"

ARES était le nom de code d'une arme cybernétique sur laquelle David avait fait des recherches il y a un peu plus de deux mois. La NSA était très intéressée, et David avait été envoyé pour évaluer et sécuriser la technologie pour le gouvernement américain.

"Tu comprendras en arrivant. Prépare-toi à en discuter. Tu connais ça mieux que quiconque, à part les jeunes du MIT qui l'ont créé. D'après ce que j'ai compris, les différentes personnes du groupe possèdent différentes pièces du puzzle. Le groupe qui a organisé cette petite sauterie en sait assez pour réaliser l'ampleur du danger, mais nous devons vous réunir tous ensemble dans une pièce pour nous en rendre vraiment compte. Et cela n'est pas évident à organiser ; il y a trop de personnes qui pourraient écouter aux portes. D'où le lieu secret."

David jeta un coup d'œil par la fenêtre. Il pouvait voir le soleil couchant peindre le haut des nuages en orange à ouest.

Il buvait son café en essayant de donner un sens à tout cela. Il n'était pas sûr de ce qu'il devait croire et n'arrivait pas à avoir une pensée claire. Il était encore trop énervé par ce qui venait de se passer. Il s'inquiétait pour sa femme et la façon dont elle réagirait à son absence pendant quatre semaines sans aucun appel téléphonique.

"Tu pourras appeler ma femme rapidement ?"

Tom fit un signe de tête. "Parole de scout."

"Tom, tout ça me paraît tellement dingue. Est-ce que tu peux me dire autre chose sur ce que j'aurai à faire ?"

Tom répondit : "J'ai vu certaines preuves. La menace est réelle. Un agent de la CIA a déjà sacrifié sa vie pour nous transmettre le message. Et ces derniers temps, trouver des gens en qui on pouvait avoir confiance s'est avéré assez difficile."

David rétorqua : "Qu'est-ce que tu veux dire ?

Tom regarda Brooke puis David. "Il y a... des *brèches... dans* plusieurs parties clés de notre gouvernement."

"Quoi ?" dit Brooke. Apparemment, David n'était pas le seul à apprendre quelque chose. "Quelles sont les agences concernées ?"

"Des agents dormants ont été déployés dans plusieurs organisations, j'en ai bien peur. D'où le secret et la méthodologie peu orthodoxe que nous employons. Croyez-moi, si nous pouvions faire ça dans la région de Washington, nous le ferions."

"La NSA ? Est-ce qu'il y a des espions au sein de la NSA ?

Tom répondit : "Je suis désolé. Je ne peux pas en dire plus. C'est le protocole, vous comprenez. On vous en dira plus quand vous arriverez sur les lieux. Même décider d'un lieu sûr a été compliqué. Mais voici ce que je *peux* vous dire. Vous allez élaborer des plans qui pourraient aider à arrêter cette guerre. Il y a une femme là-bas qui dirige les choses. Elle est très haut placée dans le monde des renseignements. Elle est excellente, et elle est au cœur de tout ça. Donnez-lui tout ce qu'elle demande. Vous êtes pleinement habilités à parler de tout ce sur quoi vous avez travaillé dans le passé. C'est pour cela que vous avez été choisis."

David était en train d'analyser tout cela en secouant la tête. "Pourquoi la Chine entrerait-elle en guerre avec les États-Unis ?"

Tom répondit : "On ne peut pas vraiment savoir. Les Chinois n'ont pas pris la peine de nous le dire."

Brooke prit la parole. "Pour quelle raison un pays peut-il vouloir entrer en guerre ? Sécurité nationale, terres, ressources, économie, religion, politique."

Tom déclara : "Les temps changent en Chine. Personnellement, ce que j'en pense ? La décision de déclencher une guerre se résume toujours à ce qui est dans le meilleur intérêt des quelques puissants. Les responsables ont peur de perdre leur trône. Alors ils agissent en conséquence. Les gens puissants comme ceux que nous avons étudiés n'ont pas les mêmes inhibitions que nous, les petites gens. Pour eux, toutes les options sont envisageables. Même la guerre."

"Quel sera mon rôle quand nous arriverons là où nous allons ?", demanda David.

Tom déclara : "La Cellule Rouge a été activée pour aider à planifier différents scénarios sur les différentes manières dont ils pourraient nous attaquer, afin que nous puissions nous préparer. C'est vraiment tout ce que je peux vous dire. C'est déjà probablement plus que ce que je devrais vous dire."

David hocha la tête. "Je vois." Il n'était pas totalement sûr de comprendre quoi que ce soit. Mais il commençait à recoller les morceaux.

Tom demanda : "Dave, je peux compter sur toi ? Je sais que

ça peut sembler un peu ringard de dire ça, mais ton pays a besoin de toi. Je suis sérieux."

Il détestait que les gens l'appellent Dave. "Ouais, Tom... bien sûr. Désolé de t'avoir énervé."

Tom haussa les épaules et regarda sa montre. "J'ai besoin de dormir. Ces derniers jours ont été longs. T'as faim ?"

Tom fit signe au grand gars qu'il pouvait revenir et s'asseoir près d'eux. Il revint une glacière à la main et distribua des sandwiches et des sodas. David jeta son dévolu sur un sandwich à la dinde et un cola light. Il prit une bouchée du sandwich et laissa le reste. Il n'avait pas faim. Les turbulences n'arrangeaient rien. Tout cela n'avait toujours pas de sens. Mais si tout cela était vrai, alors il ferait évidemment tout ce qui serait en son pouvoir pour aider son pays.

La Chine. Plus d'un milliard de personnes. La seule armée au monde qui pouvait tenir tête aux États-Unis. C'était le scénario de fin du monde dont ses instructeurs avaient parlé à l'académie navale. David avait entendu dire que s'il devait y avoir une guerre contre la Chine, tous les plans d'intervention des États-Unis impliquaient l'utilisation d'armes nucléaires tactiques. Le calcul était simple. Les Chinois étaient tout simplement trop nombreux.

Si cela se produisait vraiment, la marine le rappellerait-il ? Il n'avait été officier en activité que pendant quelques mois. C'est le temps qu'il avait fallu au personnel médical de l'école de pilotage de la marine pour se rendre compte que ses yeux avaient des lacunes. Cependant, quand on est engagé, on l'est à vie, n'est-ce pas ? Se pourrait-il que dans un an il soit sur un navire de guerre et doive faire face à une attaque de missiles antinavires chinois qui se dirigeraient vers lui ? C'était trop invraisemblable pour paraître réel, et trop distant pour lui inspirer la peur que cela méritait.

David n'aimait toujours pas Tom, mais si ce qu'il disait

était vrai, alors cette période de l'histoire pourrait être décisive. Comme les jours qui précédèrent Pearl Harbor. Ou peut-être comme les jours avant que l'Allemagne n'envahisse la Pologne. Une grande partie du monde vaquait à ses occupations quotidiennes, sans se rendre compte du grave conflit qui était sur le point d'éclater. Plus de soixante millions de personnes étaient mortes pendant la Seconde Guerre mondiale. Une guerre de cette ampleur pouvait-elle vraiment se profiler à l'horizon ?

David se retourna et regarda les deux autres hommes, qui dormaient maintenant tous les deux dans leur siège entièrement incliné. Quant à lui, il n'était pas sûr de pouvoir dormir.

Brooke s'approcha et s'assit sur le siège vide en face de lui. Elle sourit et leva les sourcils avant de parler.

"Comment vous sentez-vous ?"

"Eh bien, on vient de m'enlever de chez moi et on m'emmène maintenant je ne sais où dans une sorte d'avion secret de la CIA pour aider à sauver le pays de la Troisième Guerre mondiale. Je ne pourrais pas me sentir mieux. Et vous ?"

"C'est bien de prendre ça avec humour."

"C'est surement la meilleure chose à faire."

Brooke était bavarde. Quand elle sentit que David était d'humeur à bien vouloir discuter, elle ouvrit les vannes et le moulin à paroles s'est enclenché. Elle lui raconta : "On m'a convoquée il y a environ vingt-quatre heures. Mon patron m'a fait le rencontrer sur le terrain de Fort Meade. Il m'a présenté à Tom et on est partis à l'arrache.

Je n'arrive pas à y croire non plus. Je travaille dans le domaine du renseignement sur les transmissions électromagnétiques. Pour tout vous dire, mon travail consiste à espionner les Chinois. Avant cela j'étais dans l'équipe qui s'occupait de l'Iran. Maintenant, je suis sur la Chine. Je travaille dans les cyber-opérations. On pirate leurs ordinateurs. Ils piratent les nôtres. C'est comme la guerre froide, mais sur Internet. Mais tout comme lors de la guerre froide, il y a des règles. Au cours des dernières semaines, j'ai cependant remarqué des choses très inhabituelles. Certaines des règles ont été enfreintes."

"Que voulez-vous dire ?"

"Eh bien, comme ce gars de la CIA qu'ils ont tué. Tom ne vous a pas dit ce qu'il cherchait. Cela faisait partie d'une opération sur laquelle je travaillais. Avez-vous déjà entendu parler du CCID ?"

"Non."

"C'est le comité central d'inspection disciplinaire. Une organisation chinoise censée éradiquer la corruption au sein de leur gouvernement. Il y a quelques mois, un nouveau patron a pris sa tête. Un type du nom de Jinshan. Cheng Jinshan. Vous avez entendu parler de lui ?"

"Euh, non."

Elle rit. "Désolé, bien sûr, c'est normal. Parfois, j'oublie que tout le monde ne passe pas ses journées à étudier d'obscurs hommes d'affaires et politiciens chinois. Ce type, Jinshan, a des relations haut placées. C'est un entrepreneur influent, mais on dit aussi que certaines de ses entreprises Internet ont été mises à contribution par les unités chinoises de cyber-guerre. Nous savions qu'il travaillait en étroite collaboration avec l'agence gouvernementale qui dirige leur programme de censure d'Internet."

David demanda : "Comment est-il impliqué dans tout ça ?"

"Il s'avère qu'il est plus que simplement mis à contribution dans la cyberguerre du gouvernement. Il *dirige* pratiquement le programme de cyberguerre de la Chine. Ce type est impliqué dans leurs opérations depuis le début. Quoi qu'il en soit, Jinshan est maintenant à la tête du CCID, un poste qui est presque toujours confié à un politicien. Mais cette fois, c'est le président chinois lui-même qui a choisi Jinshan, un homme d'affaires."

"C'est au sujet de la cyberguerre ?"

"Non. Attendez d'entendre la suite. Jinshan trempe dans un peu tous les secteurs. Il possède de nombreuses entreprises. L'une d'entre elles fait la majorité du travail technique difficile pour les programmes de piratage offensif de la Chine. Quand vous entendez parler aux infos de cyber-attaques en provenance de Chine, celles-ci sont probablement dirigées par l'une des équipes de ce type. Mais sa dernière casquette en date est celle de patron d'une organisation qui n'a rien à voir avec la cyberguerre. Le CCID est *censé* se débarrasser des politiciens véreux. Et croyez-moi, la Chine, comme tous les autres pays, en possède beaucoup."

David dit : "C'est ce que Jinshan est censé faire. Mais ce n'est pas ce qu'il fait ?"

"Nous pensons que le président chinois a utilisé Jinshan et le CCID pour réduire le leadership du gouvernement et le façonner à sa guise. C'est la base pour devenir un bon tyran : balayer tous ceux qui pourraient s'opposer à vous."

"Et donc, qu'est-ce que vous avez fait ?"

"Évidemment, à la NSA, nous avons commencé à nous intéresser à lui d'un peu plus près. J'ai examiné les fichiers et les ordinateurs sécurisés de Jinshan..."

"C'est légal ?"

Elle avait l'air contrariée. "Vous êtes avocat ?"

"Non."

"Bon, moi non plus, alors ne nous préoccupons pas de savoir si c'est légal ou non, d'accord ? Quoi qu'il en soit, il s'avère que c'est un poisson beaucoup plus gros que nous le pensions. Comme je l'ai déjà dit, il trempait dans tout. Il côtoie les plus hauts gradés de l'armée et joue au golf avec plusieurs membres de leur Politburo. Certains pensent qu'il pourrait même être responsable de l'entrée en fonction de l'actuel président chinois. Nous avons donc lancé une opération pour le surveiller de plus près. L'agent de la CIA qui a été tué était notre homme sur le terrain. Mais je n'avais aucune idée de ce qu'il avait découvert jusqu'à hier, quand Tom m'a recrutée."

David demanda : "Et donc en quoi Jinshan est-il impliqué dans une attaque contre les États-Unis ?"

"Je ne sais pas exactement. Je sais juste que notre agent avait commencé à se rapprocher des gens du CCID. Il avait commencé à réaliser que le but de cette organisation, qui est censée mettre fin à la corruption, était désormais de remplir des rôles clés de direction du gouvernement avec des personnes triées sur le volet par Jinshan.

Je vous ai dit qu'avant que Jinshan ne soit pressenti pour le rôle de leader du CCID, nous n'avions pas grand-chose sur lui. Eh bien, ce n'est pas le cas pour les personnes qu'il a choisi pour occuper différents postes de direction politique. Ils pipent les dés en plaçant des politiciens qui sont ou qui ont été étroitement liés à l'armée et aux services de renseignement. C'est comme s'ils militarisaient tous les postes gouvernementaux.

L'agent de la CIA était censé pénétrer dans un disque dur sécurisé qui devait nous donner plus d'informations sur leur stratégie et leur objectif ultime. C'est là qu'il a dû obtenir les informations que Tom a partagées avec nous tout à l'heure. Mais quelqu'un devait le surveiller..."

"Comment se fait-il que cela ne fasse pas les gros titres de l'actualité mondiale ?"

"Pensez à ce que Jinshan contrôle d'autre—l'information. Les médias chinois sont la propriété du gouvernement. Ce qu'il ne veut pas voir rendu public n'est pas rendu public. Et honnêtement, rien ne méritant de faire les gros titres des grandes agences de presse mondiales n'est encore arrivé. Mais si vous avez suivi, vous avez compris que des changements majeurs aux postes de direction des médias sont en train de se produire."

"Qui d'autre à la NSA sait ce que Tom nous a dit ?"

"À propos des plans d'attaque ? Pas beaucoup de gens, à ma connaissance. Mon patron travaillait avec Tom et quelques autres à la CIA. Mais à la NSA, il n'y avait que mon patron et moi. Nous cloisonnons les informations comme des fous. Et heureusement que nous le faisons. S'il y a vraiment des agents dormants à la NSA, nous ne voudrions pas que tout cela se sache. Nous ne voudrions pas qu'ils sachent que nous savons. Avec un peu de chance, nous pourrions encore être en mesure de les devancer dans cette affaire."

Brooke et David parlèrent pendant encore une heure. Elle venait du Maryland, avait étudié à l'UMBC et excellait en mathématiques et en informatique. Elle avait fait un stage à la NSA lorsqu'elle était à l'université et y travaillait depuis quinze ans.

David finit par poliment laisser entendre qu'il avait besoin d'une sieste. Il avait l'impression qu'elle pourrait parler pendant tout le vol s'il la laissait faire. Ils mirent fin à leur conversation, et David se retrouva seul, à contempler le ciel nocturne par la fenêtre ovale.

David ne cessait de penser à sa famille. Il s'inquiétait des effets à court terme et se demandait si sa femme allait supporter d'être seule avec les enfants pendant si longtemps. Et il s'inquiétait des effets à long terme et de la façon dont leur vie pourrait changer si l'Amérique était vraiment plongée dans une guerre de cette ampleur. La famille de David serait plus touchée que la plupart des autres familles.

Un père amiral s'attend à ce que chacun de ses enfants s'engage et parte en mer en renonçant au confort de la vie civile. Le frère et la sœur de David avaient honoré cette attente. Sa sœur, Victoria, était une pilote d'hélicoptère prometteuse qui vivait à Jacksonville, en Floride. Son frère, Chase, avait été SEAL. Il travaillait désormais dans la sécurité à l'étranger pour le Département d'État... du moins, c'est ce que David pensait. Qu'avait voulu dire Tom en disant qu'il travaillait pour "*nous*" ? David était le seul qui ne s'était pas engagé après son service militaire.

En dehors de vacances occasionnelles, David n'avait pas beaucoup vu son père ou ses frères et sœurs au cours de la dernière décennie. Après le 11 septembre, être dans l'armée signifiait avoir une vie rythmée par des déploiements longs et fréquents. C'était probablement la dernière fois que l'amiral Manning partait en mer en tant que commandant du dernier groupe d'attaque des porte-avions de la marine.

David réalisa que la dernière fois qu'il les avait vus tous les trois, c'était à l'enterrement de sa mère. Elle était morte il y a un peu plus d'un an maintenant. L'ironie du sort voulut que cette femme qui avait tant aimé les autres meure d'un arrêt cardiaque au jeune âge de soixante et un ans. David pensait à elle tous les jours depuis lors, et il lui avait fallu plus d'un mois pour que ces pensées cessent de faire couler des larmes.

Son père, son frère, sa sœur et lui étaient désormais dispersés dans le monde entier, chacun servant son pays à sa manière. Une guerre mondiale était-elle vraiment sur le point d'avaler la famille de David ? Il y a quelques heures, cette pensée aurait semblé absurde.

Tout cela était trop difficile à croire. Un dicton dit que l'explication la plus simple est généralement la bonne. Le problème dans cette situation était qu'il ne semblait pas y avoir d'explication simple.

Parler à Brooke avait été bénéfique. Après avoir discuté cinq minutes avec elle, David l'avait tout de suite appréciée et lui faisait confiance. Elle était intelligente. S'il avait retenu une chose de ses années à l'académie navale, c'était de suivre les gens intelligents. Cette ligne de conduite ne l'avait presque jamais déçu. Presque.

David vit un stylo et du papier sur la table et décida d'écrire un mot à sa femme. Il écrivit ce qu'il pensait être autorisé à dire. Il voulait surtout lui faire savoir qu'il allait bien. Puis il reposa sa tête sur le plastique froid du hublot et ferma les yeux. Le sommeil ne vint pas rapidement. Il se mit à penser à quoi ressemblerait vraiment une guerre contre la Chine, et au genre de monde dans lequel ses filles pourraient grandir.

David fut réveillé par quelqu'un qui lui secouait fermement l'épaule. C'était le grand type qui avait revêtu une tenue militaire.

"Nous sommes arrivés. C'est l'heure d'y aller."

David leva les yeux, groggy et toujours endormi. "OK. On est arrivés où ?"

"Allons-y", répondit le grand type.

Les moteurs de l'avion étaient coupés. David n'avait pas eu l'intention de s'endormir, mais la fatigue avait eu raison de lui. L'atterrissage ne l'avait pas réveillé. Il se dirigeait vers la porte pour sortir de l'avion, se sentant coupable de ne pas pouvoir appeler sa femme immédiatement, quand il se souvint du mot qu'il avait écrit. Il le prit sur la table puis sortit par la porte de l'avion.

Le ciel crépusculaire répandait ses teintes grises et violettes au-dessus de la piste silencieuse. Un avion identique était garé à côté de celui dans lequel David venait d'arriver. À part cela, l'aéroport était désert. Les feux de piste étaient le seul éclairage artificiel.

Tom fit le tour du nez de l'avion et remit un grand sac de

sport noir à David. "Tiens. Ce sont des vêtements et des articles de toilette. C'est pas les tiens, mais ça devrait t'aller. Tu récupéreras ton téléphone et ton portefeuille à ton retour. Désolé pour le désagrément."

David entendit des voix en provenance de l'autre avion. Il se pencha sous le fuselage pour voir les gens monter dans l'autre avion.

"Qui c'est ?" demanda David.

"Quelques-uns des autres consultants. C'est comme ça qu'on vous appelle. Des consultants. Tu feras leur connaissance dans l'avion", répondit Tom. "On doit y aller. Comme promis, je dirai à ta femme que tu vas bien, et ne t'inquiète pas pour ton poste. Tu le récupèreras à ton retour."

David s'efforça de sourire. Il n'avait pas un bon pressentiment.

Il remit la note à Tom et lui dit : "Tiens. Donne ça à ma femme s'il te plaît."

Tom regarda le bout de papier. Il fit un signe de tête et dit : "Pas de problème. Compte sur moi."

"Monsieur Manning ?", appela une voix. David se retourna et vit un type en uniforme de compagnie aérienne un peu bizarre, une casquette de travers sur la tête.

"C'est moi."

"Par ici, monsieur."

Tom fit un signe de la main et dit : "Bonne chance. N'oublie pas que c'est peut-être l'une des choses les plus importantes que tu auras l'occasion de faire. Alors, fais de ton mieux et ne fais pas tout foirer."

David fronça les sourcils. Sacré *discours d'encouragement*. Il se dirigea vers l'autre avion, en se demandant toujours s'il avait pris la bonne décision. Il prit une grande inspiration et gravit les escaliers.

Quelques minutes plus tard, Tom et son assistant regardaient le jet de David disparaître vers l'ouest. Tom ferma les yeux et tira une longue bouffée sur sa cigarette. *Il ne peut plus faire demi-tour maintenant.*

L'homme en tenue militaire lui demanda : "Vous allez vraiment appeler sa femme ?"

Tom le dévisagea sans répondre. Puis il dit : "Allez. Montons dans l'avion. On a du pain sur la planche." Il jeta son mégot sur le tarmac et se dirigea vers les escaliers de l'avion.

2

Notre domination historique... s'affaiblit... la Chine va s'élever, nous le savons tous. [Mais] comment se comportent-ils ? C'est ça la vraie la question.

—Amiral Samuel J. Locklear III, US Navy, Commandant du US Pacific Command, janvier 2014

Le voyage en avion fut long et inconfortable. Le visage de David était recouvert d'une barbe d'un jour, et ses yeux étaient légèrement injectés de sang à cause du manque de sommeil. Il avait également besoin d'une douche. Vraiment. Les sièges du jet avaient les mêmes coussins luxueux que ceux du premier avion, mais rien au monde ne pouvait rendre un voyage en avion de neuf heures confortable.

Dès qu'ils furent montés dans l'avion, un "steward", dont David était presque sûr qu'il n'occupait aucun poste officiel dans une compagnie aérienne, leur avait donné à chacun un dossier de vingt pages à lire. Il leur avait également distribué à manger et à boire. À part cela, l'homme n'avait pas décroché un mot pendant toute la durée du voyage.

David avait plutôt bien apprécié les deux autres passagers dont il avait fait connaissance dans l'avion. Chacun d'eux allait participer à la mission au même titre que David. Brooke et lui trouvèrent qu'ils étaient les mieux informés du groupe. Tout ce que les deux autres savaient, c'est que leur Cellule Rouge avait été activée pour des raisons de sécurité nationale.

Bill Stanley travaillait pour une entreprise de défense militaire et vivait au Nevada. Il avait pris sa retraite de l'armée de l'air il y avait plus de dix ans et avait une femme et deux fils. Il travaillait sur des drones et "des jets dont vous ne croiriez pas l'existence si je vous en parlais." David apprit que Bill se rendait tous les jours au travail dans un Boeing 767 de l'US Air Force. Il se rendait en voiture à l'aéroport international McCarran de Las Vegas, puis s'envolait vers ce qui était autrefois connu sous le nom de Zone 51. Ils plaisantèrent au sujet des OVNI et des extraterrestres, puis réalisèrent que rien n'était vraiment drôle maintenant que la troisième guerre mondiale se profilait à l'horizon. Bill avait passé la majeure partie de son temps à travailler sur les communications par satellite à longue portée pour les avions et les drones militaires américains.

Henry Glickstein était un "fabricant" autoproclamé et un expert en télécommunications qui avait travaillé pour plusieurs grandes entreprises technologiques. Pendant toute la durée de leur conversation, il n'avait pas arrêté de sourire ou de se promener dans la cabine de l'avion en inspectant tout dans les moindres détails. Son travail consistait à concevoir des fermes de données et à superviser la mise en place de réseaux de fibres optiques. Il donnait à David l'impression d'être un bourreau de travail, un ingénieur qui ne pouvait s'empêcher d'essayer de résoudre n'importe quel problème qui se présentait à lui. C'était un blagueur, mais un blagueur compétent et motivé. C'était comme si son cerveau tournait si vite qu'il devait faire une blague de temps en temps pour ne pas s'ennuyer.

Tous, y compris David, se trouvaient sur l'une des listes hautement classifiées de la Cellule Rouge du gouvernement, et avaient touché une avance annuelle au cas où leur expertise serait nécessaire. Normalement, les Cellules Rouges étaient planifiées des mois à l'avance, et les participants étaient également prévenus à l'avance. Pas cette fois-ci.

Les autres furent étonnés de savoir que David avait été approché chez lui sans préavis. Leurs invitations n'avaient pas été aussi brusques. Comme dans le cas de Brooke, une seule personne de leur chaîne de commandement avait contacté les deux hommes vingt-quatre heures plus tôt. Les organisateurs de la Cellule Rouge de la CIA avaient parlé aux membres de leur chaîne de commandement. Une couverture légitime—un voyage d'affaires—avait été prétextée, et ils étaient partis. On leur avait dit de n'en parler à personne et de faire leurs bagages pour plusieurs semaines.

Chacun d'entre eux avait ressenti le devoir de participer à ce qui était considéré comme un projet crucial. Les deux hommes n'avaient pas connaissance du lien avec une éventuelle invasion chinoise avant que David et Brooke ne leur en parlent. Ils étaient stupéfaits. La majeure partie du voyage en avion fut consacrée à débattre de différentes raisons pour lesquelles la Chine pourrait faire une telle chose.

Plus David y réfléchissait, plus il se rendait compte à quel point il serait difficile pour les Américains de croire qu'une telle chose puisse réellement se produire. Les Américains menaient une vie confortable. Les êtres humains sont réactifs, mais pas proactifs, lorsqu'ils ont une vie confortable. Il est difficile de préparer les gens à un ouragan s'ils n'ont pas été touchés les années précédentes. Et c'est exactement de cela qu'il s'agissait : un ouragan imminent aux proportions monumentales. Du vivant de David, il ne s'était produit aucune guerre mondiale. Les gens se prépareraient-ils à la tempête ? Ou regarderaient-ils les informations depuis leur canapé, incrédules, en attendant une résolution du conflit ?

Les documents que l'agent de bord leur avait distribués ne leur avaient guère apporté de nouvelles informations. Ils étaient là comme consultants auprès du gouvernement américain au sein d'une Cellule Rouge. Selon le document, la CIA avait recours aux Cellules Rouges pour "réfléchir de manière innovante et originale à toute une série de questions analytiques pertinentes". *Restait à savoir ce que cela voulait dire.* Chaque consultant devait fournir à l'équipe des idées et des connaissances essentielles dans son domaine de compétences. Lorsqu'ils eurent terminé de lire, ils avaient plus de questions que de réponses. Ils profitèrent de la deuxième moitié du vol pour dormir.

Contrairement au premier avion, les volets des hublots de cet avion ne pouvaient pas être ouverts. Protocole de sécurité, leur avait dit le steward. Ce n'est qu'après avoir atterri et ouvert les portes qu'ils ont à nouveau pu voir la lumière du soleil. Ils arrivèrent à destination en fin d'après-midi. David se demandait combien de fuseaux horaires ils avaient traversés. La porte du jet s'ouvrit et révéla un ciel bleu clair et un souffle d'air tropical s'engouffra dans la cabine.

Les membres du groupe découvrirent où ils avaient atterri en regardant autour d'eux, les yeux écarquillés. L'océan à perte de vue, tout autour d'eux. Cela rappelait à David l'une de ces anciennes bases aériennes insulaires de la Seconde Guerre mondiale construites au milieu du Pacifique. C'était une île, ou une plutôt une base aérienne, vraiment minuscule. Ils ne pouvaient voir qu'une moitié de l'île avant que celle-ci ne s'incurve dans la mer. La piste d'atterrissage semblait à peine suffisante, entourée de plages de sable noir et d'eaux turquoise sur trois côtés. De l'autre côté de la piste se trouvaient quatre structures en béton séparées de la forêt tropicale par une haute clôture en fils barbelés. La végétation verte et dense s'élevait de plus en plus haut le long d'une imposante montagne couverte de jungle.

C'était le jour d'arrivée de plusieurs groupes de consultants. Un autre jet retournait sur la piste. Il semblait identique à l'avion dans lequel ils étaient arrivés. David regardait le groupe de passagers de ce jet porter leurs sacs sur le chemin sablonneux menant aux bâtiments. Leur steward les invita à faire de même.

David et ses nouveaux compagnons prirent leurs affaires et emboîtèrent le pas. Lorsqu'ils atteignirent les bâtiments, un major de l'armée de l'air leur montra leurs quartiers.

"Nom ?" demanda-t-il à l'approche de David.

"David Manning."

"Manning". Ouais. Chambre 214. À l'étage. Voici votre clé. Déposez vos affaires dans la chambre. Rendez-vous dans la salle de classe dans une heure. C'est le grand bâtiment sur la colline avec les grandes baies vitrées qui donnent sur la piste."

"Compris. Merci." David voulait poser un million de questions au major, mais les autres attendaient leur tour, alors il décida de les garder pour plus tard. Apparemment, ils allaient recevoir un briefing dans une heure.

Une heure plus tard, David admirait les cocotiers et la mer d'un bleu limpide à travers les fenêtres panoramiques de la grande salle de classe en amphithéâtre. Il s'était douché et rasé en utilisant la trousse de toilette qu'il y avait dans le sac de sport que Tom lui avait fourni. Il se sentait mieux, mais il était encore épuisé par le voyage.

Il pensait à sa femme et à ses filles. Lindsay était probablement en larmes. Il espérait qu'elle lui pardonnerait. Si tout cela était vrai, il n’estimait même pas avoir le choix. Il se demandait pourquoi il continuait à réfléchir comme ça. Comme si tout cela n'était peut-être pas réel. Était-ce l'ampleur d'une guerre avec la Chine ? Ou était-ce autre chose qui le mettait mal à l'aise ?

Le soleil couchant créait un tableau composé de lueurs oranges vives mêlées à des nuances d’un violet profond au-dessus de l'eau. Aucun d'entre eux ne savait cependant exactement de *quel* océan ou mer il s'agissait. David misait sur le Pacifique Sud, d’après le temps de vol et le climat. Mais si c'était le cas, pourquoi les emmener ici, si loin ?

La salle était remplie d'hommes et de femmes de diverses provenances. Certains étaient en costume. D'autres avaient des coupes de cheveux militaires et portaient des treillis. D'autres encore portaient des jeans moulants et des T-shirts près du corps. Quelques présentations informelles permirent à David de se rendre compte que leurs origines étaient aussi diverses que leurs apparences le laissaient supposer. Il y avait des programmeurs et des informaticiens, des ingénieurs, des psychologues, des officiers militaires et des analystes politiques. Tous étaient extrêmement qualifiés et incroyablement brillants. David compta vingt personnes en tout. Comme Henry et Bill, ils s’étaient tous vus dire que cette mission avait quelque chose à voir avec un projet de sécurité nationale du plus haut niveau. Mais c'est tout ce qu'on leur avait dit avant de s'envoler pour cette île. Tom semblait être le seul recruteur à avoir craché le morceau. Les amis de David, rencontrés dans l’avion, avaient déjà commencé à répandre la nouvelle que cela concernait la Chine, ce qui avait créé une certaine effervescence.

David entendit une conversation entre deux hommes assis à proximité.

"Tu crois qu'on est près de Diego Garcia ? Impossible, mec. On doit être juste à côté de Guam."

"Qu'est-ce qui te fait dire ça ?"

"Le temps de vol. Et j'ai entendu dire qu'il y avait un site noir, une prison secrète de la CIA sur une des îles près de Guam. Ça doit être ça."

"Pourquoi nous avoir fait venir jusqu'ici ?"

"Tu crois qu'ils se soucient de nous ? C'est plutôt pour les arranger eux. Ils font probablement venir ici leurs experts asiatiques de Chine, du Japon et de Corée. C'est juste un petit vol pour les chefs de station et les officiers chargés des opérations. C'est pratique pour eux d'où ils se trouvent."

Tous les bavardages se turent lorsqu'une grande femme asiatique très belle se dirigea vers le centre de l'estrade de la classe. Elle portait un pantalon noir et une chemise en soie sans manches. Elle scruta les membres de l'auditoire qui la regardaient en silence.

Elle déclara : "Mesdames et Messieurs, bienvenue dans la Cellule Rouge. Vous êtes ici pour deux raisons. Premièrement, pour rassembler collectivement ce que nous savons sur la préparation d'une attaque chinoise contre les États-Unis."

Cette déclaration suscita un mélange de choc et de perplexité. Quelques questions furent posées, mais la femme leva la main pour maintenir le silence.

Elle poursuivit : "Je sais que c'est difficile à croire pour la plupart d'entre vous. Mais je vous assure que tout cela est bien réel. Je vous demande de garder vos questions pour la fin. Je pense que ma présentation répondra à bon nombre d'entre elles, et nous vous fournirons beaucoup de détails tout au long de la soirée. Je le répète, nous avons des raisons de croire que la Chine prévoit d'attaquer les États-Unis dans le cadre d'une opération militaire de grande envergure au cours des douze à dix-huit prochains mois."

Des voix se firent entendre dans l'assistance et, de nouveau, la femme tendit sa main ouverte jusqu'à ce que tout le monde se calme. David trouvait son calme et son aplomb remarquables. "Nous répondrons à toutes les questions en temps voulu. La deuxième raison pour laquelle vous êtes rassemblés tous ici est d'*élaborer des plans pour que la Chine puisse attaquer les États-Unis*. Je sais que cela peut paraître absurde au premier abord, mais écoutez-moi bien. C'est l'objectif principal d'une Cellule Rouge. Nous ne savons pas exactement ce que l'ennemi *va* faire et nous voulons donc être préparés à ce qu'il *pourrait* faire. Au cours des prochaines semaines, vous n'aurez aucune communication avec le monde extérieur. Vous commencerez à travailler tôt le matin et finirez tard le soir. Et ce travail sera d'une importance cruciale."

Elle descendit de l'estrade pendant qu'elle parlait. Elle gravit ensuite les différents niveaux de l'amphithéâtre, en prenant soin de regarder tout le monde dans les yeux.

"Nous voulons que vous collaboriez et que vous fassiez preuve d'inventivité. Faites ce que vous savez faire de mieux : trouvez des solutions à des problèmes difficiles. Chacun d'entre vous a été choisi parce que vous êtes les meilleurs cerveaux dans vos domaines respectifs. Il s'agit d'un programme très sélectif. Vous avez été triés sur le volet pour un certain nombre de compétences nécessaires pour mener cette mission à bien. Soyez fiers des services que vous rendez à votre pays, même si vous n'êtes pas autorisés à le mettre sur votre CV."

David la regardait alors qu'elle redescendait les escaliers pour revenir sur l'estrade. Elle avait une posture parfaite, une peau bronzée et un tonus musculaire impressionnant. Elle était très grande. Il estimait sa taille à un mètre quatre-vingt. Et elle parlait avec un charisme captivant qui permettait difficilement de la lâcher des yeux.

"Beaucoup d'entre vous ont reçu des autorisations top-secrètes de notre gouvernement ou de l'armée avant d'arriver. Ceux d'entre vous pour qui cela n'est pas le cas ont reçu une autorisation provisoire à la hâte. Normalement, cela peut prendre un an ou plus. Mais c'était un cas exceptionnel... et nous nous sommes débrouillés. Tout le monde a été contrôlé, certes rapidement, mais de manière exhaustive. Lorsque j'aurai terminé, vous vous rendrez tous dans la pièce voisine pour signer quelques papiers administratifs, dont un accord de confidentialité. Rien de ce qui se passe ici ne sera jamais rendu public. Ces séances sont classées confidentielles au plus haut niveau."

Elle se tenait complètement immobile. Chaque pause semblait mettre l'accent sur l'importance de ses propos.

"Le secret n'est pas notre seule priorité. Nous voulons que le travail fourni ici soit de la meilleure qualité possible. Il doit l'être. Les plus hautes autorités de notre gouvernement exigent que vous partagiez toutes les connaissances acquises lors de votre expérience professionnelle antérieure afin de garantir que nous ayons toutes les cartes en main pour ce projet. Vous serez tous libres de discuter de tout ce que vous voulez, quel que soit votre niveau de classification, pour atteindre notre objectif ultime, qui est la protection des États-Unis."

David remarqua que certaines des personnes assises dans la salle de classe levaient la tête un peu plus haut que d'autres. Ils étaient fiers d'avoir été choisis pour quelque chose jugé si important. Quelques-uns semblaient crispés à l'idée de partager des informations classifiées dans un cadre inconnu.

La femme ajouta : "Je m'appelle Lena Chou. Je suis habituellement l'un des agents des opérations clandestines de la CIA. Ici, sur cette île, je représente cependant un groupe de travail mixte qui comprend, entre autres, la NSA, la CIA, le FBI, la Sécurité intérieure, toutes les branches de l'armée et plusieurs autres agences... même DARPA, les geeks qui ont inventé l'Internet."

Lena fit un sourire éclatant qui illumina la pièce. Il y avait des rires nerveux dans le public.

"Je serai la superviseure de cette Cellule Rouge pendant les trois prochaines semaines. J'ai déjà occupé ce poste à deux reprises. Dans les Cellules Rouges précédentes, nous avons fait appel à des personnes comme vous, issues de domaines très créatifs et variés, pour nous aider à élaborer des simulations de scénarios d'attaques. Nous avons même fait appel à des auteurs de thrillers technologiques pour nous aider à créer des scénarios fictifs d'attentats terroristes. Bien que nous n'ayons pas d'auteurs parmi nous cette fois-ci, nous allons essayer quelque chose de nouveau. Natesh Chaudry est le PDG d'une société de conseil située dans la Silicon Valley. Natesh, voulez-vous dire un mot ?"

Un jeune homme d'une vingtaine d'années se leva de son siège au dernier rang. Il portait un jean élégant et une chemise Lacoste.

Il prit la parole : "Bonjour tout le monde, je m'appelle Natesh. Je suis heureux de faire votre connaissance. Je suis arrivé ici aujourd'hui comme vous. Comme vous aussi, je ne savais pas où j'allais ni de quoi il s'agissait exactement. Lena m'a donné les grandes lignes il y a environ trente minutes. Inutile de dire que je suis encore sous le choc. Probablement comme beaucoup d'entre vous. Mais je suis heureux d'avoir l'occasion de contribuer à quelque chose d'aussi important."

David trouvait que ce jeune homme n'avait pas l'air d'être à sa place. Il semblait nerveux. David ne pouvait pas lui reprocher. Mais il parlait de manière décontractée, ce qui le rendait immédiatement digne de confiance.

Natesh poursuivit : "Comme l'a dit Lena, mon équipe et moi travaillons en Californie avec diverses entreprises. Nous aidons quelques-unes des plus grandes entreprises du monde à accroître leur niveau d'innovation pour leurs produits et services. J'amène normalement des membres de mon équipe avec moi, mais en raison de la nature sensible de ce projet, je suis venu seul cette fois-ci.

Pour dire les choses simplement, je suis là pour apporter des idées. J'ai bâti mon entreprise en aidant d'autres entreprises à trouver des idées gagnantes. On m'a fait venir pour jouer le rôle de modérateur pendant les séances. Je compte nous diviser en équipes la plupart du temps, et je passerai de l'une à l'autre. Si la conversation porte sur l'un de mes domaines de compétence, je proposerai des idées.

Honnêtement, bien que je n'aie pas une grande expertise dans le domaine de l'invasion"— Natesh riait à moitié en prononçant ces mots—"je suis un stratège dans l'âme. Je pense que vous constaterez que je peux vous aider à relier certaines de vos idées de manière à les rendre plus puissantes."

La classe souriait avec une politesse un peu crispée. David put constater, à en croire leurs expressions, que les gens commençaient tout juste à comprendre ce qui se passait.

Natesh déclara : "Veuillez utiliser votre domaine d'expertise là où il est utile, mais soyez flexible et ouvert aux nouvelles idées. Essayez de ne pas trop dire « ça ne marchera pas ». Utilisez les personnes qui vous entourent *pour* trouver de nouvelles façons de faire qui fonctionneront. Pensez aux liens entre les différentes activités. Essayez de trouver tous les liens et solutions possibles. Je vous aiderai au fur et à mesure. Merci, et j'ai hâte de travailler avec vous tous."

Lena ajouta : "Merci, Natesh. Aujourd'hui, nous allons passer en revue ce que nous, en tant que représentants de notre pays, tenons pour vérités dans l'état actuel des choses. Notre objectif principal pour la première semaine est d'identifier les vulnérabilités potentielles. L'objectif de la deuxième semaine sera de planifier la meilleure façon de prendre des mesures pour exploiter ces vulnérabilités."

Une voix grave s'éleva du fond de la salle. "Allons-nous aussi planifier les vraies défenses ?"

Lena leva les yeux et pencha la tête. Elle parlait avec le ton calme de quelqu'un qui avait déjà fait mille discours en public. "Pourriez-vous nous indiquer votre nom et votre domaine d'expertise ?"

L'homme s'éclaircit la gorge. "Bien sûr. Désolé. Je m'appelle Bill Stanley. Je suis dans la défense. Je travaille sur les connexions satellites des drones et des avions de reconnaissance. Et je suis retraité de l'armée de l'air."

Lena répondit : "Excellent. Monsieur Stanley, bienvenue sur l'île et merci pour vos services. Pour répondre à votre question, nous voulons que vous nous aidiez à élaborer un éventuel plan d'attaque chinois en indiquant qu'elle serait la réponse américaine adaptée. Nous voulons que vous réfléchissiez à cela comme si vous essayiez vraiment de faire gagner la guerre aux Chinois. Certains d'entre vous ont déjà travaillé sur des plans de lutte anti-terrorisme. Certains d'entre vous ont travaillé sur des plans visant à contrer différents scénarios, par exemple si la Corée du Nord envahissait le Sud ou si la Chine envahissait Taïwan. Mais, Mesdames et Messieurs, ce que nous ferons ici sera différent."

Elle appuya sur une télécommande qu'elle tenait dans sa main et un grand écran plat à l'avant de la pièce afficha une carte de la ceinture du Pacifique.

"La réponse courte à la question de monsieur Stanley est non. Nous ne sommes pas ici pour planifier la défense de notre nation. Certains d'entre vous ont sans doute de bonnes idées à ce sujet et pourraient même être considérés comme des experts... mais ce n'est pas pour cela que vous êtes ici. Nous voulons que vous jouiez le rôle des méchants. Si nous vous faisions également planifier la défense, vous réfléchiriez à la fois aux problèmes et aux solutions, et vous ne seriez pas aussi efficaces pour créer des plans d'attaque. Du moins, c'est ce que nos psychologues nous ont dit." Elle fit un signe de tête à l'homme aux cheveux gris au deuxième rang, qui répondit également en hochant la tête. Cela devait être un psychologue.

Elle appuya sur la télécommande et l'écran afficha une carte noire des États-Unis avec un tas de points bleus de différentes tailles éparpillés un peu partout.

"Quelqu'un sait ce que c'est ?" demanda-t-elle.

"On dirait l'emplacement de nos bases", répondit Bill.

"C'est exact." Elle appuya à nouveau sur le bouton et des images de navires, de chars, de soldats et d'avions apparurent à côté de chacune des bases, accompagnées de chiffres. "Et ça, qu'est-ce que c'est ?"

"C'est notre ordre de bataille", s'exclama quelqu'un à l'arrière.

"Correct", répondit Lena. "Est-ce que tout le monde sait ce que cela signifie ?"

De nombreuses personnes faisaient non de la tête. "Un ordre de bataille représente le nombre de chaque type d'armes ou de véhicules de combat dont nous disposons. Voyons quelques statistiques."

Elle appuya à nouveau et un tableau apparut.

Navires

États-Unis : 473

Chine : 520

Chars

États-Unis : 8 325

Chine : 9 150

Avions

États-Unis : 13 680

Chine : 2 788

"Que pouvez-vous en conclure ?" demanda Lena.

David regardait du fond de la classe. Il resta silencieux. Il n'avait jamais aimé prendre la parole en public.

Un jeune homme en jeans assis au premier rang prit la parole : "À mon avis, notre supériorité aérienne nous permettrait probablement d'attaquer tout le reste avant que la Chine ne puisse nous faire mal."

Lena répondit : "D'accord. Regardons maintenant une autre série de chiffres."

Personnel Militaire

États-Unis : 2,3 millions

Chine : 4,5 millions

Personnel Apte au Service Militaire

États-Unis : 120 millions

Chine : 618 millions

Main-d'œuvre

États-Unis : 155 millions

Chine : 798 millions

. . .

"Qu’est-ce que vous en pensez ?", demanda Lena.

Quelqu'un siffla. David savait qu’il n’y avait pas photo. Tout le monde savait à quel point la Chine était grande. Et si on en venait vraiment à une guerre terrestre... ces chiffres faisaient froid dans le dos.

Natesh dit : "Ça fait une grosse main-d’œuvre. Et une grosse capacité de production par rapport aux États-Unis."

L'un des officiers en uniforme dit à son tour : "OK, Lena, c'est bien beau ces chiffres, mais ce n'est pas comme si la Chine pouvait venir nous attaquer par voie terrestre dans un combat homme à homme. Ce n'est plus comme ça que la guerre fonctionne. Les armées s'affronteraient dans les airs et dans le Pacifique avant même d'en arriver là. Et je sais pertinemment que nous avons un sérieux avantage technologique sur la plupart des plates-formes chinoises."

"Donc si la Chine nous attaquait, vous pensez que nos militaires seraient capables de les repousser ?"

L'homme se repositionna dans son siège et répondit : " Eh bien... je suppose... oui. Je pense que oui, probablement."

Lena ajouta : "D'accord. Nous allons, en tant que groupe, nous pencher sur certaines données qui pourraient nous aider à répondre à cette question. Beaucoup d'entre vous se demandent en ce moment si la Chine pourrait nous battre ? Mais nous ne voulons pas que vous réfléchissiez à cela sous cet angle. Nous voulons que vous y pensiez de la manière suivante. Comment la Chine peut-elle nous battre ? Supposons qu'elle le puisse. Trouvez le mode opératoire. Ce n'est qu'alors que nous pourrons vraiment préparer notre défense. C'est cette façon de penser qui nous a protégés d'un autre onze septembre pendant tant d'années. Vous allez maintenant vous familiariser avec les capacités de la Chine et utiliser votre expertise collective pour identifier les faiblesses des États-Unis. Un autre groupe d'experts élaborera le plan de réaction défensive sur la base des enseignements que nous aurons tirés. Ce groupe se réunira quelques semaines après que nous ayons terminé, et la plupart d'entre vous ne seront pas impliqués. En ce qui nous concerne, notre travail ces prochaines semaines consiste à déterminer les stratégies et tactiques les plus efficaces que la Chine pourrait mettre en œuvre pour faire la guerre aux États-Unis. Est-ce que je me fais bien comprendre ?

"Oui, madame", déclara l'officier militaire.

Lena poursuivit : "Après le onze septembre, nous avons créé une Cellule Rouge destinée à prévenir une autre attaque terroriste majeure. Généralement, dans un exercice militaire, la force adverse est rouge et la force alliée est bleue. Une cellule, pour ceux d'entre vous qui l'ignorent, est l'unité où sont élaborés les plans. Par conséquent, la Cellule Rouge est employée pour élaborer les plans de l'ennemi. Après le onze septembre, nous avons utilisé cette organisation pour penser différemment, avec un regard neuf, et émettre des hypothèses sur ce que nos ennemis pourraient faire. À cette époque, nous nous concentrions sur les attaques terroristes. Cela nous a énormément aidés à identifier les mécanismes de défense qui devaient être renforcés, et les cibles qui n'avaient pas de défense adéquate en place."

Elle se tenait debout et regardait le groupe. Son public était captivé.

"Chacun d'entre vous a été soigneusement sélectionné pour sa grande expérience dans des domaines qui seront probablement très importants pour ces plans. Mais vous avez également été sélectionnés pour une autre raison très importante. Parce que l'on peut vous faire confiance. Ou plus exactement, la plupart d'entre vous ont des patrons en qui l'on peut avoir confiance. Chacun d'entre vous a été choisi par la personne qui vous a envoyé ici. Ce groupe n'a pas été compromis. Nous avons monté cette opération pour nous préparer dès maintenant, pendant qu'une autre opération est en cours pour débusquer les espions chinois qui nous ont infiltrés. Je vous donnerai plus d'informations à ce sujet dans un instant. Les consultants de cette Cellule Rouge doivent déterminer ce à quoi nous pourrions être confrontés. Quels sont les plans déjà en cours ? Certains d'entre vous possèdent des bribes d'informations qui vont nous éclairer. Que pensons-nous que les Chinois pourraient faire ? Le reste ne sera que des hypothèses. Quelles devraient être leurs cibles et comment les attaqueraient-ils ? Chacun d'entre nous sait quelque chose qui s'avérera probablement crucial. C'est à nous de travailler efficacement afin d'être bien préparés pour la suite des événements."

Alors que David écoutait Lena parler, ses doutes commençaient à s'estomper. Tout commençait à prendre sens. La société In-Q-Tel n'était-elle pas constamment inquiète de voir les Chinois pirater leurs systèmes ? Il y avait des cyber-attaques entre l'Est et l'Ouest tous les jours. C'était une guerre froide moderne. Lena était une excellente oratrice. Plus il l'écoutait, plus une guerre avec la Chine lui semblait réaliste. Soit ça, soit Lena était une menteuse remarquable.

Lena déclara : "Nous commencerons à échanger ce soir après le dîner. Nous voulons savoir quelles sont, selon *vous* tous, les plus grandes faiblesses de notre défense. Lorsque vous regardez le onze septembre et Pearl Harbor, il semble évident que notre nation n'était pas préparée. Nous ne l'avons pas vu venir parce que nous avions été conditionnés à ne pas regarder où il fallait. Des attaques comme celles-ci sont ce que nous sommes là pour prévenir. Nous sommes ici pour penser à toutes les différentes façons dont une puissance étrangère pourrait essayer de nuire à notre nation. Certains d'entre vous ont une connaissance approfondie de choses comme les centrales nucléaires et le réseau électrique. Certains d'entre vous comprennent des choses très différentes, comme la façon dont la population américaine pourrait réagir à la propagande ou aux opérations psychologiques."

La classe leva collectivement les sourcils.

"Oui...vous avez bien entendu. Nous n'envisageons pas seulement une attaque cinétique ponctuelle. Nous allons aussi étudier les moyens qu'aurait la Chine pour nous envahir et occuper notre pays sur le long terme. Nous verrons ça au cours de la troisième semaine. Que pourraient-ils faire ? Comment s'y prendraient-ils ? Par le choc et la terreur ? En gagnant les cœurs et les esprits ? Nous planifierons des opérations psychologiques. Nous ne voulons pas que l'équipe de défense qui se basera sur notre travail se contente de creuser de grandes douves autour du pays sans défense derrière. Vous devez penser à ce que la Chine ferait pour contrôler le château une fois à l'intérieur des remparts. Ce n'est qu'alors que nos planificateurs de défense seront en mesure de couvrir les terres de notre château avec des *piques*."

La salle s'agita.

"Beaucoup d'entre vous doutent de nos raisons de nous inquiéter. Vous pensez peut-être que la Chine pourrait préparer une attaque, mais vous vous dites que *tout le monde* sait que les États-Unis sont le pays le plus puissant du monde, avec la plus grande armée du monde. Je vous demanderai de garder ces idées pour vous tant que nous sommes ici. Nous avons le devoir envers notre pays de suspendre notre scepticisme et de réfléchir à des moyens novateurs et différents auxquels pourrait avoir recours la Chine pour prendre l'avantage. Nous devons identifier toutes les vulnérabilités de notre nation et nous mettre dans cet état d'esprit de planification offensive contre les États-Unis. C'est ainsi que nous aiderons véritablement nos planificateurs défensifs en leur fournissant un plan efficace pour une invasion chinoise."

Des personnes hochaient la tête dans le public pour signifier qu'ils avaient compris. À son travail, David avait l'habitude de réunions où les intervenants étaient autour d'une table avec des ordinateurs portables ouverts et des téléphones portables éteints. Il fut frappé par le niveau d'attention totale que suscitait Lena lorsqu'elle parlait. Il est vrai que personne n'avait d'ordinateur ou de téléphone, mais cela n'expliquait pas tout. Entre son charisme et son aplomb, elle contrôlait les yeux de tous les membres de son audience. En dehors de son discours, le seul bruit était le ronronnement du climatiseur.

Elle déclara : "Cette menace exige une action urgente et de nouvelles idées. Nous ne pouvons pas utiliser les leçons tirées des séances qui ont eu lieu il y a dix ans, lorsque nous essayions de nous protéger contre un autre onze septembre, car nous n'essayons plus de nous protéger contre des terroristes, mais contre le pays qui a la plus grande économie et la plus grande armée de la planète."

La pièce était silencieuse. David sentait que la réalité pénétrait les esprits de tous ceux présents dans la salle de classe.

"Il y a quelques semaines, nous avons perdu le contact avec l'un de nos agents à Shanghai. Avant que cela n'arrive, il m'a envoyé un message qui révélait deux choses importantes. La plus importante était ce dont nous avons déjà discuté. La Chine prévoit d'attaquer les États-Unis. Très peu de dirigeants chinois sont au courant de ce plan. Ils sont déterminés à le garder secret. Mais vous pouvez être sûrs que les vrais décideurs sont bel et bien au courant. Le deuxième point important que notre agent a révélé est la raison pour laquelle c'est vous qui êtes ici, et non une équipe du Pentagone qui ferait cela dans leurs bureaux au Pentagone. Notre pays a été infiltré par les services de renseignement chinois à un niveau très inquiétant. Et ils ont activement renforcé cette infiltration. Les Chinois ont des espions qui leur fournissent des informations provenant de l'intérieur de quasiment toutes les organisations gouvernementales clés. Des agents dormants ont été déployés. De nouveaux agents ont été insérés. Ils se préparent à la guerre."

David entendit des grondements dans la salle.

"C'est une sorte de jeu du chat et de la souris en ce moment. Il y a juste une petite équipe affectée à ce projet. Nous gardons cette opération secrète tant que nous cherchons à savoir à qui nous pouvons faire confiance. Même nos propres agences ne sont pas au courant. Parallèlement, nous savons que nous devons planifier notre défense. Nous savons que les Chinois planifient une attaque et nous connaissons certains de leurs objectifs, mais nous ne savons pas exactement *comment* ils comptent s'y prendre. Nous en savons un peu, mais pas suffisamment. C'est là que vous intervenez. Il ne s'agit pas d'un simple projet d'expertise-conseil. Nous voulons que vous soyez impitoyables et calculateurs dans votre manière de réfléchir. Nous vous fournirons ce que nous avons découvert comme étant leurs objectifs probables. Mais avant que notre homme ne soit tué... oui, il a été tué..."

Quelques personnes s'exclamèrent, mais la plupart regardaient Lena, sous le choc. Elle avait dit cela sans exprimer la moindre émotion alors que tout le monde était pendu à ses lèvres.

"...Nous n'avons pu obtenir aucun de leurs plans détaillés. Nous avons entrepris une minutieuse chasse aux taupes au sein du gouvernement et de l'armée. Nous devons mettre les prochains mois à profit pour éradiquer tous les espions chinois qui nous ont infiltrés. Ce n'est qu'alors que nous pourrons partager ces informations avec les personnes qui auront besoin de les connaître. Ce que nous ne voulons pas, c'est déclencher une guerre sans y être préparés. Si nous commençons à diffuser ces informations, nous craignons que certains de leurs espions les découvrent et que les Chinois décident d'avancer leur calendrier avant que nous soyons prêts. De plus, dans ce scénario, ils nous attaqueraient avec des espions déjà en place. Nous ne pouvons pas laisser cela se produire."

Elle scruta la pièce.

"Je sais que ces révélations sont choquantes. Je sais que cela peut paraître incroyable si vous apprenez tout cela à l'instant. Mais je vous assure que tout cela est bien réel. Notre monde pourrait bientôt changer radicalement. Nous pourrions nous retrouver dans une guerre comme notre génération n'en a jamais connu. Je demande donc à chacun d'entre vous d'agir au mieux de ses capacités. Travaillez dur et prenez les meilleures décisions possibles. Aidez à préparer notre pays au pire. Bonne chance. Maintenant, mettons-nous au travail."

Le groupe resta assis, comme assommé. Petit à petit, les gens commencèrent à se lever et à se diriger vers les allées et vers la porte arrière de la salle, où les papiers administratifs les attendaient. Le major de l'armée de l'air était là et aidait tout le monde à remplir ses papiers. Les gens commencèrent à spéculer avec une intense émotion sur ce que l'avenir leur réservait.

David se retrouva dans la file d'attente pour signer son accord de non-divulgation et obtenir un badge de sécurité. Cela lui paraissait un peu inutile. Si cette île était vraiment au milieu de nulle part, Lena et les autres responsables ne savaient-ils pas déjà qui était là ? Les badges semblaient plus destinés à épater la galerie qu'autre chose. *Mais pour épater qui ?*

"Merci de votre participation, monsieur Manning", dit une voix derrière lui.

David n'avait pas vu Lena entrer derrière lui. De près, elle était encore plus séduisante. Ses yeux brun foncé fixaient intensément les siens.

"Tout le plaisir est pour moi. Je suis heureux de vous aider."

"J'ai hâte d'en savoir plus sur ARES. Nous avons hâte d'entendre le briefing complet que vous nous ferez plus tard. Je suis fascinée par ses capacités. Et par ces hommes qui ont créé le programme."

David était surpris qu'elle soit au courant. Mais si c'était la raison pour laquelle Tom l'avait envoyé, il était logique qu'elle le soit.

Il répondit: "ARES. Ouais. Je ne sais pas si on peut appeler ça des hommes. Ils ont tous les trois la vingtaine. Des garçons, je dirais."

Elle secoua la tête. "Remarquable. Mais je suppose que beaucoup de nos entreprises technologiques les plus puissantes ont été créées par des jeunes gens exubérants. Changer le monde nécessite vraiment d'avoir un esprit impétueux. Comme le jeune Natesh là-bas."

Elle fit un signe de tête en direction de Natesh, qui ne pouvait pas l'entendre à l'autre bout de la pièce.

David dit : "Nous allons avoir besoin de cette puissance cérébrale pour nous aider à faire la lumière sur ce que vous avez découvert. Espérons que nous pourrons exploiter cette puissance pour le bien de tous."

Lena rétorqua : "David, c'est pour cela que nous vous avons tous fait venir ici, pour exploiter cette puissance intellectuelle. Et je vous promets que c'est bien ce que l'on compte faire."

Elle fit un signe de tête d'adieu, se retourna et sortit.

David la regarda partir et entendit une voix désagréable lui murmurer quelque chose dans sa tête. C'était la même voix que celle qu'il avait entendue lorsque Tom lui avait parlé dans l'avion. Lena et Tom n’avaient rien dit de mal, mais le murmure était toujours là. « Murmure » était le mot qu’utilisait son père quand David était petit. Ce sage conseil de son père avait toujours permis à David d'éviter les ennuis : *quand le murmure te dit de ne pas suivre la meute, considère le murmure comme un cri.*

3

L'art suprême de la guerre, c'est soumettre l'ennemi sans combat.
—Sun Tzu

Natesh s'assit sur son lit, ses mains moites contre les draps de coton blanc. Il était toujours nerveux le premier jour, car c'est là que toutes ces personnes intelligentes et accomplies commençaient à le juger. Natesh avait constaté que la grande majorité de ses spectateurs jugeaient la valeur de ses services au cours des trente premières minutes. Comme tout bon vendeur, il devait viser juste pendant ce moment de vérité initial. Et c'est ce qu'il parvenait à faire à chaque fois.

C'est comme cela qu'il avait gagné des millions. Pas grâce à ses prouesses intellectuelles. Des gens intelligents, il y en avait à la pelle. Natesh était devenu millionnaire en se vendant. Il offrait à ses clients une production intellectuelle de grande qualité. Mais il devait leur offrir quelque chose de convaincant pour qu'ils aient l'impression d'en avoir pour leur argent.

Il était toujours un peu nerveux, mais la nervosité d'aujourd'hui dépassait tout ce qu'il avait pu ressentir auparavant. Il avait besoin de rester calme. Il devait s'en tenir au scénario.

Il devait oublier que le produit final, dans le cas présent, n'était pas du tout un produit, mais une effusion de sang. Il essaya de se consoler en se disant que s'il faisait bien son travail, le carnage serait évité.

Natesh avait une routine bien rodée. Ses histoires changeaient en fonction du projet en question, mais la formule de base restait la même. Il commençait par les présentations. Il racontait ensuite une histoire à la fois pour captiver son auditoire et inspirer une stratégie. Pour ce projet, Natesh avait décidé de raconter son histoire d'un pickpocket professionnel de New York. Cette histoire fonctionnait généralement bien. Natesh comparerait ensuite les concurrents. Normalement, ses concurrents étaient deux grands conglomérats. Aujourd'hui, il s'agissait de deux superpuissances. Natesh aborderait ensuite le cœur de la conversation. Il passerait en revue les objectifs du projet et commencerait à réfléchir aux moyens de créer un avantage concurrentiel. Les titulaires de diplômes en administration des entreprises en étaient généralement très friands. Mais il ne savait pas comment cela passerait auprès de ce public.

Il était fort probable que les activités créées dans le cadre de ce projet impliquent des massacres à grande échelle. Ce serait différent de tout ce sur quoi Natesh avait travaillé auparavant. Il espérait que ses dons pour l'analyse et la réflexion stratégique lui permettraient d'appliquer ses méthodes d'ordinaire réservées aux guerres entre entreprises à un contexte de guerre réelle. L'homme qui l'avait choisi pour cette mission en était convaincu.

Mais bien souvent, le revers de la médaille d'un tel don de génie était un sentiment de culpabilité qui magnifiait les dures réalités de la vie. Natesh pensait à ce que les acteurs du projet Manhattan avaient ressenti, sachant qu'ils concevaient un engin de mort. La justification utilitaire été souvent utilisée après le largage des bombes sur le Japon. Un nombre de vies bien plus important aurait été perdu lors d'une invasion du Japon. La planification de cette guerre pouvait-elle s'apparenter à cela ? Ils élaboraient un plan de guerre le plus efficace possible. Natesh espérait qu'il s'agirait d'un mal pour un bien.

Quelqu'un frappa trois fois à sa porte.

Il ouvrit et vit Lena qui le regardait fixement.

Les parents de Natesh étaient tous deux Indiens. Bien qu'il ne l'aurait jamais admis dans cette société américaine dominée par le politiquement correct, il préférait les femmes d'une origine ethnique proche de la sienne. Lena, cependant, était d'une beauté captivante. Son physique remettait sérieusement en question toutes les préférences qu'il avait pu avoir jusqu'à présent. Ses yeux marron foncé brûlaient d'un feu qui dénotait de l'intelligence, de l'assurance, et... de quoi s'agissait-il ? Il y avait là une autre qualité. La passion ? Non. Un engagement inexorable. Elle avait l'air de n'avoir jamais échoué dans sa vie, comme s'il ne pouvait pas en être autrement. Avec des lèvres pulpeuses et un corps athlétique bien proportionné, elle semblait pouvoir poser pour l'un de ces magazines de fitness féminin. Natesh se demandait si c'était ce corps de rêve qui faisait monter sa tension quand elle était là. Non, c'était son caractère impitoyable.

"Bonjour, Lena. On a encore vingt minutes avant..."

"Allons parler dans mon bureau. Suivez-moi, s'il vous plaît."

Elle se retourna et commença à marcher dans le couloir de la caserne. Natesh prit sa clé et ses notes de présentation sur sa table de nuit et s'empressa de la rattraper. Il se félicitait de s'être préparé en avance. Ils sortirent de la caserne et empruntèrent un chemin de gravier de 30 mètres de long qui les mena au plus petit bâtiment de l'île. Tout le monde supposait que cette île était une base militaire, mais Lena était probablement la seule à le savoir. Une voûte formée par des arbres tropicaux ombrageait le chemin.

Natesh pouvait entendre les cailloux et les coquillages qui craquaient sous ses pieds. Le soleil du matin inondait la plage de l'autre côté de la piste d'une belle lumière. Il voulait s'arrêter pour admirer la montagne verte qui dominait le centre de l'île, mais Lena avançait d'un pas soutenu. Un filet de sueur perla sur son front alors qu'il la poursuivait au pas de course.

Ils atteignirent la structure en béton coiffée de paraboles et d'un groupe d'antennes. Du fil barbelé concertina à lames de rasoir bordait le toit. Des barres de métal protégeaient chacune des fenêtres étroites, donnant l'impression d'une prison de petite ville. Les doigts de Lena parcoururent le clavier numérique sur lequel elle tapa le code de la porte en acier. Natesh entendit un faible bip puis un clic lorsque la porte se déverrouilla.

En entrant, Lena déclara : "C'est le bâtiment des communications. Vous allez passer un peu de temps ici au cours des prochaines semaines." Elle referma la porte à clé derrière eux.

À l'intérieur se trouvait une petite pièce avec deux écrans d'ordinateur et deux chaises pivotantes. Des rayons de lumière matinale jaunâtre entraient par les fenêtres rectangulaires en hauteur, éclairant le mur opposé. Elle lui fit signe de s'asseoir, et il prit place dans l'une des chaises. Elle resta debout.

Lena le fixa du regard, ses yeux emplis de cette intensité permanente. Il avait vu ce regard dans les yeux de nombreux entrepreneurs de la Silicon Valley. Les athlètes appelaient ça l'œil du tigre. Natesh trouvait que cette métaphore lui seyait à merveille. Lena était le prédateur par excellence.

Sa voix n'exprimait aucune émotion. "Alors... vous êtes prêt ?"

Natesh pouvait sentir la paume de ses mains devenir moite. "Oui. Je suis prêt." Il essayait de paraître calme.

Mais elle voyait clair dans son jeu. "Vous êtes nerveux ?"

Natesh répondit : "C'est juste que ça fait beaucoup d'un coup."

"Oui", dit-elle en acquiesçant de la tête.

"Ça va. J'ai fait ce genre de choses de nombreuses fois. Ça va bien se passer."

La désapprobation se lisait dans ses yeux, puis le calme. Sa voix était douce lorsqu'elle lui dit : "Natesh, nous vous suivons depuis un certain temps maintenant. Vous êtes tout à fait capable. Je sais que vous n'avez jamais fait ce genre de choses auparavant. Mais pour être franche, personne n'a jamais rien fait de tel. Tenez-vous en à votre routine. Adoptez un rythme, et agissez comme l'intermédiaire par lequel les autres fourniront les informations."

Il fit un signe de tête. "Oui, bien sûr. Tout va bien se passer. Merci."

"Je suis là pour vous aider."

Elle se déplaça vers les écrans d'ordinateur. "Le major Combs et vous serez les seuls à avoir accès à cette pièce, à part moi, bien entendu. Regardez ce papier. C'est le code qui ouvre la porte extérieure de ce bâtiment. Mémorisez-le. Vous ne pourrez pas le prendre avec vous. Vous pourrez vous servir de ces ordinateurs pour obtenir des informations du monde extérieur. Ces ordinateurs sont sur un réseau censuré et surveillé. Vous ne pourrez pas accéder à tout l'Internet. S'il y a des sites dont vous avez besoin ou des informations auxquelles vous ne pouvez pas accéder, le système de courrier électronique ne permet de contacter qu'une seule personne. Un de mes collègues qui pourra faire des recherches externes pour vous. Afin de rendre les choses plus simples et plus sûres, vous et le major servirez d'intermédiaires pour la collecte d'informations. Si les consultants ont besoin d'accéder à des données externes pendant que vous mettez une stratégie au point, vous viendrez tous les deux les chercher ici. Compris ?

Natesh fit un signe de tête. "Oui." Il regarda autour de lui dans la pièce. Les ordinateurs étaient plus volumineux que ce à quoi il était habitué. De qualité militaire, pensa-t-il. Il y avait une autre porte en acier à l'autre bout de la pièce. Il y avait un clavier à côté, comme celui de l'extérieur du bâtiment.

Natesh demanda : "Mon code fonctionne-t-il sur cette porte ?"

"Non", répondit Lena.

"Qu'est-ce qu'il y a derrière ?"

"Mon logement."

"Vous avez besoin d'une serrure numérique pour votre logement ?"

Elle répondit : "Nous ferions mieux d'aller en classe maintenant."

Ils se levèrent et sortirent. Lena ferma la porte derrière eux. Ils reprirent le chemin de gravier, mais cette fois, ils se dirigèrent vers le deuxième plus grand bâtiment, l'amphithéâtre.

L'amphithéâtre se trouvait au sommet d'une petite colline qui surplombait la piste d'un côté et une plage immaculée de sable noir de l'autre. Le bruit des vagues qui déferlaient se mêlait aux bruits des oiseaux marins qui planaient au-dessus.

Il était presque huit heures du matin. Cette présentation serait pour Natesh comme un tremplin qui marquait le début des événements à venir. Mais Natesh savait qu'il risquait d'y avoir des conséquences importantes et il préférait ne pas penser à l'importance de son rôle.

Comme si elle pouvait entendre ses pensées, Lena lui dit : "Respirez. Nous les avons briefés hier sur la situation générale. Ils comprennent les enjeux. Souvenez-vous de cela. Tout le monde ici veut aider à défendre les États-Unis. Vous êtes un homme de talent. Et vous nous rendez un énorme service." Elle posa sa main sur le muscle entre son cou et son épaule, en le serrant doucement. "Je sais que vous êtes sous pression en ce moment. Nous le sommes tous. Mais vous devez vous détendre, Natesh. Nous allons y arriver."

Ils se tenaient devant les portes à double vitrage du bâtiment de la salle de classe.

"Merci", répondit-il. Rien de tel que quelques mots choisis d'une femme attirante pour soutenir l'ego d'un homme qui doute. En plus du reste, Lena semblait avoir un don pour s'occuper des gens.

Quelques instants plus tard, Natesh se tenait sur la scène de l'auditorium et observait les visages de son public. Il se calma et passa en mode business. Environ la moitié des sièges étaient occupés. Les autres participants de la Cellule Rouge entraient dans la salle. La plupart d'entre eux avaient un gobelet en polystyrène de café fumant à la main.

Le vrombissement de moteurs d'avion incita la plupart des gens à regarder dehors par les grandes fenêtres. Un gros avion à hélices multi-moteurs roulait sur la piste. Tous les deux jours, cet avion était censé apporter des provisions d'on ne sait où. Lena et le major leur en avaient parlé la veille. C'était le premier arrivage.

On leur avait parlé de tous les bâtiments de l'île. On leur avait dit où aller pour se restaurer et pour faire leur lessive. Il y avait très peu d'infrastructures. Seule une poignée de femmes de ménage et de cuisiniers asiatiques vivaient à l'arrière de la cafétéria. Aucune ne parlait anglais, ce qui n'avait de toute façon pas d'importance. Le major avait ordonné à tout le monde de ne pas leur parler. Ils étaient autorisés à travailler ici, mais aucune conversation ne devait se dérouler à portée de voix de l'un d'entre eux.

Il fallait suivre des règles de sécurité strictes. Lena avait clairement expliqué les règles. Ne pas sortir de l'espace clôturé de la base. La clôture encerclait la piste et les bâtiments, mais coupait l'île en deux, avec rien d'autre qu'une jungle montagneuse de l'autre côté. Ne pas communiquer pas avec l'extérieur de l'île. Natesh n'était pas sûr de savoir comment quelqu'un aurait pu y parvenir quand bien même cette personne l'aurait voulu. Ce n'était pas comme s'ils avaient un téléphone satellite à leur disposition. Lena les avait informés que si quelqu'un avait des problèmes, médicaux ou autres, cette personne devait la voir dès que possible. Personne n'avait posé de questions.

Natesh observait la scène qui se déroulait sur la piste par la fenêtre. Des hommes portant des lunettes de protection et des casques sautèrent d'une rampe rétractable à l'arrière de l'avion et déchargèrent des caisses au bord de la piste puis remontèrent immédiatement à bord. En quelques minutes, l'avion avait redécollé. Dès que l'avion eut décollé, le personnel asiatique qui préparait leurs repas et nettoyait leurs chambres tous les jours se précipitèrent sur les caisses et les ramenèrent dans le bâtiment de la cafétéria. Quel était donc cet endroit ?

Tout le monde était assis. Natesh s'approcha et s'arrêta devant le pupitre. Il regarda sa montre. 8 h 01.

"Bonjour. J'espère que vous avez tous pu dormir mieux que moi."

Il reçut quelques sourires fatigués comme réponse.

"Bon... au moins nous savons tous pourquoi nous sommes ici. Faisons de notre mieux. Plus nous ferons du bon travail dans la planification des stratégies et tactiques d'attaque chinoises, mieux notre nation pourra se préparer."

"Amen", s'exclama quelqu'un à l'arrière. Il y eut plusieurs hochements de tête d'approbation à ce moment-là. L'état de déni dans lequel se trouvaient la plupart des membres du groupe la veille au soir s'était transformé en un désir patriotique de contribuer à ce projet.

"Alors...", il regarda tout le monde dans la pièce et vit Lena au fond, debout près de la fenêtre. Elle lui adressa un sourire d'encouragement et un signe de tête poli, comme pour lui signifier qu'il faisait du bon travail.

Natesh s'éclaircit la gorge et dit : "Examinons les faits. Nous avons vu quelques chiffres hier. Sur le bureau de chacun de vous se trouve un rapport officiel qui compare la Chine et les États-Unis. Il s'agit d'une évaluation de la menace, menée conjointement par la CIA et le Pentagone l'année dernière, qui avait pour but de faire ce que nous allons faire aujourd'hui. C'est une analyse SWOT. Pour ceux d'entre vous qui ne connaissent pas, SWOT signifie Strengths, Weaknesses, Opportunities, and Threats—Forces, faiblesses, opportunités et menaces. Mais je peux vous résumer en deux phrases les conclusions que la CIA et le Pentagone ont mis plus de six mois à obtenir. Premièrement, la Chine est vraiment grande. Et deuxièmement, les États-Unis ont un avantage technologique militaire. Laissez-moi vous poser une question à tous. Si vous avez dix hommes et que je n'en ai qu'un... mais que le mien a une arme à feu alors que les vôtres ont des épées... comment m'attaqueriez-vous ?"

"Je me ruerais sur vous", lança un jeune homme au premier rang.

"Très bien. Donc, se ruer sur l'homme avec l'arme à feu serait un exemple de tactique que nous pourrions mettre en œuvre. Si nous étions les Chinois, nous pourrions rassembler autant de troupes que possible et augmenter la production de moyens militaires. Nous pourrions commencer à rassembler des troupes sur les têtes de pont américaines et écraser l'armée américaine. Mais je peux vous assurer, sur la base de mon expérience en matière de stratégie commerciale, que ce n'est probablement pas la meilleure tactique à adopter si elle ne s'accompagne pas d'autres initiatives fortes. Notre stratégie doit également tenir compte de nos objectifs à long terme. Notre stratégie nous aidera à identifier les meilleures options. Nous pourrons alors faire une série de choix tactiques en gardant notre objectif final à l'esprit."

Natesh regarda son public. Plusieurs militaires avaient l'air sceptiques face à ce jeune Indien qui leur donnait un cours de stratégie militaire. Cela ne posait pas de problème à Natesh. Ils pouvaient penser ce qu'ils voulaient. Il serra la mâchoire plusieurs fois et se concentra sur Lena, qui se tenait au fond de la salle. Elle leva le pouce pour l'encourager. C'était vraiment une bonne coach.

La voix de Natesh se durcit. "Qu'est-ce que la Chine peut faire mieux que les États-Unis ? Et pendant que vous y réfléchissez, je veux que vous continuiez à penser aux objectifs que notre espion à découvert. Nous en avons parlé hier soir. Premier objectif : capturer et occuper de façon permanente les États-Unis. Quelles sont les implications de cet objectif ? Comment cela limite-t-il les choix tactiques de la Chine ?"

Brooke intervint : "Si la Chine veut un contrôle à long terme du territoire américain, alors elle voudra probablement faire un minimum de dégâts. Personne ne veut cabosser une voiture avant de la voler. Cela signifie qu'ils auraient recours à des tactiques non nucléaires pour préserver les infrastructures."

David leva la main. "S'ils veulent s'imposer aux États-Unis sur le long terme, cela signifie aussi qu'ils doivent prévoir de gagner les cœurs et les esprits des gens. Un peu comme ce que nous avons essayé de faire en Irak."

Natesh les pointa tous les deux du doigt. "Exactement. vous commencez à voir cela sous le bon angle. Quels sont les avantages dont dispose la Chine et qu'elle pourrait exploiter ?"

Les gens commencèrent à lancer des idées. Une grande énergie s'empara de la classe. Étrangement, tout le monde se prêtait au jeu. Il laissa la conversation de groupe se poursuivre pendant un certain temps. Il voulait que tout le monde se sente à l'aise pour contribuer et parler ouvertement. Il y eut une discussion constructive sur les différentes façons dont la Chine pourrait tirer profit de sa taille et de ses ressources.

Au bout d'une vingtaine de minutes, Natesh regarda sa montre et annonça : "Très bien. On progresse. Récapitulons. Nous avons parlé des avantages de la Chine : sa taille, l'avantage d'attaquer en premier, l'effet de surprise, sa capacité industrielle et la quantité de certaines de ses ressources. Nous avons vu que les États-Unis étaient plus avancés technologiquement pour ce qui est de l'armement. J'ai entendu quelqu'un mentionner que cela pourrait être une voie intéressante à explorer par la Chine qui pourrait voir cela comme une opportunité et non comme une faiblesse. Dans le monde des affaires, c'est un moyen précieux de débloquer un avantage concurrentiel. Si nous pouvons vraiment transformer une force perçue en une faiblesse, nous devrions nous focaliser là-dessus. Notons ce point et nous y reviendrons plus tard. Très bien, essayons de mettre un peu d'ordre dans ces premières idées. Premièrement, comment la Chine peut-elle mettre à exécution une attaque surprise qui lui permet de maximiser l'avantage conféré par le fait d'attaquer en premier, d'éliminer l'avantage technologique de l'Amérique et d'exploiter l'avantage numérique de ses troupes ? Deuxièmement, comment la Chine peut-elle maintenir son emprise sur le territoire américain à long terme sans détruire les infrastructures dont elle a besoin, ni créer un mouvement de résistance ? Est-ce que tout le monde s'accorde à dire que ce sont là quelques-unes de nos questions initiales les plus ardues ?"

Les gens hochèrent la tête de manière cordiale, mais

inquiète. Il était difficile de se sentir patriote lors d'une planification de l'invasion de votre propre nation.

"OK, faisons une pause de cinq minutes."

Le groupe se leva et se dispersa pour aller aux toilettes ou à la cafétéria dont les réfrigérateurs venaient d'être remplis. Natesh ouvrit une bouteille d'eau en plastique et en but une gorgée en retournant à son pupitre. Bill et David l'attendaient.

David dit : "Beau travail jusqu'à présent."

"Merci, David. Merci pour votre participation."

Bill surenchérit : "Oui, je pense que ce groupe va faire du bon travail. J'aurais juste aimé savoir que ça allait prendre autant de temps."

"Oh ? On vous attend quelque part ?" demanda David.

Bill semblait mal à l'aise, comme s'il n'avait pas voulu en parler. "Eh bien, pour tout vous dire, ma femme Allison est malade."

David jeta un regard à Natesh, puis reposa les yeux sur Bill. "Oh. Désolé d'apprendre ça."

Bill rétorqua : "Non, mais ça va. Cela fait maintenant quelques années que ça dure, par intermittence. J'avais convenu de ce déplacement avec mon patron il y a quelques jours seulement, avant que nous connaissions les résultats de ma femme. Mais nous les avons reçus quelques heures avant mon départ. Je lui ai dit que j'allais annuler ce voyage, mais elle m'a répondu que la chimio ne commencerait qu'à mon retour."

Natesh baissa les yeux. Il n'avait que la vingtaine. Il ne connaissait personne atteint d'un cancer. Mais il savait ce que c'était que de perdre un membre de sa famille. "Bill, je suis vraiment désolé. N'hésitez pas à me faire savoir si je peux faire quelque chose."

Bill leva les yeux comme s'il reprenait ses esprits après avoir été envoûté. "Oh, merci Natesh. Non, ne vous inquiétez pas. Désolé de vous ennuyer avec ça. J'aurais dû garder ça pour moi. Remettons-nous au travail et faisons ça bien." David et Bill montèrent les escaliers de la salle de classe pendant que Natesh vérifiait ses notes.

Quand tout le monde fut assis, il reprit la parole : "Je n'ai pas toujours vécu en Californie. Je suis allé à l'école à New York. Je me souviens d'une excursion scolaire que nous avons faite quand j'avais dix-sept ans. Nous sommes allés voir un pickpocket professionnel, croyez-le ou non. Ce type avait appris le métier dans sa famille, mais il ne voulait pas devenir un criminel. Il avait donc décidé d'organiser des séminaires et de faire des démonstrations de pickpocket. Il faisait monter les gens sur scène et leur disait : "Bonjour, je m'appelle un tel, et dans moins de trois minutes, je vais voler votre portefeuille." Et le truc, c'est que... c'est exactement ce qu'il faisait. C'était incroyable à voir. Et les membres du public qui étaient sur scène ne se rendaient compte de rien sur le moment."

Natesh commençait à se sentir à l'aise à présent. Il descendit de l'estrade et monta les escaliers, comme Lena l'avait fait la veille. Elle était là, toujours au fond de la classe. Elle ne le regardait plus maintenant. Natesh remarqua qu'elle observait les gens et prenait des notes dans un carnet.

"Ce type était un pickpocket professionnel. Mais pas du genre à gagner sa vie en volant l'argent des gens. C'était un homme qui avait appris à faire ce genre de choses dans la rue, mais qui menait maintenant une vie honnête en se produisant sur scène devant un public et en leur montrant comment il s'y prenait. Il était incroyable. Je l'ai vu prendre le portefeuille d'un homme, puis son téléphone portable, et même sa montre sans qu'il s'en rende compte. Mais ce n'était pas fini. Il a même pris les lunettes de cet homme alors qu'il les avait sur le nez. Je sais que c'est difficile à croire, et je n'y croirais pas si je ne l'avais pas vu de mes yeux."

Natesh fit un grand sourire. "C'était incroyable. Mes amis, je travaille dans la stratégie depuis plusieurs années. Je me rends compte que je suis plus jeune que la majorité d'entre vous ici. Mais après avoir étudié notre situation au cours de la dernière journée et en la comparant à divers scénarios auxquels j'ai pu assister dans le secteur privé, je pense que cela peut être une des voies à suivre. Nous devons trouver comment nous pouvons enlever les lunettes du nez de l'Amérique sans qu'elle s'en rende compte."

Bill demanda : "Vous voulez que les Chinois deviennent des pickpockets ?"

Toujours souriant, Natesh répondit : "C'est exactement ça. Vous voyez, le pickpocket nous a tous dit comment il s'y était pris. Il nous a dit combien il lui avait fallu s'entraîner pour perfectionner les tours de passe-passe nécessaires pour voler les différents objets des gens sans qu'ils s'en rendent compte. Mais cela représentait moins de la moitié du tour. Tout était lié à la science cognitive. Notre cerveau ne peut traiter qu'une quantité limitée d'informations à la fois. Donc, s'il reçoit trop d'informations en même temps, il est obligé d'établir des priorités. Grâce à son pouvoir de suggestion, le pickpocket dirige notre attention vers différentes choses. L'esprit doit hiérarchiser les informations. Le pickpocket aide simplement à suggérer un ordre de priorité à son avantage. S'il veut prendre votre portefeuille, il attire l'attention sur votre montre. Pendant que vous regardez votre montre à la main gauche, il vous parle, vous tape sur l'épaule d'une main et prend votre portefeuille de l'autre. Il se rapproche de vous pour que vous ayez moins de temps pour réagir. En un rien de temps, il y a tellement de choses qui se déroulent en même temps que vous ne pouvez pas toutes les traiter efficacement."

David demanda : "Vous pensez donc que la Chine devrait lancer plusieurs stratégies de distraction en même temps ?"

Natesh répondit : "Encore une fois, nous sommes ici pour planifier l'attaque. Je pense que les personnes présentes dans cette salle peuvent nous aider à identifier et à planifier suffisamment d'événements de haute priorité pour distraire les États-Unis et pour faire en sorte qu'ils ne se rendent pas compte qu'on leur enlève leurs lunettes du nez."

Brooke leva la main et ajouta : "Natesh, j'adore cette analogie, mais ayant travaillé dans la collecte de renseignements, nous faisons un gros travail de surveillance de la Chine. Que proposeriez-vous pour..."

"Je ne dis pas le contraire, Brooke. Mais je pense que nous devons trouver des idées pour créer une distraction qui nécessiterait que les États-Unis y consacrent la majorité de leur temps et de leurs ressources. Mieux encore, imaginons plusieurs distractions. Relions-les entre elles. Mais ne faisons pas de lien avec la Chine. Ainsi, lorsque les États-Unis auraient les yeux rivés sur leur portefeuille et leur téléphone portable, ils en oublieraient leurs lunettes."

"Et comment feriez-vous ça ?" demanda Brooke.

"Commencez une autre guerre. Faites en sorte que les États-Unis entrent en guerre avec un autre pays pour qu'ils soient absorbés par celle-ci", déclara David. "C'est ce que je ferais."

Henry dit : "D'accord, une guerre avec quel pays nous amènerait à mobiliser le plus de moyens militaires ? Pourquoi pas le Canada ? Je déteste ces gens et leur politesse exacerbée."

"L'Iran ? La Corée du Nord ? La Russie , suggéra Brooke. D'autres propositions fusèrent. Le groupe en discuta en pesant le pour et le contre pour chaque nation.

"Ça ne peut être que l'Iran", affirma le major Combs. "Si les États-Unis entraient en guerre avec la Russie ou la Corée du Nord, nous serions mieux placés géographiquement pour lutter contre la Chine. Ce n'est pas ce que je voudrais si j'étais à leur place."

"C'est vrai. Vous voudriez que les États-Unis soient distraits, mais aussi en mauvaise posture pour riposter", déclara quelqu'un depuis l'avant de la salle.

"Alors comment fait-on pour commencer une guerre avec l'Iran ? Une guerre que les États-Unis n'accuseraient pas la Chine d'avoir provoquée", demanda David.

Natesh répondit : "Bien, voici comment on va s'y prendre. Vous avez tous des boîtes en plastique avec des notes autocollantes et des marqueurs sur vos bureaux. Si vous n'en avez pas, partagez avec les gens à côté de vous. Écrivez quelques scénarios vraisemblables qui pourraient déclencher une guerre Iran-États-Unis. Je vous rappelle que nous sommes la Chine dans le cadre de cet exercice. Comment la Chine peut-elle mettre le feu aux poudres et déclencher une guerre entre les États-Unis et l'Iran sans s'impliquer ? Réfléchissez à vos propres domaines d'expertise et utilisez-les s'ils sont pertinents. Que chacun écrive ses idées sur sa feuille de papier. N'hésitez pas si vous en avez plusieurs. Amenez-les ensuite ici et collez-les sur ces tableaux blancs derrière moi. Brooke, vous pourriez m'aider ? Nous regrouperons ces idées par catégories une fois qu'elles seront toutes là. OK, vous avez tous dix minutes."

Les tableaux blancs furent vite recouverts. Brooke écrivit différentes catégories avec son marqueur effaçable et colla les notes en colonnes droites sous chacune d'elles. Natesh trouva que cette scène lui était familière. C'était le même exercice qu'il avait fait un million de fois avec des entreprises américaines. Dans le passé, Natesh avait recouvert des tableaux blancs avec des choses telles que des informations sur les consommateurs, des avantages de logiciels, les attributs de conception de matériel et d'innombrables autres listes de services ou de produits. Il regarda l'arc-en-ciel de notes autocollantes sur le tableau. Tout cela avait l'air si innocent en apparence, mais d'ici un an, l'une de ces idées pourrait très bien se concrétiser et mener à un bain de sang d'envergure mondiale.

La séance dura toute la journée. Pendant la pause déjeuner, les membres du groupe mangèrent des sandwiches à leur bureau et passèrent en revue les capacités et la stratégie militaires chinoises. L'après-midi fut consacrée à échanger des informations. Plusieurs membres de l'équipe fournirent des informations complémentaires sur leurs domaines respectifs. Brooke révéla ce qu'elle savait sur l'opération à Shanghai. Un expert en politique et en opérations militaires dans la région Asie-Pacifique donna son avis sur la montée en puissance de l'armée chinoise au cours de la dernière décennie. Henry déclara que plusieurs des entreprises de télécommunications avec lesquelles il travaillait auraient été piratées au cours des derniers mois. La rumeur disait que les Chinois testaient leur sécurité.

À dix-sept heures, Natesh était épuisé d'avoir tant parlé. L'idée principale commençait à prendre forme. La meilleure attaque chinoise serait de dominer les forces des États-Unis en neutralisant d'une manière ou d'une autre leurs avantages technologiques. Mais le groupe se chamaillait toujours pour se mettre d'accord sur la manière de procéder.

Bill était tout rouge. Il dit : "Il y a cinq mille raisons pour lesquelles les Chinois ne pourraient pas nous attaquer. Et chacune d'elles possède une tête nucléaire. L'Oncle Sam a des sous-marins prêts à lancer leurs missiles à tout moment, et les Chinois ne peuvent pas tous les localiser. L'US Air Force a toujours des bombardiers et des silos à missiles qui jouent toujours le jeu de la guerre froide. Cela s'appelle la dissuasion. Peu importe que la Chine ne veuille pas nous lancer des bombes nucléaires. Si elle essaie de nous attaquer par voie terrestre, *nous* la bombarderons et anéantirons sa force d'attaque. Même notre président libéral actuel utiliserait une arme nucléaire si quelqu'un attaquait sa maison. Excusez-moi de parler de politique."

Quelques personnes sourirent. La plupart ignorèrent cette petite pique.

"Il a raison", dit Brooke. "Non seulement cela, mais la technologie américaine de communication et de navigation est ce qui se fait de mieux. Nous avons des navires, des avions et des armes plus avancés technologiquement et qui peuvent faire de réels dégâts à longue portée."

"C'est ce qu'on appelle l'hyperguerre", déclara un des officiers militaires. "La vitesse est le facteur décisif. On peut parler des supercheries que pourrait utiliser la Chine pour déclencher une guerre avec l'Iran jusqu'à en perdre haleine, mais le fait est que si l'Amérique le voulait vraiment, nous pourrions lancer une offensive qui détruirait la majorité des moyens militaires chinois en moins de vingt-quatre heures."

Natesh se frotta les yeux. "Mais je pensais que nous avions abordé ce sujet. Le recours à ces technologies repose sur quelques activités clés, n'est-ce pas ? Donc si ces activités sont supprimées, l'avantage disparaît avec. C'est..."

Un autre officier militaire au premier rang l'interrompit : "Natesh, écoutez... la stratégie militaire n'a rien à voir avec le monde des affaires. On ne parle pas d'applications sur votre smartphone. Il s'agit de technologies complexes, entremêlées, comme les systèmes de navigation d'un F-18 et les bombes intelligentes GPS qu'il transporte. Nous avons des technologies comme la liaison de données sécurisée qui relie toutes nos forces armées de manière à ce qu'elles puissent combiner les données des capteurs les unes des autres pour avoir une meilleure image globale. Il n'y a pas de solution miracle qui pourrait anéantir tous ces avantages technologiques et la menace nucléaire. Je comprends que nous soyons tous ici pour essayer d'empêcher une guerre. La Chine n'est certainement pas une menace à prendre à la légère. Mais nous avons parlé de différentes façons de nous y prendre toute la journée, et je ne vois pas comment cette menace pourrait devenir plus que cela, c'est-à-dire une simple menace."

Il y eut des hochements de tête d'approbation d'autres personnes qui soutenaient cette idée de supériorité américaine. Brooke déclara : "La Chine n'a tout simplement aucun moyen de l'emporter sur l'avantage technologique et la réponse nucléaire des États-Unis."

Lena n'avait pas dit un mot de toute la journée. Elle se tenait debout au fond de la salle. La lumière des fenêtres faisait apparaître sa silhouette à contre-jour. Sa voix ferme vint interrompre le débat.

"En réalité, elle en a les moyens..."

4

Les ruses, les pièges, les embuscades et autres efforts visant à surprendre l'ennemi sont monnaie courante dans la guerre chinoise, aussi loin que remontent les archives.
— David A. Graff, historien militaire

La classe resta assise en silence, attendant impatiemment que Lena développe.

"Que voulez-vous dire ?" demanda Bill.

Lena poursuivit : "Les Chinois ont un moyen d'anéantir les satellites américains. Grâce à une nouvelle cyber-arme très puissante développée aux États-Unis. Nous ne savons pas comment ni quand ils ont mis la main dessus, mais nos derniers renseignements confirment qu'ils la possèdent et la testent."

David pâlit lorsqu'il comprit pourquoi il avait été sélectionné pour venir sur cette île. "Ils ont ARES ?" demanda-t-il, connaissant la réponse.

"Oui", répondit Lena.

Brooke demanda alors : "C'est quoi ARES ?"

David expliqua : "C'est une cyber-arme, comme elle l'a dit.

Là où je travaille... nous sommes à l'affût des différents types de technologies de l'information qui pourraient être utiles à nos agences de renseignement. Il y a environ un an, des étudiants du MIT ont créé un type de ver qui peut contourner toutes les sécurités connues dans plusieurs canaux de communication clés. Il a été conçu pour fonctionner sur des fermes de données et sur la grande majorité des satellites militaires et de communication. Associées à d'autres programmes dont disposait déjà le département de la défense, ces applications sont devenues d'une puissance dévastatrice. Cela pourrait potentiellement mettre les satellites hors ligne, détourner leurs signaux, ou même les faire s'écraser dans l'atmosphère terrestre. En théorie, cela pourrait couper l'électricité assez longtemps dans les fermes de serveurs de données sur lesquelles repose désormais une grande partie du cloud computing, pour que les serveurs surchauffent et soient sérieusement endommagés. Les étudiants du MIT ont utilisé une grande partie du code utilisé par le programme STUXNET de la NSA pour saboter les centrifugeuses nucléaires iraniennes il y a quelques années. Mais ce nouveau ver est bien plus avancé que cela. Ce que ces jeunes ont inventé est tout bonnement incroyable."

"Et les Chinois ont ça ?" demanda Henry.

Lena fit un signe de tête. "Nous avons de bonnes raisons de le croire."

"Génial. Ravi que mes impôts soient utilisés à bon escient." Henry réfléchissait en regardant le plafond. "Disons qu'il y a entre mille-cinq-cents et deux-mille satellites actifs en ce moment. La plupart sont des satellites de communication. Environ un tiers sont des satellites militaires. Ces chiffres incluent les satellites étrangers. À cela s'ajoutent deux à trois mille autres satellites inactifs qui flottent en orbite. Je pense que le moyen le plus efficace de nous baiser serait de programmer tous les satellites actifs pour qu'ils s'écrasent.

La salle de classe était silencieuse.

Bill demanda : "Est-ce qu'ils pourraient vraiment faire ça ?"

Brooke répondit : "Eh bien, ce ne serait pas facile. Il y a beaucoup de protections. Mais en fin de compte, cela se résume à deux choses : est-ce qu'ils ont les capacités de piratage, et est-ce qu'ils ont les capacités matérielles ? La Russie et la Chine seraient probablement les seules nations à pouvoir faire quelque chose comme ça. Et, à ma connaissance, elles ne pourraient le faire que pendant un court laps de temps. Je ne suis probablement pas censé l'admettre, mais la Chine a en fait déjà pris le contrôle de deux de nos satellites en 2008, un Landsat 7 et un Terra AM-1. Ils en ont pris le contrôle pendant douze minutes. Des gens ont été virés. Mais c'est difficile à faire. Il faut une quantité d'énergie incroyable pour alimenter la parabole au sol. Probablement entre cinq et dix millions de watts."

Quelqu'un demanda : "Ça représente quoi ?"

Henry répondit : "Environ la production d'une très grande antenne de chaîne de télévision, ou d'une petite nation africaine. C'est beaucoup de puissance, et c'est juste pour un satellite. Mais nous ne parlons pas de force brute dans ce cas. Cet ARES, si je comprends bien, ne les aiderait pas seulement à contrôler un satellite avec une antenne parabolique très puissante au sol. Est-ce que j'ai raison ?"

David acquiesça de la tête. "Oui. Cela peut changer la donne, car le ver passe outre les systèmes de sécurité et prend le contrôle via une cyber-attaque. Vous n'avez plus besoin de force brute pour pirater un satellite. Ils volent nos identifiants et nos mots de passe, puis les remplacent pour que nous ne puissions plus reprendre le contrôle. Et ils ne sont pas limités à un seul satellite. Ils peuvent en toucher plusieurs à la fois.

S'ils développaient le matériel dont disposent l'US Air Force et la NSA, ils pourraient théoriquement prendre le contrôle de tous nos satellites en moins de douze heures."

Henry dit : "Super. Donc, pour résumer, c'est le pire des scénarios imaginables. C'est tout ce qu'il y a à dire. Le pire scénario imaginable. Génial."

"C'en est fini de l'avantage de l'armée américaine en matière de communications et de navigation."

"Bordel..." lança l'officier militaire au premier rang. "Et les gens ne seraient pas au courant de ça ? Je veux dire, qui surveille ce genre de choses ?"

Brooke répondit : "Bien sûr qu'ils seraient au courant. Il y a beaucoup d'agences qui surveillent ça. NORAD. La NSA. La CIA. Le National Reconnaissance Office à Chantilly, en Virginie. Le fait est que nous ne pourrions rien y faire."

Natesh ajouta : "Mais la Chine attendrait probablement le moment opportun pour mettre ce plan à exécution. Comment appelez-vous cela, vous les militaires ? Quand vous vous assurez de frapper l'ennemi avec tout ce dont vous disposez en même temps ?"

Le major Combs répondit : "Une attaque coordonnée."

David commença à avoir la tête qui tourne en voyant où tout cela menait.

Natesh demanda : "Quels seraient les dégâts ? Quelles seraient les conséquences si la Chine mettait tous nos satellites hors service ?

Henry répondit : "Cela nous mettrait la pression au début, mais les câbles à fibres optiques sous-marins et terrestres permettent d'assurer la grande majorité de nos transferts de données. Cela se répercuterait certainement sur certains appels téléphoniques internationaux. Et évidemment la télévision et les téléphones satellites seraient hors service. Mais au bout d'un certain temps, la situation s'aggraverait..."

"Et si l'on perdait la technologie GPS ? Quelles seraient les conséquences ?", demanda Natesh.

Bill répondit : "Cela ferait très mal. Nous dépendons tellement du GPS de nos jours. Entre cela et la perte des satellites météorologiques au-dessus des océans, je ne serais pas surpris si le trafic aérien mondial était paralysé dès le premier jour. Les bateaux et les avions devraient naviguer à l'ancienne, c'est-à-dire plus lentement et en consommant plus de carburant. Vous pouvez aussi dire au revoir aux drones. L'US Air Force a recruté plus de pilotes de drones que de pilotes traditionnels cette année. Sans satellites, nous ne pourrions plus utiliser les drones aussi efficacement. Probablement pas sur une longue portée en tout cas."

Brooke ajouta : "Je pense que cela aurait un impact bien plus important sur la capacité de l'armée à faire la guerre que ce que la plupart des gens réalisent. Presque toutes nos armes reposent sur la navigation GPS pour suivre et atteindre leurs cibles avec précision. Si tout le réseau mondial de satellites était paralysé, cela remettrait beaucoup de choses à plat d'un point de vue technologique."

Henry dit : "Je comprends d'un point de vue militaire. Mais il y a un impact encore plus important. Tous ces satellites GPS nous aident à synchroniser nos horloges mondiales. La synchronisation de toutes les horloges, des feux de circulation aux stations de traitement de l'eau en passant par les horaires des chemins de fer, tout cela serait engorgé. Les recherches sur le web seraient affectées et Internet pourrait ralentir considérablement. Pensez aussi aux marchés financiers. Tous ces traders qui échangent des actions. Les gens du monde entier ne seraient plus synchronisés sur la même horloge. Les informations ne seraient plus diffusées partout. À notre époque, c'est un problème *énorme*. Combien d'entre vous sont sur leur téléphone portable toute la journée ? S'ils frappent les entrepôts de données, ces téléphones deviendront tout à coup beaucoup moins utiles. Si les Chinois peuvent vraiment faire cela, cette arme est conçue pour déclencher l'apocalypse. Si quelqu'un faisait planter tous nos satellites et notre stockage en nuage, il y aurait un effondrement complet du réseau. Il y aurait un énorme crash boursier, suivi d'une énorme pénurie alimentaire, suivie d'émeutes dans les rues et d'un effondrement total de la société. Je jure sur ce que j'ai de plus cher que je n'exagère pas. Combien d'entre vous ont des enfants ? Que feriez-vous pour mettre la main sur le dernier paquet de pain si votre enfant était affamé et que vous ne saviez pas si un autre camion de pain viendrait plus tard ? Prenez cette arme au sérieux. Et pensez à faire des réserves de pain, d'eau et de DVD de *Seinfeld*."

Bill dit : "Pas si vite. Premièrement, cela ne résout toujours pas le problème de la dissuasion nucléaire."

David répondit : "En fait... pour être honnête, surtout s'ils perturbent suffisamment les communications, je ne pense pas que nous irions jusqu'au bout."

"Jusqu'au bout de quoi ?"

David dit : "Une contre-attaque nucléaire."

"Même s'ils paralysent notre nation ?"

"Eh bien... oui, même dans ce cas. Parce qu'une réaction nucléaire ne serait pas proportionnelle."

Bill répliqua : "Et qu'est-ce que vous diriez d'une bonne vieille réponse militaire traditionnelle ? Les balles n'ont pas besoin de satellites, si ?"

David répondit : "Pensez aussi au fait que s'ils arrêtaient tous nos satellites, les décideurs de notre gouvernement seraient sourds, muets et aveugles. S'ils lançaient une attaque militaire, et en supposant qu'ils brouillent les communications radio longue portée... Je ne dis pas que nous ne répondrions pas par une contre-attaque contre la Chine si nous avions une image claire de ce qui se passe, mais il faudrait beaucoup de temps au gouvernement américain pour rassembler le soutien politique nécessaire pour attaquer un pays étranger à partir du moment où nous aurions des preuves indéniables. Si tout d'un coup, nous n'avions plus de communications avec nos forces armées, si personne n'avait plus d'électricité ou de téléphone, pensez-vous que nos politiciens auraient suffisamment confiance dans les informations qu'ils obtiendraient pour lancer une riposte militaire de type Troisième Guerre mondiale contre la Chine ? Jusqu'à il y a vingt-quatre heures, *je* vous aurais dit que vous étiez fou de suggérer tout ça. J'aurais dit bien sûr que non, la Chine ne va pas nous attaquer. Pensez à toutes les relations commerciales sur lesquelles ils feraient une croix. Ce serait un suicide économique. Personne ne le croirait. Notre technologie a permis l'hyperguerre. Mais le processus de prise de décision n'est pas devenu plus rapide. Et nous ne sommes pas en 1983. Nos dirigeants n'ont pas été conditionnés à s'attendre à une guerre nucléaire mondiale comme ils l'étaient dans les années 80. Si une attaque avait eu lieu à cette époque, nous aurions tous su de qui elle venait. Des Soviétiques. L'empire du mal. Mais la Chine n'est pas vraiment considérée comme un ennemi aujourd'hui. Leur cyberguerre contre nous est surtout secrète. La montée en puissance de leur armée ne fait pas les gros titres. Les gens achètent des iPhones bon marché et font leurs courses à Walmart parce que c'est moins cher, et le commerce avec la Chine ne s'est jamais aussi bien porté. Je ne pense pas qu'une réaction rapide, qu'elle soit nucléaire ou conventionnelle, soit réaliste si le tableau n'est pas clair. Et c'est ce que fait très bien cette arme, elle brouille le tableau."

Personne n'a rien dit pendant un instant. Les gens tentaient d'assimiler ce que venait de dire David. Certains avaient sans doute du mal à décider si la dissuasion nucléaire était une bonne ou une mauvaise chose.

Brooke s'éclaircit la gorge et dit : "Cette conversation fait froid dans le dos, c'est le moins qu'on puisse dire. Mais j'ai encore une question sur les fondements de ce plan de guerre. Supposons que nos politiciens n'aient ni les informations ni les couilles nécessaires pour riposter rapidement à une super-puissance qui nous attaque. Je vais essayer de ne pas laisser transparaître ma haine de toutes les politiques libérales. La menace d'une cyber-attaque sur nos satellites m'inquiète plus que quiconque. Ces cyber-opérations sont la base de mon travail quotidien à Fort Meade. Mais je ne vois pas pourquoi nous avons encore des raisons de croire qu'il s'agit d'une menace réelle. Pourquoi une cyber-attaque de ce genre sur ces satellites changerait-elle la donne ? Est-ce que l'un d'entre vous de l'armée de l'air pourrait m'éclairer ? N'existe-t-il pas déjà des missiles qui peuvent abattre des satellites ? Et il y a d'autres moyens de perturber les centres de données, non ? Pourquoi faire tout un foin d'ARES ? Que peut faire cette arme qui n'aurait pas déjà pu être fait ?"

David répondit : "Eh bien, ils peuvent maintenant contrôler plus de satellites en moins de temps."

Brooke secoua la tête et dit : "Je ne trouve pas que ce soit une si grande avancée. Ce que je veux dire, c'est qu'ils auraient pu faire la même chose par des moyens différents. Peut-être que ce serait plus lent, mais... Est-ce que quelque chose m'échappe ?"

Une grande partie de la classe se tourna vers Lena, mais elle ne dit rien. Au lieu de cela, la réponse vint d'Henry.

Il dit à Lena : "Ohhhh. Je comprends ce qui se passe."

Tout le monde le fixait, attendant qu'il continue.

Henry poursuivit : "Le ver est déjà dans la pomme, n'est-ce pas ? Il y a une sorte de compte à rebours qui a commencé."

Les yeux se tournèrent à nouveau vers Lena. Elle fit un signe de tête.

David lui dit alors : "C'était ça, n'est-ce pas ? C'est comme ça que vous avez su qu'ils allaient vraiment attaquer. C'est ce nouveau renseignement qu'a découvert votre agent qui est désormais mort."

"En partie. Oui", dit-elle.

Certains d'entre eux avaient recollé les pièces du puzzle et d'autres non. Quelqu'un siffla. D'autres lâchèrent des invectives. Jusqu'à présent, David avait toujours eu des doutes. Il n'avait pas vraiment cru que la Chine allait attaquer les États-Unis. Bien sûr, il y avait peut-être des renseignements qui indiquaient qu'ils y songeaient. Mais au fond de lui, David espérait que tout cela se dissipe d'une manière ou d'une autre, que la raison l'emporterait. Il pensait que la Cellule Rouge ne serait qu'une sorte de séance de planification de scénarios plus fous les uns que les autres. David avait ces idées en tête depuis que Tom lui avait parlé du projet pour la première fois. Mais les preuves commençaient désormais à arriver. Les raisons d'un tel secret. Les signes d'une guerre imminente. Soudain, tout cela devint très réel.

Il regarda dehors, réfléchissant aux implications d'une guerre de cette ampleur. Il pouvait voir des nuages d'orage tropical à l'horizon, desquels tombait un voile blanc sur l'océan lointain. Une tempête en approche. La météo ne pouvait pas être plus appropriée.

Quelqu'un demanda : "C'est quoi cette histoire de compte à rebours ?"

David soupira et répondit : "Cela signifie qu'ils vont aller jusqu'au bout. Ce destructeur de satellite est une arme de première frappe. Et le compte à rebours signifie qu'ils ont déjà appuyé sur la détente. C'est vrai qu'ils ont probablement des missiles qui pourraient arriver aux mêmes résultats. Ils en ont depuis des années, d'ailleurs. Mais s'il y a un compte à rebours, cela veut dire que leur plan est en marche. Et tout ce que nous faisons ici prend désormais une tournure bien plus importante."

"Et quand est-ce que le compte à rebours arrivera à zéro ?" demanda Henry.

Tout le monde dans la salle tourna les yeux vers Lena. Elle avait l'air de ne pas savoir si elle devait répondre.

Elle finit par dire : "Pour être honnête, nous ne savons pas."

L'une des personnes assises une rangée plus bas que David demanda : "Comment savent-ils qu'il y a un compte à rebours, mais ne savent pas quand le programme va s'activer ?

Pendant une seconde, David crut déceler un certain malaise dans l'attitude de Bill, comme s'il voulait dire quelque chose d'important, mais Brooke intervint au même moment : "Les vers peuvent être programmés pour avoir des comptes à rebours infinis. Ce programme peut donc compter à rebours, rechercher un signal provenant d'une source extérieure, puis se réinitialiser ou s'exécuter en fonction de ce qu'il reçoit. Imaginez que ce ver soit un réveil qui cherche un signal chaque jour à sept heures du matin. S'il reçoit le signal qu'il cherche, il se met à sonner. Sinon, il se réinitialise pour un nouveau tour. C'est probablement ce qui se passe dans le cas présent. Cela arrive souvent dans la cyberguerre. Nous pouvons détecter quand quelque chose est actif, mais nous ne savons pas exactement quand il sera mis à exécution."

David crut voir Lena jeter un coup d'œil à Bill. Puis elle dit : "Brooke a tout à fait raison. Dans ce cas, le compte à rebours se réinitialise sans cesse tant qu'il n'a pas reçu de signal d'activation. C'est ce que j'ai compris. Nous savons donc qu'il est là, attendant d'être activé, mais nous ne savons pas quand cela va se produire. Étant donné la périodicité des réinitialisations, notre meilleure estimation est d'ici douze à dix-huit mois."

David se réveilla au son de l'alarme de sa montre. Il s'était effondré sur son lit à 17 h 30, avec l'intention de ne fermer les yeux que pendant trente minutes. Mais la fatigue due au décalage horaire et les séances de la journée l'avaient épuisé. Alors que presque tout le monde était allé faire la queue à la cafétéria dès la fin des réunions d'équipe de l'après-midi, David avait préféré faire une sieste. Il était maintenant 19 h 15 et David devait maintenant se dépêcher s'il voulait dîner avant la fermeture de la cafétéria.

Il enfila un T-shirt, un short et une paire de baskets Reebok, puis se précipita vers la cafétéria. Quand il entra dans le réfectoire, le seul bruit était celui de la vaisselle en inox qui était nettoyée à l'arrière. Bill était le seul encore à table. David prit une assiette et se servit copieusement de purée de pommes de terre, de haricots verts et de ce qui ressemblait à du rôti braisé. Il prit une bouteille d'eau et une banane et se dirigea vers la table où était assis Bill.

"Ça te dérange si je me joins à toi ?" demanda David.

"Bien sûr que non." Bill était en plein travail. Il but une gorgée dans sa tasse et dit : "Sacrée journée, hein ?"

Bill passa sa main dans ses épais cheveux blancs. Il était vêtu d'une chemise à col qu'il avait rentré dans un jean bleu clair. Des baskets noires complétaient la tenue. David trouvait qu'il avait l'air d'un grand-père.

"Tu viens d'où déjà, Bill ?" demanda David.

"De l'ouest du Texas, mais je vis au Nevada depuis quelques années. Et avant ça, j'étais dans l'armée de l'air, donc j'ai vécu un peu partout. Et toi ?"

"En Virginie. Pas loin de Washington. Je viens d'une famille qui est dans la marine."

"Je suis passé dans le coin. C'est sympa, mais le trafic est infernal."

David acquiesça de la tête en terminant une bouchée de rôti trop cuit. "Ouais."

Un ange passa. Le bavardage ne semblait être le point fort d'aucun des deux hommes.

Bill finit par prendre la parole. "Tout cela nous fait réévaluer notre vie, tu trouves pas ?"

David marmonna. "Ouais, c'est ce qu'on ressent quand la fin du monde approche."

"Je ne dis pas que je regrette quoi que ce soit. Ma femme dit toujours à nos enfants que les regrets ne valent pas la peine qu'on s'en tracasse. Parce qu'il y a plus de bonnes choses devant nous que derrière."

"Elle semble faire preuve de sagesse. Je me demande comment elle a fini avec toi ?"

"Haha. Ouais." Bill avait l'air triste quand il parlait d'elle.

David dit : "J'espère que ma famille va bien. Mon père, ma sœur et mon frère sont tous engagés dans la marine. J'imagine que leur travail est devenu beaucoup plus dangereux tout d'un coup."

Bill leva les sourcils et but un coup. "Je suis sûr que ça va bien se passer pour eux. Avec un peu de chance, on s'en sortira bien. Je me souviens de la Baie des Cochons quand j'étais gamin. On aurait dit que la fin du monde était proche là aussi. On s'entraînait à se mettre sous nos pupitres à l'école au cas où les Russes nous auraient bombardés. Imagine un peu. Et tout ça a fini par s'estomper. J'espère que ça sera pareil cette fois-ci." Bien que ses mots avaient pour but de réconforter, il n'avait pas l'air de les croire.

"Ma mère est décédée il y a un an. D'une insuffisance cardiaque." David ne savait pas pourquoi il avait dit ça. C'était sorti tout seul.

"Je suis vraiment désolé", dit Bill.

"Merci. Ça nous a beaucoup affectés. Après la mort de ma mère, mon père, ma sœur et mon frère sont restés ensemble à la maison pendant quelques temps. C'était la première fois que je voyais Chase en deux ans. C'est dingue. Il était toujours déployé avec les SEAL."

"C'était un SEAL ? Impressionnant."

"Ouais. Tout le monde est toujours impressionné par Chase. Il est donc rentré à la maison, a pris un mois de congé et on a pu passer un peu de temps ensemble. Je n'ai jamais été aussi athlétique que mon frère et ma sœur, mais le lendemain de l'arrivée de Chase pour les funérailles, il m'a demandé d'aller courir avec lui. Il aime beaucoup la course de fond. On est descendus à Washington en voiture et on a couru sur Theodore Roosevelt Island pour finir sur le Washington & Old Dominion Trail. La vue est magnifique. Très longue course. Je n'avais pas couru plus de trois kilomètres depuis que j'avais obtenu mon diplôme à Annapolis. Ma mère adorait faire de longues promenades dans ce coin. Elle disait toujours que ses enfants avaient hérité de ses gènes d'athlète. Une maladie cardiaque. Incroyable. Ce monde est cruel et ironique, si tu veux mon avis. Bref, mon frère insistait pour que je l'accompagne courir. Après avoir parcouru huit kilomètres sur le sentier, j'ai vraiment senti quelque chose changer en moi. C'était thérapeutique. Ça a l'air bête, mais cette course à pied a été comme une façon de dire au revoir à ma mère. Peut-être qu'elle était avec nous ? J'ai couru presque tous les jours depuis. J'ai même fait mon premier triathlon il y a deux mois et je m'entraîne pour un autre. Ce jour-là, j'ai goûté au bien-être que procure la course à pied et je continue d'y retourner pour avoir ma dose à chaque fois."

"C'est plutôt sain comme passe-temps."

"Tu disais que cette histoire sur la Chine te faisait réévaluer ta vie. Moi, c'est la mort de ma mère qui m'a fait ça. Là où je voulais en venir, c'est que j'avais besoin de renouer avec ma famille plus souvent. Mon frère et ma sœur me manquaient. Je communique davantage avec eux par e-mail maintenant. J'ai même pris l'avion jusqu'à Jacksonville pour passer du temps avec ma sœur. Il est presque impossible de passer du temps avec mon père. La Navy le traite comme si c'était le président. Après avoir parlé de cette guerre contre la Chine, je suis juste inquiet. Je ne veux pas les perdre..." La voix de David resta en suspens.

Bill mit sa main sur son épaule et le regarda dans les yeux. "David, on a de belles choses à vivre devant nous. Je vais prier pour que tout se passe bien pour toi."

La porte d'entrée s'ouvrit et Natesh entra. Il salua les deux hommes et reçut des remerciements polis en retour. Un instant plus tard, il s'affala sur la table.

"Tu as l'air abattu, jeune homme", déclara Bill.

Natesh leva les sourcils et dit : "Tu n'imagines même pas. Je suis épuisé. Ce projet est plutôt intense." Il but son gobelet d'eau glacée jusqu'à ce que les glaçons glissent dans sa bouche. Il en croqua un.

Bill demanda : "Qu'est-ce que vous avez pensé de la dernière partie de la réunion d'aujourd'hui ?"

Natesh dit : "Tu veux dire la révélation de Lena ? Elle était convaincante. Vous en avez pensé quoi ?"

David dit : "Ça m'a choqué. Je travaille sur des technologies classifiées. J'ai vu beaucoup de choses vraiment à la pointe de la technologie. S'ils ont ARES, c'est une très mauvaise nouvelle."

"C'est sûr", en convint Bill. "Ce serait une arme secrète redoutable."

David fit un signe de tête. "Imaginez nos navires, nos troupes et nos avions sans système de navigation ni armes intelligentes. Une grande partie de nos communications—sans doute les plus importantes—seraient anéanties. Nous reviendrions à la technologie de l'époque du Vietnam. Et le fait est que notre armée est très dépendante de la technologie dont nous disposons actuellement. Quand est-ce que vous avez écrit une lettre pour la dernière fois ? Votre écriture manuscrite a-t-elle empiré depuis l'école primaire ? Plus besoin d'écrire à la main avec les e-mails, pas vrai ? Il en va de même pour la guerre. Pas besoin de s'entraîner à utiliser une boussole quand on a un GPS. Et si les ennemis s'entraînent à faire sans, ils ont un avantage."

Natesh ajouta : "Ou pire encore, si les Chinois conservent leur technologie. Je crois qu'ils viennent de lancer leur propre système GPS. Je suis sûr qu'il serait tout à fait possible de faire planter nos satellites en gardant les leurs intacts."

David regarda chacun d'eux. La petite voix dans sa tête lui parlait à nouveau. Quelque chose ne tournait pas rond dans tout ça. Natesh et Bill semblaient être des hommes dignes de confiance. Il voulait leur demander s'ils croyaient à tout ce qu'ils avaient entendu au cours des dernières vingt-quatre heures. Il se ravisa et garda le silence.

Natesh déclara : "Lena et le major vont nous parler tout à l'heure d'autres capacités et limites de l'armée chinoises. Nous devrions probablement y aller dans quelques minutes."

"Bien sûr. Je ne voudrais pas être en retard pour la dame de la CIA", déclara David.

Bill dit : "Lena a dit qu'on pouvait aller la voir si on avait des problèmes, non ?"

Natesh répondit : "Oui, c'est ce qu'elle a dit. Elle a dit qu'elle pouvait nous obtenir tout ce dont on avait besoin pendant qu'on est ici."

La voix de Bill semblait empreinte de peine, comme s'il

cherchait à savoir quoi faire. "C'est mon problème. Je ne sais pas si je peux me permettre d'être ici."

David était presque sûr qu'il faisait référence à la maladie de sa femme.

Natesh dit : "Je... je ne sais pas vraiment quoi dire. Je sais que c'est probablement une évidence vu la façon dont tu te sens, mais je suppose que tu te fais du souci pour ta femme ?"

Bill poussa un profond soupir. "Ouais. Je réalise que c'est important. Mais j'ai beaucoup de soucis en ce moment. Avant que le monde se transforme en enfer, je préfèrerais passer ce temps avec ma femme. Sans vouloir vous offenser, messieurs."

David mangea la dernière bouchée de haricots verts de son assiette et s'essuya la bouche avec une serviette. Il réfléchit à la position de Bill et à là où ils se trouvaient en ce moment. Cet homme devait quitter cette île.

Natesh dit : "Pourquoi ne vas-tu pas parler à Lena ce soir, après notre réunion ? Dis-lui ce que tu ressens pour qu'elle te dise ce qu'elle en pense. Ça semble être une femme raisonnable. Je ne serais pas surpris si elle te laissait rentrer chez toi. Tu n'auras peut-être qu'à signer un papier. On est volontaires après tout, non ?"

David pensa à sa propre "activation" précipitée il y avait moins de quarante-huit heures et se demanda s'ils étaient vraiment volontaires. Si la femme de Bill était mourante, il devait rentrer chez lui.

David dit : "Je suis d'accord. Va lui parler."

Un éclair à la fenêtre de la cafétéria attira leur attention. Quelques instants plus tard, ils entendaient le grondement lointain du tonnerre qui remplissait le ciel.

Bill dit : "Peut-être que c'est ce que je vais faire. Peut-être qu'elle peut m'aider. Oui, vous avez probablement raison." Il sourit.

Il était vingt-trois heures passées lorsque Lena et Bill allèrent de la salle de classe au bâtiment des communications. La réunion du groupe, qui avait permis d'informer tout le monde sur les capacités militaires et les défenses de la Chine, avait duré près de trois heures. Tout le monde fut bien heureux de rentrer dans ses quartiers après la réunion. Des gouttes de pluie commencèrent à tomber alors qu'un nuage d'orage menaçant venait se positionner au-dessus de l'île.

Bill avait approché Lena immédiatement après la fin de la réunion. Elle s'était montrée très compréhensive et avait proposé d'aller s'asseoir au calme pour en discuter plus longuement. Bill avait un bon pressentiment. Les femmes comprenaient ce genre de choses. Elles comprenaient l'importance de la famille. C'est peut-être parce que c'est elles qui portent les enfants. Bill se souvenait d'un de ses commandants machos de l'armée de l'air qui lui avait refusé une permission pendant la guerre du Golfe. Cela avait obligé Bill à manquer la naissance de son deuxième enfant. Ce type était un connard. Mais Lena semblait être beaucoup plus compréhensive.

Ils arrivèrent devant le bâtiment des communications, et Lena tapa son code sur le clavier numérique à côté de la porte. Elle regarda Bill, puis entra le code en positionnant son corps de manière à ce qu'il ne puisse pas voir. Le clavier émit un signal sonore puis il y eut un clic lorsque la porte se déverrouilla. Elle ouvrit la porte et ils pénétrèrent dans une pièce qui rappelait à Bill une tour de contrôle d'aéroport. Il entendit la pluie se mettre à tomber à verse au moment où ils entrèrent. Bill se passa la main dans les cheveux pour se sécher un peu la tête tout en examinant la pièce. Il y avait plusieurs écrans de télévision, tous éteints. Deux fauteuils pivotants noirs étaient placés devant des écrans d'ordinateur. Il y avait une deuxième porte sur le mur du fond qui semblait permettre d'accéder au reste du bâtiment. Elle aussi avait un clavier numérique.

Lena invita Bill à s'asseoir. Il s'installa dans l'une des chaises de bureau et regarda autour de lui. Il se demandait où elle dormait. Cela devait être derrière cette porte. Les ordinateurs semblaient neufs. Quand cet endroit avait il été construit ? La technologie pour ouvrir et fermer ces portes était assez sophistiquée. Lena s'assit en face de lui et croisa les jambes. Elle avait l'air détendue. C'était vraiment une gentille femme.

Bill lui expliqua ce qui le tracassait. Il lui parla du cancer de sa femme et de ses antécédents médicaux. Ils avaient des voisins qui pouvaient s'occuper d'elle, mais ce n'était pas cet aspect physique qui l'inquiétait. Bill déballa tout ce qu'il avait sur le cœur. Tout ce discours sur la guerre et la stratégie de la Chine lui avaient permis de penser à autre chose, mais ses pensées et ses émotions revinrent au galop une fois la réunion terminée. Il espérait que l'émotion qui se lisait sur son visage suffirait à la convaincre.

Lena écouta. C'était une femme d'une nature intense, remarqua Bill. Du genre à être constamment penchée en avant sur sa chaise, comme si elle était prête à bondir. C'était assez drôle de voir une femme assise comme ça. Ça lui faisait penser à un pilote de chasse ou quelque chose comme ça.

Quand il eut fini de parler, il se sentit gêné, mais heureux de s'être débarrassé de ce poids. Bill fit savoir à Lena qu'il ressentait le devoir d'aider, mais qu'il avait une plus grande responsabilité qui l'attendait chez lui. Lena semblait avoir compris. La famille passait en priorité. Elle sut trouver les bons mots quand il eut fini, et elle lui sourit. Elle comprenait. Il pouvait le voir dans ses yeux. Elle allait maintenant lui dire ce qu'il avait besoin d'entendre.

Bill dit : "Lena, je comprends l'importance de tout cela. Mais il doit bien y avoir une autre personne qui peut prendre ma place. Peut-être un collègue de mon bureau. Mon directeur pourrait nous aider à trouver quelqu'un, comme il l'a fait pour moi. Je suppose que vous le connaissez déjà, puisqu'il m'a envoyé ici."

Elle était assise penchée vers lui, et écoutait chaque mot de manière attentive.

Lena dit : "Pas de problème Bill. C'est vous qui décidez. Quand voulez-vous partir ?"

Il laissa échapper un soupir de soulagement. "Oh, merci. Merci beaucoup. Je déteste être un fardeau. Je serais heureux de continuer à participer. Je pourrais peut-être aider à distance ? Par Internet ? Mais là, j'ai juste besoin de la retrouver."

Lena fit un signe de tête et afficha un sourire des plus chaleureux. Elle posa la main sur son épaule. "Quand vous voulez. Nous pouvons organiser un avion à la première heure demain matin si vous le souhaitez."

"Oh, merci beaucoup. Je... c'est juste que... Je n'ose pas vraiment demander. Mais je ne veux pas perdre de temps, car je ne sais pas combien de temps nous avons encore ensemble... ma femme et moi."

"En fait, Bill, c'est drôle que vous disiez ça."

Bill fronça les sourcils. "Pardon ? J'ai peur de ne pas vous suivre."

Le comportement de Lena changea. Son sourire était un peu moins chaleureux. Ses yeux brillaient un peu moins. "Combien de temps avons-nous, Bill ?"

Bill secoua la tête. "Que voulez-vous dire ?"

"Bill, avez-vous *autre chose à* me dire ?"

Bill s'arrêta net. Il la regarda et fronça les sourcils.

"Bill, souvenez-vous que j'ai travaillé avec votre patron pour vous faire venir ici. J'ai déjà une bonne idée de ce que tout le monde sait. Mais nous vous avons fait venir ici pour confirmer. Je m'attendais à vous entendre vous exprimer aujourd'hui quand ils ont évoqué le compte à rebours."

Bill laissa échapper un long soupir et regarda le sol. Comment pouvait-elle savoir ? Même son manager ne savait pas *tout*.

Il dit : "Je ne voulais pas en parler. Je n'étais pas sûr que c'était vraiment de ça que nous parlions."

"Vous avez trouvé un compte à rebours intégré dans les satellites que vous utilisez pour vous connecter aux drones de l'armée de l'air à l'autre bout du monde. Un compte à rebours qui a été placé là par une entité étrangère. Et vous n'étiez pas sûr de devoir en parler ? Je ne doute pas que vous étiez complètement absorbé par ce qui se passe chez vous en ce moment. Mais je vous en prie... que savez-vous du compte à rebours ?"

Bill la regarda. S'il avait dû dire à tout le monde ce qu'il savait, il y serait encore. C'était très égoïste de sa part de garder une telle chose pour lui. Mais il devait voir sa femme. Surtout si le monde allait vraiment toucher à sa fin rapidement...

"Six mois", finit-il par dire.

Elle ne cilla pas. Elle avait même l'air de déjà être au courant. Ce qui était impossible. Son supérieur, celui qui l'avait envoyé là-bas, savait seulement qu'ils avaient trouvé un compte à rebours séquentiel. Mais pour autant qu'il le sache, Bill travaillait toujours sur le code.

"Nous avons trouvé le code dans un de nos satellites il y a une semaine. Un satellite que nous utilisons pour relayer les données GPS aux drones Predator. Nous avons vérifié plusieurs autres satellites. Il était présent dans tous. Les personnes qui l'ont mis là savaient ce qu'elles faisaient. Mais nous pensions que ce n'était qu'un virus informatique. Jusqu'à aujourd'hui, je n'avais aucune idée de ce à quoi cela pouvait servir. Je le jure. Mais vous avez raison. Nous étions presque sûrs qu'une agence étrangère en était à l'origine. Nous savions que c'était un compte à rebours. Au début, nous pensions que le compte à rebours allait continuer à se réinitialiser comme ce que vous disiez tout à l'heure. Mais quand mon patron est parti, j'ai compris le timing. C'était codé, mais j'ai utilisé un programme de déchiffrage. Puis j'ai fait le calcul. Six mois. Si c'est la même cyber-arme dont parlait David, c'est le temps qu'il nous reste avant que la guerre commence. Et c'est pour cette raison que je dois retourner voir ma femme. J'ai besoin d'être avec elle, Lena."

Lena dit : "Comment ont réagi les autres quand vous leur avez dit ?"

"Qui ? Quels autres ?"

"Les autres consultants ici sur l'île. Qu'en pensent-ils ?"

Bill était embarrassé. Il répondit tranquillement : "Je n'ai rien dit à personne d'autre. Mon patron ne sait même pas tout ça. J'allais lui faire savoir la semaine prochaine. Il était en déplacement quelques jours quand j'ai déchiffré le code. Burns, mon directeur, m'a contacté à propos de ce projet. Mais il n'était pas encore au courant non plus. En y repensant, comment avez-vous..."

Bill ne la vit pas venir.

Lena pivota et enfonça le bas de sa paume dans le plexus solaire de Bill avec une force incroyable. Une douleur atroce et une incapacité temporaire de respirer firent s'effondrer Bill.

Il essaya de reprendre son souffle, mais il avait une crampe au niveau des muscles abdominaux. Il comprenait que Lena le plaquait au sol, allongé sur le dos. Il sentait le sol en béton froid sur son cou.

Il commençait à reprendre son souffle quand elle lui enfonça sa paume ouverte dans le nez. L'arrière de sa tête vint taper contre le béton. Un flash noir parsemé d'étoiles blanches et un bourdonnement dans ses oreilles vinrent troubler ses sens. Sa vision floue enregistrait un mélange d'écrans d'ordinateur noirs et de sol en béton. La pluie tombait bruyamment sur le toit. Un coup de tonnerre retentit à l'extérieur.

Lena le retourna et lui attacha les mains et les pieds avec quelque chose de très serré. Il avait juste besoin d'une minute pour se reposer. Il fallait qu'elle arrête. Sa tête lui faisait très mal, mais il ne comprenait pas ce qui se passait. Lena semblait être si gentille. Elle avait souri et écouté son histoire. Il ne comprenait pas pourquoi elle l'avait frappé. Bill sentit un filet de sang couler à l'arrière de sa tête, là où il avait heurté le béton. La coupure devait être profonde.

Lena se tenait au-dessus de lui et lui lança : "Vous vous êtes déjà fait étrangler ? Les Marines aiment bien cette technique."

Elle lui enfonça un pied dans la poitrine, en le regardant comme s'il s'agissait d'un cerf qu'elle venait d'abattre. Ses yeux étaient remplis d'un enthousiasme terrifiant.

Bill était couché sur le sol, faible et ne comprenant pas ce qui se passait. Il essaya de se relever, mais Lena le replaqua facilement au sol. Il n'avait plus d'énergie et sa tête le faisait souffrir. Lena mit ses mains autour de son cou. Bill essaya instinctivement de se protéger, mais ses mains et ses jambes étaient attachées.

Il ne pouvait que la regarder s'accroupir sur lui, en se déplaçant avec la grâce d'un véritable prédateur. Son visage s'approcha suffisamment pour qu'il puisse sentir son souffle. Il ne comprenait pas ce qui se passait. Le regard qu'elle lui lançait le terrifiait. *Pourquoi faisait-elle cela ?*

Lena murmura : "Tout va bien. Détendez-vous. Chhhh. Voici ce qui va se passer. Je vais serrer la carotide et empêcher le sang d'arriver au cerveau. C'est une technique extrêmement efficace. Beaucoup plus rapide que de couper l'arrivée d'oxygène en comprimant la trachée. Vous allez perdre connaissance et je déciderai alors ce que je ferai de vous. Je pourrais vous tuer, mais je ne suis pas tout à fait prête à prendre cette décision. Il faut que j'y réfléchisse. Mais avec un peu de chance, vous vous réveillerez en pleine forme sous une surveillance étroite. Maintenant, c'est l'heure de dormir."

Les yeux de Bill gonflèrent de peur. Ses doigts se resserrèrent autour de son cou. Elle serra assez fort pour que ça fasse mal. Il sentit la pression artérielle commencer à augmenter au niveau de son visage et de son cou. Il se débattit de toutes ses forces, mais elle était incroyablement forte et il ne pouvait pas lutter. La vision de Bill s'assombrit. Elle l'étranglait, mais il pouvait encore respirer... il pouvait encore se battre... il pouvait...

Lena se leva et marcha vers le téléphone qu'elle posa contre son oreille. Elle parlait en mandarin. "Contactez le destroyer *Lanzhou*. Dites-leur qu'ils doivent envoyer leur hélicoptère d'alerte. Il faut qu'il atterrisse à l'extrémité nord de la piste à une heure du matin. Soyez prêt à prendre un passager attaché. Appelez-moi en cas de problème. Quand il sera sur le navire, attendez mes instructions. Gardez-le en observation. Ne le laissez parler à personne."

Elle regarda le corps immobile de Bill sur le sol. Avant de raccrocher le téléphone, elle ajouta : "Envoyez aussi un message à monsieur Jinshan. Informez-le que je pourrais avoir besoin d'avancer notre emploi du temps. Je doute que l'extraction *volontaire d'*informations dure trois semaines complètes."

5

Je n'ai pas peur d'une armée de lions menée par un mouton, j'ai peur d'une armée de moutons menée par un lion.
—Alexandre le Grand

Présent

L'horloge interne de David était complètement déréglée. La sieste qu'il avait faite ne l'avait pas aidé. Il essayait de dormir, mais n'y arrivait pas. Il regarda sa montre. Il était presque une heure du matin. Une brise marine fraîche soufflait à travers la moustiquaire de la fenêtre. Une demi-lune lumineuse éclairait la parcelle de mer visible depuis sa chambre. Les orages étaient passés.

Il ne voulait rien de plus que de pouvoir fermer les yeux, s'endormir puis se réveiller et réaliser que tout cela n'avait été qu'un mauvais rêve. Comme dans les films. David aurait voulu ouvrir les yeux et voir sa femme allongée à côté de lui alors que ses filles dormaient tranquillement dans leur chambre. Il aurait voulu qu'il n'y ait pas d'agent de la CIA nommée Lena, pas de Cellule Rouge préparant une future guerre avec la

Chine. Dans sa réalité alternative idéalisée, David n'aurait jamais rencontré Natesh, ni le major, ni aucun des consultants sur cette île.

David soupira. Il avait trop d'énergie pour dormir. Il était encore sous l'effet du décalage horaire dû au vol de la veille qui l'avait mené à l'autre bout du monde. Il décida d'aller faire un tour dehors.

Il enfila ses vêtements et ses baskets et descendit les escaliers en béton qui le menèrent à l'extérieur du bâtiment. Dehors, il pouvait entendre le chant des oiseaux venant de la montagne couverte de jungle. Quelques gros papillons de nuit voltigeaient autour de la lumière qui éclairait l'entrée du bâtiment.

David emprunta le sentier sablonneux qui menait à la plage. Il n'avait rien de mieux à faire. La piste se trouvait entre le rivage et l'endroit où il se trouvait. C'était une belle nuit. Il aimait cet air frais qui avait l'air si pur après une tempête. C'était comme si la tempête avait aspiré toute la brume et l'humidité et n'avait laissé derrière elle que de l'air pur et frais.

David passa devant le bâtiment des communications et entendit un grondement au loin. Il pensa d'abord qu'il s'agissait du bourdonnement d'un climatiseur ou d'un groupe électrogène qui alimentait l'un des bâtiments. Puis le grondement se transforma en une réverbération. Il reconnut ce bruit. Les réverbérations devinrent de plus en plus fortes et changèrent de tonalité. C'était un hélicoptère. Et il se rapprochait, à en croire son bruit. Pourquoi viendrait-il ici au milieu de la nuit ? Un sentiment de malaise s'empara de lui.

David se tenait sur le chemin de gravier et scrutait le ciel noir au-dessus de l'océan à la recherche d'un quelconque signe de l'hélicoptère. Rien. C'était comme regarder dans un trou noir.

Des lumières bleues s'étaient allumées au bout de la piste.

Quelqu'un avait dû les allumer pour que l'hélicoptère puisse atterrir. David entendit le bruit d'une porte s'ouvrant directement derrière lui. Cela venait du bâtiment des communications.

Il se cacha. Il ne savait pas pourquoi, mais son instinct le poussa à passer derrière un groupe de grands palmiers et de buissons. Il se plaqua au sol à plat ventre et retint son souffle. La lune brillait, mais il était dans l'ombre.

Les bruits des rotors s'intensifièrent et David repéra enfin l'hélicoptère qui passait devant la lune. Ses lumières étaient éteintes. Habituellement, les hélicoptères ne faisaient cela que lorsqu'ils ne voulaient pas être vus. C'était probablement des militaires.

David ne l'avait même pas entendue. Lena passa juste à côté de lui, à quelques mètres seulement de sa cachette. Elle était seule et portait une sorte de casque avec une visière claire sur le visage. Elle se dirigeait droit vers la piste. Un instant plus tard, l'hélicoptère se posa, soulevant du sable et des petits coquillages à cause du souffle du rotor. Quelqu'un descendit de l'hélicoptère, courut vers Lena, et la suivit jusqu'au bâtiment des communications.

Ils en ressortirent quelques secondes plus tard en portant un grand homme sur leurs épaules. Le corps de l'homme semblait complètement inerte. Soit il était inconscient, soit mort. Si David avait pu disparaître sous terre, il l'aurait fait. Il y avait quelque chose de terriblement bizarre. David avait du mal à voir dans l'obscurité. Le bruit des rotors ne lui permettait pas d'entendre quoi que ce soit. Il retint sa respiration et resta complètement immobile quand ils passèrent devant le buisson.

Puis il vit le visage de l'homme. C'était Bill, l'homme avec qui David avait dîné quelques heures plus tôt. Bill était censé avoir dit à Lena qu'il voulait rentrer chez lui pour s'occuper de sa femme malade. Le clair de lune illuminait son épaisse chevelure blanche. Ils l'emmenaient dans l'hélicoptère. *Putain de merde*. Est-ce qu'il était vivant ?

Lena et l'homme de l'hélicoptère amenèrent Bill sous les rotors en rotation et le déposèrent dans la cabine de l'hélicoptère. Lena fit ensuite demi-tour et revint vers David. Son sang se glaça. Elle semblait se diriger tout droit vers le buisson où il était. Chaque pas la rapprochait un peu plus de lui. Le bruit de l'hélicoptère était encore fort. S'il criait, personne dans le bâtiment ne l'entendrait.

Au moment où David pensa que Lena l'avait repéré, elle s'arrêta et se retourna vers la piste. L'hélicoptère décolla, inclina le nez et accéléra avant de disparaître dans la nuit. David pouvait à peine distinguer les contours de l'appareil, mais il était quasiment sûr que ce n'était pas un Seahawk, comme celui que pilotait sa sœur dans la marine. Cet hélicoptère avait l'air différent. Il était plus petit et avait un rotor de queue dans un fenestron. Comme les hélicoptères de la police d'État du Maryland qu'il voyait aux alentours de Washington. Ou peut-être un hélicoptère des garde-côtes. Est-ce que ça pouvait être un hélicoptère des garde-côtes ? Non, c'était impossible. Pas si loin de son pays. Alors qui cela pouvait-il bien être ? Et pourquoi Lena avait-elle déposé le corps de Bill inconscient sur le siège arrière ?

Lorsque l'hélicoptère fut hors de vue, Lena retourna vers le bâtiment des communications. David ne pouvait pas voir l'entrée depuis sa cachette, mais il resta allongé dans les buissons pendant dix minutes pour être sûr qu'elle était à l'intérieur.

Qu'est-ce que cela pouvait bien vouloir dire ? Que se passait-il ? Bill était-il allé la voir et avait-il essayé de quitter l'île ? Était-ce leur façon de le renvoyer chez lui ? L'avaient-ils tué ? David ne savait plus à qui il pouvait faire confiance dans cette Cellule Rouge. Il ne pouvait certainement plus faire confiance à Lena. Cette Cellule Rouge était-elle ce qu'elle prétendait être ? Devrait-il essayer de quitter l'île ou de raconter ce dont il avait été témoin à quelqu'un ? Il n'avait aucune idée de quoi faire.

David finit par se lever et épousseta rapidement le sable de ses vêtements. Il retourna à la caserne aussi discrètement que possible, en regardant le bâtiment des communications pour s'assurer que Lena n'en sortait pas. Il n'y avait pas de fenêtres par lesquelles il pouvait voir à l'intérieur, mais il y avait d'étroits panneaux de verre en haut du bâtiment par lesquels émanait de la lumière.

Il arriva à la caserne et ouvrit la porte aussi lentement que possible. Il ne voulait pas être vu.

Il entendit le gravier craquer sous les pas de quelqu'un qui marchait sur le chemin derrière lui.

Le cœur de David battait la chamade lorsqu'il se glissa à l'intérieur et referma la porte derrière lui. Il ne savait pas s'il avait été repéré, mais avait l'impression que quelqu'un le suivait. Il monta les escaliers sur la pointe des pieds jusqu'au deuxième étage. Des ampoules halogènes éclairaient le couloir. La luminosité l'obligea à plisser ses yeux qui s'étaient habitués à une vision nocturne. En arrivant devant sa porte, il fouilla dans sa poche pour trouver la clé de sa chambre.

Des bruits de pas résonnaient dans l'escalier en béton que David venait de monter. Il était presque à l'intérieur.

"Bonjour, David", dit Lena en se dirigeant vers lui.

Il ne put rien faire pour dissimuler la surprise qui se lisait sur son visage. Son regard était empreint d'un mélange de choc et de peur à la vue de la seule personne qu'il espérait ne pas voir. Il tenta alors, tant bien que mal, de donner une impression de nonchalance.

"Bonjour. Qu'est-ce qui vous amène ?" Il ne savait pas quoi dire d'autre.

Elle avait un air grave. "Je vous retourne la question, David. Pourquoi êtes-vous debout si tard devant votre chambre ? Vous étiez dehors ?"

"Euh, oui. J'ai cru entendre... un hélicoptère."

"Vraiment ?"

"Oui. Ça m'a réveillé. Je suis juste allé à la porte du rez-de-chaussée pour voir si je pouvais le voir."

"Et vous l'avez vu ?"

"Non. Il faisait trop sombre. Vous savez ce qu'il faisait là cet hélicoptère ?" Ses doigts étaient restés en suspens au-dessus de la poignée métallique de la porte.

"Vous êtes sorti ?"

"Non. J'ai juste regardé par la porte. Pourquoi ? Est-ce qu'il y a un problème ? Je ne voudrais pas enfreindre une règle."

Elle baissa la tête et dit : "L'hélicoptère ramène Bill chez lui. Sa femme est malade. Il voulait rentrer chez lui pour être à son chevet. Je l'ai aidé. L'hélicoptère était le meilleur moyen. Je ne peux pas en dire plus pour des raisons de sécurité, vous comprenez."

"Oui bien sûr. Désolé. C'est bien que vous ayez pu l'aider. Je suis fatigué. Je devrais aller me coucher. Ce décalage horaire perturbe mon rythme circadien. Merci, Lena. À demain."

Lena fit un pas vers lui et il eut instinctivement un mouvement de recul.

Elle dit : "David, vous avez un peu de sable sur vos vêtements. Vous feriez bien de nettoyer ça." Elle enleva des grains de sable noir de son T-shirt. Ses vêtements étaient couverts d'une fine couche de particules provenant du sol sur lequel il s'était couché. Le visage de Lena était à quelques centimètres et ses yeux sans émotion regardaient dans les siens. Il sentait ses paumes devenir moites. Dans d'autres circonstances, il aurait pu croire qu'elle lui faisait du gringue, mais là, cela lui glaçait le sang.

Il murmura : "Merci. Bonne nuit."

Sur ces entrefaites, il se retourna et entra dans sa chambre, en fermant la porte derrière lui. Il se tenait de l'autre côté de la porte, en sueur, à l'écoute du bruit de ses pas. Il n'entendait rien. Se tenait-elle juste derrière, elle aussi, à l'écoute de ses mouvements ? S'il restait immobile, ce serait suspect. Il grimaça en verrouillant sa porte, environ trente secondes plus tard que ce qui lui semblait approprié. Jamais un verrou n'avait fait autant de bruit. Il éteignit ses lumières et se mit au lit. Il entendit des bruits venant de l'extérieur pendant les quelques minutes qui suivirent. On aurait dit que Lena était entrée dans la chambre de Bill et fouillait dans ses affaires. Elle était probablement en train de faire son sac. Quelques minutes plus tard, le silence était revenu.

Il pensa à sa famille. À ce moment même, il ne voulait rien d'autre que de rentrer chez lui pour retrouver sa femme et ses enfants. Ces deux derniers jours, David avait fait confiance aux personnes qui l'avaient amené ici. Il avait été convaincu de leurs nobles intentions.

Dorénavant, il ne savait plus quoi penser.

Il savait qu'il ne parviendrait pas à dormir cette nuit. Il n'était pas sûr de ce que lui réserverait la journée suivante. Étaient-ils prisonniers ici ? À qui pouvait-il faire confiance ? Lena avait-elle tué Bill ? Même s'il n'était pas mort, Bill avait-il été évacué, inconscient, juste pour avoir demandé à partir ? La confidentialité de cette mission était-elle si importante que la CIA les aurait tous emprisonnés ? Pire encore : Lena était-elle vraiment de la CIA ? Il n'avait jamais vu le visage de l'homme qui l'avait aidée à porter Bill. Il était dissimulé par son casque et son masque. Mais cet hélicoptère ne ressemblait à aucun de ceux qu'il avait vus dans la marine. Était-elle au moins Américaine ? David n'était sûr que d'une chose : *il devait trouver un moyen de quitter cette île vivant.*

14 ans plus tôt, Washington, D.C.

Lena s'assit dans sa voiture et regarda sa montre. Il devrait être là d'une minute à l'autre. Elle essaya de ne pas être nerveuse. Elle s'était dit qu'il pouvait y avoir de nombreuses raisons pour qu'il souhaite prendre contact avec elle. Elle avait presque terminé ses études de premier cycle. Et elle avait déjà effectué quelques petites missions dans la région de Washington. Principalement de la surveillance ou des écoutes ; des choses qu'elle avait apprises lors de sa formation initiale d'agent de renseignements. De l'avis général, elle s'était acquittée de ses tâches de manière admirable. Était-il là pour la féliciter ? Peut-être que cette rencontre n'était qu'un simple contrôle de routine ? Ou avait-il l'intention de discuter de ses futures fonctions ? Elle connaissait la réputation de cet homme. Monsieur Cheng Jinshan était un homme d'affaires très important, et un marionnettiste légendaire qui gérait son réseau d'espions d'une main de maître. Cette visite n'était surement pas anodine.

Elle se gara à l'angle de la trente-sixième rue et de Prospect Street. À midi pile, elle descendit de sa voiture et se rendit à pied au Tombs, un bar chic de Georgetown situé de l'autre côté de la rue. L'intérieur était sombre et vide. C'était un jour de semaine et la plupart des clients n'arrivaient pas avant l'happy hour. Un barman était à l'autre bout de la pièce et essuyait les tables.

Lena balaya la salle du regard pour voir si Jinshan était déjà là.

Le barman la repéra. "Vous souhaitez commander ?" demanda-t-il.

"Non. Je..."

"Deux Dewars avec des glaçons. Nous allons nous asseoir près de la cheminée." La voix dure qui avait retenti derrière elle l'avait figée. Elle avait seize ans quand elle avait entendu cette voix la dernière fois. Le jour où il l'avait recrutée. Elle essaya de ne pas penser à ce jour rempli de larmes.

Elle se retourna et tendit la main. "Bonjour, monsieur."

"Bonjour, Lena." Il la dévisagea pendant un moment puis continua son chemin, en ignorant sa main tendue.

Ils s'assirent à une longue table en bois, près d'une grande cheminée en briques. Les flammes brillaient et crépitaient. Une douzaine de pagaies formaient un demi-cercle sur les pierres au-dessus du feu.

Le barman apporta deux lourds verres de liquide brun clair et retourna à son nettoyage.

"Est-ce que tu bois ?" demanda l'homme en prenant une gorgée.

Elle sourit légèrement. "Un peu. Pas comme les autres de mon école. J'ai des choses plus importantes à faire de mon temps." Elle avait l'impression que c'était à moitié une évaluation, et à moitié un entretien d'embauche.

"Je vois", fut sa seule réponse.

Ils restèrent assis pendant quelques instants. Le silence la mettait mal à l'aise. Elle essaya de trouver quelque chose à dire, mais rien ne lui vint à l'esprit.

"Tu as fait du bon travail", finit-il par déclarer.

"Merci".

"Tes notes et tes performances athlétiques sont exemplaires. Tes compétences linguistiques sont superbes. De plus... tes performances *extrascolaires ont* été remarquées." Elle était presque sûre qu'il ne parlait pas des clubs scolaires. Il faisait probablement référence à ses petites contributions en tant qu'espionne.

"Merci." Elle hocha la tête, en se pinçant les lèvres. Elle était humble. Les compliments la mettaient mal à l'aise.

"Nous t'avons observée de près, Lena. Tu as reçu des directives précises sur la façon dont tu peux interagir avec les autres ici."

Le ton de sa voix lui disait qu'il avait quelque chose derrière la tête en disant cela. Son cœur s'arrêta. Elle avait fait attention. Il ne pouvait pas savoir à son sujet. Cela ne faisait que quelques mois. Elle s'était peut-être plantée sur autre chose. Elle avait peut-être mal rempli un rapport ? Mais la boule qui se formait dans son estomac lui indiquait le contraire. Elle prit une gorgée de son verre.

"Et nous avons observé quelques... *déviations.*"

Son visage rougit. Il savait. Elle avait espéré qu'il ne s'agirait pas de cela. Elle n'avait pas voulu que cela arrive. Il était dans l'équipe d'athlétisme avec elle. Ils étaient tous les deux à l'hôtel et avaient passé un certain temps seuls. C'était un garçon calme. Elle aimait l'attention qu'il lui portait. Elle savait que c'était contre les règles. Tout comme cela avait été le cas il y a des années quand elle avait seize ans.

"Tu sors avec quelqu'un."

Elle regarda ses pieds. Le goût du whisky lui chauffait la gorge.

"Ce n'est pas grave, Lena. Je ne te juge pas. Tu es humaine, après tout. Mais nous devons nous assurer que tu seras capable de respecter nos directives strictes dans n'importe quel environnement. Ce programme n'est pas pour tout le monde. Nous avons besoin d'un personnel profondément engagé. Tu es encore en formation. Cela n'en a pas toujours l'air, mais c'est le cas. Et tu dois garder un style de vie minimaliste. Cela signifie que tu ne dois pas avoir de relations de cette nature. Tu dois faire des sacrifices pour pouvoir rester efficace. Et aussi pour ne pas te mettre en danger. Nous ne voulons pas qu'une relation soit un frein pour une affectation future. Et nous ne voulons pas que tu te retrouves dans une position où tu pourrais faire une gaffe et dire quelque chose à la mauvaise personne."

Elle le regarda. Pendant une fraction de seconde, elle pensa à tout nier. Elle aurait pu lui mentir. Dire que ce n'était rien. Mais avec Jinshan, elle ne pouvait pas prendre le risque. Ne jamais mentir à Jinshan. C'est ce que les autres lui avaient dit. Elle devait faire face à ses responsabilités et espérer que tout se passe bien. "Bien sûr, monsieur. C'est de ma faute. Je... je suis désolée. Je vais arrêter de le voir tout de suite. Je vais me rattraper. Je suis désolée. S'il vous plaît..."

"Non, non. Lena, le problème ce n'est pas la relation elle-même." Il prit une grande gorgée de son verre et le posa sur la table. "C'est une question de confiance."

"Vous pouvez me faire confiance, monsieur." Elle avait l'impression de voir tout son travail s'envoler. C'était une perspective terrifiante. Elle avait passé des années à s'entraîner pour être ici. Elle ne voulait pas retourner à ce qui l'attendait si elle échouait dans ce programme.

"Nous avons investi beaucoup de temps et d'énergie pour toi. Comme je l'ai déjà dit, tes prestations ont été de très grande qualité. J'ai personnellement suivi ton évolution, et je décèle un grand potentiel en toi, Lena. Mais je *dois* être sûr de pouvoir te faire confiance."

"Oui, oui. Bien sûr. Je suis vraiment désolée. Je vous en

prie." Elle secoua la tête. Elle espérait qu'elle n'avait pas compromis sa carrière.

"Lena, je suis ici pour deux raisons. Premièrement, pour te dire que je t'ai sélectionnée pour un programme spécial. Je veux que tu suives un parcours professionnel particulier. Un parcours dont beaucoup ne connaissent même pas l'existence. Si tu l'acceptes, tu travailleras sur nos missions les plus secrètes et les plus importantes. Tu recevras une formation beaucoup plus poussée. Et ta contribution pour ton pays sera de la plus haute importance. Lors de tes futures missions, c'est à moi que tu rendras directement des comptes."

Son cœur fit un bon. Il allait la laisser continuer. Elle pouvait continuer à avancer. Elle allait garder son honneur. Lena hocha vigoureusement la tête, essayant de retenir ses émotions.

"La deuxième chose que je suis venu te dire est que j'ai besoin que tu réalises une dernière chose pour finaliser ta formation. J'ai besoin que tu démontres ta loyauté... ton dévouement... et ta capacité à placer la mission au-dessus de tout le reste dans ta vie. Si tu y parviens, je saurai que je peux te faire confiance. Et nous pourrons passer à la suite."

"Bien sûr. Tout ce que vous voudrez. Dites-moi ce que je dois faire..."

Il se pencha en avant et murmura : "Tu vas tuer ton petit ami."

Son monde s'arrêta.

Il parlait, mais elle pouvait à peine l'entendre. "Je veux que tu comprennes que ce n'est pas parce que je pense que tu lui as dit quoi que ce soit sur ton rôle chez nous. Je te crois quand tu dis que tu as gardé tes secrets. Non, Lena, cet ordre est un moyen pour moi de savoir que tu es capable de faire ce genre de choses. Si je te choisis pour cette mission spéciale, ta future carrière exigera un niveau de détachement émotionnel dont peu de gens sont capables. Certains pourraient dire qu'une personne ayant cette qualité n'a pas de cœur, et qu'elle est impitoyable, froide et calculatrice. Appelle cela comme tu voudras. Lena, c'est ce que tu dois devenir si tu veux être une arme. Je n'ai pas besoin que tu sois juste une oreille attentive à mon écoute. J'ai beaucoup de gens qui m'écoutent. J'ai aussi parfois besoin que tu sois une assassine. Tu as été formée à de nombreuses techniques. Tu vas maintenant les mettre en pratique. Montre-moi que tu peux accomplir cette tâche efficacement."

Elle se sentait malade. Le visage de Jinshan ne laissait rien paraître. C'était comme s'il ne ressentait rien en lui demandant cela. Quel genre d'homme pouvait demander cela à quelqu'un ? Elle balaya cette pensée aussi vite qu'elle lui était venue. Il lui avait donné une seconde chance dans la vie. Sa famille était fière d'elle pour ce qu'elle faisait pour son pays. Elle ne les reverrait jamais, mais elle avait conservé son honneur.

Il poursuivit : "Fais en sorte que cela ressemble à un accident. Cela te permettra de ne pas être suspectée. Joue le rôle de la petite amie dévastée. Tu seras diplômée de l'université dans quelques mois. Commence à couper les liens avec tous les autres amis que tu t'es faits ici. Nous allons commencer à préparer ta prochaine mission. J'ai de grands projets pour l'avenir, Lena. Et je veux que tu fasses partie de ces projets."

Elle pensa à la nuit de la veille. À la sensation de sa peau sur la sienne. À la façon dont il l'avait fait se sentir. Mais ce n'est pas à cela qu'elle aspirait. Elle devait s'en souvenir. L'amour et la luxure étaient éphémères. Le devoir et l'honneur étaient immortels. Elle inspira profondément, puis expira lentement par le nez. Lena fit sortir toutes ses émotions de son corps.

Elle regarda l'homme assis en face d'elle. Son costume

était impeccable. Des boutons de manchette en or et une montre de luxe. Il passait la plupart de son temps dans des salles de conférence et des jets privés, et il le portait sur lui. Mais Jinshan n'était pas là pour affaires. Elle ignorait toujours comment il était arrivé dans la branche des opérations clandestines du gouvernement de son pays. Mais elle savait qu'il y occupait un poste très haut placé. Elle connaissait également sa loyauté envers ceux qu'il avait pris sous son aile... et sa réputation d'homme brutal envers ceux qui le contrariaient.

Ce n'était pas un choix qui se trouvait devant elle. C'était un obstacle. Comme tant d'autres qu'elle avait déjà franchis. Lena s'assura que le barman ne pouvait pas entendre et chuchota : "Bien sûr, monsieur. Je vais le faire sans hésitation. Je vais vous prouver ma loyauté envers mon pays. Ma loyauté envers la Chine."

Le lendemain matin, c'est un David nerveux et aux yeux encore à moitié fermés qui entra dans la classe. Il arriva dix minutes avant le début de la première séance. Lena se tenait sur son perchoir habituel, au niveau supérieur de l'amphithéâtre. Il essaya de ne pas la regarder. Il était certain qu'elle le fixait.

À l'entrée de la classe, Natesh divisait le groupe en équipes au fur et à mesure de leur arrivée. Chaque équipe se vit attribuer un chef, et chaque chef reçut une feuille de papier avec les instructions de la séance. Natesh expliqua comment le fait de travailler en petites équipes permettrait de travailler plus rapidement et plus efficacement. Maintenant qu'ils entamaient leur deuxième journée de travail sur l'île, Natesh les poussait à travailler plus vite. L'équipe de David devait se concentrer sur la perturbation des communications.

Avant qu'ils ne se séparent en groupes, Lena annonça à la salle : "J'ai quelque chose à vous annoncer. Pour information, sachez que Bill Stanley a été évacué."

David trouva que c'était une formulation intéressante.

Natesh demanda : "Que voulez-vous dire ?"

Lena répondit : "Apparemment, sa femme est très malade. Hier soir, il est venu me voir après notre réunion. Il a demandé à ne plus assister aux séances et est rentré chez lui. Nous avons réitéré l'importance de la confidentialité de ce projet et lui avons immédiatement fait quitter l'île." Elle regardait David pendant qu'elle parlait. Comme si elle essayait d'observer la réaction qu'il pourrait avoir. Il était impassible.

Mais à l'intérieur, il voulait crier à tout le monde qu'elle mentait. Du moins, c'est ce qu'il pensait. Mais il n'avait pas de preuve. Et crier qu'il avait vu Bill être traîné inconscient dans un hélicoptère suspect n'était peut-être pas la meilleure chose à faire. Pas s'il voulait revoir sa femme et sa famille.

Norman Shepherd prit la parole. C'était un ancien Marine de Long Island à la forte carrure. David se souvenait qu'il avait dit qu'il travaillait maintenant pour Maersk Line.

Norman dit : "Et donc vous l'avez renvoyé chez lui ? Juste comme ça ? Ce soir je vais venir dire que j'ai besoin d'un voyage à Vegas. Vous croyez que ça passera ? Je savais bien que j'avais entendu un hélico se poser ici hier soir. On aurait dit que ce foutu truc était juste devant ma fenêtre."

Natesh dit : "Très bien, merci, Lena. Content de savoir que Bill a été pris en charge."

Lena fit un signe de tête et répondit : "Moi aussi. Et si quelqu'un d'autre est dans une situation personnelle qui nécessite une attention particulière, n'hésitez pas à m'en parler."

Natesh enchaîna : "OK, tout le monde, s'il vous plaît, allez dans les salles qui vous ont été assignées. Nous nous retrouverons ici après le déjeuner. N'oubliez pas que si vous avez besoin que le major Combs ou moi-même cherchions quelque chose pour vous aujourd'hui, notez-le et donnez-le-moi avant la pause déjeuner de 11 h 30. Vous aurez la réponse dans l'après-midi."

Tout le monde se leva et sortit pour rejoindre différentes salles de réunion séparées. David suivit.

Il n'arrivait pas à croire que tout le monde acceptait le départ de Bill sans broncher. Mais pourquoi ne l'auraient-ils pas accepté ? Ils étaient tous ici pour servir leur pays. Lena n'avait rien fait qui aurait pu justifier que quelqu'un remette sa parole en doute. Elle s'était positionnée comme une personne bienveillante, capable de résoudre tous leurs problèmes. Elle pouvait vous donner une serviette propre pour votre chambre, organiser la défense américaine pour la troisième guerre mondiale, et vous faire quitter l'île sur le champ si vous le lui demandiez gentiment. Le problème, c'est que vous pouviez être inconscient ou mort lorsque vous partiez. Mais elle était attirante et charismatique et avait assis sa crédibilité. Elle avait raconté ce mensonge de manière très naturelle, et son public l'avait avalé sans se poser de question. David se demandait : si elle avait menti à propos de Bill, *au sujet de quoi d'autre pouvait-elle mentir ?*

Il devait garder son masque. Que Lena le suspecte ou non, il ne pouvait pas baisser sa garde quand elle était là.

Il remettait maintenant en question la raison même de l'organisation de cette Cellule Rouge sur cette île. David avait réfléchi à deux scénarios qu'il jugeait les plus probables. Dans le premier, Lena était de la CIA, comme elle l'avait dit. Il était possible qu'elle ait rendu Bill inconscient parce que le secret de cette mission était de la plus haute importance. Une mesure extrême, mais pas forcément malveillante. Si c'était juste pour une raison de confidentialité, peut-être que Bill *était* vraiment chez lui avec sa femme en ce moment. Peut-être que

Lena lui avait donné un tranquillisant qu'il avait pris volontairement. Il s'imaginait la scène dans sa tête. *OK, Bill. Vous pouvez aller voir votre femme, mais nous devons vous endormir jusqu'à ce que vous arriviez. Nous ne voulons pas que vous voyiez quoi que ce soit. Pour des raisons de sécurité, vous comprenez.* C'était *peut-être* ce qui était arrivé à Bill. C'était le scénario le plus optimiste.

Mais c'était improbable. C'était l'hélicoptère qui le dérangeait. Cet hélicoptère ne ressemblait à aucun autre hélicoptère de la marine américaine à sa connaissance, même malgré la pénombre.

Le second scénario était celui qui inquiétait vraiment David. Dans ce scénario, une question troublante en entraînait une autre. Et si Lena n'était pas de la CIA ? Et si elle n'était pas américaine ? Alors une entité étrangère, probablement la Chine elle-même, utilisait les membres de la Cellule Rouge pour recueillir des informations classées secret défense.

Pourquoi un gouvernement prendrait-il un tel risque ? Y avait-il vraiment un compte à rebours avant que la Chine n'arrête tous les satellites américains ? Y avait-il vraiment un plan d'invasion ? Si la réponse était oui, c'était peut-être une raison suffisante pour justifier l'enlèvement de tant d'Américains sur leur sol.

Qu'est-ce que Lena et son équipe allaient faire de David et des consultants quand ils en auraient fini avec eux ? Que leur feraient-ils s'ils découvraient que tout cela était une mise en scène ? David avait du mal à imaginer que les consultants puissent rentrer chez eux sains et saufs dans une telle situation. Toute organisation de renseignement qui ferait cela voudrait le cacher, pour toujours. Le choix de les tuer ou de les garder prisonniers dépendait probablement de l'utilité qu'ils pourraient avoir par la suite.

Lena était forcément impliquée dans ce qui se passait vraiment. Mais qui d'autre était dans le coup ? David avait besoin de comprendre. Et pendant qu'il mènerait l'enquête, il devait faire comme si tout allait bien. Tant qu'il ne savait pas qui étaient les gentils, il était trop risqué de paraître suspect.

David sortit de la classe, en prenant soin de ne pas regarder Lena. Mais il savait qu'elle le fixait du regard.

David emprunta le couloir. Le sol était recouvert de carrelage bon marché, les murs étaient en béton et il y avait des néons au plafond. Cela lui faisait penser à une vieille école primaire. Tout était simple, fonctionnel et propre. Il marcha jusqu'à la troisième porte sur la gauche. À l'intérieur se trouvait une petite salle de réunion, où Natesh était assis seul à une table en plastique blanc.

Natesh sourit et dit : "Bonjour, David."

"Bonjour", dit David en faisant un signe de tête. Même les politesses de base semblaient forcées après ce qu'il avait vu la veille au soir. David serra les dents et s'assit. Il lui fallut faire un gros effort pour ne pas craquer.

Trois autres participants entrèrent dans la salle. Brooke, la femme qui travaillait à la NSA. Henry Glickstein, l'expert en télécommunications qui n'arrêtait jamais de plaisanter. David avait rencontré ces deux-là dans l'avion qui les avait emmenés sur l'île. Une jeune femme que David n'avait pas encore rencontrée entra derrière eux. Elle avait des cheveux blonds courts et sombres à la racine. Elle avait l'air fière et déterminée. Comme quelqu'un qui vivait chaque jour comme une compétition.

Elle tendit la main à David et Natesh en disant : "Bonjour, je m'appelle Tess McDonald."

Ils échangèrent des salutations.

Natesh demanda : "Et que faites-vous dans la vie, Tess ?"

"Je suis consultante. Je travaille à Boston."

Henry ajouta : "Tout le monde est plus ou moins consultant de nos jours, non ? Même le gars de Blockbuster Video est un consultant. Je l'ai consulté pour avoir des recommandations de films."

Tess leva les sourcils, ne sachant pas trop comment prendre l'humour d'Henry. Elle répondit : "J'ai travaillé sur beaucoup de projets pour la Défense. Je suis spécialisée dans les affaires de l'Asie de l'Est, en analyse politique. Et j'ai travaillé sur de nombreux programmes d'acquisition d'armes pour le département de la Défense. Je connais assez bien la technologie des armes que nous possédons et nos capacités. Si vous me dites ce sur quoi vous voulez tirer, je peux vous dire quelle est la balle la plus adaptée. Et je peux nommer la plupart des membres du Politburo central du parti communiste chinois. Mes deux spécialités semblaient bien convenir à ce groupe. C'est pour cela que je suis ici, je crois." Son ton était poli, mais très professionnel. Comme si elle s'adressait à un client.

Natesh dit : "Excellent. Nous sommes très heureux de vous avoir parmi nous, Tess."

Les cinq membres du groupe se regardèrent un instant, puis Natesh poursuivit : "OK, mettons-nous au travail. Ce matin, notre groupe va se pencher plus en détail sur la manière de perturber les réseaux de communication américains. Que pensez-vous que la Chine devrait faire ? Je suis d'accord avec l'hypothèse d'hier selon laquelle il serait important de couper l'électricité. Comment pourrions-nous y parvenir ?

Le groupe commença à proposer des idées pêle-mêle.

David ne savait pas quoi faire. Il ne croyait plus en leur raison d'être là. Il n'était plus totalement investi. Il ne voulait rien dire qui puisse être utile à une nation ennemie potentielle, si cette possibilité était bel et bien réelle. Après ce qu'il avait vu la veille, il ne pouvait pas parler librement et garder bonne conscience. Il décida de se taire. Cela s'avéra assez facile. Les autres étaient tous très bavards.

Henry s'éclaircit la gorge et dit : "Bon, où en étions-nous hier ? Je ne sais pas comment on pourrait faire, mais j'essaierais de couper les câbles de fibres optiques transocéaniques qui relient les États-Unis au reste du monde. Si je devais attaquer une maison, je couperais les lignes téléphoniques. Je pense que la même chose est valable pour une nation en guerre."

Brooke demanda : "Pourrait-on utiliser une sorte de charge explosive, comme dans les vieux films de guerre ?"

Tess déclara : "En fait, la marine n'utilise plus vraiment de grenades sous-marines. Il faut pratiquement que la charge touche le sous-marin pour que ce soit efficace. Pendant la guerre froide, les États-Unis et les Soviétiques ont développé des grenades *nucléaires.* Mais je suis presque sûre qu'ils se sont débarrassés de toutes ces charges. Ce n'était pas une situation optimale pour la force attaquante, pour des raisons évidentes."

Henry leva les sourcils. "Si c'est la meilleure façon de parvenir à un résultat, nous devrions quand même recommander de faire exploser les câbles. Je ne voulais pas vraiment être le premier à suggérer l'utilisation d'armes nucléaires, mais si c'est la solution pour couper Internet et les lignes téléphoniques, alors je suis pour que l'on propose cette solution. Laissons ça sur la table jusqu'à ce que nous trouvions une meilleure solution. Quelqu'un a-t-il d'autres méthodes à proposer ?"

Brooke proposa : "On pourrait prendre un de ces véhicules submersibles et y placer des explosifs. Cela prendrait probablement plus de temps et de précision. Mais l'avantage est que vous n'auriez pas à vous inquiéter de faire exploser une bombe nucléaire sous votre bateau. J'imagine qu'aucun marin n'aimerait ça."

Henry dit : "Je pense que ce sont les raisons évidentes auxquelles Tess faisait référence. Mais, si c'est la meilleure façon de faire, il faut aussi l'envisager."

Natesh dit : "D'accord, donc nous avons un sous-marin qui pose des charges explosives sur les câbles et/ou quelqu'un qui pose des charges nucléaires de profondeur. Quoi qu'il en soit, notre proposition est de détruire les câbles, c'est ça ?"

Henry fit un signe de tête. "Ce serait un moyen très efficace de couper les communications Internet et téléphoniques qui entrent et sortent des États-Unis."

Natesh demanda : "Combien y a-t-il de câbles sous-marins ?"

Henry leva les sourcils et se mit à réfléchir. Il dit : "Il y en a *un paquet*. Il doit y avoir plus d'une douzaine d'endroits sur les deux côtes. Sur la côte est, les principaux points d'entrée se trouvent près de New York et de Miami, et dans le New Jersey. La Californie possède énormément de points d'entrée. Beaucoup de ces câbles sont en réalité privés. La plupart des gens pensent que l'Internet est complètement ouvert. Mais beaucoup de grandes entreprises technologiques et de télécommunications ont des câbles qui ne font qu'acheminer leurs données privées dans les deux sens. Cela rend Internet plus efficace. Tous ces câbles sont dispersés, assez loin les uns des autres, sur le fond de l'océan."

"Pourquoi ?" demanda Brooke.

"Par sécurité. En cas de catastrophe, un tremblement de terre par exemple, les autres câbles prennent la relève. Cela rend l'opération plus difficile sur le plan logistique. Mais ils finissent tous par être assez proches les uns des autres lorsqu'ils arrivent sur la côte. Si vous voulez faire tomber autant de bande passante que possible, il serait logique d'attaquer plus près de la côte, où la distance à couvrir par l'attaquant est moindre. La zone de déploiement de vos explosifs serait plus petite si vous le faisiez proche des côtes américaines. Mais il faut aussi penser aux câbles qui relient les États-Unis au Mexique et au Canada. L'idéal serait de les détruire également. Mais même si vous ne le faites pas, la différence de bande passante créée en détruisant les câbles sous-marins affaiblirait le débit."

Natesh dit : "D'accord, ça me paraît logique. Mettons tout ça sur nos notes autocollantes, collons-les sur le tableau, et nous y reviendrons plus tard. Maintenant, qu'en est-il de l'intérieur du pays ? Comment feriez-vous pour perturber les communications internes ?"

Henry dit : "Je couperais les sources d'énergie et j'endommagerais tous les grands carrefours d'autoroute. Si vous coupez le réseau électrique à suffisamment d'endroits, cela crée d'énormes problèmes. Les groupes électrogènes des grands bâtiments seraient vite à court de carburant." Il se leva et se dirigea vers le mini-frigo dans le coin de la pièce. "Quelqu'un veut une bouteille d'eau ?"

Certains d'entre eux hochèrent la tête et il leur lança des bouteilles.

"Pourquoi frapperiez-vous les autoroutes ?" demanda Tess.

Natesh prit la parole. "Pour entraver le système postal ?"

Henry répondit : "Oui. Pour empêcher les communications par voie postale et même le bouche-à-oreille. Si les téléphones et Internet sont coupés, tout le monde se tournera vers la télévision et la radio pour obtenir des informations, à l'ancienne, avec des antennes. Je ne suis même pas sûr que la plupart des gens aient encore des antennes. Mais j'imagine que la Chine essaierait aussi de frapper les grands groupes de presse."

Natesh dit : "Essayez de vous rappeler que, pour cet exercice, *nous* sommes la Chine. C'est ce que vous feriez *vous*."

David n'aimait pas cette idée.

Henry dit : "On pourrait peut-être supprimer les téléphones, la télévision et la radio par le biais d'une cyberattaque avant de couper le courant. C'est comme ça que je ferais. De toute façon, les gens finiraient par obtenir des informations par le bouche-à-oreille. Si nous arrivons à faire en sorte que les trajets longue distance soient difficiles, nous pourrions mieux contrôler l'information. Nous pourrions garder certaines parties du pays dans l'ignorance plus longtemps pendant que nous envahissons le pays."

Tess dit : "Nous devrions aussi arrêter le trafic aérien."

Brooke demanda : "Est-ce que cela relève de la communication ? Ne serait-ce pas plutôt quelque chose dont les équipes de la Défense devraient s'occuper ? Ou...je ne sais pas..."

Natesh déclara : "Gardons cela comme une priorité. Écrivez-le. Des idées sur la façon dont nous pourrions perturber les voyages aériens ?"

Brooke dit : "Que s'est-il passé à Chicago la fois où ils ont annulé tous les vols pendant plusieurs jours après qu'un employé ait saboté et mis le feu à une tour de contrôle aérien ? Est-ce qu'on pourrait paralyser le trafic en attaquant tous ces centres de contrôle aérien ?"

Henry réfléchit et dit : "Oui. Oui, en fait, ça marcherait probablement assez bien. Certains avions seraient encore capables de voler avec leurs règles de vol à vue. Mais la plupart du trafic commercial vole aux instruments. Cela signifie qu'ils ont besoin de ces centres de contrôle de trafic aérien. C'est une bonne idée. Mais en réalité, si nous faisons les deux tiers de ce que nous avons dit, le pays tout entier sera déjà dans un chaos total. La mise hors service des satellites et des centres de données porterait déjà un gros coup à mon avis. Mais la destruction des lignes fixes et des centres de contrôle du trafic aérien, cela entraverait sérieusement notre capacité d'adaptation après la mise hors service des satellites. Imaginez tous les habitants d'une ville conduisant sans GPS ni feux de signalisation. Il y aurait des bouchons partout."

David avait sans cesse des flashbacks de la veille. Il voyait Bill être transporté le long du chemin sablonneux menant à la piste et être déposé dans un hélicoptère. Plus les autres trouvaient des idées pour perturber les communications américaines, plus David pensait qu'il n'y avait aucune raison valable pouvant expliquer ce qu'il avait vu la nuit précédente. Si Lena n'était pas de la CIA, si elle n'était pas Américaine, alors tous ces plans étaient destinés à un autre pays. David commençait à se sentir mal. Il avait envie de crier. Au lieu de cela, il continua à écouter les plans.

Les plans.

En ce qui le concernait, *il n'avait* pas encore de plan. Son père avait dit un million de fois à David et à ses frères et sœurs quand ils étaient enfants qu'il fallait *toujours* avoir un plan. Après que le frère de David, Chase, se soit fait tirer dessus en Afghanistan—rien de grave, mais cela lui avait quand même valu une médaille Purple Heart—son père avait modifié son conseil en disant qu'il fallait "toujours avoir un *bon* plan". David avait besoin d'un bon plan, et vite. Si tous les groupes élaboraient des plans pour envahir l'Amérique, David n'osait pas imaginer ce qui se passerait si ces plans étaient réellement mis à exécution.

Les autres durent ressentir son malaise. Brooke dit : "David, tu vas bien ? Tu n'as pas dit grand-chose."

"Ouais. Désolé. Je suis juste un peu fatigué. Probablement à cause du décalage horaire."

Natesh dit : "N'hésite pas à faire une pause. Nous avons

quelques semaines devant nous. Tu peux te permettre de te reposer."

David ne voulait pas que l'on pense que quelque chose ne tournait pas rond. Il répondit simplement : "Ça va. Merci." Il se sentait toujours mal.

Le groupe continua de discuter pendant encore une heure. Natesh organisait les idées du groupe. David faisait de son mieux pour participer le moins possible. L'ambiance était un mélange de morosité et d'excitation. Les gens se rendaient compte de l'ampleur de la menace. Mais bizarrement, le groupe semblait prendre plaisir à planifier cette guerre. C'était un exercice intellectuel intéressant pour des gens qui avaient étudié ce genre de choses.

Au bout de la première heure, ils firent une pause. Tout le monde se leva, s'étira les jambes et sortit dans le couloir en direction des toilettes. D'autres groupes étaient dans le couloir en train de discuter. Cela faisait penser au lycée. Les consultants de la Cellule Rouge étaient comme des enfants entre deux cours. Certains faisaient connaissance. D'autres parlaient de ce qui se passait dans les autres groupes.

David et Brooke revinrent dans la salle de réunion en premier. Les autres étaient encore dans le couloir, en train de discuter.

Brooke dit : "Comment va ta famille ?"

Il la regarda sans rien dire.

"Ah oui, c'est vrai. Pas de téléphone. Désolé. Tu penses qu'ils vont bien ? Je suis sûre qu'ils vont bien. Je suis sûre que Tom a parlé à ta femme." Elle avait l'air nerveuse. "Combien d'enfants tu as dit que tu avais ?"

"J'ai deux filles, encore très jeunes", dit-il en souriant poliment. Il pensa à ses filles pendant un moment et son sourire s'estompa. "Si les choses dont nous discutons devaient vraiment arriver..."

Brooke lui adressa un regard compatissant. Elle secoua la tête. "C'est sûr. Même les choses dont nous venons de parler. Je n'arrive pas à imaginer que cela puisse vraiment se produire. Mon grand-père a fait la Seconde Guerre mondiale. J'ai lu beaucoup de livres sur cette période. Le monde entier a été transformé du jour au lendemain. Les usines automobiles sont devenues des usines de machines de guerre. Il y a eu des dizaines de millions de morts. Les gens prenaient part à des atrocités dans le monde entier. Tu imagines ce qui se passerait dans une société civile moderne ?"

"Ça dépend de ce que tu entends par société civile, je suppose."

"Comment ça ?"

"Je veux dire que je suis sûr que de nombreux Allemands impliqués dans les atrocités de l'Holocauste étaient civils avant d'être mis dans cette situation. Civil peut signifier beaucoup de choses. Ils étaient peut-être polis, gentils, propres, riches ou convenables. Mais quand la guerre a éclaté et qu'ils ont revêtu un uniforme et ont été mis dans un groupe et qu'on leur a dit d'appuyer sur un bouton, ils l'ont fait. La guerre et la pensée de groupe peuvent avoir des effets inattendus..."

Elle avait l'air horrifiée. "Jamais je ne..."

David dit : "Je suis sûr que tu ne le ferais pas, Brooke. Pas avec ce que tu sais maintenant et la façon dont tu as probablement été élevée. Tout ce que je dis, c'est que si les gens sont placés dans certaines circonstances, ils peuvent faire des choses qu'ils n'auraient jamais pensé faire. Si l'on regarde les autres événements de la Seconde Guerre mondiale, même notre pays, qui, je pense, essaie toujours d'agir avec les intentions les plus nobles, a fait certaines choses, comme les bombardements incendiaires, les armes nucléaires, qui semblent impensables quand on y pense aujourd'hui. J'ai encore du mal à croire le postulat de départ de ce projet. Je continue à penser que ce projet ne sera qu'un exercice sur papier. J'espère en tout cas que ce sera le cas. Parce que ces choses dont nous parlons, ces *plans*, c'est comme la Deuxième Guerre mondiale, sauf que cette fois, c'est notre pays qui serait le champ de bataille."

Brooke dit : "Tu imagines toujours le scénario le plus sombre. En ce qui me concerne, en étant assise ici, dans ces salles de réunion climatisées, il m'est difficile d'imaginer cela comme une réelle probabilité. C'est peut-être ça. Comme tu l'as dit, peut-être que je ne crois pas vraiment que tout cela puisse arriver. Tu penses que ça pourrait vraiment être si grave ? Je veux dire, si les Chinois nous envahissaient vraiment."

David voulait lui parler de ce qu'il avait vu la veille, mais il se ravisa. Au lieu de cela, il dit : "Il y a quelques années, je me souviens avoir entendu cette journaliste parler de son séjour au Rwanda. Elle était allée interviewer un groupe de personnes impliquées dans le génocide là-bas. Elle avait parlé avec des gens des deux côtés. Des Hutus et des Tutsis. Avant que les violences n'éclatent, beaucoup d'entre eux étaient voisins, et même amis. Elle avait interviewé un homme. C'était des années après le massacre. Ce type était le parrain d'un des enfants qu'il avait tués. Il disait qu'il ne pouvait pas expliquer pourquoi il avait fait ça. Il ne savait pas ce qui lui était arrivé."

Brooke le regarda la main sur la bouche.

Il ajouta : "C'était comme si une folie meurtrière s'était emparée de ce pays. Je pense que c'est l'effet de la guerre quand elle a lieu chez soi. Les gens deviennent des animaux. Ils ne raisonnent plus. Ils ne réfléchissent plus. Ils agissent de manière impulsive. Ce sont souvent de mauvaises impulsions. Je pense que la guerre est comme une maladie. Quand elle s'étend à un nouveau pays, elle infecte cet endroit et les gens qui y vivent."

Brooke dit : "Et que penses-tu de ce que nous faisons ici ?

En planifiant la façon dont la Chine pourrait nous attaquer. Est-ce que tu penses que nous contribuons à la propagation de cette maladie ? Ou que nous contribuons à la prévenir ?"

David répondit : "Je pense qu'il est possible de mener une guerre juste. Je pense que les États-Unis ont toujours essayé de se battre pour les bonnes raisons, et avec honneur. Je sais pertinemment que nous formons nos militaires à remettre en question la moralité des ordres qu'ils reçoivent, et à toujours se battre du côté de la justice. Mais Brooke, entre toi et moi, je ne suis pas sûr que ce que nous faisons ici tienne compte de ces valeurs morales."

Brooke demanda : "Qu'entends-tu par là ?"

Ils entendirent les autres s'approcher de la porte.

Le visage de David rougit. Il ne savait pas quoi dire. Il lui tapota l'épaule et lui dit : "Ce n'est pas le moment d'en parler. Mais je te dirai plus tard. Fais-moi confiance. Gardons ça entre nous pour l'instant, d'accord ?"

Elle le regarda et fronça les sourcils. Elle était confuse. Puis elle hocha la tête et murmura : "Ça marche."

Les autres entrèrent dans la salle. Brooke se retourna et semblait perdue dans ses pensées. Dans sa tête, David se fit la remarque qu'il pouvait mettre Brooke dans la colonne « digne de confiance ». Il lui avait suffisamment parlé. Il n'était pas sûr de savoir quand il en aurait l'occasion, mais il devait lui parler de ce qui était arrivé à Bill et l'incorporer dans son plan. Maintenant, il avait juste besoin d'un plan.

6

Les deux guerriers les plus puissants sont la patience et le temps.
—Leo Tolstoï

David Manning se réveilla à 5 heures du matin. Une semaine. Il était sur l'île depuis une semaine entière. Jusqu'à présent il avait fait profil bas. Il n'avait pas beaucoup contribué. Seulement quand il le fallait absolument pour ne pas paraître suspect. Ils étaient restés séparés en équipes pendant toute la semaine. Il n'avait entendu que des rumeurs sur le travail effectué par les autres équipes. Le major Combs avait décidé qu'il était préférable de garder les informations cloisonnées pour des raisons de sécurité. Natesh s'y était opposé, mais Lena n'avait pas tenu compte de son avis. Les gens échangeaient tout de même entre eux. La plupart des consultants étaient faits de la même étoffe. C'était des ex-militaires, des agents du gouvernement et des responsables de niveau intermédiaire. Ils étaient habitués à être encadrés par de nombreuses règles, mais il était impossible de faire le travail correctement tout en les respectant toutes. Alors naturellement, pendant les repas ou les pauses, ils parlaient entre eux.

C'est ainsi que David commença à entendre parler des autres plans. Les plans de guerre du Pacifique. Les plans d'invasion américains. Les opérations psychologiques d'avant-guerre. C'était très complet. Il s'agissait encore de plans préliminaires, avec de nombreux détails à régler, mais les consultants qui constituaient la Cellule Rouge étaient à la fois très pointus et extrêmement compétents. À chaque nouvelle information que David recueillait, il s'inquiétait de plus en plus de savoir qui collectait réellement ces informations.

David n'avait jamais fait de mal à personne auparavant. Il s'était engagé dans l'armée, même si cela n'avait pas duré longtemps, pour défendre et protéger. Il ne savait pas s'il aurait été capable de faire du mal à quelqu'un. Mais plus il réfléchissait à ce qui était arrivé à Bill, plus il pensait que sa vie était en danger. Plus il entendait parler des plans de guerre, plus il s'inquiétait pour l'avenir de sa famille.

Le stress le rongeait. Il mangeait à peine. Il n'arrivait pas à dormir. Il ne se souvenait pas à quand remontait la dernière fois qu'il avait prié avant de venir sur cette île, mais maintenant David priait tous les soirs dans le silence de sa chambre. Il avait besoin de déstresser.

La veille, il avait décidé d'utiliser les baskets qu'on lui avait données dans son sac de sport pour aller courir. Il avait besoin de suer un bon coup. Cela l'aiderait à ne pas devenir léthargique et à ne pas devenir fou d'inquiétude.

Puisqu'il n'avait pas vraiment d'autre option, il courut le long de la piste qui faisait presque deux kilomètres de long. L'air était humide et il y avait une légère brise. Les seuls bruits qu'il pouvait entendre étaient le bruit de ses pas sur le bitume et celui des vagues qui venaient se briser sur le rivage. À l'aube, il assista à l'un des plus beaux levers de soleil qu'il avait jamais vus. En courant, il avait également une vue d'ensemble sur une grande partie de la base.

La sueur coulait de son front pour finir dans ses yeux. Il s'essuyait avec son avant-bras. Ses foulées étaient longues, sa respiration contrôlée. Le soleil pointait à l'horizon. Il avait presque terminé et se sentait bien.

La piste d'atterrissage était comme sa propre piste d'athlétisme personnelle. David termina une autre longueur et franchit la ligne qui indiquait l'extrémité de la piste. Il fit face aux vagues en passant de l'autre côté de la piste. Il tourna encore une fois sur sa droite et n'avait alors qu'une dernière longueur de piste à parcourir avant de revenir sur le côté de la base où se trouvaient les bâtiments. Il était à moins de deux kilomètres de Lena, de la salle de classe et de tous ceux qui faisaient partie de la Cellule Rouge.

Juste avant de faire son demi-tour, quelque chose attira son attention près de l'eau.

La clôture.

La clôture en fil de fer barbelé faisait le tour de la base et de la piste comme un gigantesque fer à cheval carré, les deux extrémités plongeant dans l'océan à près de deux kilomètres l'une de l'autre. La piste et tous les bâtiments se trouvaient à l'intérieur de la clôture. Elle s'élevait à trois ou quatre mètres au-dessus du sol et était surmontée de fil barbelé à lames. La jungle avait été coupée et le sol brûlé tout le long de la clôture. Cela avait dégagé un chemin pour marcher le long de la clôture sur environ deux mètres de chaque côté. Au-delà de cette bande de terre, de cendres et de métal, une jungle sombre s'élevait en d'épaisses masses vertes. Il y avait plusieurs hectares de forêt tropicale à l'intérieur de la clôture, du côté de la base, que les constructeurs n'avaient pas pris la peine de défricher. Il en résultait un couloir de huit-cents mètres de large qui s'élevait avec une faible pente de la base au sommet, à plus d'un kilomètre de distance et qui s'incurvait de l'extrémité de la piste à l'autre côté de l'île. Si David l'avait voulu, il aurait pu courir tout droit le long de ce chemin étroit et terminer près des bâtiments. Mais ce n'est pas ce qui l'avait frappé en regardant la clôture.

Ce qui était étrange à propos de cette clôture était le simple fait qu'elle existait.

Il avait lu récemment un livre sur une ville entourée d'un mur. C'était un livre de science-fiction dans lequel toute la ville était entourée d'une clôture électrifiée et de grands pins. L'auteur y citait un poème de Robert Frost. David pensait maintenant à ce poème. Il n'y avait que deux raisons de construire un mur. Empêcher quelque chose de rentrer—ou empêcher quelque chose de sortir.

Ils étaient entourés par l'océan de tous les côtés. Le gravier, la terre brûlée et le béton avaient éliminé les plantes qui pouvaient menacer de recouvrir les structures de la base et la piste. Alors pourquoi aurait-on besoin d'une clôture en fil de fer barbelé sur une île ? *À moins qu'il n'y ait autre chose sur cette île que vous ne vouliez pas que les gens voient...*

La clôture en fil de fer barbelé se poursuivait dans la mer et s'enfonçait de plus en plus profondément recouverte par de l'eau bleu-vert sur une distance d'environ quinze mètres. Si quelqu'un le voulait, il pouvait nager un peu plus de quinze mètres et passer de l'autre côté.

David ressentit soudain le besoin de reprendre son entraînement de natation en plus de son jogging matinal. Mais pas aujourd'hui. Le soleil s'était levé, et il devait revenir à temps avant que la classe commence. Demain, il se lèverait plus tôt. Il devait y aller quand il faisait encore nuit, comme pendant les vingt premières minutes de son jogging.

Il atteignit le coin le plus éloigné de la piste, tourna de quatre-vingt-dix degrés et entama la dernière ligne droite, en direction des bâtiments. Il pouvait sentir son cœur battre. L'idée d'enfreindre les règles et de peut-être trouver des réponses l'excitait. Il n'allait pas rester assis sans rien faire et attendre que Lena et les autres organisateurs décident de son sort. Il allait agir. Il allait prendre les choses en main. Il commença à se sentir mieux et à accepter sa situation.

C'est alors qu'il la vit.

Une deuxième paire de pieds avait rejoint le rythme des pas de David sur la piste. Il leva les yeux, essuya la sueur de son front et vit Lena. Elle courait en sens inverse, de l'autre côté de la piste. Elle portait un T-shirt de sport noir moulant et un petit short de course gris. Ses longs cheveux noirs étaient attachés en queue de cheval, alourdis par la même sueur que celle qui scintillait sur sa peau. Les muscles de ses jambes ondulaient à chaque foulée. Elle courait comme une coureuse de fond olympique, maintenant sans effort un rythme qui, pour David, tenait plus du sprint. Mais quelque chose lui disait que pour elle, ce n'était pas le cas. David était content qu'elle soit de l'autre côté de la piste. Il aimait courir seul, et il ne voulait pas se faire dépasser par une femme. Surtout par une femme qui pourrait un jour essayer de le tuer.

Lena lui fit signe. Pas de sourire. Seulement un regard réservé, à moitié amusé. Comme si elle savait quelque chose qu'il ne savait pas. Comme si elle essayait de savoir s'il représentait une menace. Il lui fit un signe de tête maladroit, et il fit tout son possible pour ne pas faire attention à elle quand elle le croisa. Le bruit de ses pas se noya dans le bruit incessant des vagues qui s'écrasaient sur le rivage.

Quelques minutes plus tard, en arrivant en bout de piste, David arrêta de courir pour finir en marchant jusqu'aux bâtiments. Le gravier et le sable se tassaient sous ses pieds alors qu'il parcourait l'étroit chemin qui passait devant les bâtiments et se dirigeait vers la plage près de la caserne. Le soleil était maintenant complètement sorti au-dessus de l'horizon. David étira ses muscles et attendit que sa respiration ralentisse. De la sueur coulait de son front et finissait sur le sable sombre.

Il se demandait pourquoi le sable ici avait une couleur gris-noir si sombre. L'unique montagne de l'île n'avait pas l'air volcanique. Peut-être qu'un des scientifiques du groupe le saurait.

Il passa un moment à s'étirer et à essayer de méditer. Il contrôlait sa respiration et faisait de son mieux pour se libérer du stress qu'il avait en lui. La vue magnifique l'aidait à se détendre. Malgré tout ce qui se passait, il pouvait trouver un peu de réconfort sur cette plage tropicale vide après une longue course matinale.

"Ça vous dérange si je me joins à vous ?"

Il ne l'avait pas entendu approcher. Avait-elle vraiment pu courir jusqu'au bout de la piste et revenir aussi vite ?

"Bonjour, Lena."

"Je ne savais pas que vous couriez. Vous avez couru combien de temps ?", demanda-t-elle.

Il regarda sa montre. "Cinquante minutes."

Il respirait encore très fort. Malgré tous ses efforts, il n'arrivait pas à trouver une seule chose anodine à lui dire.

Elle s'assit à côté de lui dans le sable, en étendant une de ses jambes et en se penchant vers son pied pour s'étirer.

Elle dit : "Belle matinée pour courir, vous ne trouvez pas ?"

"Ça c'est sûr."

"Je courais beaucoup plus avant. J'étais beaucoup prise par le travail ces derniers temps."

Il ne répondit pas.

Elle ajouta : "Mais je n'ai pas pu résister à un bon jogging sur la plage. Je faisais de l'athlétisme à l'université. Demi-fond. Et vous ?"

Il répondit : "À l'université ? J'étais dans l'équipe de voile."

"Ah d'accord. Quel genre de bateaux ? Les petits monoplaces ? Ou les plus grands ?"

David répondit : "C'était des quarante-quatre pieds."

"Ah. Je vois. Et vous naviguiez loin des côtes avec ça ?"

David la regarda, perplexe. Pourquoi ce bavardage ? Où voulait-elle en venir ? "Euh, oui. Bien sûr."

Ses yeux étaient froids. Elle lui dit : "David, je vais vous donner un conseil. Imaginez que cette île est comme un de vos bateaux de l'université. C'est un bateau qui s'éloigne du rivage et qui rentre dans une tempête. Tout le monde à bord forme un équipage, n'est-ce pas ? Chacun à bord a des tâches spécifiques à accomplir. Si un équipier ne travaille pas bien en équipe, cela peut être très dangereux pour les autres. Et il est tout à fait possible que *n'importe qui à* bord tombe et se noie dans la mer."

Il la regarda en silence.

Elle ajouta : "Mais si chacun fait ce qu'il est censé faire, votre bateau reviendra sain et sauf. *C'est clair ?*"

Il fit un signe de tête. "Oui. Très clair." Son visage devenait involontairement rouge.

"Parfait." Elle avait un regard stoïque.

Il regarda autour de lui, puis regarda sa montre. Il s'éclaircit la gorge et dit : "Eh bien... je ferais mieux d'y aller. On se voit plus tard."

Elle sourit et dit : "Avec plaisir." Elle le regarda droit dans les yeux pendant qu'elle parlait. Puis elle continua à s'étirer.

Il n'ajouta rien, il se leva et partit.

Lena le regarda s'éloigner, en pensant à un autre jogging au bord de l'eau qu'elle avait fait il y a des années.

Trente minutes plus tard, David était douché et vêtu d'un pantalon et d'un polo. Il vit Natesh marcher en direction de la cafétéria et se joignit à lui.

"Bonjour, David. Tu vas manger ?"

"Salut Natesh. Ouais."

Natesh remarqua la sueur sur le front de David. "On dirait que tu viens de faire du sport."

"Oui. Je viens de finir de courir. Mon cœur a parfois besoin d'un certain temps pour reprendre son rythme normal. Surtout avec cette chaleur. La climatisation de la cafétéria devrait m'aider."

Ils empruntèrent le chemin de gravier qui menait au réfectoire. David sentait l'odeur des saucisses qui flottait dans l'air.

Quelques instants plus tard, ils rejoignirent Henry Glickstein à une table de la cafétéria. Glickstein semblait être l'une des rares personnes à passer un bon moment sur l'île. Tous les autres se plaignaient du manque d'Internet ou de télévision. Leur famille et le confort de leur maison leur manquaient. Mais Glickstein plaisantait sans cesse et essayait de convaincre tout le monde de se joindre à lui pour une partie de poker le soir. Les journées se terminaient à vingt-deux ou vingt-trois heures. David n'avait pas vraiment envie de jouer aux cartes après une longue journée de réunions. Et il n'était pas d'humeur à plaisanter, après ce qu'il avait vu. Il voulait juste dormir. Et s'échapper. Henry semblait être un type bien. Au moins, il n'essayait pas de tuer qui que ce soit.

Henry dit : "Tout le monde n'a pas d'argent pour payer immédiatement, mais tenons des comptes pour que chacun sache combien il me doit quand nous rentrerons aux États-Unis."

David sourit. Cette petite distraction était la bienvenue pour l'aider à ne pas penser à Lena et à ses plans.

Natesh dit : "Oh, non merci. Je ne pense pas que je serais très bon. En fait, je ne sais pas jouer."

Henry rétorqua : "Tu plaisantes ? En général, ce sont les gars comme toi les meilleurs joueurs de poker ! Et *c'est vraiment le* genre de personnes avec qui j'aime le plus jouer. Si tu as peur de jouer ton propre argent, je te prête vingt dollars à seulement cinquante pour cent d'intérêts. Comme ça, avant même que je ne prenne ton argent, tu m'es déjà redevable. C'est ce que je dis aux enfants à qui je vends des cigarettes... *la première est toujours offerte par la maison.*"

David dit : "Qui a amené le jeu de cartes ?"

Henry répondit : "En fait, nous avons dû les faire avec un stylo et du papier récupéré dans la classe. Cette tricheuse de Brooke a corné la plupart des cœurs et des figures. Ne lui faites pas confiance. Je pense qu'elle est à moitié canadienne. Bref, vous devriez venir. Ce serait génial. On planifie la Troisième Guerre mondiale la journée, et on se détend en jouant aux cartes le soir. On a de la place pour deux de plus. Qui est-ce que ça intéresse ?"

Natesh rit et leva les mains. "OK, t'as gagné. Je viendrai quelques minutes. C'est peut-être bon pour faire tomber la pression."

David allait décliner l'invitation, mais il changea d'avis. En passant un peu plus de temps avec quelques personnes, il pourrait peut-être se faire une idée des personnes en qui il pourrait avoir confiance. Et une partie de cartes à huis clos pourrait être un bon prétexte pour se faire quelques alliés.

David dit : "Moi aussi. Je serai là."

Henry dit : "Génial. Alors, Natesh, quel est l'ordre du jour de la réunion d'aujourd'hui ?"

"Eh bien, je pense que nous en sommes à la prochaine étape de la planification. Aujourd'hui, nous devrions commencer à hiérarchiser les objectifs, à affiner la méthodologie et à relier les activités entre les différentes équipes."

"Comment on fait ça ?", demanda David.

Natesh dit : "Disons que l'un des objectifs de notre équipe est de couper Internet, par exemple. On a parlé de couper les câbles sous-marins traversant l'Atlantique et le Pacifique, ainsi que de couper les sources d'énergie à l'intérieur des États-Unis. Je vais essayer de coordonner nos objectifs avec ceux des autres équipes. Si plusieurs équipes veulent couper les sources d'énergie, par exemple, on devrait concentrer notre énergie là-dessus, sans vouloir faire de jeu de mots. Pour faire d'une pierre deux coups, en gros. Si on a le choix entre couper l'électricité et couper les câbles, on devra décider quelle est la priorité. Le but est de maximiser l'efficacité. Atteindre les objectifs les plus prioritaires en minimisant le travail et la complexité."

Différentes discussions animaient la cafétéria. Une quinzaine de consultants s'y trouvaient. De l'autre côté du buffet, deux employés nettoyaient les casseroles et les poêles sales. David aperçut le major Harold Combs, l'officier de l'armée de l'air qui avait accueilli tout le monde le premier jour, entrer par la porte de la cafétéria. Il prit un plateau en plastique et remplit son assiette, puis il s'assit à la table la plus éloignée de celle de David. Il s'assit seul, comme il l'avait toujours fait. À chaque bouchée, le major balayait la salle du regard et regardait les autres comme un gardien regarde ses prisonniers.

Henry hocha la tête. "D'ailleurs, cet exemple soulève une question. Que se passerait-il après une attaque ? La Chine voudrait-elle vraiment couper tous les câbles sous-marins qui la relient aux États-Unis si elle prévoit d'occuper le pays ? Je ne pense pas."

Natesh dit : "C'est un sujet dont nous devons parler aujourd'hui. L'équipe des opérations psychologiques et l'équipe des communications doivent définir certains des objectifs à long terme. Je sais que Lena a dit que nous passerons en revue les détails de l'occupation au cours de la troisième semaine, mais je pense que nous commençons tous à réaliser que les choix que nous faisons à ce stade du projet affecteront les résultats de l'occupation."

David but une gorgée de son gobelet en plastique rempli d'un liquide orange et de glace pilée. *Des plans efficaces élaborés par nos meilleurs experts.* Ce projet allait leur exploser à la figure. Il fallait qu'il dise à quelqu'un ce qu'il avait vu et ce à quoi il pensait. Il avait besoin d'un allié. Et il en avait besoin rapidement.

Henry dit à Natesh : "À ce propos, nous sommes censés nous adresser à toi ou au major pour toute demande d'informations extérieures, n'est-ce pas ? J'aurais besoin que tu me trouves des informations sur Internet. Je te l'écrirai sur un papier."

Natesh répondit : "Bien sûr, pas de problème. Tu as besoin de quoi ?"

Henry répondit : "Des cartes exactes des câbles sous-marins. Je voudrais faire une analyse pour déterminer les endroits à cibler. Mais j'ai besoin de ces cartes. Tu pourrais me les obtenir ?"

Natesh dit : "Je pense que oui. Je vais regarder avant notre pause de l'après-midi."

David essaya de paraître innocent. "Natesh, juste par curiosité, je sais que tu es un expert en informatique. Est-ce que les pare-feux qu'ils utilisent dans le bâtiment des communications sont vraiment efficaces ? Ce que je veux dire c'est que ça semble vraiment contre-productif de devoir passer par leur système de moteur de recherche censuré. Est-ce que tu ne pourrais pas... je sais pas... te connecter à l'Internet normal et communiquer comme ça ?"

Natesh lui fit un sourire. "Je crois que je vais suivre leur protocole. Une grande partie des informations qu'on demande sont classifiées. Les intermédiaires par lesquels on passe les obtiennent par des canaux spéciaux. Mais, oui, je crois que leur sécurité est quelque peu rudimentaire. Je suis sûr que si je le voulais vraiment, je pourrais trouver une solution pour passer outre."

"OK. C'était juste pour savoir", déclara David.

Natesh tapa son code sur le clavier du bâtiment des communications et entendit le bip, suivi du clic de la porte qui se déverrouillait. Il ouvrit la lourde porte métallique, entra à l'intérieur, puis la referma derrière lui. Elle se ferma avec un bruit métallique sec.

À l'intérieur, des rayons de soleil poussiéreux entraient par les fentes étroites situées en haut des murs de béton. Il y avait deux terminaux d'ordinateur. Le major Combs était assis devant le premier ordinateur et tapait sur le clavier. Combs ne prit pas la peine de le saluer. Il leva à peine les yeux de son poste de travail. Natesh trouva cela impoli, mais il avait toujours trouvé que le major avait une attitude antisociale. Natesh se dirigea vers le poste informatique vacant.

Le major était logé avec le reste du groupe dans la caserne, mais Lena le traitait différemment. À chaque repas, le major Combs mangeait seul, même lorsque d'autres personnes l'invitaient à rejoindre leur table. Son comportement laissait penser qu'il ne voulait pas fraterniser avec les autres membres de l'équipe. Comme s'il pensait qu'il était spécial d'une certaine manière. Il ne souriait ni ne parlait jamais aux autres, sauf pour accomplir une tâche spécifique. Contrairement aux autres militaires du groupe, qui revêtaient une tenue civile plus confortable à la première occasion venue, le major insistait pour toujours porter son uniforme de l'armée de l'air. Il semblait même avoir apporté un fer pour le repasser chaque soir.

Natesh avait remarqué l'arme qu'il portait. C'était un Beretta M9 de l'armée de l'air, l'arme de poing principale de l'armée américaine. Un pistolet semi-automatique 9 mm qui contenait quinze balles dans un chargeur amovible et qui avait une portée de tir effective de cinquante mètres. Le major Combs le portait dans un étui à la ceinture. Natesh avait remarqué que plusieurs membres du groupe étaient mal à l'aise lorsqu'ils le voyaient. Natesh ne comprenait pas pourquoi il avait besoin d'une arme ici. Mais apparemment, c'est Lena qui lui avait demandé.

Le major était l'officier administratif de la Cellule Rouge. Comme Natesh, il s'était vu confier des responsabilités particulières, notamment l'utilisation de la salle de communication pour les recherches sur Internet et la communication par courrier électronique en circuit fermé. Natesh tapait donc maintenant sur son ordinateur, dans une petite pièce en béton, à côté d'un homme armé et antisocial.

Natesh avait décidé d'être amical, peu importe le comportement de son compagnon. Il dit : "Bonjour, major. Content de vous voir. Comment s'est passée votre journée ?"

Le major s'arrêta de taper pour regarder Natesh par-dessus ses lunettes. "Bien", répondit-il, avant de se remettre à taper sur le clavier.

Natesh leva les yeux au ciel et s'assit à son poste. Il avait au moins essayé.

Il regarda l'ordinateur. Il n'y avait que deux icônes. Une qui disait RECHERCHE et une qui disait E-MAIL. Natesh avait vite compris que l'icône RECHERCHE n'était pas très utile. La personne qui contrôlait son accès à Internet avait bloqué une si grande partie de la toile qu'il était presque inutile de tenter de faire une recherche. Natesh était doué en informatique. Il était sûr que s'il le voulait vraiment, il pourrait contourner les pare-feux. Mais on lui avait demandé de respecter les règles. Au lieu de cela, Natesh sortit son bloc-notes qu'il avait utilisé pendant les réunions de la journée et commença à taper un e-mail.

De : Natesh Chaudry

À : Centre d'Assistance Cellule Rouge

Objet : Jour 7 - Demande d'information matinale

Je demande les informations suivantes :

-Les géocoordonnées de tous les câbles sous-marins à fibres optiques qui entrent aux États-Unis (de préférence une carte)

-Les capacités d'armement en grenades sous-marines de la Chine. Sont-ils capables de détruire les câbles sous-marins ? Disposent-ils de charges de profondeur nucléaires ? Le déploiement de ces armes pose-t-il des problèmes de sécurité ?

-Informations sur toutes les principales antennes de diffusion de télévision et de radio aux États-Unis : gammes de fréquences, sources d'énergie, sécurité, emplacements.

-Information sur la conversion de conteneurs d'expédition en conteneurs de transport et de logement de personnel. Est-il possible de convertir des porte-conteneurs en navires de transport de troupes ? Veuillez envoyer les schémas de ces navires et tout exemple de ce qui aurait déjà été fait dans le passé. Veuillez également envoyer des schémas de conteneurs d'expédition et les noms des entreprises en Chine qui les fabriquent.

. . .

Il cliqua sur ENVOYER, espérant avoir une réponse dans l'heure qui suivait. Ils étaient très réactifs. Il regarda sa montre. Presque l'heure de déjeuner. Il reviendrait dans l'après-midi pour récupérer les informations et les transmettre aux équipes.

Natesh regarda l'écran du major. Il lisait un e-mail qu'il venait de recevoir.

De : Centre d'Assistance Cellule Rouge

À : Major Harold Combs

Objet : Prévisions météo

Les conditions météorologiques sont bonnes pour les prochaines 24 heures. Dans 48 heures, les conditions météorologiques se détérioreront et réduiront la capacité d'assistance du site au niveau 3 (assistance à distance). Le cyclone tropical n°16 a maintenant 50 % de probabilité d'avoir un impact sur le site de la Cellule Rouge. Veuillez en informer le superviseur du site et confirmer vos intentions.

L'e-mail contenait une carte qui montrait un système tropical s'approchant de leur île. Le plus drôle dans cette carte, c'est qu'elle avait été censurée. Il n'y avait aucune terre autour d'eux, dans aucune direction. Natesh ne pouvait donc pas savoir dans quel coin du monde ils se trouvaient en regardant la carte. Ces gens ne prenaient pas la sécurité à la légère.

Natesh dit : "La météo va se dégrader ?"

Le major Combs se retourna et eut un sourire méprisant pour Natesh. Il lui dit : "Vous devriez rester sur votre écran."

Natesh inclina la tête. "Hé, on est tous dans la même

équipe. Pas besoin de s'énerver. Que disent les prévisions météo ? Qu'est-ce que vous lisez ?"

Le major avait toujours l'air en colère, mais il se calma. "Ils en parlent depuis que nous sommes arrivés ici. Une tempête tropicale qu'ils surveillent. Ils n'étaient pas sûrs qu'elle se dirigerait vers ici, mais maintenant il semble que ce soit le cas. Le plus fort de la tempête devrait nous passer dessus après-demain. Il se peut que l'avion ne puisse pas nous ravitailler ce jour-là. Ça ne devrait pas être un problème."

Natesh demanda : "Ce n’est pas trop dangereux les tempêtes tropicales quand on est sur une petite île ?"

"Ne soyez pas si peureux." Le major retourna à son écran.

Natesh répondit : "Me renseigner ne fait pas de moi un peureux, *Harold*. Dites-moi, sur quoi d'autre travaillez-vous ? Je suis le modérateur. J'ai le droit de savoir. Quelles informations avez-vous recherchées pour les groupes ?"

Le major lança un regard à Natesh. Apparemment, il n'aimait révéler ses informations. Il n'aimait pas non plus qu'un jeune Indo-Américain d'une vingtaine d'années abuse de son rang. Les deux hommes se regardèrent pendant un moment, sans bouger.

Le major finit par dire : "J'ai fait quelques recherches pour l'équipe de défense. Ils se sont penchés sur la question de la guerre en mer. Les portées, les fréquences des capteurs, les profondeurs, les altitudes, les limites, les capacités. Le genre de choses que vous, les civils, ne comprendriez pas. C'est des trucs militaires."

Natesh n'était pas sûr de savoir si le major Combs ne l'aimait pas personnellement, s’il n'aimait pas les civils ou si c’était juste un connard en général. Mais ce dont il était sûr, c’est qu’il ne s’était pas fait un ami. D’un côté, Natesh se disait qu’il valait mieux laisser tomber. De toute façon, il obtiendrait toutes ces informations plus tard dans la journée lors du débriefing de l'équipe. D'un autre côté, cela l'énervait que le major l'ait envoyé bouler. Il décida d'insister.

"Quel genre de trucs ? Quel est l'objectif de votre demande ?"

Le major leva les yeux. Il soupira, puis dit : "Eh bien, dans une bataille en mer, le but est de détruire l'atout le plus précieux de votre ennemi. Donc dans ce cas, le groupe qui travaille sur le plan du théâtre du Pacifique s'est rapidement orienté vers la recherche de moyens de détruire les porte-avions américains."

Natesh dit : "Et quelle a été la conclusion ? Est-ce qu'ils préfèrent une méthode plutôt qu'une autre ?"

"Il y en a deux, en fait. La première est plutôt de la vieille école, et l'autre est ce que l'on appelle la méthode Play Action."

Natesh dit : "Continuez. Ça m'intéresse, major."

Le major sourit. "Alors, la méthode à l'ancienne pour détruire un navire en mer consiste à le torpiller avec un sous-marin. C'est difficile à contrer et très efficace. Les Chinois ont des *dizaines* de sous-marins, et beaucoup d'entre eux sont nucléaires. C'est important, car les sous-marins nucléaires peuvent parcourir de très longues distances. Ils ne sont pas limités par le fait de devoir se ravitailler en carburant comme leurs homologues diesel. Ils ont juste besoin de se réapprovisionner en nourriture et en consommables. Ce n'est pas une mince affaire, si vous essayez de rester caché. Les Chinois ont très récemment prouvé leur capacité à déployer leurs sous-marins sur de longues distances. De très longues distances. Des distances *transocéaniques.* C'est très difficile à faire. Mais cela augmente considérablement leur valeur. S'ils peuvent amener ces sous-marins à portée de torpilles de nos ports, il est théoriquement possible qu'ils puissent paralyser notre flotte de porte-avions... voire pire encore."

Natesh dit : "Qu'est-ce qui pourrait être pire que ça ? Et n'avons-nous pas déjà des porte-avions à l'étranger ? Au Moyen-Orient par exemple ?"

Le major Combs expliqua : "*Pire que ça* peut vouloir dire beaucoup de choses quand vous avez un navire qui transporte des missiles au large des côtes des États-Unis. Et oui, nous avons des porte-avions à l'étranger. Dans le jargon militaire, on dit qu'ils sont *déployés*. L'armée américaine dispose d'un très grand nombre de moyens déployés en permanence. À vrai dire, nos navires les plus performants et prêts au combat sont généralement déployés. En raison des guerres que nous avons menées et du rythme soutenu que nos militaires sont appelés à suivre, les navires qui restent chez nous sont généralement utilisés pour faire de la formation ou sont en maintenance. Mais l'équipe a élaboré un plan pour les contrer. C'est la méthode *Play Action*. C'est vraiment bien trouvé. Lena est à l'origine de quelques-unes des idées. Les membres de l'équipe ont fait le reste, en reliant les points."

"Quelles idées ?"

"La stratégie *Play Action* consiste en une feinte de l'armée américaine. C'est un terme qui vient du football américain. C'est quand vous feignez de lancer la balle à un coureur offensif, mais que vous faites une passe à la défense. C'est ce que l'équipe a décidé de faire : amener l'armée américaine à s'engager dans un type de réaction défensive pour les arrêter dans leur élan, puis les contourner pour se diriger vers l'objectif principal, où ils ont moins de protection en place."

"Je ne vous suis pas", dit Natesh dit, alors qu'il suivait parfaitement. En fait, c'était très similaire à ce dont il avait discuté avec le groupe le premier jour. Mais le major semblait enthousiaste, et c'était la meilleure façon de l'encourager à parler et de lui faire donner plus de détails sur le plan.

Le major secouait la tête en souriant. Il prenait visiblement beaucoup de plaisir. Comme si c'était un jeu pour lui.

Combs dit : "Nous avons déjà parlé de ça. Les Chinois devraient provoquer une fausse guerre, n'est-ce pas ? Les États-Unis contre l'Iran, c'est ce que nous avons décidé."

"Ils sont sûrs de vouloir choisir l'Iran ?"

"Ils sont sûrs. Mais la question n'est pas de savoir quel pays nous choisissons. L'idée est que les États-Unis transfèrent une grande partie de leurs moyens militaires au Moyen-Orient, pour combattre l'Iran. Il reste beaucoup de choses à planifier pour cela, et nous travaillons encore sur les détails. Et il resterait encore un bon contingent de navires dans le Pacifique et des ressources militaires alliées dans des endroits comme la Corée et le Japon."

Natesh déclara : "J'ai lu les documents d'information. Ces bases sont assez conséquentes. Et la flotte américaine du Pacifique possède un très grand nombre de navires et de sous-marins. Je ne pense pas qu'une guerre avec l'Iran les ferait tous partir de là."

"Non, effectivement. Mais cela aurait un impact non négligeable. Et c'est là que le logiciel ARES entre en jeu. Il coupe le système GPS, et nous supposons que les Chinois en profiteraient pour lancer une cyber-attaque sur toutes nos communications. La stratégie *Play Action* implique aussi une attaque IEM."

"IEM ?"

"Impulsion électromagnétique. Ça vous dit quelque chose ?"

"Oui."

"Alors, vous savez que cela paralyse tous les objets électroniques. Cela rendrait la flotte américaine du Pacifique impuissante. Les Chinois sauraient quand l'attaque arrive et auraient donc pris soin de mettre tous leurs atouts suffisamment loin de la zone ciblée pour être en sécurité. Une fois l'attaque IEM lancée, la flotte chinoise se dirigerait vers le Pacifique Est... puis vers diverses cibles. Les sous-marins chinois auraient des cibles statiques et sans défense attaquées par IEM."

Natesh dit : "Est-ce que ça pourrait vraiment fonctionner ? Je suis un peu sceptique. Est-ce que les Chinois ont vraiment cette capacité ?"

"Sceptique ? Continuez à être sceptique. Les Chinois développent ces armes depuis des décennies."

"On dirait que vous les admirez."

Combs secoua la tête de dégoût. "J'admire qu'ils accordent de l'importance à leur armée. Pendant ce temps, nous ruinons la nôtre avec des coupes budgétaires et des programmes mal gérés. Bref, l'équipe du théâtre du Pacifique m'a donné toutes les informations qu'elle veut que je cherche. J'ai juste besoin de quelques spécifications sur les capacités exactes de la Chine en matière d'IEM. Des scientifiques de la Cellule Rouge feront des calculs plus tard, une fois que je leur aurai fourni les données. Les ingénieurs ont dit que cela serait relativement simple à construire et à programmer s'ils disposaient des bonnes informations. Et les militaires nous ont donné presque tous les détails dont nous avions besoin sur la façon dont nos porte-avions se défendent contre ce genre de choses."

Natesh dit : "Eh bien, c'est pour cela que nous sommes ici. Trouver ces vulnérabilités nous aidera à planifier la défense proprement dite plus tard, n'est-ce pas ?"

Le major lui lança un regard étrange, comme si cette partie du plan n'était pas aussi importante.

"C'est ça", répondit-il.

Brooke battait le jeu de cartes comme une vraie croupière de Las Vegas. Henry avait invité Norman Shepherd dans le groupe quand il avait découvert que ce dernier avait un jeu de cartes. Il était 22 h 30 et ils étaient tous assis sur l'affreuse moquette de la chambre de Brooke. La veille, Brooke avait joué seule avec Henry, porte ouverte. Elle avait été forcée de l'écouter parler toute la soirée de ses collections de voitures de sport et d'ex-femmes. Elle l'aimait bien. Il était drôle. Et même s'il était divertissant, et que c'était un bon joueur de poker, elle était heureuse d'agrandir le groupe.

Glickstein avait recruté David, Natesh et Norman. La réunion du soir venait de se terminer. Ils avaient convenu de jouer pendant une heure avant d'aller se coucher. Sans Internet, sans télévision et sans téléphone, c'était le meilleur divertissement. Ils étaient là pour trois semaines. Au rythme où ils travaillaient, ils avaient tous besoin d'une petite pause.

Norman avait utilisé plusieurs rouleaux de scotch, du papier et un marqueur noir pour créer des jetons de fortune. On ne pouvait pas les faire rouler entre les doigts comme Brooke aimait le faire quand elle jouait à la salle de poker juste au nord de Fort Meade, mais ils faisaient l'affaire. Elle avait une grosse pile de jetons devant elle. Les autres n'avaient visiblement pas eu autant de chance.

Norman dit : "Hé, Brooke, tu devrais envisager de quitter la NSA pour te reconvertir en joueuse de poker professionnelle."

Elle sourit. "Non. Je suis heureuse à la NSA."

Glickstein dit : "Ouais, heureuse de lire mes e-mails."

Norman demanda : "Bon, puisque tout le monde ici a une habilitation de sécurité, j'ai toujours voulu savoir : est-ce que vous lisez vraiment les e-mails et écoutez vraiment les appels téléphoniques de tout le monde ?"

Elle leva les yeux au ciel et dit : "Ne sois pas bête. Nous ne lisons pas les e-mails de tout le monde. Seulement ceux de Glickstein."

Henry sourit d'un air entendu. "Je le savais."

Brooke était heureuse de constater que même David se détendait, ne serait-ce qu'un peu. Il avait plus souri au cours des dix dernières minutes qu'il ne l'avait fait toute la journée dans les réunions de leur équipe. Elle avait l'impression qu'il ne voulait vraiment pas être ici sur l'île. Et quelque chose lui disait que ce n'était pas seulement parce que sa famille lui manquait. Elle était plutôt douée pour lire les gens. Il lui avait fait ce commentaire bizarre l'autre jour, et ils n'avaient jamais eu l'occasion de finir leur conversation. Qu'avait-il dit ? Quelque chose à propos de ne pas faire confiance à la raison pour laquelle ils étaient là. Elle se dit qu'il fallait que se rappelle de lui poser des questions à ce sujet plus tard.

Henry jeta deux jetons en papier froissé et annonça : "J'augmente de vingt dollars."

"Je me couche."

"Je me couche."

"Je suis," dit Natesh.

Brooke dit également "Je suis" et lança deux jetons.

Les trois joueurs montrèrent leurs cartes. Natesh les battit tous les deux avec un autre full. Le groupe laissa échapper un mélange de cris, d'injures et de rires. Cela faisait du bien de se lâcher.

Pendant que Brooke battait les cartes, Henry dit : "Bon Natesh, tu as utilisé ton accès Internet pour jouer au poker en ligne ?"

Natesh répondit : "Haha, non. Le major et moi sommes plutôt sérieux là-dedans, malheureusement."

Henry demanda : "Et comment va le major ? Ce type a l'air d'un vrai con si je peux me permettre. Je ne devrais probablement pas parler de lui en mal. Je ne le connais pas vraiment. Mais il ne parle jamais à personne. Et il se comporte toujours comme s'il était au-dessus de nous. Et pourquoi est-ce qu'il porte toujours une arme ? Qu'est-ce qu'il va faire, nous tirer dessus si on sort des clous ?"

Norman dit : "Il est de l'armée de l'air. Je pense qu'il serait plus enclin à te couper les cheveux qu'à te tirer dessus."

Henry se moqua. Il dit : "Sérieusement, Natesh, c'est quoi son problème ?"

Natesh haussa les épaules et répondit : "Son problème ? Je ne sais pas. Il travaille en étroite collaboration avec Lena. Je pense qu'elle voulait juste quelqu'un pour assurer la sécurité. Juste au cas où."

Henry resta perplexe.

Brooke assista à l'échange. Elle était habituée à voir beaucoup de gardes armés là où elle travaillait. Cela ne l'inquiétait pas plus que ça. Le visage de David était à nouveau blême. Qu'est-ce qui le tracassait autant ?

Norman demanda : "Vous avez entendu parler de la stratégie de l'équipe des opérations psychologiques pour déclencher une guerre avec l'Iran ? Ils se sont inspirés du onze septembre et ont convenu que la façon la plus rapide de nous faire entrer en guerre avec l'Iran serait d'organiser une attaque terroriste sur les États-Unis qui serait si horrible et provoquerait une réponse émotive si forte que le public exigerait des représailles."

David demanda : "Quel est leur plan ?"

Norman secoua la tête. "Il y a ce type, le docteur Creighton. Ils l'appellent Docteur Denfer. Ce gars est un vrai monstre. Je ne sais pas où ils l'ont trouvé. Il a eu une idée qui impliquerait un énorme embouteillage sur la Beltway, le périphérique autour de Washington."

Brooke l'interrompit : "Euh... désolé, les gars, je sais pas si vous savez, mais cette autoroute *a déjà* des énormes embouteillages."

Norman ajouta : "En gros, il a planifié une attaque terroriste. Son idée est de créer un embouteillage énorme et de faire en sorte que plusieurs équipes de terroristes armés marchent simplement entre les voitures arrêtées et tirent sur tout le monde. Avec un bon timing, il pense que le nombre de victimes serait assez élevé. Et dans la région de Washington, il y a forcément des cibles très en vue, ou leurs familles, ou des collègues de travail des décideurs. Le docteur Denfer a également suggéré d'attaquer des *écoles.*"

Henry dit : "Des écoles ? Faut vraiment être malade pour proposer un truc pareil."

"Ouais, des écoles. Mais pas n'importe lesquelles. Les écoles chrétiennes. L'idée était que ça ressemble à un truc religieux. Ils disaient que si les attaques sur l'autoroute étaient synchronisées avec les attaques des écoles, une réponse militaire de grande envergure était quasi garantie, juste à cause de la colère nationale engendrée. Les gens exigeraient des représailles, et se tourneraient vers les politiciens pour qu'ils les mettent à exécution."

Brooke dit : "C'est dégueulasse. Ça me gêne qu'un de nos groupes ait proposé ça. Je pensais qu'on était censés réfléchir à des façons dont la Chine pourrait nous attaquer. C'est pas pour ça qu'on est là ? On est pas censés nous concentrer sur les conflits militaires avec les Chinois ? Comment un des groupes en est-il arrivé à planifier une attaque sur des écoles ?"

Norman dit : "Eh bien, techniquement, c'est ce qu'on nous a demandé de faire. Ils voulaient que nous trouvions une façon d'éloigner le plus d'atouts militaires américains possible, pour que la Chine rencontre le moins de résistance possible."

Brooke regarda David. Il avait de la famille dans cette région. Il jeta un regard nerveux à tout le monde. Il n'arrêtait pas d'ouvrir la bouche comme s'il allait parler, puis s'arrêtait et baissait les yeux au sol.

David finit par dire : "Les gars..."

Natesh dit : "Brooke, je comprends ce que tu veux dire. Mais la tâche était de concevoir le plan le plus efficace pour la Chine. Ils cherchent un moyen de supprimer les obstacles militaires américains."

David répéta : "Les *gars*..."

Brooke dit : "Mais c'est quand même dégueulasse. Je ne suis pas sûre de vouloir participer à ce genre de discussions."

Henry dit : "Ouais, Bill a de la chance d'être rentré chez lui."

David dit : "Les gars, *j'ai quelque chose d'important à vous dire.*"

Brooke et les autres regardèrent David. Il regardait le sol. Il avait du mal à faire sortir les mots.

Brooke l'encouragea : "David, qu'est-ce qu'il y a ?"

David la regarda et dit : "Je ne pense pas que Bill soit rentré chez lui."

Brooke fronça les sourcils. "De quoi tu parles ?"

"J'ai vu quelque chose, l'autre nuit, quand Bill est parti."

Elle pouvait voir qu'il était perturbé. C'était le même regard inquiet qu'il avait eu toute la journée.

Norman dit : "David, qu'est-ce qu'il y a ? Qu'est-ce que t'as vu ?"

Il resta silencieux. Il se retourna et jeta un œil à la porte. Elle était à peine entrouverte. Il se leva pour la fermer, puis il retourna à sa place sur le sol. Les autres le regardaient avec de plus en plus d'intérêt.

Natesh mit sa main sur l'épaule de David et lui dit : "David, nous sommes entre amis. Quelle que soit la chose qui te tracasse, tu peux nous faire confiance."

David répondit : "Désolé, il faut que j'en parle, mais je ne veux pas que qui que ce soit en dehors de cette salle entende."

Henry dit : "Pas de problème. Fais-nous confiance. Crache

le morceau. Qu'est-ce qui ne va pas ?"

"C'est quand l'hélicoptère est venu. La nuit où Bill est parti. Il était tard. Au milieu de la nuit. Je n'arrivais pas à dormir. À cause du décalage horaire peut-être. Je ne sais pas pourquoi j'ai fait ça, mais j'ai décidé d'aller me promener dehors. Je pensais encore à ma famille et j'avais besoin de me vider la tête. Je pensais qu'une promenade me ferait du bien..."

Brooke dit : "Et qu'est-ce que tu as vu ?"

"J'ai vu Lena emmener Bill dans l'hélicoptère. Il faisait sombre, et quelque chose ne semblait pas normal. Surement parce que j'avais déjà du mal à lui faire confiance. Quand j'ai entendu la porte du bâtiment des communications s'ouvrir, j'étais à côté, je me suis caché dans les buissons. Je crois que j'étais assez bien caché. Personne ne m'a vu. Comme je l'ai dit, il faisait sombre..."

Norman dit : "C'est d'elle que tu te cachais ?"

David répondit : "Quelque chose ne tournait pas rond. Bref, alors que j'étais caché, je l'ai vue faire sortir Bill. Il était inconscient."

"Quoi !" Brooke se couvrit la bouche.

Henry tendit la main pour la faire taire. "Chut. Laisse-le finir."

David poursuivit : "Je ne sais pas s'il était mort ou quoi. Mais il ne marchait pas de lui-même. Lena a fait venir un gars de l'hélicoptère dans le bâtiment..."

Norman se mit à parler d'une voix plus forte et plus grave. "*Attends*. Tu dis qu'il était *inconscient* ? Qu'est-ce que... Pourquoi tu n'as rien dit avant ?"

Henry dit d'une voix calme : "Laisse-le finir."

David dit : "Désolé. Je suis désolé de ne pas vous avoir prévenus plus tôt. Mais j'ai peur de ce qui se passe ici. J'ai vu Lena se diriger vers l'hélicoptère, puis revenir avec un type portant un casque et un uniforme..."

Norman demanda : "Un uniforme de quelle couleur ?"

"Je n'ai pas pu voir. Il faisait sombre. Mais ils sont entrés tous les deux dans le bâtiment et sont ressortis avec Bill. Chacun d'eux avait un bras de Bill autour de leur cou. Ils l'ont porté comme ça, ou plutôt ils l'ont traîné, jusqu'à l'hélicoptère. Puis Lena est revenue et l'hélicoptère s'est envolé. J'ai attendu un moment avant de bouger. Je ne voulais pas qu'on me voie. Je ne savais pas trop quoi penser après avoir vu ça. Je l'ai regardée retourner dans le bâtiment des communications. J'ai attendu dix minutes. Je ne voulais pas risquer d'être vu. Quand j'ai pensé que la voie était libre, j'ai marché aussi vite que possible pour remonter dans ma chambre. Mais elle m'a vu..."

Brooke dit : "*Quoi ?* Et qu'est-ce qu'elle a fait ?"

"Elle m'a vu au moment où j'ouvrais la porte de ma chambre. Elle m'a demandé si j'étais sorti et j'ai dit non. Mais je pense qu'elle savait que je mentais. Elle... elle a essuyé un peu de sable qui était sur mes vêtements et elle est partie."

Henry se couvrit la bouche avec son poing, pressant ses lèvres contre son pouce. Il avait l'air perdu dans ses pensées.

Brooke se pencha en avant, la bouche ouverte. Elle n'arrêtait pas de dire : "Pourquoi est-ce qu'elle aurait fait ça à Bill ? Pourquoi est-ce qu'elle aurait fait ça à Bill ?"

Natesh était le plus calme du groupe. Il dit : "David, est-ce que tu es sûr qu'il n'y a pas d'explication raisonnable à tout ça ?"

Les autres regardèrent Natesh, puis à nouveau David.

David dit : "Je l'ai revue ce matin. J'étais sorti pour courir. Sur la piste."

Norman dit : "Tu es allé courir ? Genre... pour faire de l'exercice ? Après ce que tu l'as vue faire à Bill ?"

David répondit : "Bon, déjà je ne l'ai pas vraiment vue faire quoi que ce soit à Bill. Mais je devenais fou à garder ça pour moi. Et ça peut sembler bizarre, mais je suis accro à la course à pied. J'avais besoin de ma dose. J'étais comme un fumeur stressé qui avait besoin d'une cigarette."

Norman leva les yeux et dit : "Ouais, je connaissais des gars comme ça dans les Marines. Enfin bref, peu importe. Mais bordel, tu parles d'une histoire ! C'est grave cette affaire. Mais si je peux me permettre, d'une, tu ferais bien de surveiller tes arrières. Et de deux, tu aurais dû nous le dire. Et donc, qu'est-ce qui s'est passé quand tu l'as vue ce matin ?"

David dit : "Au début rien. Elle est juste passée à côté de moi en courant dans l'autre sens. Mais ensuite, elle est venue vers moi quand j'avais fini et s'est étirée. On a eu une conversation bizarre. Elle m'a dit de faire mon travail et de ne pas... Comment est-ce qu'elle a dit déjà ? Elle m'a dit de ne pas faire de vagues ou un truc comme ça. En gros, elle me disait de me taire et de ne pas me faire remarquer. Les gars, je ne lui fais pas du tout confiance. J'ai essayé de trouver une raison rationnelle pour expliquer ce que j'ai vu, mais je n'arrive pas à en trouver une seule. J'avais besoin d'en parler à quelqu'un. Je commence à me dire..."

Brooke dit : "À te dire quoi ?"

Henry dit : "Tu commences à te dire que cette opération n'est pas légale. C'est ça ?"

David fit oui de la tête : "C'est ça. Je n'ai pas bien vu cet hélicoptère, mais je viens d'une grande famille de militaires. Ma sœur est pilote d'hélicoptère dans la marine. Et je suis sûr que cet hélico ne ressemblait pas à l'un des nôtres."

Natesh dit : "Il doit y avoir une explication raisonnable à tout cela."

Ils chuchotaient maintenant. Brooke avait entendu des voix dans le couloir devant sa porte. Des gens qui retournaient dans leur chambre.

Brooke dit : "Bon, réfléchissons à tout ça de manière logique. Quels sont les faits ?"

Henry dit : "Bill est parti. C'est un fait."

David demanda : "Natesh, depuis combien de temps connais-tu Lena ?"

Natesh répondit : "Une semaine. Peut-être dix jours."

"Est-ce que tu es sûr qu'elle est bien la personne qu'elle prétend être ?"

Les autres observèrent Natesh. Ils se demandaient peut-être s'il n'était pas dans le coup lui aussi. Brooke pensait que c'était très peu probable. Le type avait la vingtaine. Un entrepreneur. Un conseiller en affaires. Son profil ne correspondait pas. *N'est-ce pas ?*

Natesh répondit : "Si on s'en tient aux faits, alors la réponse est non. Elle m'a approché il y a environ dix jours. D'abord par téléphone. Puis nous nous sommes rencontrés une fois dans un bureau loué dans la région de San Francisco."

Norman regarda David quand celui-ci dit : "Donc David, tu dis que tu ne penses pas qu'elle est vraiment de la CIA ?"

David déclara : "Selon moi, il pourrait y avoir deux raisons pour lesquelles Bill aurait pu être évacué comme ça. Soit Lena et toute cette opération sont légitimes. Elle est bien de la CIA, mais à cause du niveau de confidentialité de cette opération, ils ont dû mettre Bill sous sédatif pendant le transport. C'était comme lui mettre un sac sur la tête pour qu'il ne voie rien. Soit Lena et toute cette opération ne sont pas légitimes. Et dans ce cas, les paris sont ouverts. Et ces plans que nous élaborons deviennent tout à coup beaucoup plus effrayants."

Norman s'exclama : "Putain de merde. Putain de merde..." Il balayait la pièce du regard comme s'il cherchait quelque chose à frapper.

Henry resta calme. Il y avait un contraste étonnant avec sa nature habituellement comique. Il dit : "Je suis d'accord avec ton raisonnement. Je ne vois pas trop d'autres possibilités. Mais supposons que ce soit le scénario numéro deux. Disons que Léna et cette île sont un gros coup monté. Quelle serait leur stratégie ?"

Brooke réfléchissait. Ses yeux faisaient des allers retours entre le plafond et les personnes dans la pièce. Elle dit : "Bon, écoutez, je travaille sur des opérations en lien avec ce projet depuis des semaines. Jinshan et le complot d'invasion chinoise sont réels. C'est un fait. David, tu as travaillé sur la cyber-arme à laquelle ils sont censés avoir eu accès. ARES, c'est ça ? On sait que cette capacité est réelle. Pourquoi nous amener sur cette île si ce n'est pour aider à planifier la défense contre une attaque chinoise ?"

David dit : "Mais nous ne planifions pas la défense. Nous planifions l'*attaque*."

Brooke dit : "Ça voudrait dire que... Lena travaille en fait pour..."

Henry hocha la tête. "Termine ta phrase."

Brooke dit : "...la Chine."

Tout le monde resta silencieux.

Brooke poursuivit : "Tout ça aurait été mis en scène par la Chine ? Si c'est vrai, nous ne pouvons pas faire confiance à ce que nous a dit Lena. Est-ce qu'un compte à rebours a vraiment été enclenché ?"

Henry ajouta : "La question est de savoir si les Chinois prévoient vraiment d'attaquer. Si la réponse est oui, à quoi sert cette Cellule Rouge ? À recueillir des informations supplémentaires avant l'attaque ?"

Natesh déclara : "Je ne tirerais pas de conclusion aussi hâtive... mais je pense qu'il est prudent d'évaluer toutes les possibilités."

Henry dit : "Écoutez, je ne veux pas être raciste ou quoi que ce soit, mais Lena est asiatique. Probablement d'origine chinoise. Ça paraît un peu trop évident pour faire le rapprochement, et je sais que nous ne sommes plus censés établir de profil, mais... je veux dire que c'est presque *trop* évident. Tous les employés sont asiatiques, eux aussi. Il est fort probable que nous soyons dans le Pacifique. En prenant du recul, je commence à me sentir comme un con. Un peu plus et ils nous amenaient au Sheraton de Pékin et nous demandaient de remplir un questionnaire sur les faiblesses de l'Amérique."

Natesh dit : "Ok, calmons-nous. Lena ne représente qu'une seule personne. Si personne d'autre ne le fait, je vais me faire l'avocat du diable. Je doute fort que le gouvernement chinois nous amène tous ici avec une seule personne de son service de renseignement."

David dit : "Je suis d'accord. Mais ça ne veut pas dire que tout ça n'a pas été orchestré par les Chinois. Pour moi, ça veut simplement dire qu'on doit surveiller nos arrières. Ils n'essaieraient pas de faire quelque chose comme ça en la laissant seule avec nous tous sur une île. Si ? Ça semble trop risqué. Dans ce cas... qui d'autre pourrait être de son côté ?"

Ils se regardèrent les uns les autres.

"Le major ? Ce type est vraiment bizarre", dit Norman.

Brooke fit un signe de tête. "Et il est là depuis le début. Ça se tient. *Et* il porte une arme. Il a aussi accès au bâtiment des communications."

"Moi aussi", déclara Natesh.

Les autres restèrent silencieux.

David rompit ce silence gênant en disant : "Désolé, Natesh. C'est juste..."

Natesh dit : "Pas de souci. Vous avez le droit d'être méfiants. Demandez-moi n'importe quoi. C'est ce que je ferais si j'étais à votre place. Par prudence. Je tiens juste à vous assurer que je ne suis *pas* un espion chinois. Je ne suis pas un traître."

Il disait la vérité. David pouvait le voir dans ses yeux. David dit : "Personne ne t'accuse d'être un traître. Mais qu'est-ce que tu penses du major ?"

Natesh grimaça et dit : "Je...je ne peux rien étayer avec des faits..."

Brooke dit : "Qu'est-ce que tu ne peux pas étayer avec des faits ?"

Il répondit : "J'ai juste l'impression qu'il prend du plaisir dans tout ça. Comme s'il aimait faire partie d'une équipe qui essaie d'être plus rusée que les États-Unis."

Brooke dit : "C'est ce qu'ils disaient à propos de Robert Hanssen. L'agent du FBI qui espionnait pour le compte des Russes. Il ne le faisait pas fait pour l'argent. Il le faisait parce qu'il aimait flatter son ego. Vous pensez que Combs est comme ça ?"

Norman fit remarquer : "Il est plutôt vieux pour n'être que major. Peut-être qu'il a fait une pause dans sa carrière militaire ou quelque chose comme ça. Mais si ce n'est pas le cas, ça veut dire qu'on lui a refusé beaucoup de promotions. Il est normal qu'un gars de son âge avec ce grade soit blasé après autant de temps. Mais ça ne veut pas dire que c'est un traître."

Henry dit : "Non, mais peut-être que Lena a utilisé cette faiblesse pour le recruter."

Natesh dit : "N'oubliez pas que tout ceci n'est que spéculations s'il vous plaît."

Norman dit : "Bill qui a été traîné dans un hélicoptère inconscient, c'est de la spéculation ?"

Natesh soupira et leva les bras en signe de reddition.

David dit : "Allez, calmez-vous. J'avais juste besoin d'en parler à quelqu'un. Je pensais que je pouvais faire confiance à ce groupe. Alors si c'est le cas, gardons cette information pour nous pour le moment. Nous devons déterminer à qui nous pouvons faire confiance. Et personnellement, je ne pense pas que Lena agisse seule."

Brooke demanda : "Vous croyez que les chambres sont sur écoute ?"

Ils scrutèrent la pièce. David dit : "Honnêtement, je n'avais pas pensé à ça."

Henry dit : "On n'est pas sur écoute."

Norman demanda : "Comment tu le sais ?"

Henry répondit : "Parce qu'ils seraient déjà venus ici en courant, les armes à la main. Tu ne crois pas ? On sait qu'elle n'agit pas totalement seule. Les ordinateurs transmettent et reçoivent de quelqu'un, pas vrai ? Le personnel, les vols de ravitaillement quotidiens. Et puis elle peut faire venir un hélicoptère en quelques heures. Elle doit avoir un soutien *énorme*. Mais ce que je ne sais pas, c'est de quel soutien elle dispose sur l'île. Et si elle roule pour les Chinois, notre isolement est peut-être notre plus grand avantage."

David dit : "En fait, je pense que tu as raison. Natesh, tu m'as dit que tu pensais pouvoir pirater les pare-feux du bâtiment des communications. Tu penses toujours que tu pourrais le faire ?"

Natesh jeta un coup d'œil dans la salle avant de répondre. "Oui. Je pense."

"Bien. Parce que dans l'état actuel des choses, je pense que tu es le seul moyen que nous avons pour appeler à l'aide."

Henry hocha tête : "C'est une bonne idée. Mais je pense qu'ils le sauraient d'une manière ou d'une autre. Je veux dire, Lena le saurait. Le major le saurait. Natesh pourrait essayer, mais il risque de se faire prendre et ça risquerait de mal finir pour lui."

David dit : "Pas si nous faisons Lena et ses complices prisonniers."

Norman dit : "J'en suis. Je sais pas ce que tu prévois de

faire, mais je te suis. Je sais que certains de ces policiers et militaires qui font partie de l'équipe de défense seraient de notre côté si nous leur disions ce qui se passe."

David regarda Natesh. "Si on te laissait du temps, tu pourrais faire ça ? J'imagine qu'il y a une sorte de coupe-circuit qui pourrait être activé si la personne qui tire les ficelles découvre ce que tu essaies de faire."

Brooke dit : "Ce serait facile à mettre en place."

Natesh dit : "Pas si vite, s'il vous plaît. Pouvons-nous d'abord nous assurer d'avoir vraiment écarté toutes les raisons légitimes possibles pouvant expliquer ce que David a vu arriver à Bill ?"

Henry dit : "Bien sûr, mais..."

Natesh tendit les mains en avant. "Si nous découvrons que Lena n'est effectivement pas ce qu'elle prétend être, alors je suis sûr que si vous me donnez trente minutes dans ce bâtiment des communications, je pourrai envoyer un message pour lancer l'alerte et contacter des amis à l'extérieur qui pourraient nous envoyer des secours. Je connais bien ces ordinateurs et ces systèmes d'exploitation. Je peux le faire. Mais, s'il vous plaît, continuons à faire notre travail jusqu'à ce que nous en soyons sûrs."

David hocha la tête. "Oui, c'est raisonnable. On doit d'abord comprendre ce qui se passe vraiment. Si c'est ce que l'on craint, il faut que l'on trouve un moyen de nous échapper. Et avertir les gens. Pour l'instant, Natesh est notre seul espoir. Et le faire entrer seul dans cette salle de communication sera notre objectif si on confirme que Lena n'est pas de la CIA. Il faudra s'occuper d'elle et de ses complices. Mais je ne suis pas convaincu que ce soit la seule chose sur cette île qui pourrait poser problème..."

Natesh dit : "Qu'est-ce que tu veux dire ?

David dit : "La clôture."

"Quoi la clôture ?" demanda Norman.

"Pourquoi y aurait-il une clôture en fil de fer barbelé sur une île ? Qui est-ce qu'ils voudraient empêcher d'entrer ?"

Henry dit : "Des animaux ? Je sais pas, des orangs-outans ? Ça peut être agressif ces bêtes-là. Je leur ai jamais fait confiance."

David dit : "Non, sérieusement. Cette île est relativement grande. Je ne sais pas exactement quelle taille elle fait, mais je ne pense pas que cette clôture soit là pour nous protéger. Je pense que c'est plutôt pour nous empêcher de découvrir ce qu'il y a d'autre sur l'île. Peut-être que ça fait partie d'une plus grande base. Peut-être que c'est la partie où on est censés être confinés."

Norman dit : "Et qu'est-ce qu'il pourrait y avoir d'autre là-bas ?"

David répondit : "Je ne sais pas. Mais je suis prêt à parier que cela nous aidera à comprendre ce qui se passe. Je suis bien décidé à le découvrir."

Natesh demanda : "Découvrir quoi ?"

David répondit : "Découvrir ce qu'il y a de l'autre côté de la clôture. Pour l'instant, nous sommes *tous d'*accord pour que tout ça reste entre nous. Continuons à nous réunir comme ça le soir. On peut dire qu'on joue au poker si quelqu'un nous demande, mais gardons tout ça dans ce groupe jusqu'à ce qu'on sache à qui d'autre on peut faire confiance. Gardez vos yeux et vos oreilles ouverts. Demain soir, je vous dirai ce que j'ai vu et on pourra décider de la suite. Mais promettez-moi qu'aucun d'entre vous n'en parlera à personne tant qu'on n'aura pas trouvé un plan."

Les autres hochèrent la tête.

Brooke demanda : "Comment tu vas faire pour découvrir ce qu'il y a de l'autre côté de la clôture ?"

David répondit : "Laisse-moi faire."

7

Avant de construire un mur, j'aimerais savoir
ce que je dois garder dehors ou bien dedans...
—Robert Frost

Les yeux de David s'ouvrirent d'un coup lorsque l'alarme de sa montre se mit à sonner. Il était 4 h 45. Il se leva et enfila sa tenue et ses chaussures de course. Il devait se dépêcher. L'aube approchait.

Quelques minutes plus tard, il courait à nouveau sur la seule piste de l'île. Selon ses estimations, le soleil devrait se lever à 6 heures du matin, ce qui lui laissait au moins trois quarts d'heure d'obscurité.

Tout en courant, David scrutait la piste seulement éclairée par les étoiles à la recherche d'éventuelles autres personnes. Il ne voyait pas Lena ce matin. Mais c'est une des raisons pour lesquelles il s'était levé si tôt. C'était une heure complète plus tôt que l'heure à laquelle il l'avait vue la dernière fois. Il voulait éviter d'être vu par quiconque, mais surtout par elle. À sa connaissance, Lena et lui étaient les deux seuls véritables coureurs de l'île. Quelques consultants faisaient un peu d'exercice l'après-midi. Il les avait vus avec leurs vêtements de sport à la mode, en train de faire des pompes et des abdos sur la plage pendant quelques minutes avant de juger cela suffisant pour la journée. S'il entendait des pas sur le tarmac, il supposerait donc que c'était Lena.

David finit par arriver à l'extrémité de la piste, à environ deux kilomètres de la caserne, de la cafétéria, de la salle de classe et du bâtiment des communications. Il quitta le tarmac en direction de la plage. Les vagues avaient grossi. Ça devait être à cause de la tempête en approche dont ils avaient parlé pendant le briefing. Ce n'était pas idéal pour nager, mais David s'en sortirait... tant qu'il n'y avait pas de requins cherchant leur petit-déjeuner.

Il mit ses chaussures, ses chaussettes et son T-shirt derrière un petit buisson à cinquante mètres du bout de la piste et à mi-chemin de la clôture, de façon à ce que Lena ne les voie pas si elle passait en courant.

David mit les pieds dans l'eau. Elle était chaude. Il s'enfonça dans l'eau noire, en se demandant ce qu'il pouvait y avoir sous la surface. Il sentait le sable se tasser sous ses pieds. Il avançait en résistant contre les vagues. De temps en temps, il sentait quelque chose de dur toucher ses orteils. Peut-être un crabe. Il espérait qu'il n'y ait pas d'oursins.

Un million d'étoiles magnifiques illuminaient le ciel, et un faible éclat de lune se reflétait sur l'océan. Il avait de l'eau jusqu'au cou quand il a commença à nager la brasse, en prenant soin de ne pas toucher le haut de la clôture, aiguisé comme un rasoir. Il devait nager contre les vagues jusqu'à s'éloigner suffisamment avant de tourner à gauche parallèlement au rivage pour voir ce qu'il y avait plus loin. Il dépassa d'environ cinq mètres le point où la clôture disparaissait sous l'eau, par sécurité, pour être sûr de ne pas se retrouver dans les spirales métalliques ornées de lames de rasoir qui surmontaient la clôture. Il avait passé la barre où les vagues se brisaient et il se sentait monter et descendre au rythme de la houle pendant qu'il nageait. Il ne voulait pas que ses jambes touchent les barbelés à lames.

Une fois qu'il fut assez loin, il tourna de quatre-vingt-dix degrés par rapport à la base et se mit à nager parallèlement au rivage. Il accéléra la cadence et passa au crawl.

D'une certaine manière, cela faisait du bien d'enfreindre les règles en nageant ici, de l'autre côté de la clôture. C'était aussi terrifiant. David se sentait vulnérable. Il ne voulait pas que Lena l'attrape, et il ne savait pas ce qu'il découvrirait. Il avait le pressentiment que quelque chose ou quelqu'un serait là. Est-ce qu'il y aurait un garde ? Est-ce qu'il serait armé ?

Il commençait à sentir la houle grossir légèrement. Il comprit qu'il devait y avoir des vents plus forts d'un côté de l'île. Des muscles qui n'avaient pas été sollicités depuis quelques semaines commençaient à brûler. Une sensation qu'il aimait et qui le poussait à redoubler d'efforts. Il battait des jambes en essayant de ne pas éclabousser et de ne pas faire trop de bruit. De temps à autre, il levait la tête un peu plus haut en reprenant sa respiration, pour évaluer la distance qui le séparait de la côte. Il essayait de maintenir la même distance afin de ne pas aller trop loin au large et risquer de se faire prendre dans un courant.

Il nagea ainsi pendant vingt minutes, porté par la houle, en reprenant son souffle côté gauche. Les vagues étaient plus grosses que ce qu'il avait prévu. C'était éprouvant, mais il tenait bon. Toutes les quelques minutes, il regardait sa montre, puis le rivage.

David s'arrêta, se laissa flotter pendant un moment et en profita pour enlever l'eau salée de ses yeux afin de mieux voir l'île. David avait toujours été frustré d'avoir été disqualifié de la formation de pilote en raison de sa mauvaise vue. Il était d'autant plus frustré que, même s'il devait parfois porter des lunettes pour lire, il voyait très bien les choses éloignées. Le ciel à l'est était maintenant bleu clair et le soleil pouvait apparaître à l'horizon d'un instant à l'autre. La lumière du ciel le rendait nerveux, car cela le rendait plus facilement repérable, mais elle lui permettait également de scruter la côte plus facilement à la recherche de tout signe d'activité suspecte.

Il regarda sa montre. Merde. C'était plus long que prévu. Il n'avait plus beaucoup de temps. Alors qu'il envisageait de faire demi-tour et de rentrer, David réalisa qu'il était plus loin de la plage que ce qu'il avait prévu au départ. Il était à au moins soixante-quinze mètres du rivage. Suffisamment loin pour presque ne pas voir les structures en béton faiblement éclairées qui se trouvaient environ un kilomètre plus loin sur l'île.

Ses yeux s'écarquillèrent lorsqu'il les vit. Il se doutait bien qu'il trouverait quelque chose de l'autre côté de la clôture. C'était une chose de s'en douter, mais c'en était une autre de le voir de ses propres yeux. Il continua à nager un peu pour se rapprocher.

Les bâtiments semblaient avoir été construits avec le même béton que celui des bâtiments de son côté de l'île. Mais ces bâtiments étaient recouverts d'une sorte d'énorme filet. La structure principale faisait à peu près la taille d'un petit dortoir universitaire, et elle s'inclinait de la colline vers la plage. Comme sur le bâtiment des communications, il y avait des douzaines d'antennes et de paraboles sur le toit. Juste à côté du bâtiment principal se trouvait une grande étendue de béton qui ressemblait à un héliport. David se laissait balloter par les vagues pendant qu'il étudiait les structures. Il y avait une ligne de lumière tamisée au sommet d'une des façades du bâtiment. Cela ressemblait à un bunker. De la lumière sortait des fentes en haut du bunker, comme celles du bâtiment des communications. David pouvait à peine distinguer leur lueur.

Il se laissa encore flotter un peu dans la mer chaude. Sa nervosité lui intimait de rentrer, mais sa curiosité le faisait rester. De son point de vue, il ne semblait pas y avoir de route menant à ces bâtiments. Il ne voyait pas de voitures non plus. Alors, qui avait bien pu construire ces structures et comment étaient-elles approvisionnées ? Qui y *habitait* ? Elles semblaient pouvoir abriter une centaine de personnes ou plus, mais il ne voyait personne. Pourquoi cette île aurait-elle une base clôturée d'un côté et ces structures isolées de l'autre ?

Alors que l'horizon commençait à virer au bleu grisâtre, signalant l'aube qui approchait, il distingua une petite jetée près du rivage, à côté des bâtiments. Deux bateaux à moteur étaient amarrés au quai. Derrière le bâtiment et la jetée s'élevait une paroi rocheuse qui faisait au moins trente mètres de haut et se transformait progressivement en une montagne couverte de jungle. Plus David fixait cette falaise, plus elle semblait artificielle. Elle était trop parfaite pour être une paroi rocheuse naturelle. La surface lisse était arrondie au sommet et il pouvait distinguer une ligne verticale au centre de la paroi qui la séparait en deux. Cela ressemblait étrangement à une sorte de porte gigantesque. Une énorme porte de pierre fermée qui s'ouvrait sur la mer. Très curieux...

Le bruit le glaça sur place.

C'était le bruit aigu d'un moteur de bateau combiné au bruit de sa coque qui tapait sur l'eau. Et il devenait de plus en plus fort. Derrière lui. Il pivota pour regarder... et il plongea immédiatement sous l'eau, en retenant sa respiration.

Le monde lumineux et bruyant de la surface se transforma en un monde sombre et silencieux à l'instant même où il plongea dans l'océan. Il nagea de plus en plus profondément, pour essayer de passer sous le bateau qui semblait venir droit sur lui.

Cela ressemblait à un bateau gonflable à coque rigide, avec

sa proue qui dépassait vers le haut. Un moteur hors-bord de grande puissance se trouvait probablement à l'arrière. David n'avait vu le bateau qu'une fraction de seconde, mais il lui semblait avoir vu plusieurs personnes à bord. Il aurait dit trois. L'avaient-elles vu ?

Les secondes passèrent et David retenait toujours son souffle, attendant que le bateau passe au-dessus de lui. Il essayait désespérément de rester en bas, à la lutte avec ses poumons pleins d'air qui voulaient le faire remonter à la surface. Il entendit le bruit sourd du bateau qui passait au-dessus de lui. Il semblait être juste au-dessus de lui. Il regarda vers le haut, ses yeux le brûlaient dans l'eau salée.

Il vit un mouvement sombre et flou sur la surface bleu clair de l'eau lorsque l'embarcation passa au-dessus, suivi par des bulles d'écume blanche. Le temps semblait passer très lentement. Les poumons de David lui suppliaient de respirer, mais il continuait à brasser l'eau avec ses bras pour rester en profondeur, loin du moteur. Et surtout loin des yeux des hommes sur le bateau.

Lorsqu'il ne put retenir son souffle plus longtemps, David se laissa remonter à la surface aussi lentement qu'il le pouvait. Il refit surface et respira de profondes gorgées d'air salvatrices. Ses yeux étaient en feu à cause de l'eau salée. Il respirait et toussait tout en se maintenant à la surface. Il faisait de son mieux pour que sa tête dépasse le moins possible pour ne pas être vu. Il ne pouvait qu'espérer que les passagers de ce bateau avaient été suffisamment éloignés et ne l'avaient pas vu avant qu'il ne plonge, et qu'ils ne regardaient pas dans sa direction maintenant. Le ciel était désormais gris, et il était assez clair pour qu'ils puissent le voir s'ils regardaient dans sa direction. Alors que la houle le faisait monter et descendre, il regardait le bateau continuer son voyage cahoteux sur l'eau, vers la jetée que David avait remarquée quelques instants auparavant.

Il pouvait voir clairement les hommes dans le bateau qui rebondissait sur le clapot. David s'était trompé. Il n'y avait pas trois hommes à bord, il y en avait quatre.

Deux d'entre eux étaient asiatiques, et portaient des uniformes noirs, avec des mitraillettes en bandoulière. *Pas bon*. Un d'eux pilotait le bateau. Il avait une main sur un petit volant en inox et l'autre sur le levier d'accélérateur en plastique noir. L'autre homme en uniforme se tenait au bastingage et surveillait un prisonnier.

Un prisonnier, c'est à cela que ressemblait le troisième homme à en juger par la façon dont il se tenait. Il avait la tête baissée et avait l'air abattu. Il avait le dos voûté et ses bras étaient proches l'un de l'autre comme si ses mains étaient attachées.

David ne pouvait pas voir le visage du prisonnier, mais il n'en avait pas besoin. Il savait qui c'était. Son épaisse chevelure blanche était un signe distinctif suffisant. Il était très facilement reconnaissable. C'est l'une des raisons pour lesquelles il l'avait aussi reconnu l'autre soir, dans la pénombre, alors qu'il était transporté inconscient dans l'hélicoptère.

Bill.

David était comme paralysé. Une partie de lui ressentait une étrange satisfaction à l'idée d'avoir vu juste. Mais une autre partie de lui, beaucoup plus grande, était en panique.

Le quatrième homme se retourna et David crut qu'il hallucinait. Le quatrième homme avait l'air en colère et désagréable, comme il l'avait été la semaine précédente lorsqu'il avait convaincu David de prendre un jet pour venir sur cette île perdue. La bouche du quatrième homme bougeait et il semblait dire quelque chose à Bill, son prisonnier. *Son* prisonnier. Même si cela semblait impossible, son langage corporel en disait long. Le quatrième homme n'était pas censé se trouver dans le même hémisphère, encore moins dans le même bateau.

David essayait de donner un sens à tout cela. Il essayait de comprendre comment cela pouvait être possible. Alors que le hors-bord militaire s'approchait du quai, David se demandait s'il avait une chance de survivre à tout cela.

Il avait maintenant la certitude que ce rassemblement sur l'île n'avait pas pour but d'aider les États-Unis à planifier leur défense. C'était pour fournir ces plans de défense à la Chine. Non. C'était pour donner des plans *d'attaque* à la Chine. Ils sous-traitaient leur planification de guerre aux meilleurs consultants qui existaient. Et certains Américains étaient dans le coup. Le fait de voir le visage du quatrième homme le confirma.

Le quatrième homme était Tom Connolly.

8

En ces temps de supercherie universelle, dire la vérité est un acte révolutionnaire.
—George Orwell

David nagea pour rentrer de son côté de l'île avec une grande détermination. Par chance, il y avait un léger courant en sa faveur. En quinze minutes, il était sorti de l'eau et retournait vers sa pile de chaussures et de vêtements. Des grains de sable gris se collaient à ses pieds mouillés.

Il n'y avait personne sur la piste. David s'habilla en continuant à regarder pour s'en assurer. Il avait aussi les oreilles grandes ouvertes, prêtes à déceler les pas de Lena. Il ne voulait pas qu'elle le prenne en flagrant délit. Il mit ses chaussettes sur ses pieds mouillés pleins de sable. Il regarda sa montre. Il devait se dépêcher s'il voulait arriver à temps pour la première réunion du matin. Maintenant plus que jamais, il ne voulait pas avoir l'air suspect. Mais il devait dire aux autres ce qu'il avait vu. La question était de savoir comment il allait s'y prendre.

Le tonnerre grondait au loin. Il leva les yeux et vit un front orageux approchant de l'ouest. Il était encore à trente minutes de l'île, à vue de nez, mais le vent se levait déjà.

Ils devaient agir rapidement. Il réfléchit à son plan d'action tout en courant sur la piste pour retourner à la caserne. David pensait que la situation ne pouvait pas être pire. Il avait tort.

Henry était avachi sur sa chaise au fond de l'auditorium, et écoutait à moitié les gars à côté de lui. La classe bourdonnait de bavardages. L'exercice intellectuel consistant à préparer la chute de l'Amérique et à apprendre des bribes d'informations classifiées sur des questions de sécurité fascinait la plupart des membres de la Cellule Rouge, et chacun semblait discuter des plans de son groupe. Apparemment, les règles de cloisonnement avaient été jetées par la fenêtre. Selon la rumeur, tout était partagé de nos jours de toute façon.

Henry balaya la classe du regard. David n'était toujours pas là. C'était très inhabituel de sa part. Et cela inquiétait Henry. Il avait dit qu'il voulait découvrir ce qu'il y avait de l'autre côté de la clôture. Il espérait qu'il ne lui était rien arrivé.

La conversation qu'Henry écoutait à moitié était entre deux membres de l'équipe de défense, qui parlaient de la façon dont toute notre technologie militaire était câblée de nos jours. Il ne se souvenait pas de leurs noms. Henry était nul pour se souvenir des noms.

Le premier type travaillait pour une entreprise de défense de la marine à Norfolk. Il dit : "Laisse-moi te donner un exemple. Il y a quelques années, un de nos navires de guerre de la marine a heurté un pétrolier alors qu'il traversait un détroit. Juste un petit accrochage, rien de méchant par rapport aux dégâts qu'aurait pu faire un missile. Mais cette petite collision a causé d'énormes dégâts. Est-ce que tu as une idée du nombre de *câbles et de fils qui se* trouvent dans un navire de la marine ?"

Le deuxième type haussa les épaules.

"*Des milliers.* Ce petit choc avec un pétrolier a rapidement transformé l'un de nos navires de guerre les plus avancés en une vulgaire barge flottante. Les lumières se sont éteintes, son radar est devenu noir, et ses canons ne pouvaient plus tirer. Et tu crois qu'il pouvait encore tirer un missile ? Oublie. Ça a fait les choux gras des entreprises privées. Ça a demandé un boulot énorme pour tout réparer. Là où je veux en venir, c'est que pendant la Seconde Guerre mondiale, jamais de la vie un des navires de Henry J. Kaiser aurait pu être mis hors service à cause d'un petit choc sur la coque. Impossible ! Tu t'es déjà renseigné sur les destroyers ? Ils se faisaient tirer dessus par les Japonais, mais ils continuaient à se battre. Ils le devaient. Si une partie du navire était détruite, le reste n'était pas affecté. C'est ça, une vraie bataille en mer. C'est le bordel. Les communications sont coupées. Les fils sont coupés. Ces vieux capitaines de navires de la Seconde Guerre mondiale le savaient. Si une partie du navire était touchée, les autres devaient continuer à se battre. Mais aujourd'hui, le problème c'est les *câbles !*"

"Les câbles ?"

"Oui, il y en a beaucoup trop dans tous les bateaux. Tout est interconnecté, de sorte que si une partie s'éteint, une autre est affectée. Comme l'a dit... comment il s'appelle ? Natesh. C'est ce qu'il a dit. Notre technologie est notre talon d'Achille. Et je ne parle même pas de ce que notre équipe de défense a mis au point, la tactique par IEM. Je parle juste d'une guerre avec des armes traditionnelles. Si un missile touche un de nos navires de guerre, je pense que les Chinois prendraient le navire d'assaut et finiraient le travail. Parce que nos navires seraient morts dans l'eau, plus de son, plus d'image. Pendant toutes ces années, nos politiciens ont signé des contrats de plus en plus importants pour ajouter des systèmes d'armes, de radars et d'ordinateurs dernier cri... Génial ! On a un bateau high-tech qui sera hors d'état dès le premier coup reçu au combat. Pendant ce temps, les Chinois n'ont même pas d'ordinateurs sur un grand nombre de leurs navires, d'après ce que j'ai lu. C'est fou, non ? Mais tu sais quoi ? Pendant toutes ces années, on pensait qu'on était la plus grande nation avec une technologie de pointe et qu'ils ne pourraient jamais atteindre notre niveau de sophistication. Mais quand je regarde ces plans que nous élaborons, je commence à me demander si ce n'était pas leur stratégie depuis le début. Est-ce que leur *stratégie* a été de créer navires, des avions et des tanks qui fonctionneraient *mieux* dans un environnement low-tech ?

Le deuxième type grommela et secoua la tête.

"Parce que je commence à me dire que pendant tout ce temps, on se disait qu'ils n'avaient tout simplement pas notre capacité à créer de la technologie. Qu'ils étaient trop pauvres ou pas assez avancés. Laisse-moi te poser une question : qui fabrique tous les iPhones du monde ? La Chine. Tu penses qu'ils ne sont pas assez avancés ? Tu penses qu'ils ne pourraient pas informatiser leurs navires et leurs chars à fond s'ils le voulaient ? Je te le dis, pendant toutes ces années, je pense que les Chinois se sont moqués de nous. Leur stratégie était de créer leur armée de façon à ce qu'elle ne dépende pas de la technologie. C'est moins cher en plus. On dépense tout notre argent. Ils ont dix fois plus d'hommes. Quand notre technologie que nous pensons si avancée plantera à cause d'un virus informatique ou d'une impulsion électromagnétique, à dix contre un y'a pas photo. Tu vois ce que je veux dire ?"

Henry était immobile, et regardait les deux hommes parler d'un œil distrait. Il jeta un regard à l'avant de la classe. Il était plus de huit heures du matin. Depuis quatre jours qu'ils étaient sur l'île, toutes les réunions avaient commencé à l'heure. Henry regarda Lena, Natesh et le commandant parler à voix basse à l'avant de la classe. Il se passait quelque chose. Ils étaient agglutinés et Natesh fronçait les sourcils. Lena lui parlait calmement. Mais ses yeux le regardaient avec une grande intensité. Henry connaissait un type qui regardait toujours les gens de cette façon. C'était un petit Italien, un boxeur. C'était un type calme, qui regardait toujours les gens en levant les yeux. Il ne clignait jamais des yeux. Henry s'était retrouvé une fois dans un bar où des grands types ivres avaient fait l'erreur de sous-estimer l'Italien. Ils avaient beaucoup regretté leur erreur. Lena avait ce regard. C'était un regard affamé et déterminé. Comme si le monde lui appartenait, ou allait bientôt lui appartenir.

Henry regarda quelques rangs plus bas et vit Brooke. Elle le regarda et il fit un signe de tête en direction de Lena, Natesh et le major, comme pour lui demander ce qui se passait. Brooke se contenta de hausser les épaules. Elle articula silencieusement : "Où est David ?" Henry se demandait la même chose. Cela l'inquiétait. Il secoua la tête. Il ne savait pas non plus.

Henry se retourna vers les deux types qu'il avait écoutés et leur dit : "Qu'est-ce que vous disiez au sujet de l'IEM ?"

Le premier type répondit : "Hein ? Oh, c'est l'un des éléments principaux du plan de l'équipe de défense. Lena et le major Combs nous ont donné l'idée. Enfin, ils en parlaient déjà, mais Combs semblait en savoir un peu plus sur la capacité d'IEM chinoise. Est-ce que tu savais qu'ils ont construit des abris pour leurs militaires pour les protéger des impulsions électromagnétiques ? Apparemment, les Chinois ont des bases aériennes avec des hangars construits dans d'énormes grottes. En gros, ils transforment des montagnes en bunkers géants. Et ce n'est pas seulement pour les avions. Même leurs navires et sous-marins ont ces structures en forme de grottes sur lesquelles ils travaillent depuis plusieurs années. Ils les construisent dans les falaises en bord de mer. J'imagine pas le prix que ça doit coûter. Ces structures sont énormes. Imagine des cavernes géantes assez grandes pour que des navires et des sous-marins puissent y entrer. Ils doivent être amarrés les uns à côté des autres et la grotte doit se prolonger assez loin pour en mettre deux ou trois à la suite. Ils draguent l'eau des canaux jusque dans les grottes. Les services secrets américains pensent que c'est pour les protéger d'une IEM au cas où ils voudraient y avoir recours sur leur propre terrain."

Le deuxième type grommela à nouveau.

Henry dit : "Qu'est-ce que tu veux dire par y avoir recours sur leur propre terrain ?"

Le premier homme répondit : "Je veux dire dans la mer de Chine méridionale. Imaginons qu'un porte-avions américain soit là-bas. Ou la marine japonaise ou taïwanaise ou autre. Les Chinois pourraient parquer leurs navires dans ces grottes, lancer quelques dizaines d'IEM, et après que tous nos jets se soient crashés et que nos navires n'aient plus d'électronique, ils pourraient envoyer leurs militaires sur des cibles sans défense."

Henry dit : "Sérieux ? Mais combien de grottes est-ce qu'ils peuvent vraiment avoir ? Est-ce que ça marche vraiment ? Et notre armée n'est pas protégée contre les impulsions électromagnétiques ? Je sais que les compagnies de télécommunications avec lesquelles j'ai travaillé essaient de s'en protéger."

Le deuxième type prit la parole et dit : "D'après ce que disait le major, les équipements, qu'ils soient militaires ou privés, ne sont protégés que jusqu'à un certain point. Pour des questions de coût. Mais les Chinois ont apparemment développé des armes IEM *très* puissantes capables de déjouer nos protections électroniques. D'après ce dont le groupe a discuté hier, ils nous ont volé la plupart des technologies lorsqu'ils ont piraté Los Alamos."

Henry dit : "Et c'est ce que vous planifiez... ou plutôt c'est ce que vous pensez que la Chine va faire ?"

Les deux hommes hochèrent la tête.

Le premier dit : "Ça fait partie du plan. Nous pensons qu'ils utiliseraient des IEM pour vaincre les moyens militaires américains basés dans la région Asie-Pacifique. Le plan est d'activer un grand nombre de ces dispositifs IEM à des altitudes plus basses... de cinquante à soixante-cinq kilomètres au-dessus du niveau de la mer. Ils les activeraient suffisamment près des forces américaines dans le Pacifique pour que cela leur fasse mal, mais minimise les dégâts sur le continent chinois. C'est le plan qu'on est en train d'élaborer. C'est ce qu'on ferait à leur place."

Henry demanda : "Et ensuite ?"

Pendant qu'il parlait, il vit Natesh et le major quitter l'estrade et s'asseoir au premier rang de la classe. Le public se tut.

Le deuxième type chuchota sa réponse : "Ensuite, ils iraient vers l'*est, massivement*." Il regarda Henry d'un air entendu.

Henry leva les sourcils et regarda vers l'avant de la classe.

Lena se tenait sur l'estrade, toujours élégante.

Elle dit : "Bonjour tout le monde. Tout d'abord, je voudrais vous remercier pour tout le travail que vous avez accompli au cours de la semaine écoulée. Les plans que vous avez tous mis en place sont remarquables. Je suis étonnée par toutes les idées innovantes que vous avez présentées. Vous nous avez fait prendre conscience qu'il y a des lacunes évidentes relevant de la sécurité nationale sur lesquelles nous devrons nous pencher".

Elle regarda le major Combs. "Avant de continuer, major,

pourriez-vous nous montrer le bulletin météo ? Je continuerai quand vous aurez fini."

"Oui, madame. Bien sûr." Le major se leva, son pantalon serré au niveau de la taille, faisant ressortir quelques rondeurs. Il s'avança vers le pupitre et lut ses notes. "À 23 h 52 hier soir, notre station météo nous a informés des dernières prévisions de la trajectoire de ce qui est maintenant le cyclone tropical numéro seize. Il semble qu'il y ait maintenant plus de quatre-vingt-quinze pour cent de chances que nous soyons sur la trajectoire directe de ce cyclone, qui commence déjà à se faire sentir. Les vents devraient atteindre plus de soixante nœuds, avec des vagues de plus de six mètres en mer et de deux à trois mètres sur la côte. Il devrait également y avoir une légère onde de tempête d'environ un mètre."

Le major Combs leva les yeux de ses notes. Il poursuivit, en regardant les membres de la classe, "Les bâtiments dans lesquels nous travaillons et vivons sont tous suffisamment hauts et résistants pour que cela ne représente pas un problème de sécurité majeur. Mais nous vous demandons à tous de rester à l'intérieur, sauf pour une raison valide, c'est-à-dire si vous allez au réfectoire ou en classe. Ne plaisantez pas avec ça. À partir de neuf heures ce matin, la météo est censée empirer. Le gros de la tempête devrait passer en douze heures environ. D'ici là, ça devrait un peu secouer. De ce fait, nous n'aurons pas autant de soutien extérieur. Pas d'avion de ravitaillement aujourd'hui. Nous pourrions également perdre la communication satellite, donc si vous avez des demandes de recherche d'informations externes, faites-les parvenir à Natesh ou à moi avant midi. Il se peut aussi que nous perdions les communications un peu plus longtemps. La liaison informatique que nous utilisons est connue pour ne pas trop résister à ce genre de tempêtes. Le vent pourrait arracher nos paraboles. J'ai terminé."

Lena fit un signe de tête au major et revint devant la scène. Le major se rassit.

Elle annonça : "Maintenant que nous disposons de ces informations, nous allons prendre certaines précautions. Étant donné que vous avez tous été plus rapides et efficaces que prévu dans l'élaboration de vos plans, nous avons décidé de mettre le travail en équipes en pause et de faire un point sur la situation actuelle. J'en ai parlé avec Natesh, et il a accepté de modifier notre planning. Aujourd'hui, vous serez tous dans cette salle de classe, et le but sera de rassembler vos plans individuels en un seul plan combiné. Nous le transmettrons ensuite au plus tard à midi. Nous voulons éviter un scénario où nous perdrions la communication pendant une période prolongée et ne pourrions pas envoyer l'excellent travail que vous avez réalisé à ceux qui en ont besoin. Nous avons déjà un planning très serré."

Henry trouvait que cela n'avait pas vraiment de sens, compte tenu des inconnues du supposé planning, mais il ne contesta pas. Il n'était pas non plus convaincu que le risque de perturbation des communications par satellite justifiait de modifier le planning de Natesh. Les inquiétudes de David semblaient de plus en plus fondées.

Lena dit : "Très bien, je voudrais vous remercier encore une fois. Je vous laisse maintenant vous mettre au travail. Natesh ?"

Natesh monta sur scène et Lena se dirigea vers le fond de la classe. Elle se tint devant la grande fenêtre panoramique en verre, prenant des notes dans son carnet en cuir noir.

Natesh dit : "Bonjour les amis. Lena nous a demandé de modifier notre emploi du temps. La météo est en effet en train de changer. Au lieu de nous diviser en équipes, aujourd'hui nous allons rester en un seul grand groupe et créer le premier jet de notre plan pour l'attaque chinoise."

La porte s'ouvrit et David entra dans la classe. Dix minutes de retard. Ses cheveux étaient humides et il avait l'air encore plus nerveux que d'habitude. Henry remarqua que son front brillait, comme s'il avait encore couru. Il avait l'air bouleversé. Il se demandait s'il avait découvert quelque chose de nouveau ce matin.

Environ la moitié des têtes se tournèrent vers lui. Il ne dit rien. Il se dirigea vers le siège le plus proche et s'assit. Henry regarda discrètement derrière lui dans la direction de Lena. Elle regardait David. Puis ses yeux ont croisé ceux d'Henry et il détourna le regard.

Natesh invita les chefs d'équipe à se rassembler devant la classe. Tous les autres continuèrent à parler. Lena descendit les escaliers et sortit par la porte. Dès qu'elle fut sortie, David regarda Henry. David articulait quelque chose, mais Henry n'arrivait pas à lire sur ses lèvres. Henry comprit finalement ce qu'il essayait de dire : *il faut qu'on parle*. En guise de réponse, Henry fit un signe de tête puis pointa sa montre, fit un geste circulaire avec le doigt, puis pointa son bloc-notes. La langue des signes non officielle était l'une de ses spécialités.

David le regarda, confus. La classe commençait. Henry devrait attendre la prochaine pause pour lui parler.

Aucune pause officielle n'avait vraiment été convenue. Les gens sortaient d'eux-mêmes pour se rendre occasionnellement aux toilettes, mais Natesh était d'humeur à bosser ce matin. Il fit éplucher leurs plans aux membres de la Cellule Rouge, et ne voulait rien entendre de la part de ceux qui avaient habituellement un esprit de contradiction. Henry se demandait pourquoi Natesh était si déterminé à vouloir accélérer les choses. Natesh avait entendu l'histoire de David la nuit dernière. Lena n'était peut-être pas vraiment de la CIA. Natesh avait même ses propres inquiétudes concernant le major. Mais son attitude semblait désormais aller dans le sens de Lena. Henry comprenait pourquoi il arrivait à se faire payer autant par toutes ces compagnies. Natesh était un penseur. Il établissait des liens entre les idées et traitait les informations plus rapidement que n'importe qui.

Un peu après onze heures, la classe avait déjà rédigé un plan d'invasion complet. Ils avaient travaillé pendant trois heures d'affilée. Le major Combs avait tout résumé dans une présentation qu'il projeta devant la classe. Henry avait écouté avec une inquiétude grandissante. Ces plans d'invasion étaient effrayants tellement ils étaient bien pensés. Si un pays ayant les capacités et les ressources de la Chine les mettait vraiment à exécution, il n'osait même pas imaginer ce qui pourrait arriver. De temps en temps, il jetait un regard à David, qui avait toujours l'air pâle.

Tess demanda : "Donc c'est censé être la version finale ? Ce sont nos recommandations définitives ?"

Natesh secoua la tête et dit : "Non, Tess. Considérez ceci comme un premier jet. C'est une première ébauche contenant tous nos plans combinés ensemble. Ça a été un peu le bazar pour établir toutes les priorités, et je vous remercie de votre patience. Aujourd'hui, nous avons créé le plan global. Nous allons maintenant l'examiner brièvement et nous assurer qu'il correspond aux objectifs initiaux qui nous ont été donnés. Désolé pour ce rythme soutenu. Nous allons faire une pause pour le déjeuner dans quelques minutes. Je vais remettre tout ça à Lena maintenant et nous pourrons nous remettre en équipes cet après-midi."

En y pensant, c'était plutôt cocasse. La vingtaine de membres du groupe étaient probablement horrifiés à l'idée que l'un de ces plans soit réellement mis à exécution, mais ils étaient aussi tous très fiers du travail qu'ils avaient accompli. Henry pouvait le voir dans leurs yeux. Tout le monde écoutait Natesh parler avec beaucoup d'attention, heureux d'entendre que leurs contributions avaient permis de concevoir un plan optimisé qui pourrait potentiellement détruire leur pays. *Ils pensent qu'ils contribuent à améliorer les défenses de leur pays,* se rappela Henry à lui-même.

Leur cercle restreint, composé de David, Brooke et Norman, était calme. Aucun d'entre eux ne contribua à la séance du matin. Ils se regardaient tous nerveusement les uns les autres, mais aucun d'entre eux ne fit quoi que ce soit pour leur mettre des bâtons dans les roues. Pourquoi cela ? La dynamique de groupe ? La peur ? David avait vu quelque chose aujourd'hui, Henry le savait. Peut-être que les autres pensaient la même chose. Et si ce qu'il avait vu justifiait de se taire, alors Henry se dit qu'il était préférable qu'il fasse de même.

Henry se demandait comment Natesh avait réussi à ne rien laisser paraître, sachant ce que David avait révélé à propos de Bill. Natesh n'avait pas l'air aussi à l'aise que d'habitude. Sa voix portait toujours autant, mais il parlait comme s'il était très stressé.

Le major cliquait pour faire défiler les slides qui présentaient les différents éléments du plan de guerre. Henry lisait les grandes lignes qui s'affichaient à l'écran. Le slide sur lequel ils se trouvaient présentait les activités initiales par zone géographique.

Phase 1

1.Iran

2.Assassinat—incitation à une ferveur anti-américaine

3.Attaque d'une ville du Golfe Persique—déstabilisation de la région par le biais d'une attaque militaire iranienne sur des cibles occidentales qui engendre une demande immédiate en faveur d'une présence américaine à grande échelle dans le Golfe Persique

4.Attentats sur l'autoroute et dans des écoles américaines —Attise la colère des États-Unis pour qu'ils soutiennent une guerre entre l'Iran et les États-Unis

5.Panama

6.Préparation des sous-marins chinois

7.Sécurisation de la zone du canal de Panama avec des troupes terrestres chinoises (transport de troupes/cargo par le biais de navires marchands réaménagés)

8.Établissement d'une chaîne d'approvisionnement logistique et de transport de troupes à grande échelle vers la zone du canal de Panama (après ARES et les frappes IEM)

Natesh déclara : "Équipe des opérations psychologiques, votre objectif numéro un était de créer un environnement accepté par la population américaine et propice à l'installation d'un nouveau gouvernement chinois une fois les combats terminés. Nous avons donc convenu que les armes nucléaires étaient à proscrire. Nous avons aussi conclu que nous devions couper la population civile américaine de tout moyen de communication moderne et des médias officiels. Nous avons également dit que nous devions créer une situation dans laquelle la population civile se sentirait victime d'une catastrophe, afin que..." Natesh cherchait ses mots.

Le docteur Creighton proposa : "Afin que la population américaine soit très réceptive à l'aide étrangère. Nous voulons créer une situation qui rendrait les Américains vulnérables et les mettrait dans le besoin. Ils n'auraient plus accès aux chaînes d'approvisionnement habituelles pour la nourriture et les services publics. Ils seraient donc soulagés et heureux lorsqu'une solution se présenterait sous la forme d'un programme d'aide étrangère à grande échelle. Nous avons proposé l'intervention de la Chine sous la forme d'une force de maintien de la paix des Nations Unies. En plus de cela, nous recommandons que des opérations militaires secrètes externes et internes soient menées pour encourager les militaires et la population civile des États-Unis à concentrer leurs ressources et leur colère sur une autre cible. Comme nous l'avons déjà dit, notre suggestion est une combinaison de l'Iran et d'un grand groupe terroriste, peut-être l'État islamique, bien que je ne pense pas que leurs objectifs soient alignés. Mais cela ne devrait pas avoir d'importance. Il ne faut jamais laisser la vérité se mettre en travers..."

Henry n'en croyait pas ses oreilles. C'était presque comme si les gens ne voyaient pas à quel point ces plans étaient fondamentalement mauvais. Il fallait qu'ils se réveillent.

Natesh prit une gorgée de sa bouteille d'eau. "OK, cela permettrait donc que la population américaine croie que les Chinois sont là pour les aider ?"

Le Dr Creighton dit : "C'est ça. Car lorsque les communications seraient coupées, le peuple américain ne saurait plus ce qu'il se passe. Après les cyberattaques d'ARES et les attaques contre les communications et les infrastructures qui suivraient, tout ce que le peuple américain saurait, c'est qu'il n'y a plus d'électricité, d'essence et de nourriture. Ils ne sauraient pas qui est à l'origine de ça et ils n'auraient aucun moyen de le savoir. Les émeutes et la famine s'installeraient assez rapidement. Si cela se produisait pendant les mois d'été ou d'hiver, les effets seraient amplifiés. En raison de la rapidité et de l'ampleur de cette frappe, nous recommandons de prévoir une première vague de personnel et de moyens d'invasion. Ils porteraient les uniformes de l'ONU. De l'autre côté de l'équation, nous recommandons également de faire en sorte que les soldats chinois *croient* réellement qu'ils sont là pour aider, à moins que cela ne devienne irréalisable."

Natesh dit : "Voilà. C'est de cela que parlait Tess."

Tess déclara : "Oui, dans le climat actuel, il serait difficile pour le gouvernement chinois de convaincre son peuple qu'il doit faire la guerre aux États-Unis. La plupart des Chinois aiment les Américains. Cela sera donc un défi majeur à relever pour les personnes qui tirent les ficelles en Chine. Comment vont-ils faire pour qu'un milliard trois cent mille Chinois veuillent envahir l'Amérique ?"

Norman dit : "Attendez, je croyais qu'on parlait juste de la première vague de troupes chinoises qui pensaient être là pour aider l'Amérique ?"

Le Dr Creighton répondit : "Ces troupes pourraient potentiellement penser qu'elles sont là pour ça. Mais en réalité, cela ne fonctionnera pas dans toutes les situations. Les Chinois devront contrôler l'information très attentivement..."

Tess ajouta : "Ils sont très bons pour ça."

Creighton déclara : "Nous n'avons pas abordé tous les détails aujourd'hui, mais nous concevons notre plan de manière à ce que les différents groupes chinois obtiennent des informations différentes. Les commandants de sous-marins chargés de couler les navires de la marine américaine seront informés d'une chose. Et les troupes chinoises qui se rendront sur place avec des autocollants de l'ONU sur leurs casques recevront d'autres informations. Mais ce n'est que pour la première étape de l'invasion. Pour finir, la communication avec le peuple chinois portera sur quelque chose de tout autre. Et ce message deviendra de plus en plus cohérent pendant la phase post-invasion."

Norman demanda : "Et de quoi s'agit-il ?"

Tess répondit : "Nous en avons longuement parlé. C'est un gros problème. Comment motiver une nation de Chinois qui aime les Américains à prendre soudainement les armes et à les envahir ? L'équipe de la défense demande des troupes encore plus nombreuses que celles qui sont actuellement dans l'armée chinoise permanente."

Le Dr Creighton déclara : "Pour faire simple, nous faisons en sorte que la religion devienne l'ennemi. Lena nous a aidés sur ce point. Mais cela semble logique. Les terroristes musulmans chinois ont déjà beaucoup fait parler d'eux. Vous avez probablement lu des articles sur les attentats ouïgours en Chine au cours des dernières années. Notre idée est de lier ces attaques à une guerre entre musulmans et chrétiens. Nous créons ensuite une série d'attentats publics en Chine par des groupes chrétiens et musulmans."

Henry dit : "Une minute. Vous dites que la Chine devrait attaquer ses propres citoyens ? Avec de fausses attaques terroristes ?"

Le Dr Creighton répondit : "Pourquoi pas ? C'est ce que nous préconisons en Iran et aux États-Unis. Tous les politiciens ont besoin d'un bouc émissaire. Et au fil des ans, les ethnies et les groupes religieux ont merveilleusement bien rempli ce rôle. Le message sera que la religion est la source de toutes les guerres et violences terroristes. Le gouvernement chinois appellera ses citoyens à entrer dans une croisade, vous apprécierez ici l'ironie, pour éradiquer l'extrémisme religieux. Cela inclut les extrémistes chrétiens aux États-Unis qui veulent nuire à la Chine. Il nous faudra travailler sur le message exact, mais vous avez compris l'idée."

Norman déclara : "Vous pensez vraiment que le gouvernement chinois tuerait certains de ses propres citoyens dans le seul but de motiver les autres ?

Henry entendit quelqu'un à l'arrière dire : "C'est une bonne idée—un peu effrayante—mais bonne quand même."

Natesh poursuivit : "Bien, je suis désolé, mais je dois insister pour que nous avancions. Deuxième objectif : nos envahisseurs chinois veulent que l'économie reste prospère et capable de fonctionner des années après l'occupation initiale. Pour cela, l'équipe a examiné l'Allemagne de l'Est et de l'Ouest et a comparé leurs conditions économiques à long terme par rapport à la façon dont les Soviétiques et les Alliés ont permis à ces nations de se développer. Nous avons donc recommandé que la force d'invasion aide la nation occupée à mettre en place son propre gouvernement, mais qu'elle lui permette de se développer en respectant certaines limites. Cela signifie que des restrictions militaires seraient imposées à la nation qui se reconstruit. La force d'invasion ne devrait pas frapper les centres économiques lucratifs, mais seulement les cibles militaires et les services publics. Ce point est difficile à gérer, car d'un côté l'équipe des communications a besoin de couper l'Internet et de l'autre, l'économie des États-Unis dépend grandement des télécommunications. C'est pourquoi nous avons convenu que seule l'électricité serait coupée, et non les câbles sous-marins. Il y aura toujours un effondrement économique mondial, mais nous n'infligeons pas de blessures mortelles à l'ennemi, juste des blessures superficielles qui guériront avec le temps."

Natesh prit une autre gorgée de sa bouteille d'eau et poursuivit. "Bien, on a presque fini..."

Henry se rendit compte que lui aussi avait grandement contribué à ces plans. Au cours de la deuxième journée, Henry avait conçu la façon dont les Chinois allaient résoudre l'un de leurs plus gros problèmes : comment faire traverser l'océan Pacifique à des dizaines de millions de soldats et à tout leur matériel. La réponse était assez simple : dans des conteneurs. Henry avait élaboré un plan qui mettait à profit les innombrables porte-conteneurs qui entraient et sortaient chaque jour des ports chinois pour créer une flotte de transport de troupes. Nombreux sont ceux qui avaient fait valoir que l'ampleur d'un tel projet attirerait certainement l'attention des services de renseignement américains. Mais Henry avait souligné que seuls les quelques premiers navires devaient atteindre le Panama avant le début de l'attaque. Le reste pourrait arriver après le black-out, lorsque les États-Unis seraient occupés à comprendre ce qui se passe.

Henry comprenait désormais à quel point Natesh devait être précieux pour les entreprises qu'il conseillait. Il avait intégré toutes les pièces du projet de telle sorte qu'elles s'imbriquaient désormais parfaitement dans un scénario aussi horrible qu'efficace. Un navire serait préparé et envoyé. Il devait partir un mois plus tôt que les autres. Mais sa préparation devait être tenue secrète. Le black-out américain serait mis à exécution juste avant que le premier navire ne quitte le port. Il s'emparerait du canal de Panama et le garderait pendant la formation du reste de la flotte. Les opérations psychologiques s'ensuivraient alors. Les Chinois seraient amenés à croire une histoire qui les inciterait à passer à l'action. Un renforcement militaire massif s'ensuivrait alors en Chine et les troupes commenceraient à traverser le Pacifique dans les porte-conteneurs les uns après les autres.

Pendant ce temps, les États-Unis passeraient des semaines sans électricité, sans transport et sans communication. Le pays serait plongé dans une période de chaos et d'incertitude très effrayante. Les supermarchés seraient rapidement vides. De même pour les stations essence. De petites équipes d'élite des opérations spéciales chinoises seraient insérées dans des zones clés pour s'assurer que les choses restent chaotiques. Les événements orchestrés juste avant le black-out auraient pour conséquence que les États-Unis accuseraient les Iraniens ou les terroristes du Moyen-Orient. Le black-out rendrait la population américaine désireuse de recevoir de l'aide de l'extérieur. Lorsque les Chinois se présenteraient en se faisant passer pour des travailleurs humanitaires de l'ONU, distribuant de la nourriture et de l'eau, les Américains leur seraient reconnaissants. Mais lorsque l'électricité reviendrait, ce sont les Chinois qui contrôleraient les communications. Pendant le black-out, les unités d'opérations spéciales chinoises auraient éliminé les dirigeants américains. Un nouveau gouvernement fantoche serait mis en place. L'armée serait convertie en une organisation de reconstruction non armée, chargée de nettoyer les décombres. Les mois suivants seraient tendus, car les lois chinoises seraient instaurées et les Américains devraient s'adapter aux nouvelles règles et à la censure. Les troupes chinoises continueraient à affluer. Et leurs familles aussi. Ils seraient là pour s'installer et rester.

L'un des principaux objectifs était de capturer et de s'emparer des États-Unis. L'équipe avait convenu que la seule façon d'y parvenir serait d'amener le plus grand nombre possible de Chinois là-bas. Cela serait un nouveau mode de vie pour tout le monde. L'afflux d'enfants chinois donnerait au nouveau gouvernement une excuse pour remanier les programmes d'éducation. Les cursus devraient être uniformisés dans tout le pays. Tous les enfants apprendraient l'anglais et le mandarin. Les transformations sociales prendraient des années.

Henry avait entendu des rumeurs sur ces plans au cours des derniers jours. Mais les voir maintenant dans leur intégralité l'effrayait au plus haut point. Si tout cela se produisait vraiment...

Il fallait qu'il parle à David.

9

Il va sans dire que là où il y a sacrifice, il y a quelqu'un qui collecte les offrandes sacrificielles. Là où il y a un service, il y a quelqu'un qui est servi. L'homme qui vous parle de sacrifice parle d'esclaves et de maîtres, et entend être le maître.

—Ayn Rand

14 ans plus tôt

De la sueur s'écoulait du front de Lena et finissait sur la terre battue du sentier autour de Burke Lake, un lac de Virginie du Nord. Elle reprenait son souffle, après sa course de huit kilomètres. Elle portait un débardeur et un short de course qui ressemblait plus à un maillot de bain. Elle se retourna en entendant les pas qui approchaient derrière elle.

"T'as vraiment mis le turbo", dit Greg.

"Ouais. J'ai eu un regain d'énergie sur le dernier kilomètre. Tu m'as laissée prendre combien d'avance ?"

"Je dirais trente secondes. J'ai pas vraiment compté." Il lui fit un sourire qui ne la laissa pas de marbre, mais elle faisait tout son possible pour refouler ses sentiments. Elle *devait* ignorer ces sentiments. Le sacrifice était une vertu.

Elle lui sourit aussi.

Ils s'assirent sur le terre-plein en herbe à côté de leur voiture et s'étirèrent. C'était la seule voiture qui restait sur le parking. Le soleil s'était couché il y avait près d'une demi-heure et le crépuscule se transformait rapidement en nuit.

"Ouah ! Tu as vu la lune là-bas ?" Greg pointait le doigt vers le lac. Derrière le hangar à bateaux, juste au-dessus des arbres, une énorme lune rouge commençait son ascension.

"Oh, j'ai entendu parler de ça à la radio. Ils appellent ça une lune de sang. Il va y avoir une éclipse lunaire. Le rouge vient de tous les levers et couchers de soleil qui s'y reflètent."

Greg se pencha vers elle et l'embrassa sur la joue. "C'est romantique."

Elle se tourna vers lui et ils s'embrassèrent fougueusement. Puis ils se regardèrent dans les yeux. Ceux de Greg brûlaient d'un ardent désir. Ceux de Lena retenaient un flot de larmes.

"Qu'est-ce qui ne va pas ?" demanda Greg.

"Rien." Elle détourna son regard et regarda à nouveau la lune... puis le hangar à bateaux. Elle pouvait voir le reflet de la lune dans le lac. "Je viens d'avoir une idée. Je pense que tu vas aimer."

Greg leva les sourcils : "Ah ouais ? Je suis impatient de savoir."

"Suis-moi." Elle se leva et commença à trottiner vers l'endroit où des barques étaient rangées sur la rive. Elle ne prit même pas la peine de regarder derrière elle. Elle savait qu'il allait la suivre en courant. Leurs joggings ensemble allaient lui manquer.

Lena arriva au niveau des bateaux et jeta un coup d'œil autour d'elle. Personne en vue.

"Allez, allons faire un tour en tête à tête." Elle lui fit un clin d'œil.

Greg sourit et commença à faire glisser l'une des barques hors de son support. Le bruit du bois glissant sur le métal résonnait dans toute la crique, mais il n'y avait personne pour l'entendre. Ils étaient seuls.

Ils tirèrent la barque ensemble et la traînèrent sur la rive en gravier jusque dans l'eau. Greg attrapa deux grandes rames en bois qui semblaient avoir connu des jours meilleurs. Ils glissèrent les rames dans les anneaux métalliques et poussèrent, jusqu'à ce qu'ils se mettent à flotter.

Ils se mirent tous les deux à rigoler au moment où Greg manqua de perdre l'équilibre. Il s'assit dans le siège du rameur et se mit à ramer avec entrain.

Il arrêta de ramer avec un bras et tira seulement avec l'autre, ce qui les fit tourner vers le centre du grand lac. Il faisait de plus en plus sombre. La lune jetait une lumière rouge sur l'eau et sur les visages des deux jeunes amoureux.

Lena s'assit à l'avant du bateau, admirant cette sphère rouge cuivré. Les sons de l'eau étaient relaxants.

Mais elle n'était pas détendue.

Elle luttait contre un étrange mélange d'émotions en elle. La tristesse. La nervosité. Et un troisième sentiment, qui n'aurait pas dû avoir sa place, mais qui était étrangement présent... l'*excitation*.

Ils se regardaient d'un regard complice pendant qu'il ramait. Elle regardait son corps bouger et sentait ses yeux posés sur elle. Il avait envie d'elle, ici, dans l'air frais de l'automne, où ils étaient complètement seuls, entourés par l'eau rouge du clair de lune.

Il fallut environ dix minutes pour que la barque atteigne une partie plus sombre du lac, dans l'ombre des grands pins. Lorsqu'il s'arrêta de ramer, ils se mirent à dériver, des ondulations silencieuses les suivant dans leur sillage. Lena le rejoignit sur le banc du milieu. Il posa la main sur elle et ils s'embrassèrent. Cela commença lentement. Leurs baisers romantiques devinrent de plus en plus intenses. Puis elle l'enjamba et l'encercla de ses jambes. Les mains de Greg se promenaient de haut en bas dans son dos. Le cœur de Lena battait plus vite. Il mit une main sur le devant de son débardeur, mais elle l'arrêta.

"Attends", chuchota Lena.

"Quoi ?"

"J'ai cru entendre quelque chose." Ils étaient proches de l'autre rive du lac, là où le sentier où ils avaient couru coupait la forêt et suivait la rive sinueuse.

"Qu'est-ce que c'est ?", demanda Greg. Il se pencha en avant, regardant dans la même direction.

Ils scrutaient tous les deux la pénombre des bois.

Lena glissa sa main sous son débardeur, jusqu'à atteindre son soutien-gorge de sport encore humide. Elle enfonça sa main jusqu'à ce qu'elle sente le petit objet en plastique dur qui avait été caché là ces deux dernières heures.

"J'ai cru voir quelqu'un. Là-bas", dit Lena.

Elle tenait l'objet derrière son dos, là où Greg ne pouvait pas le voir. Elle retira le capuchon en plastique, en faisant attention à ne pas toucher l'aiguille.

"Je ne vois rien", dit Greg. Il se retourna vers elle, en souriant.

Elle lui dit : "Embrasse-moi."

Ils se penchèrent tous les deux en avant, en prenant soin de ne pas perdre l'équilibre en s'embrassant.

Ses mains étaient derrière la tête de Greg. Il ne sentit qu'une piqûre sur son cou. Mais il avait dû entendre le bruit. Le *pschhhit* au moment où la cartouche de CO_2 pressurisé injecta une dose de liquide paralysant qui aurait fait s'écrouler un homme de deux-cents kilos presque instantanément.

Le visage de Greg se déforma. Et le cœur de Lena s'emballa, empreint d'euphorie.

Ses yeux étaient tout excités. Elle n'avait jamais tué personne auparavant. Elle ne savait pas ce qu'elle allait ressentir. Elle pensait qu'elle allait être triste, étant donné la relation qui les unissait. Mais l'excitation qui l'emplissait désormais était meilleure que toutes les sensations qu'elle avait jamais ressenties. Les muscles du cou de Greg se raidirent. Puis le reste de son corps se crispa et son visage devint rouge comme une pivoine. Les veines de son cou ressortaient. Elle avait toujours ses jambes autour de lui. Elle ne savait pas pourquoi, mais elle s'était retrouvée à lui caresser le dos. Mais elle ne l'avait pas embrassé. Elle voulait regarder son visage pendant que la vie s'écoulait de ses yeux. Elle était déchirée entre la perte de l'une des seules relations amoureuses qu'elle n'avait jamais eues et l'excitation d'avoir enfin mis son entraînement en pratique. Ou bien y avait-il quelque chose de plus profond ? Prenait-elle plaisir à *tuer* ?

"Shhhh...shhhhh...", chuchota Lena.

Il la regardait sans comprendre. Ses convulsions devenaient de plus en plus fortes. Et le bateau commença à tanguer. Elle posa ses pieds sur le fond pour plus de stabilité. Puis elle saisit son bras et son genou, et tira de toutes ses forces. L'eau froide lui éclaboussa le visage quand le corps raide et inerte plongea dans le lac. Elle entendit les dents de Greg grincer. Il flotta un moment sur le dos... jusqu'à ce qu'elle l'attrape et le retourne. Après cela, il y eut un gargouillis pendant quelques instants, puis... le silence.

Elle le regardait avec de grands yeux. Quand ce fut fini, une seule larme coula sur son visage. Elle avait un goût étrange dans la bouche. Celui de l'adrénaline. Pendant un instant, elle eut envie de sangloter. Puis de crier... puis elle se calma. C'était un lourd sacrifice, mais elle avait rempli son devoir. Un énorme sentiment de fierté s'empara d'elle. Elle avait fait ses preuves. Et maintenant, elle allait devenir l'une des protégées de Jinshan.

Lena prit les rames et commença à ramer vers là d'où ils étaient venus, laissant le corps flottant derrière elle. À mi-chemin du hangar à bateaux, elle jeta la petite seringue en plastique dans le lac.

Aujourd'hui

Lena sortit du bâtiment de la salle de classe et affronta le vent humide. Cela soufflait vraiment fort maintenant. La tempête tropicale était là. À en juger par le sol détrempé, elle venait d'échapper à une pluie torrentielle. Elle marcha à la hâte sur le chemin de gravier.

Une minute plus tard, elle entra son code sur le clavier numérique et ouvrit la porte du bâtiment des communications. Une fois à l'intérieur, elle sentit un courant d'air frais alors qu'elle marchait dans un couloir en béton sombre et étroit. Les ventilateurs des ordinateurs de bureau tournaient.

"Il y a quelqu'un ?"

Pas de réponse. Natesh Chaudry et le major Combs étaient les deux seules personnes à qui elle avait autorisé l'accès à cette pièce, et ils étaient tous les deux dans la salle de classe. Elle se dirigea vers le fond de la pièce, là où se trouvait l'autre porte. Elle tapa un autre code, plus long, sur le clavier numérique et entra dans l'arrière-salle du bâtiment des communications.

Les murs de l'arrière-salle étaient couverts de graphiques et d'écrans d'ordinateur hors tension. Il y avait également des radios et des écrans de radar. Cette salle servirait de centre de contrôle du trafic aérien une fois que le reste de l'équipe arriverait. Mais pour l'instant, pendant qu'elle était sur l'île pour Jinshan, c'était son logement. Il y avait une armoire à armes, une étagère pour ses vêtements, une salle de bain avec une douche, et une petite cuisine qu'elle utilisait rarement. Sur le sol en béton, elle avait un petit tapis légèrement plus épais qu'un tapis de yoga. C'était son matelas. Chaque jour, elle faisait quarante-cinq minutes d'exercices de callisthénie sur le sol en béton, puis quarante-cinq minutes supplémentaires d'arts martiaux. Elle menait une vie spartiate.

Elle s'approcha d'une trappe ronde en métal dans un coin de la pièce et fit tourner la grande roue en métal qui se trouvait dessus. Elle était un peu grippée, mais elle se débloqua rapidement. Lorsque la trappe fut complètement déverrouillée, elle l'ouvrit et descendit l'échelle qui se trouvait à l'intérieur. Elle ferma la trappe derrière elle et continua à descendre le cylindre de trois mètres de haut qui était assez large pour qu'un homme transportant du matériel puisse y descendre.

Le puits vertical dans lequel elle descendait donnait sur un tunnel rond en béton. Elle ne l'avait emprunté que deux fois, mais les deux fois, elle avait été étonnée de voir à quel point il était long. Il lui avait fallu environ quinze minutes pour passer d'un côté à l'autre. Quinze minutes pour traverser l'île. Elle commença son troisième voyage dans le tunnel, ignorant la douleur qu'elle ressentait en réalisant que ses chaussures à talons n'étaient pas les plus confortables qu'elle aurait pu porter. Elle avait survécu à des combats dans certains des endroits les plus hostiles de la planète. Elle devrait pouvoir supporter des chaussures inconfortables.

Le tunnel était sec et bien éclairé. Il s'incurvait entre les blocs de roche sombre de l'île. Il n'y avait pas de portes ni de chemins secondaires, seulement un plafond de béton arrondi qui se prolongeait à perte de vue. Comme l'entrée du bâtiment des communications, la porte de l'autre côté avait un clavier numérique. Mais il n'y avait pas de puits vertical à gravir de ce côté. Juste une grande porte métallique. Elle tapa le code et entendit un bip électronique suivi d'un clic lorsque la porte se déverrouilla. La porte s'ouvrit et révéla un long et raide escalier qui montait. Elle commença à gravir les marches.

Les pas de Lena résonnaient dans la cage d'escalier. Au fur et à mesure qu'elle montait, elle entendait de plus en plus de voix parler en mandarin. Elle entendait également l'orchestre numérique des ordinateurs, des claviers et des communications de haute technologie. L'escalier débouchait sur une salle caverneuse à l'éclairage bleu pâle où s'agitait une douzaine de militaires et d'agents de renseignement chinois qui vaquaient à leurs occupations quotidiennes. Plusieurs d'entre eux étaient assis devant des écrans de télévision qui diffusaient en direct les réunions des consultants qui avaient lieu de l'autre côté de l'île. Ils tapaient frénétiquement sur leur clavier tout en écoutant, prenant des notes et ajoutant des commentaires qui seraient ensuite soigneusement examinés. D'autres s'occupaient des transmissions radar et radio vers une flotte voisine de navires de la marine chinoise.

Un homme blanc solitaire, l'Américain, s'approcha de Lena et lui tendit la main. "Lena Chou, ravi de faire enfin votre connaissance." Il la regarda de haut en bas. "Vous vous amusez bien là-bas ?" Il était le seul dans la pièce à parler en anglais.

Lena ignora l'Américain et se tourna vers le superviseur de garde. "Quelles sont les dernières nouvelles ?"

Un homme petit, à l'air sérieux, aux yeux gris et à la voix râpeuse, répondit en mandarin : "Madame, le dernier bulletin météo reste semblable à celui de ce matin. Notre navire de soutien amphibie est désormais à portée d'hélicoptère, mais ils nous ont dit qu'il leur sera très difficile de voler par ce temps. Ils m'ont demandé de vous faire savoir qu'il serait préférable de ne demander un soutien aérien qu'en cas d'urgence, jusqu'à ce que la tempête soit complètement passée."

Lena fronça les sourcils. "Je comprends." Elle regarda l'écran de télévision qui montrait la classe. "Dites à vos hommes de garder un œil sur David Manning. Je pense qu'il suspecte quelque chose. Il est sorti le premier soir. Je crois qu'il a vu l'hélicoptère. Surveillez-le de près."

L'Américain inclina sa tête potelée et dit : "David a vu quelque chose ?"

Elle sonda le visage de l'Américain. Elle ne comprenait pas comment il était parvenu à devenir espion pour la CIA. Ce type était une honte. Sa déloyauté envers son propre pays était méprisable, indépendamment du fait qu'il prétendait maintenant être loyal envers la Chine. Elle aurait préféré lui trancher la gorge et avoir moins d'hommes que de devoir compter sur lui en situation de combat. Il incarnait tout ce qui n'allait pas avec les Américains. Il était gros, paresseux, pompeux et odieux. Le pire, c'est qu'il n'avait aucun sens de l'honneur. Quand elle pensait à tout ce qu'elle avait dû sacrifier au nom du devoir et de l'honneur. Cet homme n'avait aucune idée de ce qu'était le sacrifice.

Lena répondit à sa question. "Oui. David Manning a probablement vu quelque chose."

"Qu'est-ce qu'il a vu ?"

"Le deuxième soir. Quand Bill Stanley a été extrait. Vous connaissez Bill maintenant. Vous l'avez accompagné jusqu'ici ce matin, n'est-ce pas ?"

Tom répondit "Oui."

Lena ajouta : "Eh bien, David a peut-être assisté au processus d'extraction. Et si c'est le cas, cela a probablement compromis notre position de mon côté de l'île."

"Comment pouvez-vous ne pas savoir s'il l'a vu ou non ? Je viens de voir les images des caméras dans votre centre de contrôle. Vous ne voyez pas tout ce qui se passe là-bas ?"

Lena soupira. Cet homme était indigne d'elle. "Nous avons un retour vidéo pour la salle de classe seulement. Nous avons été pris par le temps malheureusement. La possibilité d'accueillir les consultants ici sur l'île n'a pas été annoncée longtemps à l'avance. Nous avons donné la priorité à la salle de classe. C'est malheureusement la seule zone sous surveillance. Je surveille nos consultants, et je consulte le centre de contrôle toutes les quelques heures. Le superviseur du centre de contrôle sait ce qu'il doit faire si je n'appelle pas."

Tom avait l'air amusé. "Vraiment ? Ça devient un peu risqué pour vous maintenant, non ? Vous pensez pouvoir gérer tout ça toute seule ?"

"Oui, je pourrais. Mais je ne suis pas seule. J'ai un assistant avec moi."

Tom leva les sourcils et dit : "Un seul ?"

"Un seul."

"Qui est-ce ? Quelqu'un de la liste que j'ai vue ?"

Lena ne répondit pas. Elle se retourna et sortit de la pièce.

Un jeune soldat chinois avec une planchette à pince la suivit. Elle lui dictait des ordres tout en marchant et il notait tout ce qu'elle disait. Tom pressa le pas pour la suivre.

Ils parcoururent un couloir avec un plancher en grilles métalliques, puis montèrent plusieurs escaliers. Tom était tout essoufflé lorsqu'ils arrivèrent au cinquième étage. Lena marchait avec l'endurance d'une marathonienne. Ils quittèrent l'escalier et entrèrent dans un autre couloir long et étroit. D'un côté de ce couloir, le mur était fait du même béton gris foncé que celui de toutes les structures de l'île. De l'autre côté, le mur était fait de grandes fenêtres en plexiglas qui donnaient sur une énorme caverne. Lena s'arrêta et regarda par la fenêtre. Une douzaine d'hommes qui portaient des casques de chantier travaillaient à l'intérieur. L'un d'eux portait un masque de soudeur et des étincelles étaient projetées par la torche qu'il tenait.

C'était un travail de construction spectaculaire. Un de leurs plus récents parcs à sous-marin. L'eau bleu foncé en contrebas ne laissait apparaître aucun sous-marin pour le moment. Il y aurait cependant la place pour deux sous-marins nucléaires d'attaque rapide, lorsqu'ils arriveraient. L'ouverture de la grotte se trouvait quatre cents mètres plus loin et donnait sur l'océan près de la jetée. Lena avait entendu dire que plusieurs dizaines de ces bases secrètes avaient été construites au cours des trois dernières années. Elle ressentait un sentiment de fierté en voyant la qualité et la précision avec lesquelles l'armée chinoise travaillait.

Alors qu'elle regardait cette grande salle, Lena demanda : "Dites-moi, Thomas, pourquoi avez-vous trahi votre pays ?"

Son visage rougit. Il répondit : "Moi c'est Tom. Et vous pouvez aller vous faire mettre."

"Oh, s'il vous plaît... ne le prenez pas mal. Je voulais

simplement comprendre comment la transformation s'était produite."

Tom répondit en la regardant avec suspicion : "OK. Vous voulez savoir ? C'est parce que l'Amérique n'est plus ce qu'elle était. J'ai été à la CIA pendant dix-huit ans. J'ai travaillé comme un dingue. J'ai passé tellement de temps dans des pays de merde dans le monde entier que je ne les compte même plus... Je passais mon temps à écraser des moustiques et à écouter des enfoirés parler au téléphone. Le salaire était à chier et le travail était encore plus à chier. Après l'Irak, le secteur privé était en plein essor. Et ils payaient très bien. Alors j'ai quitté le navire."

Lena vit ses yeux s'animer lorsqu'il repensait à sa vie. Ce qui était triste, c'est qu'il n'y avait probablement jamais réfléchi sérieusement. Il manquait de profondeur. Ce n'était pas un penseur. C'était un pion. C'était bien comme ça. Le monde avait besoin de pions. Mais elle méprisait celui-ci.

Lena l'invita à poursuivre : "Et ?"

Il la regarda. "Et...le secteur privé ne jouait pas selon les mêmes règles. Ils n'étaient pas motivés par le patriotisme, mais par les dollars. Tout a commencé à devenir plus clair pour moi. Le jeu auquel nous jouons vous et moi, Lena... c'est le même quel que soit le camp dans lequel on est. Quand je suis passé dans le secteur privé, j'ai eu accès à beaucoup d'informations. Parfois, notre société les vendait aux Américains... parfois à d'autres pays. Et l'avantage avec le secteur privé, c'est que... vous pouvez passer d'une compagnie à une autre. Les concurrents vous paieront plus cher pour venir travailler pour eux et vous faire cracher le morceau. Cette histoire de loyauté a commencé ne plus avoir trop de sens pour moi. J'ai travaillé pour toutes les grosses boîtes. J'ai commencé à travailler à Pékin et c'est là que vous m'avez approché... j'ai vu ça comme une opportunité de plus de rejoindre un concurrent. Une opportunité. C'est ça la vie. Une série de choix et de compromis. La loyauté n'existe pas. Aucun pays ni aucune entreprise ne veut vraiment votre bien-être. Ils ne se soucient que d'eux-mêmes. Les patriotes sont des idiots. Ils peuvent garder leurs drapeaux et leurs médailles. Moi, je serai riche et dans l'équipe gagnante."

Lena l'avait écouté sans laisser paraître aucune émotion. Cet homme était vraiment un porc. Monsieur Jinshan l'avait amadoué pour qu'il accepte ce poste. Tom les avait aidés, c'était vrai. Les informations qu'il leur avait fournies les avaient grandement aidés dans leur projet. Ils n'auraient pas pu faire venir un grand nombre des consultants sans lui. Mais elle méprisait ce qu'il représentait. Le fait de rencontrer des Américains comme Tom la renforçait dans son idée qu'elle défendait la bonne cause. Lena savait que la religion et ses adeptes serviraient de boucs émissaires et de motivation pour une grande partie de la population. Mais pour elle, cette guerre n'avait rien à voir avec la religion. C'était une histoire de forces et de faiblesses. Cet homme était faible. Faible d'esprit et faible de convictions. Il cédait à ses désirs. Il se prostituait probablement dès qu'il en avait l'occasion. Il ne faisait aucun sacrifice et n'avait aucune vraie valeur. C'est aussi ce qui expliquait qu'il soit devenu aussi gros. L'Amérique avait grossi. L'Europe avait grossi. Alors qu'une grande partie du monde mourait de faim. Lena voulait aider à les faire maigrir et à rétablir l'équilibre.

Elle lui fit signe de s'approcher d'elle. Il se pencha en avant.

Elle se pencha près de son oreille et murmura : "Je veux que vous sachiez à quel point nous vous sommes reconnaissants pour les services que vous nous rendez. Mais au cas où vous auriez des doutes, sachez que ma conviction personnelle est que vous n'êtes rien d'autre qu'un prostitué grassement payé."

Elle recula et le regarda droit dans les yeux.

Sa mâchoire lui en tomba. Son visage devint rouge. "Je... je vous ai aidé. Vous et votre pays. Comment osez-vous..." Il fulminait, mais n'ajouta rien d'autre.

Elle se tenait devant lui et ne bronchait pas. Au bout d'un moment, elle se retourna et s'éloigna, le laissant là, seul, à se remettre en question.

Elle l'appela sans s'arrêter de marcher : "Venez Thomas, allons discuter avec notre ami Bill..."

La cellule de Bill était un carré de deux mètres cinquante de côté, et le plafond était haut de quatre mètres. Il y faisait presque totalement noir. La lumière du couloir qui s'infiltrait par le petit espace sous la porte était le seul éclairage dont il disposait. Un bruit blanc était diffusé en boucle. Cela commençait à le rendre fou. Il ne savait pas comment, mais ils devaient savoir quand il essayait de dormir, car c'est à ce moment-là qu'ils augmentaient le volume. C'était comme un mélange entre le bruit statique que l'on pouvait entendre sur les vieux téléviseurs lorsqu'il n'y avait pas de signal et le bourdonnement d'une abeille dans son oreille.

Il entendit un tintement de clés, puis la porte s'ouvrit et la lumière de l'extérieur l'aveugla un bref instant.

Lena et l'Américain qui avait escorté Bill depuis le navire chinois se tenaient tous deux à la porte.

Bill se recroquevilla quand il les vit.

Lena lui fit un sourire éclatant. "Bonjour, Bill."

Il ne répondit pas. Bill passa sa main sur la barbe de son visage non rasé. Il était dans un sale état. Il regarda Lena avec des yeux fatigués et larmoyants. Son estomac lui faisait mal tellement il avait faim, et il était *vraiment* épuisé. Il ne voulait rien d'autre que manger et dormir.

Ils le traitaient ici de la même manière que sur le navire chinois. Il y avait également du bruit dans sa cellule sur le bateau à toute heure du jour et de la nuit. Il ne savait pas à quelle fréquence ils le nourrissaient, car ils lui avaient enlevé sa montre le premier jour à bord. Les premières nuits sur le bateau, il s'était apitoyé sur son sort. Il avait pleuré, il avait eu peur et sa femme lui manquait. Puis il avait passé les quelques jours suivants avec peu de nourriture et encore moins de sommeil, et avait cessé de s'apitoyer sur son sort. Il s'était repris en main et avait commencé à beaucoup prier. Il priait surtout pour avoir plus de nourriture.

Quand ils le nourrissaient, c'était juste un peu de riz et un peu d'eau. En général ils en profitaient aussi pour vider son pot de chambre. Il s'était habitué à la puanteur.

Le transfert en bateau pneumatique du matin avait été cahoteux et déroutant. Il ne comprenait pas pourquoi l'Américain, Tom, *les* aidait. Mais Bill était si fatigué qu'il lui avait à peine parlé. C'était le premier jour où les Chinois l'avaient laissé sortir de la cellule du navire depuis que l'hélicoptère l'avait déposé une semaine plus tôt. Un court trajet vers l'île en bateau rapide ce matin et il l'avait remis dans une cellule. Au moins, celle-là ne tanguait pas. Il avait eu le mal de mer.

Lena répéta sur un ton irrité : "*Bonjour*, Bill."

Bill répondit à travers ses lèvres desséchées. "Qu'est-ce que vous attendez de moi ? Est-ce que vous allez me laisser partir ?"

Lena répondit : "Non, Bill. J'ai bien peur que non. Personne ne peut partir. C'est pour cela que vous êtes ici. Parce que vous vouliez rentrer chez vous. Et parce que vous saviez à quel moment nous allions activer ARES, contrairement aux autres.

J'aurais peut-être pu réussir à vous convaincre de faire votre devoir patriotique et de rester sur l'île quelques semaines de plus. Mais je ne pouvais pas vous laisser alerter les autres que l'attaque était prévue beaucoup plus tôt qu'ils ne le croyaient. S'ils l'avaient découvert, ils n'auraient peut-être plus vu la nécessité de se taire et d'élaborer tous ces excellents plans. Et nous ne pouvons pas nous le permettre."

Bill se recroquevilla en boule au sol, en tenant ses genoux.

"Bill, ça va bien se passer. Je voulais juste passer vous dire bonjour. Vous rejoindrez bientôt d'autres consultants et vous pourrez continuer à travailler. Si vous faites du bon travail, vous serez bien traité. Si vous faites du mauvais travail, vous ne serez pas bien traité. Est-ce que c'est clair ?"

Bill renifla et la regarda. Il regarda ensuite Tom. "C'est vous qui m'avez emmené ici sur le bateau aujourd'hui. Vous êtes américain, non ?"

Tom fronçait encore les sourcils après sa récente interaction avec Lena. Il répondit : "Oui."

Bill dit : "Comment est-ce que vous pouvez faire ça aux gens de votre propre pays ?"

Lena regarda Tom. Elle pencha la tête, intéressée par sa réponse.

Tom se mit sur la défensive et dit : "Je ne suis pas le seul Américain à les aider. Je ne suis même pas le seul Américain sur cette île à les aider. C'est un nouvel ordre mondial qui commence. Il vaut mieux s'y habituer."

Bill dit : "Qui d'autre ? Combs ?"

Tom regarda Lena. Aucun des deux ne dit rien.

Bill n'avait pas besoin d'entendre la réponse. C'était l'une des rares choses auxquelles il avait pensé depuis qu'il était prisonnier. Il savait que Combs était corrompu. Depuis qu'il avait vu cet officier à l'air renfrogné qui dévisageait tout le monde par-dessus sa planchette et qui se réjouissait à l'idée d'avoir autorité sur eux, il savait que c'était un sale type. Bill avait réalisé que Combs était exactement le genre d'excentrique et de solitaire qui prenait son pied en étant espion, car cela lui donnait l'impression d'être meilleur que tout le monde. Il était évident dans sa façon de se tenir qu'il se sentait supérieur à tous ceux qui se trouvaient dans la pièce.

Lena et Tom n'eurent pas besoin de dire à Bill que le major était dans le coup. Il le *savait*. Et le petit sourire narquois qu'arborait Tom était une confirmation suffisante.

Tom se contenta de sourire et regarda Lena. Elle ne lui sourit pas.

Lena dit : "Vous reverrez tous vos amis très bientôt. Tom reviendra bientôt vous voir pour faire le point sur quelques questions. Quelques détails dont nous avons besoin. Inutile de préciser que je m'attends à ce que ces conversations donnent de bons résultats. Bill, vous comprenez ?"

Bill fit un signe de tête. Il essaierait de résister. Mais s'ils lui offraient à manger, il finirait probablement par leur dire tout ce qu'ils voulaient savoir. Il avait tellement faim.

"Bien."

Lena et Tom sortirent de la cellule en claquant la porte derrière eux.

Ils se dirigèrent vers la salle remplie de personnel chinois et d'écrans d'ordinateurs.

10

Il existe une chose plus puissante que toutes les armées du monde, c'est une idée dont l'heure est venue.
—Victor Hugo

C'est à l'heure du déjeuner que David put enfin parler à Natesh et Henry seuls dans sa chambre. Il avait essayé de leur parler discrètement tout au long de la journée, mais avec le rythme effréné imposé par le major et Natesh, il n'avait pas eu le temps. Il se sentait malade en écoutant tous ces plans et en les voyant écrits avec tant de précision dans le document récapitulatif.

David était parvenu à faire faire un détour à Henry et Natesh avant d'aller à la cafétéria pour manger. Ils commencèrent à lui poser des questions pendant qu'ils marchaient, mais il les avait fait taire jusqu'à ce qu'il ferme la porte de sa chambre derrière eux.

David annonça : "Nous devons agir dès aujourd'hui pendant que la tempête approche. J'ai vu ce qu'il y a de l'autre côté. J'y suis allé à la nage ce matin."

"Tu as *nagé* jusque là-bas ?" dit Natesh.

"Ouais. Écoutez-moi. J'ai *vu* Bill. Ils l'ont fait prisonnier. Je n'ai pas bien vu, mais je suis presque sûr qu'il était attaché. Il y avait deux Asiatiques avec des mitraillettes en bandoulière. Je vais me mouiller et dire qu'ils étaient probablement chinois. Et j'ai vu le gars qui m'a *envoyé* ici. Un des directeurs de ma boîte. Il s'appelle Tom Connolly. Il doit être dans le coup. Enfin, c'est sûr, ça ne fait plus aucun doute maintenant, pas vrai ?"

Henry dit : "Oh bordel..."

"Tu es sûr que c'était eux ?" demanda Natesh.

"Certain. J'y ai réfléchi. Je comprendrais, si c'était vraiment une opération de la CIA, que Tom soit là pour aider. En soi, ça ne veut rien dire. Mais avec Bill sur ce bateau et dans ces circonstances, *ça ne tient pas la route*. Lena a dit qu'elle avait envoyé Bill voir sa femme malade. Nous savons maintenant qu'elle a menti à ce sujet. Et ils avaient tous l'air chinois. Je suis désolé, mais c'est trop étrange pour être légitime."

Natesh dit : "Je ne suis pas très bien renseigné sur la façon dont la CIA a l'habitude de travailler, mais est-ce qu'il se pourrait que ces hommes asiatiques soient des employés de la CIA ou des contractuels qui travaillent pour Lena ?"

Henry fronça les sourcils.

David avait l'air sceptique. Il dit : "Natesh, je pense que les trous du gruyère commencent sérieusement à s'aligner si tu vois ce que je veux dire. Bien sûr, la CIA engage peut-être des contractuels dans les régions où ils opèrent. Mais ce bateau ressemblait vraiment à ceux utilisés à bord des navires de la marine. Si je devais parier, je dirais qu'il venait d'un navire de guerre chinois."

Henry dit : "Et pourquoi penses-tu que Lena et le major nous poussent à travailler si rapidement aujourd'hui ? Est-ce que tu penses vraiment qu'ils s'inquiètent de l'interruption des communications ? Ou est-ce que Lena nous soupçonne de nous douter de quelque chose ? Je pense qu'elle essaie de nous soutirer un maximum d'infos avant que le couperet tombe."

Un vent hurlant souffla par la fenêtre ouverte. Les palmiers commençaient à se courber comme on pouvait le voir sur la chaîne météo lorsqu'ils faisaient leur reportage en direct depuis les côtes du golfe de Floride. Il ne pleuvait pas encore beaucoup, mais les nuages étaient très menaçants. Il y avait de gros nuages noirs en altitude et des nuages gris qui se déplaçaient rapidement plus bas. Cela rappelait à David l'aspect du ciel avant un gros orage d'été.

David entendit des voix étouffées dans le couloir, de l'autre côté de la porte. Plusieurs des consultants étaient en route pour le déjeuner.

Natesh dit : "Est-ce que tu es sûr de tout ça ? Je veux dire, je sais que c'est discutable, mais peut-être qu'on devrait simplement *demander à* Lena ?

Henry dit : "Tu es *fou* ? T'as pas écouté ce qu'il a dit ? Il y avait des *Asiatiques* sur ce bateau. Pour commencer, j'ai pour règle de ne jamais faire confiance à un Asiatique avec une mitrailleuse. Et parfois, je ne fais pas confiance aux Asiatiques tout court."

Natesh s'éclaircit la gorge et dit : "Hum, je viens d'Inde. C'est en Asie."

Henry dit : "Ouais, mais je veux dire la *vraie* Asie. Désolé. C'est probablement insultant. Je ne veux rien dire de mal... J'adore les naans au fromage."

Natesh leva les yeux au ciel.

David secoua la tête et fixa Henry du regard. Il dit : "Natesh, sérieusement, je trouve ça extrêmement suspect que ces deux hommes étaient asiatiques, et que Lena soit aussi asiatique. Et ils retiennent Bill prisonnier. Et le gars qui m'a fait venir ici est de l'autre côté de l'île sans aucune explication de la part de Lena."

Natesh dit : "L'anglais de Lena est parfait. Et pour autant que je sache, il y a beaucoup d'Américains d'origine asiatique dans l'armée et le gouvernement américains."

David dit : "Je sais, mais quand même. Est-ce que tu serais prêt à parier ta vie que Lena et le major disent la vérité ? Et surtout, que se passe-t-il si c'est vraiment la Chine qui est derrière tout ça, comme je le pense maintenant ? Que se passera-t-il lorsqu'ils mettront ces plans à exécution sans aucun avertissement ? Nous leur avons dit quel était le moyen le plus efficace d'attaquer l'Amérique. Nous avons maintenant la responsabilité de neutraliser ces plans en donnant l'alerte. Et nous ne pouvons pas y arriver sans toi Natesh."

Henry dit : "Natesh, nous avons besoin de ton aide. Tu es le seul en qui nous ayons confiance pour accéder aux ordinateurs de la salle de communication. Personne d'autre n'a les codes ni la capacité de le faire. Et le major nous tirerait probablement dessus si on lui demandait. Il faut que tu sois avec nous à cent pour cent sur ce coup. Tu es le seul qui soit indispensable."

David ajouta : "Natesh, il a raison. Crois-moi, ce n'est pas une Cellule Rouge dirigée par la CIA. Soyons réalistes. C'est une sorte d'opération de renseignement étranger. Ils essaient de soutirer des informations importantes et classifiées, et de créer ou d'améliorer des plans pour attaquer les États-Unis. Nous devons les arrêter. Nous ne pouvons pas rester silencieux et les regarder faire. C'est allé trop loin. Avec l'arrivée de la tempête, nous pourrions avoir une fenêtre pour agir. Ils l'ont dit eux-mêmes. Nous aurons un soutien minimal. C'est ce qu'ils ont dit. Je pense que ça veut dire que Lena et le major Combs et quiconque se trouve de l'autre côté de cette île sont isolés et vulnérables pendant les prochaines vingt-quatre heures."

Henry faisait les cent pas dans la pièce et regardait le plafond, plongé dans ses pensées. "Qu'est-ce que t'en dis, Natesh ?"

Natesh soupira. Il avait l'air d'avoir du mal à décider quelle était la bonne décision. Il regarda par la fenêtre, en direction des nuages et de la mer agitée. Il dit : "D'accord. Tu m'as convaincu."

David avait l'air tendu. Il regarda sa montre et dit : "Très bien, il est temps de dire à tout le monde ce qu'il se passe vraiment. Allons rassembler les troupes."

David regardait par la fenêtre de Brooke. Il voyait Henry et Norman courir vers le bâtiment des communications en se protégeant de la pluie diluvienne et frapper à la porte.

"Lena, ouvrez-nous ! On a besoin d'aide. Brooke est malade !", dit Henry.

La porte émit un bip puis s'ouvrit. Le major était là, la main sur son arme de poing. Il avait l'air méfiant. Lena se tenait derrière lui, les mains sur les hanches.

Elle dit : "Quel est le problème ?"

Norman dit : "C'est Brooke, venez vite ! Elle fait une sorte de crise ou un truc comme ça. On a besoin d'aide. Allez !"

Le major regarda Lena comme s'il ne savait pas quoi faire.

Lena dit : "Bien sûr. J'arrive tout de suite, je vais chercher une trousse médicale. Je crois que le Dr Creighton a une formation médicale. Major, s'il vous plaît, allez les aider. J'arrive tout de suite."

Le major acquiesça et suivit les deux hommes. Ils coururent vers la caserne et montèrent les escaliers jusqu'au deuxième étage. Combs était à bout de souffle lorsqu'ils entrèrent dans la chambre de Brooke. Il était tout essoufflé et complètement pris au dépourvu lorsqu'il vit cinq des hommes les plus costauds de la Cellule Rouge qui l'attendaient à l'entrée.

Il n'avait toujours pas compris ce qui se passait quand ils lui sautèrent dessus. Norman lui retira son M9 tandis que les autres lui mettaient un bâillon composé de chaussettes attachées entre elles sur la bouche. Ils utilisèrent une ceinture pour lui attacher les bras et les jambes. En quelques secondes, il était sur le lit et hors d'état de nuire.

David faisait le guet. Il était à la fenêtre, et jetait régulièrement un coup d'œil en essayant de rester hors de vue au cas où quelqu'un regarderait dans sa direction de l'extérieur. Il attendait de voir Lena.

Un de moins. Plus qu'une. Depuis la fenêtre de Brooke, David avait une vue dégagée sur le chemin que Lena emprunterait pour aller du bâtiment des communications à la caserne. De grosses gouttes de pluie bombardaient le sol.

Norman demanda : "Elle arrive ?" La tension s'entendait dans sa voix.

"Pas encore." David regarda sa montre. "Qu'est-ce qu'elle a dit quand vous lui avez parlé ?"

"Elle a dit qu'elle arrivait tout de suite. Elle allait chercher une trousse de secours."

"Ça commence à être long. Vous croyez qu'elle nous a grillés ?"

Deux minutes insoutenables s'écoulèrent avant qu'il n'y ait le moindre signe de Lena.

David annonça : "Attendez. La voilà. Le Dr Creighton la suit. Allez, préparez-vous."

Tout le monde était silencieux. Une goutte de sueur perla sur le front de David. Ses paumes étaient moites. Il pouvait sentir son cœur battre à toute allure. Lena sembla mettre une éternité à arriver à la porte. Il y avait sept hommes qui l'attendaient. Sept contre une. *Voyons si tu fais le poids Lena.*

Des bruits de pas dans le couloir. Norman sortit la tête par la porte à moitié ouverte pour que Lena le voie. Dans sa main, à l'intérieur de la chambre, il tenait le M9 qu'il avait pris au major Combs. Le couloir était vide. Il n'était jamais vide d'habitude. Elle savait qu'il se passait quelque chose de louche. David en était sûr.

Norman dit : "Brooke est ici. Elle ne respire pas."

Brooke était de l'autre côté du couloir, avec plusieurs autres membres de l'équipe qui avaient été informés de la situation. Ils n'en avaient parlé qu'à dix personnes. Les dix personnes en qui ils pensaient avoir le plus confiance. Il y avait une chance que quelqu'un à qui ils n'en avaient pas parlé arrive et foute tout en l'air. Mais Henry et Natesh avaient décidé qu'en parler à tout le monde posait trop de problèmes. Au même moment, une demi-douzaine de consultants déjeunaient encore, ignorant que Lena était sur le point d'être neutralisée.

David entendit la voix du Dr Creighton dire : "Que s'est-il passé ?"

Norman répondit : "Venez, on vient de la trouver comme ça..."

Le major Combs avait été silencieux jusqu'alors. Mais lorsque Lena entra, il laissa échapper un bruit sourd derrière le bâillon de fortune. Juste au moment où Lena franchissait le seuil de la porte. Le timing n'aurait pas pu être pire.

Tout le monde se mit à crier en même temps et David comprit à peine ce qu'il se passait. Il entendit Norman crier "Attrapez-la !", puis les corps se sont littéralement mis à voler. David avait vu des films d'arts martiaux. Il avait même pris quelques cours de judo lorsqu'il était entré à l'Académie navale. Mais les films et les judokas amateurs n'étaient rien par rapport à la scène à laquelle il était en train d'assister.

Lena était une artiste.

Ses mouvements étaient rapides et contrôlés, puissants et gracieux. Il y avait sept hommes dans la pièce. Huit si l'on comptait le Dr Creighton, qui se tenait debout, abasourdi par tant de poings et de membres qui partaient dans tous les sens autour de lui. Sur les sept hommes qui essayèrent d'appréhender Lena, trois se retrouvèrent au sol presque instantanément. L'un se tenait le cou, l'autre l'aine. Le troisième homme, Norman, tomba dans les pommes en se cognant le crâne contre celui de quelqu'un d'autre, mais David n'avait pas vu de qui il s'agissait. Quand il tomba à terre, l'arme qu'il tenait traversa vola à travers la pièce, et tira une balle lorsqu'elle toucha le sol. Le bruit assourdissant paralysa tout le monde sur place. Ce coup de feu fut suivi d'un cri qui se transforma en un gémissement de douleur.

Les yeux de Lena étaient fixés sur l'arme posée au sol. Elle se rua dessus deux secondes trop tard.

Ce fut sa seule erreur. L'erreur qui évita le pire aux sept hommes présents dans la salle et leur épargna une cuisante défaite. Les quatre hommes encore debout comprirent son objectif et plongèrent sur elle. Par chance, l'arme était tombée presque aux pieds de David, qui put la ramasser juste avant que Lena ne puisse s'en emparer.

Il la prit, la souleva et la pointa d'une main tremblante sur le beau visage de Lena. Elle était à genoux au moment où les trois autres hommes s'abattirent sur elle et l'attachèrent. David jura qu'il avait vu un petit sourire se former sur ses lèvres.

Tom se tenait à l'arrière du centre de contrôle. C'est comme cela qu'il appelait la pièce depuis laquelle tous les hommes du renseignement militaire chinois—ou de toute autre organisation à laquelle ils pouvaient appartenir—observaient les Américains de l'autre côté de l'île.

Il regarda sa montre. Il était quinze heures. Il regarda autour de lui. Tout le monde était occupé à taper sur son clavier ou à regarder son moniteur. Certains d'entre eux traduisaient les textes qui leur avaient été transférés par Natesh et le major Combs plus tôt dans la journée. Certains communiquaient avec les deux navires de la marine chinoise à cent milles au nord.

Il y avait moins d'hommes qu'auparavant. La plupart d'entre eux étaient normalement chargés de surveiller les réunions quotidiennes. Comme c'était la pause déjeuner, ils ne prêtaient guère attention aux écrans. Mais les séances de l'après-midi devaient commencer d'un moment à l'autre, et Tom avait envie d'y assister. Il voulait voir comment vingt Américains planifiaient réellement l'invasion des États-Unis par la Chine.

L'un des écrans montrait la salle de classe principale. C'était une sorte d'auditorium, avec quatre rangées de sièges étagés et une grande fenêtre en plexiglas qui s'incurvait autour du niveau supérieur au fond de la classe. Tom remarqua les gens qui commençaient à entrer dans la salle.

Il regarda autour de lui, mais ne vit personne regarder l'écran, ou le regarder lui. Il sortit une flasque de la poche intérieure de son veston, en prit trois gorgées en autant de minutes et la remit à sa place. Lena pouvait dire ce qu'elle voulait. Il n'y avait aucun reproche que monsieur Johnnie Walker ne pouvait l'aider à noyer.

Le superviseur de garde entra dans la pièce, parlant en mandarin à ses subordonnés. Il regarda le même écran que

Tom et dit quelque chose en mandarin que Tom comprit sans avoir besoin qu'on lui traduise. Toutes les langues avaient ce mot dans leur vocabulaire. Dès qu'il le prononça, plusieurs hommes dans la pièce se mirent à crier et à taper frénétiquement sur leurs claviers. Deux d'entre eux pointaient l'écran et se criaient dessus.

Tom ne comprenait pas la raison de tout ce remue-ménage. Il plissait les yeux pour mieux voir l'écran. L'image était en basse résolution. Les hommes chargés de regarder l'écran portaient tous des casques audio. Tom ne pouvait donc pas entendre ce qu'il se disait dans la classe.

Puis il comprit *exactement ce qu'il se passait*. Lena et un type en uniforme militaire étaient transportés dans la classe. Leurs bras et leurs jambes étaient attachés. Putain de merde. *Il fallait faire quelque chose.*

L'instant d'après, le seul homme qui était encore dans la pièce hurlait en mandarin comme un forcené dans un téléphone satellite. Tom n'avait aucune idée de ce qu'il disait, mais il avait l'air de répéter la même chose en boucle. Puis le superviseur décrocha un combiné attaché au mur et parla dedans. Sa voix fut retransmise par les haut-parleurs. Une minute plus tard, plusieurs dizaines d'hommes, dont le superviseur, passèrent en courant à côté de Tom et descendirent les escaliers. Ils étaient tous armés et avaient l'air affolés.

La pièce était presque vide après leur départ. Il restait un jeune soldat devant son écran. Il tapait à toute vitesse. La fenêtre dans laquelle il tapait faisait penser à une sorte de salle de chat. Il devait être en train d'informer le haut commandement chinois de ce qu'il se passait ou quelque chose comme ça. Peut-être informait-il Jinshan lui-même ? Nan, les gars comme ça ont des sous-fifres qui font le travail pour eux. Tom avait déjà rencontré Jinshan. Ce type était probablement dans un jacuzzi avec un cigare à la bouche. C'est aussi à ça qu'aspirait Tom. Quoi qu'en dise Lena.

Il regarda autour de lui, et comme il ne vit personne le regarder, il prit une autre gorgée de sa flasque. Il regarda à nouveau l'écran et vit que Lena et l'officier militaire, qui était vêtu de ce qui ressemblait à un uniforme de l'armée de l'air, étaient attachés au milieu de l'estrade de l'auditorium. Tout le monde était maintenant dans la salle de classe. Il semblait y avoir plusieurs conversations animées en même temps. Tom n'entendait évidemment rien. Il aurait pu demander au jeune sur l'ordinateur de mettre le son. Un peu comme quand on montait le volume pour un match de foot.

Merde. Ça lui manquait le foot. Il n'aurait surement pas l'occasion d'en regarder avant un bout de temps. C'était un des inconvénients de cette situation. Il poussa un profond soupir. Tom en avait déjà marre de tous les connards de Chinois qu'il fréquentait ici. Il faudrait qu'il patiente quelques mois avant de pouvoir vivre comme un roi dans la nouvelle version de l'Amérique. Il décida d'aller parler au prisonnier. Bill. Peut-être que ça lui remonterait le moral.

Quelques minutes plus tard, David se tenait devant Lena et le major qui étaient attachés à des chaises sur l'estrade au milieu de la classe. Henry et lui avaient convenu qu'il s'agissait du meilleur endroit pour rassembler tout le monde.

Le major continuait de s'époumoner derrière son bâillon. Ils lui laissèrent donc sur la bouche. Lena ne disait pas un mot. Elle se contentait de regarder tout le monde avec ses yeux froids. Tout le monde était trempé après avoir marché sous la pluie torrentielle qui tombait dehors. L'orage battait son plein.

David et Henry furent surpris de la facilité avec laquelle ils avaient rallié les autres à leur cause. Cela n'avait pris que quelques minutes. Ils les avaient fait venir par petits groupes dans la chambre d'Henry et leur avaient expliqué ce que David avait vu. Au début, certains furent sceptiques. Mais après tant de jours sur l'île, les gens se connaissaient et se faisaient confiance. Ils crurent à l'histoire de David. Henry leur exposa leur plan et leur expliqua pourquoi ils devaient agir rapidement. Le premier groupe de consultants à qui ils en avaient parlé était composé de militaires et de policiers. Ils s'étaient d'abord tournés vers les plus forts physiquement, en se disant qu'ils étaient aguerris au combat. Si David avait su à quel point le combat serait serré pour maîtriser Lena, il aurait peut-être attendu d'avoir recruté plus de monde.

Le deuxième groupe à qui ils s'étaient adressés était composé des civils de la Cellule Rouge. Certains d'entre eux venaient juste d'être informés de tous les tenants et les aboutissants de la situation. Le Dr Creighton et Tess McDonald avaient d'abord soutenu avec véhémence que David devait immédiatement détacher Lena. Mais après que David leur ait expliqué ce qu'il avait vu, et qu'ils eurent constaté le regard froid et silencieux de Lena, ils changèrent d'avis.

Henry regarda David et dit : "Les gens sont tous pareils. Nous avons peur de notre ombre. Chacun d'entre nous ici a peur. Nous avons juste besoin de savoir quoi faire. David, c'est à toi de jouer maintenant. Tu dois prendre les choses en main. Annonce ton plan à tout le monde."

David fit un signe de tête et se dirigea vers le centre du groupe. Tout le monde parlait en même temps. Certains des consultants étaient hystériques. Le Dr Creighton et un des militaires aidaient à panser la blessure par balle du type qui avait été touché lorsque le M9 avait tiré en tombant par terre.

David dit : "Votre attention s'il vous plaît !" Il fit signe aux gens de se rapprocher. Natesh et Henry étaient à ses côtés.

Même les employés de la base étaient là maintenant. Communiquer avec eux était contraire aux règles. Mais il n’y avait plus aucune règle. Tess, qui parlait apparemment couramment le mandarin, avait découvert qu'ils étaient tous employés dans un hôtel de Macao. Ils avaient été envoyés ici deux semaines plus tôt. Aucun d'entre eux ne parlait anglais. Tess leur traduisait ce que disait David.

David sentait le regard de la foule peser sur lui, en attente de réponses. Il était devenu le responsable de la situation. Même Natesh semblait se tourner vers David pour savoir quel était son plan.

David dit : "Comme vous le savez tous maintenant, cet endroit n'est pas ce que nous pensions. Bill n'a pas été renvoyé chez lui. Je l'ai vu être traîné inconscient par Lena dans un hélicoptère il y a quelques jours..."

Quelqu'un dit : "Pourquoi est-ce que tu n’as rien dit alors bordel ?"

Norman répondit : "C’est pas important pour le moment ! Laisse-le parler !"

David poursuivit : "...et ce matin j'ai revu Bill. Il est prisonnier de l'autre côté de cette île. Il y a une sorte de camp de base là-bas aussi. Et les gens qui s’y trouvent semblent faire partie d'une armée étrangère. Je dirais l’armée chinoise. Je pense que nous avons tous été amenés ici par les Chinois dans le cadre de... je sais pas trop... d'une opération de collecte de renseignements pour nous soutirer des informations."

Tout le monde se tut dans la salle. Des visages en colère étaient tournés vers lui. Un mur de vent et de pluie frappa la fenêtre de la classe. Cela en surprit plus d’un dans la salle. Le cyclone s’intensifiait à l'extérieur.

David dit : "Supposons donc que ce sont les Chinois. Nous ne savons pas combien de temps nous avons avant qu'ils viennent nous chercher, mais nous devons commencer à fouiller cet endroit pour savoir de quels outils nous disposons. La priorité numéro un est la communication. Norm, Natesh et toi allez vous rendre au bâtiment des communications. Notre meilleure chance est de laisser Natesh essayer de pirater les ordinateurs qu'ils ont là-bas et de donner l'alerte pour que nous puissions être secourus."

"Compris", répondit Norman. Natesh et lui restèrent jusqu'à ce que David ait fini de parler.

David dit : "Brooke, commence à interroger Lena et le major Combs." Il les désigna d'un signe de tête. Ils regardaient tous les deux David parler, toujours attachés à leur chaise au milieu de l'estrade. Lena ne trahit aucune émotion. Le major Combs, la bouche toujours couverte, avait les yeux écarquillés et le visage cramoisi. Il semblait avoir beaucoup de choses à dire, même si David se doutait que cela risquait de ne pas être très poli.

Tess dit : "David. Je viens de parler aux cuisiniers et aux autres employés. Ils disent qu'il y a un sous-sol derrière la cuisine qui est rempli de provisions et de matériel. Il pourrait y avoir des choses utiles. Ils disent que c'est très grand, mais la porte est fermée et ils n'ont pas la clé."

Norm dit : "J'ai la clé." Il s'approcha du major Combs et lui arracha le trousseau de clés qu'il avait à la ceinture. Il y avait plusieurs clés dessus. "Je te parie qu'une d'entre elles est la bonne."

David dit : "OK, Henry, est-ce que tu peux aller avec Tess et quelques autres volontaires pour aller jeter un œil ? Voir s'il y a des équipements de communication ou des armes que nous pourrions utiliser pour nous défendre."

Lena se mit à rire.

Certains consultants la regardèrent avec mépris.

Henry dit : "On y va." Ils prirent les clés et coururent derrière l'intendant.

Natesh dit : "David, je pense que Norman et moi devrions emmener Lena avec nous. Je suis sûr que je peux pirater leurs systèmes informatiques, mais elle connaîtra probablement certains des identifiants et des mots de passe dont j'aurai besoin."

Brooke dit : "À qui vas-tu t'adresser si tu peux lancer l'alerte ?"

Natesh dit : "Ma société dispose d'un système de courrier électronique chiffré. Si je peux envoyer un message à plusieurs de mes employés, ils transmettront. Je les connais. Ils sauront quoi faire et agiront rapidement. Je ne sais pas à qui m'adresser pour avertir le gouvernement directement. Ils s'en chargeront et feront tout le nécessaire pour que les personnes concernées soient averties."

David fit un signe de tête. "Ça semble être un bon plan. Tu leur fais confiance ?"

Natesh hocha la tête. "Oui. Entièrement."

David dit : "D'accord. Lena est attachée. Le vieux Norm a l'air d'être capable de soulever un camion. Vous pensez pouvoir maîtriser Lena à vous deux si on vous envoie tous les trois dans la salle des communications ?"

"Je pense que oui."

David regarda Norm, qui se frottait encore la tête après la raclée que Lena lui avait mise.

Norman dit : "Cette fois, ça devrait aller. J'ai le neuf millimètres d'Harold. Et Lena est attachée. Avec un peu de chance, elle aura oublié les mots de passe et j'aurai le plaisir de l'aider à retrouver la mémoire."

David dit : "Très bien. Tous les autres, restons dans la classe et gardons un œil à l'extérieur. Nous savons qu'ils ont des bateaux et un hélicoptère. Soyez vigilants et criez si vous voyez quelqu'un arriver". Environ la moitié du groupe monta au dernier étage de la salle de classe et commença à regarder par la fenêtre.

Quelques militaires jouèrent le rôle de gardiens de prison.

Natesh sortit de la salle de classe avec Norman à ses côtés. Norman porta Lena sur son épaule pendant tout le trajet jusqu'au bâtiment des communications. Ses jambes et ses bras étaient toujours attachés ensemble.

David se dirigea vers Brooke et le groupe de militaires. Ils se tenaient au pied de l'estrade, et décidaient tranquillement de ce qu'ils allaient demander au major.

David dit : "Très bien. Écoutez, j'ai besoin de vous pour interroger le major Combs. Essayez de découvrir ce qui se passe vraiment ici et ce qu'ils prévoient de faire de nous. Essayez de savoir combien de personnes il y a de l'autre côté de l'île et à quel point ils sont armés. Et voyez si vous pouvez déterminer à quelle distance nous sommes d'une zone habitée. J'ai vu des bateaux à moteur amarrés au quai de l'autre côté de l'île. Si nous sommes à cinq cents milles de la terre, ces bateaux ne seront d'aucune utilité. Ils les utilisent peut-être simplement pour faire des allers et retours entre les navires militaires dans la zone et l'île. Mais si nous sommes à moins de vingt milles d'une autre île avec des gens dessus... ou d'un continent... même si c'est la Chine, ça nous laisse une chance."

Brooke dit : "D'accord, je vais faire de mon mieux. Et toi, qu'est-ce que tu vas faire ?"

Henry se précipita vers eux. Il était essoufflé et tenait une grande boîte noire qui ressemblait à un téléphone portable de la fin des années quatre-vint.

David demanda : "Qu'est-ce que c'est ?"

Henry dit : "C'est beau, voilà ce que c'est. C'est la première chose que j'ai vue dans la réserve en bas. Il y a des tonnes de trucs là-bas. Des dizaines de ces petites beautés."

David regarda ce qu'il y avait écrit sur la boîte métallique noire. C'était en chinois. Il n'avait aucune idée de ce que cela disait.

Henry dit : "C'est une *radio HF*. Nous pourrons peut-être atteindre un bateau ou un avion. Mais ce que j'aimerais vraiment, c'est appeler MARS."

David le regarda comme s'il était devenu fou. Il dit : "Tu veux appeler qui ?"

"MARS. Le *Military Auxiliary Radio System*."

"Jamais entendu parler de ça."

"T'étais dans la marine et t'en as jamais entendu parler ?"

"Je n'ai pas été longtemps dans la marine. Henry, il faut qu'on se dépêche. Explique-toi !"

Henry dit : "C'est le club le plus cool de la planète. Ce sont des gars normaux, comme toi et moi, qui écoutent des radios amateur et transmettent des informations à l'armée. Si je peux les joindre, je pourrai probablement passer un coup de fil. La fréquence est de trente-trois mégahertz si je me souviens bien. Beaucoup de troupes au Vietnam avaient recours à eux pour passer des coups de fil chez eux lorsqu'ils étaient déployés. L'opérateur radio de MARS connectait la radio à un téléphone et passait l'appel pour eux. Certains le font encore aujourd'hui. Cette radio HF peut émettre sur une assez longue distance si les conditions sont favorables. Je vais devoir installer l'antenne. Elle a l'air de faire trois à six mètres de long. Je pense que je vais aller l'installer à la fenêtre d'une des chambres."

David avait un doute sur la définition d'Henry quand il parlait de gars normaux, mais il était enthousiaste à l'idée de disposer d'un nouveau moyen de communication. "C'est génial, Henry. Beau travail."

Brooke déclara : "Les radios HF ont une assez grande portée. Si nous avons de la chance, nous pourrons atteindre quelqu'un jusqu'à six cents milles de distance. Et si nous tombons sur un relais..."

Henry avait un sourire jusqu'aux oreilles. "Exactement. Les gars de MARS ont des relais installés un peu partout. Si je peux avoir quelqu'un en ligne, je pourrai peut-être passer un coup de fil ou simplement dire à l'opérateur ce qu'il se passe et ce qu'il faut faire."

David fit un signe de tête. "C'est une excellente nouvelle. OK, va à la caserne et essaie de l'installer."

Henry dit : "Je vais avoir besoin d'aide. Tu peux venir m'aider ?"

David regarda Brooke. "Est-ce que ça va aller pour interroger le major ?"

Brooke regarda les membres de l'équipe militaire de la Cellule Rouge qui se tenaient à côté d'elle. Elle dit : "J'ai beaucoup d'assistants. Ça devrait aller."

David regarda Henry : "Je vais voir si Henry peut faire fonctionner cette radio. Si Natesh ne peut pas envoyer de message par Internet, il y a peut-être un bateau ou un avion à proximité qu'on pourrait appeler à l'aide. Oh, ça me fait penser à quelque chose. Voyez si le major connaît nos coordonnées GPS... notre latitude et notre longitude. Si Henry peut faire fonctionner la radio et qu'on peut envoyer un appel de détresse, cette info sera cruciale." David se retourna pour partir et ajouta : "Et surveillez vos arrières. Je ne sais pas combien de temps il nous reste avant que les amis de Lena arrivent."

Brooke semblait nerveuse et dit : "D'accord."

David et Henry sortirent de la classe et empruntèrent le couloir. Sur le chemin, ils virent Tess et les employés qui couraient avec le trousseau de clés. Les employés ouvraient toutes les pièces qui étaient fermées à clé jusqu'à présent. La plupart étaient des réserves, réalisa David. Tess leur avait dit qu'il y avait apparemment dans tout le bâtiment des pièces remplies de batteries, de pièces détachées, d'outils et de matériel d'urgence. Des stocks qui semblaient avoir été prévus pour beaucoup plus de personnes que les seuls consultants.

Ils ouvrirent la porte d'un placard, et les yeux d'Henry s'illuminèrent quand il vit la salle au trésor. Il s'exclama : "Jackpot." Ses mains se déplacèrent rapidement sur les étagères remplies de bacs en plastique. Il attrapa un rouleau de ruban adhésif et quelques autres objets. Quand il eut fini, il se tourna vers David et lui dit : "Allez, on y va."

Les deux hommes retournèrent en courant à la caserne et dans la chambre d'Henry. Ils parlaient pendant qu'ils couraient.

Henry dit : "Cela devrait me prendre environ dix minutes avant que je sois prêt à transmettre. Je vais devoir faire passer un câble à l'extérieur du bâtiment sur environ six mètres. Je te le ferai passer par la fenêtre et tu pourras le fixer au rez-de-chaussée."

David cria pour couvrir le bruit du vent : "OK, je vais d'abord passer prendre quelques affaires à la caserne."

"Qu'est-ce que tu vas prendre ?"

"Des rideaux de douche...et des tringles."

"Pour quoi faire ?"

"Rien. Juste un plan de secours."

"On a un plan de secours ? Je ne pensais même pas qu'on avait un plan, et ce gars a un plan de secours."

David dit : "Lena était trop calme. Ça cache quelque chose."

"Tu veux me parler de ton plan de secours ?"

"T'inquiètes pas pour l'instant."

Henry rayonnait de fierté. "Des rideaux de douche. Et moi qui croyais être le seul MacGyver du groupe."

L'expérience de Brooke en matière d'interrogation se limitait à ce qu'elle avait vu faire Jack Bauer dans des épisodes de *24 Heures Chrono* et à essayer de mettre en pratique ce qu'elle avait appris en interrogeant sa sœur sur son flot constant de petits amis qu'elle jugeait indignes. Elle ne savait pas exactement quoi faire, mais elle se dit qu'elle apprendrait rapidement. Brooke demanda à l'un des militaires d'enlever le bâillon du major Combs. Dès que ce fut fait, Combs éructa un déluge de blasphèmes qui aurait fait rougir Brooke en d'autres circonstances. Mais aujourd'hui, cela ne l'atteignait pas.

Elle se contenta de dire : "Vous avez fini ?"

David lui avait confié cette tâche. Ce n'était pas le moment de s'inquiéter de son inexpérience ou de laisser la place au doute. L'équipe avait besoin d'elle. Elle se devait d'être franche avec lui et de lui demander exactement ce qu'elle avait besoin de savoir. Si le major Combs n'était pas coopératif, elle pouvait demander à l'un des grands gaillards à ses côtés de l'encourager physiquement à être plus communicatif. Cette tactique lui venait peut-être de séries télé, mais elle était persuadée qu'elle était probablement efficace.

Le major était à bout de souffle après s'être égosillé. Ses yeux étaient injectés de sang, et il avait plusieurs petites coupures et éraflures sur le visage... des restes de la lutte qu'il avait rapidement perdu à la caserne.

Brooke prit place sur la chaise sur laquelle Lena était assise quelques minutes auparavant et la tourna pour faire face à Combs. Elle regarda Combs droit dans les yeux, sans dire un mot. Il s'arrêta de crier.

Elle dit : "Je dois vous poser quelques questions. Je suppose que vous êtes vraiment un officier de l'armée de l'air.

Ou peut-être l'étiez-vous à un moment donné. S'il vous reste un peu d'honneur, dites-moi la vérité et faites-le rapidement."

Il la regarda, complètement atterré. "Bien *sûr que* je suis un officier de l'armée de l'air. Qu'est-ce que c'est que ce bordel ? Vous êtes complètement à côté de la plaque. Il y a des *protocoles* à suivre. Lena est la *superviseure du* site nom de dieu. Je ne sais pas qui est à l'origine de ça, mais vous devez la faire revenir ici tout de suite. C'est complètement absurde !"

Brooke secoua rapidement la tête comme un chien qui s'ébrouait, essayant de donner un sens à ce qu'elle entendait. Elle ne s'attendait pas à ce qu'il continue de s'enfoncer dans sa mascarade. Ils avaient dépassé ce stade, non ? Pourquoi faisait-il encore semblant ?

Elle dit : "Que voulez-vous *dire* ? Pourquoi nous vous avons attaché ? Vous savez pertinemment pourquoi nous vous avons attaché. David a vu ce qu'il y avait de l'autre côté de l'île. Nous savons que ce n'est pas vraiment une opération américaine. Nous le *savons*. La partie est terminée."

Il la regardait comme si elle venait d'une autre planète.

Elle ajouta : "Écoutez, Harold, si c'est votre nom. Nous voulons juste sortir d'ici sains et saufs. Je ne sais pas ce qui vous a poussé à trahir votre pays..."

"Mais de quoi parlez-vous bordel ?"

Il avait hurlé si fort que les deux militaires qui se tenaient derrière sursautèrent. Ils vinrent se placer juste à côté de Brooke, comme pour lui indiquer qu'il fallait qu'il se calme. Brooke ne comprenait pas pourquoi il s'emportait.

Elle resta assise un moment à fixer le major Combs. Ce genre d'interrogatoire était nouveau pour elle, mais elle trouvait tout de même qu'il avait l'air d'être honnête. Cela pourrait prendre plus de temps qu'elle ne l'avait espéré...

Lena et Natesh étaient assis dans les deux seules chaises de la salle de communication. Chaque chaise se trouvait devant l'un des deux écrans d'ordinateur, qui n'étaient distants que de quelques mètres. Lena était attachée avec du ruban adhésif autour de ses avant-bras et de ses mollets. Norman était debout derrière eux et regardait. Le vent hurlait à l'extérieur. Toutes les quelques secondes, Norman pouvait voir des éclairs par les fenêtres en haut des murs en béton.

Natesh tapait sur le clavier. C'était en anglais, mais il devait s'agir d'un code ou quelque chose comme ça, car cela ressemblait à du charabia pour Norman.

Ils n'étaient pas là depuis plus de deux minutes lorsque Lena commença à parler. Elle n'avait pas dit un mot depuis une heure. Elle regardait maintenant Norman et s'exprimait avec toute la confiance de quelqu'un qui savait qu'elle allait gagner.

"Ils seront bientôt là." Dit-elle avec une mélodie dans la voix, sur un ton taquin.

Norman demanda : "Qui ça ? Comment le savez-vous ? Le temps est mauvais. Ils ont des caméras ? Ils savent qu'on vous a prise en otage ?"

Elle répondit : "Évidemment."

"Ils sont combien ?"

Lena dit : "Plus qu'assez." Encore une fois sur ce même ton railleur. Comme une maîtresse d'école qui parlait à un enfant.

Natesh détourna le regard de son écran et les regarda tous les deux pendant un moment. Son front était en sueur. Il se tourna à nouveau vers l'écran et se mit à taper plus vite, même si cela semblait difficile de faire plus rapide.

Norman dit : "Natesh, comment ça se passe ? Des progrès ?"

Natesh continua à taper et répondit : "Donne-moi juste quelques minutes de plus."

Norman regarda Léna et dit : "Ils vont venir comment ?"

Elle sourit. "Bien armés."

Norman regarda le 9 mm dans sa main. Celui qu'il avait pris au major Combs. Il dit : "Je suis armé moi aussi, ma petite dame."

Lena éclata de rire, puis se tut.

Natesh frappait les touches les unes après les autres à un rythme effréné. Puis il leva les mains et frappa une dernière touche d'un geste théâtral. Il se tourna pour faire face à Lena et Norman et dit : "Je pense que le message est parti. Donne-moi encore quelques minutes. Je vais voir si je peux accéder à leurs serveurs."

"Les serveurs de qui ?"

"Les gens à qui nous envoyions des e-mails. Je vais essayer de découvrir de qui il s'agit ou où allaient nos e-mails. Donne-moi juste un peu plus de temps. Je vais peut-être avoir besoin d'elle pour le mot de passe."

Norman fit pivoter la chaise de Lena pour qu'elle lui fasse face. Il se tenait debout au-dessus d'elle. Il était plus proche qu'il ne le fallait. Il mit le 9 mm dans son étui et vérifia que ses mains étaient bien attachées. Elles l'étaient. Elle le regardait en silence depuis sa chaise pivotante. Peut-être qu'elle réfléchissait. Norman sentait son cœur battre. Il se demandait combien de temps il leur restait.

David plaça des rideaux de douche et des tringles sur le sol de la chambre d'Henry. Il avait pris un rouleau de ruban adhésif dans la réserve et l'avait utilisé pour attacher les rideaux de douche ensemble comme un grand tapis persan. Il espérait ne pas avoir à l'utiliser. Mais une voix dans sa tête continuait de lui dire de rester sur ses gardes. Il fallait qu'il soit prêt.

Quelque chose ne tournait pas rond. David avait raté quelque chose, mais il ne savait pas quoi.

Henry le vit entrer et dit : "OK, je suis prêt à t'envoyer le câble pour que tu l'attaches en bas. Je vais le dérouler par la fenêtre. Je pourrais avoir besoin que tu te promènes un peu jusqu'à ce que je sois sûr qu'il soit bien positionné. Je surveillerai l'aiguille d'ici. Une fois que je te dirais que c'est bon, utilise le scotch pour le fixer à quelque chose sur le sol." Henry ne leva même pas la tête pour parler. Il avait démonté son réveil et était en train de connecter des fils et des circuits à d'autres pièces métalliques.

David dit : "Compris. Je vais en bas. Crie quand tu es prêt."

Brooke était exaspérée. Elle interrogeait le major depuis vingt minutes et il jouait toujours les innocents. Le pire, c'est qu'elle commençait à douter de ce qu'il savait vraiment. Elle pensait qu'elle était assez douée pour lire les gens. Il avait réagi comme les autres quand il avait appris que Bill était retenu prisonnier de l'autre côté de l'île. Il était fou de rage. Et il insistait sur le fait qu'il n'était au courant de rien. Au début, il avait aussi insisté sur le fait que Lena n'était pas dans le coup. Mais plus il entendait parler de ce que David avait vu, moins il semblait en être sûr.

Brooke dit : "Vous aviez donc accès à la salle informatique tous les jours. À qui parliez-vous à l'autre bout ? Est-ce que Lena vous a déjà dit qui c'était ?"

"Comme je l'ai déjà dit, elle m'a toujours dit que c'était des membres de son équipe de la CIA. Des gens qui faisaient partie de ce cercle restreint. Je m'étais imaginé qu'ils étaient à Langley ou dans un laboratoire secret de la CIA quelque part."

"Mais elle vous laissait porter une arme de poing. Pourquoi aurait-elle fait ça si vous n'étiez pas dans le coup ?"

"Dans le coup ? Imaginons que vous avez raison. Imaginons que Lena n'est pas celle qu'elle prétend être. Déjà, je ne vois pas pourquoi elle me laisserait porter une arme..."

Le Dr Creighton se tenait à proximité. Il dit : "Parce qu'elle voulait créer l'illusion de la réalité pour nous tous. Pour la même raison qu'elle nous a fait signer des accords de non-divulgation et porter des badges de sécurité lors de notre arrivée. Donner une arme au major Combs était un grand risque à prendre. Mais cela donne une bonne raison de croire que c'est une fonctionnaire américaine de la CIA digne de confiance, n'est-ce pas ?

Combs dit : "C'est de la folie. J'aurais pu lui tirer dessus si..."

Le Dr Creighton dit : "Mais vous étiez le dernier à soupçonner quoi que ce soit. Et le plus loyal du fait de la confiance qu'elle vous accordait. Elle vous avait comme homme de main jusqu'à il y a une heure. D'autres canaris seraient tombés avant qu'elle n'ait besoin de vous retirer votre arme. Mon hypothèse est que c'était un risque calculé de sa part. Un risque qui a bien fonctionné, jusqu'à la baignade de David ce matin."

Le major Combs avait radicalement changé de comportement en quelques minutes. Il avait commencé par jurer et se mettre en colère, mais il avait maintenant l'air abattu et triste.

Brooke dit : "Pouvez-vous me dire comment Lena a fait venir cet hélicoptère ici ? Ou l'avion de ravitaillement. Comment est-ce qu'elle coordonnait toute la logistique ? On nous a dit que vous l'aidiez pour tout ça."

Combs fronça les sourcils. "Non. La seule chose que j'ai faite, c'est d'envoyer et de recevoir des e-mails sur ces ordinateurs. Je ne m'occupais pas vraiment de la planification. Je relayais les informations à Lena. Une fois sur deux, je ne comprenais même pas ce qui était dit."

"Natesh dit le contraire. Il dit que vous et Lena étiez seuls dans une arrière-salle secrète de ce bâtiment des communications. Il dit que c'est là que vous avez eu l'arme. Et il pense que c'est là que vous gardiez tout ce que vous ne vouliez pas que l'on voie."

Le major Combs semblait sur le point d'exploser. "N'importe quoi. C'est des conneries. Natesh est un menteur. C'est lui qui était toujours derrière avec elle. Ça m'énervait vraiment d'ailleurs."

Les yeux de Brooke se rétrécirent. "Quoi ?"

"Elle m'a désigné comme agent administratif, pas lui. Il était juste censé aider à animer les réunions avec les gens. Mais quand nous sommes arrivés ici, ça ne s'est pas passé comme elle l'avait dit..."

Brooke secoua la tête de dégoût. Même maintenant, après avoir appris que Lena était très probablement une espionne chinoise, il était encore contrarié qu'elle ait accordé plus d'attention à Natesh. Pourtant... ce qu'il disait à propos de Natesh était très étrange.

"...Elle avait toujours des conversations privées avec Natesh là-dedans au petit matin et quand j'entrais dans la pièce, ils s'arrêtaient de parler. Elle disparaissait dans l'arrière-salle pendant des heures pendant que Natesh et moi étions sur les ordinateurs. Je me demandais si ça allait être comme ça pendant les trois semaines. Elle nous a dit, à Natesh et moi, quand nous nous sommes rencontrés l'année dernière, que..."

Brooke dit "*Stop.*"

Il la regarda, étonné, et dit : "Quoi ?"

"Comment ça, elle vous l'a dit à vous et à Natesh l'*année dernière* ?"

Norman se pencha en avant, et appuya ses mains sur les épaules de Lena, leurs visages à quelques centimètres l'un de l'autre. Il dit : "Je veux que vous me disiez ce qu'il y a de l'autre côté de cette île, et quand et combien de personnes vont venir nous chercher. Est-ce que vous comprenez ?"

Lena lui fit un clin d'œil provocateur. Cela rendit Norman furieux.

Il leva la main comme s'il allait la frapper. Elle lui sourit avec une lueur audacieuse dans les yeux. Il envisageait de la frapper, mais ne pouvait pas se résoudre à frapper une femme. Même si c'était une ennemie. C'était une femme, et il avait été élevé en apprenant qu'il ne fallait jamais poser la main sur une femme.

Il poussa sa chaise de frustration et laissa échapper un grognement.

"Vous êtes frustré ?" demanda Lena, une étrange excitation dans sa voix.

Norman ne dit rien. Natesh continuait de taper.

"Vous devriez évacuer votre frustration. Cette situation sera réglée bien assez tôt."

Norman serra la mâchoire. "Comment ça ?" demanda-t-il.

"Les renforts vont bientôt arriver. Ils vous arrêteront tous. Je serai libérée. Voilà ce qui va se passer."

"Vous croyez ça ?"

"Sans l'ombre d'un doute."

Norman s'approcha pour lui parler à l'oreille. Il s'agenouilla. Son visage était rouge et il était suffisamment en colère pour faire des choses qu'il n'aurait pas faites en temps normal. Comme appuyer son arme sur sa tempe. Il avait dégainé l'arme et pointé contre son crâne.

. . .

Lena ferma les yeux et inspira. Une inspiration profonde qui semblait lui donner du plaisir. "J'adore ce genre de moments."

Natesh les regarda et dit : "Norman, calme-toi."

Norman dit : "Dites-moi combien de personnes il y a de l'autre côté de l'île."

Lena tourna la tête de sorte que le canon de l'arme se retrouva pointé directement sur son front. Puis elle caressa le bout de l'arme avec ses lèvres. Le visage de Norman était rouge de fureur.

Lena dit : "Plus qu'assez, je vous assure."

"Est-ce qu'ils vont envoyer des hélicoptères avec ce temps ? Est-ce que les gens de l'autre côté de l'île peuvent venir ici en bateau ? Comment est-ce qu'ils vont venir ? Est-ce qu'ils savent qu'on vous a attrapés ? Combien de temps on a ?"

Lena dit : "Détendez-vous, monsieur Shepherd. Croyez-moi, il n'y a absolument aucune issue pour vous ou les autres membres de la Cellule Rouge."

"Arrêtez d'appeler ça comme ça. Ça n'a jamais été une Cellule Rouge. Ce n'était qu'une imposture. Une perte de temps."

"Une imposture peut-être, mais certainement pas une perte de temps. Croyez-moi, ces informations seront utilisées à bon escient."

Norman perdait le contrôle de ses émotions. Il explosa : "*Salope*. Est-ce que tu trouves ça *noble* ? Tu penses que c'est bien de kidnapper des gens et d'attaquer une nation pacifique ? Je suppose que t'es Chinoise, non ? Pourquoi est-ce que la Chine voudrait nous attaquer, de toute façon ? Vous possédez déjà la moitié de notre pays et vous nous vendez tout ? Qu'est-ce que vous voulez de plus ?"

Lena le fixa du regard, un petit sourire au coin des lèvres.

Natesh tourna la tête et dit : "Calme-toi, Norman. J'ai presque fini."

Norman quitta Lena des yeux et regarda Natesh. Il lui cria : "Encore combien de temps ?"

Il entendit le bruit de quelque chose qui se déchirait.

Norman regarda Lena. Elle avait réussi à déchirer le ruban adhésif qui maintenait ses avant-bras ensemble.

Ses mains saisirent le pistolet. Il essaya de lui reprendre, mais elle avait été incroyablement rapide. Ils se battirent pour récupérer l'arme, Norman faisant son possible pour diriger le canon vers le sol. Il essaya d'appuyer sur la détente, espérant que cela lui permettrait de prendre le contrôle, mais elle avait le doigt coincé derrière, l'empêchant de faire partir le coup.

Avec sa main libre, elle empoigna la chemise de Norman et fit basculer tout son poids, de sorte qu'elle et sa chaise tombèrent en plaquant Norman au sol.

Natesh était maintenant debout, bouche bée, ne sachant pas quoi faire. Il vit Norman par terre, ses yeux s'élargissant à mesure que la panique s'emparait de lui.

Les jambes de Lena étaient encore attachées ensemble au niveau des mollets, mais elle était maintenant sur Norman, ses genoux en équilibre sur sa poitrine. Une de ses mains bloquait encore la détente du pistolet. L'autre main, sa main libre, se déplaça plus rapidement que tout ce que Natesh avait vu jusqu'à présent. Ce fut la dernière chose que Norman vit. Ses doigts étaient devenus des armes et lui crevèrent les yeux à coups d'ongles acérés. Norman se tordait dans une douleur folle et lâcha l'arme pour se tenir ses yeux ensanglantés en criant.

Le pistolet tomba sur le sol en béton, mais Lena ne se précipita pas dessus.

Au lieu de cela, elle enfonça son poing dans sa pomme

d'Adam. Elle laissa échapper un cri guttural lorsqu'elle le frappa. Son poing était serré, et ses articulations frappèrent tel un marteau. Le sol en pierre sur lequel était posée la tête Norman eut pour effet que toute la pression du coup se dispersa dans son larynx et sa trachée. Ses yeux ensanglantés s'ouvrirent d'un coup et ses mains vinrent se poser instinctivement sur sa gorge alors qu'il essayait de respirer.

Dès que ses yeux s'ouvrirent, Lena les attaqua à nouveau. Elle enfonça simultanément l'index et le majeur de chaque main dans les orbites de ses yeux qui s'enfoncèrent de deux centimètres. Du sang sombre coulait sur le visage de Norman alors qu'il gémissait.

Lena se laissa rouler et s'assit par terre, à côté de l'arme. Natesh se tenait debout, face à elle.

Derrière Lena, la porte du fond de la pièce, celle qui menait à ses quartiers privés, s'ouvrit brusquement. Natesh vit des dizaines de militaires chinois armés qui scrutaient la pièce. Lena les regarda. Ils virent la mare de sang qui jonchait le sol, mais restèrent immobiles. Ils semblaient attendre ses ordres.

Lena se retourna vers Natesh. "Je vois que tu as envoyé ton message de détresse."

Combs expliqua : "Il y a un an. Nous nous sommes rencontrés en Californie. Près de la base aérienne d'Edwards, où je travaillais. J'étais sur le point de prendre ma retraite. Je ne voulais pas quitter l'armée de l'air, mais ils ne voulaient pas me laisser servir plus longtemps. Je n'ai pas été promu. On m'a forcé à partir. Une retraite obligatoire comme ils disaient. Puis mon supérieur m'a dit qu'il y avait une place pour une mission spéciale qui me permettrait de passer une année de plus dans l'armée de l'air. J'étais ravi. Une semaine plus tard, j'ai rencontré Lena et Natesh qui m'ont parlé de cette mission. Cela devait prendre entre un an et dix-huit mois. Ils avaient besoin de beaucoup de données. Mon supérieur m'a aidé. Nous avions fait des audits de sécurité informatique dans toutes les bases de l'armée de l'air de la côte ouest. Il était donc facile pour nous d'y accéder. Toutes ces opérations étaient hautement confidentielles. À l'époque, je pensais que Lena et Natesh étaient tous deux des entrepreneurs du secteur privé et nous avions une bonne relation professionnelle. Ils m'ont dit que Lena était de la CIA juste avant notre arrivée sur l'île."

Les yeux de Brooke étaient grands ouverts. "*Attendez*, vous dites que vous, Lena et Natesh avez accédé aux ordinateurs du gouvernement sur la côte ouest pendant les 12 derniers mois ?"

"Oui, pourquoi ?"

"Depuis combien de temps prévoyiez-vous de venir sur l'île ?"

"Depuis le début. Bien sûr, nous n'avons découvert le lieu exact qu'il y a quelques semaines. Tout s'est accéléré une fois que les Chinois ont mis la main sur ARES. Mais nous savions que nous allions quelque part. Ils m'ont dit qu'ils avaient besoin de moi pour vérifier la cybersécurité de notre base et pour être l'officier administratif."

"Avez-vous écouté ou parlé à quelqu'un depuis que vous êtes ici ? Personne d'autre n'a travaillé avec elle depuis plusieurs semaines. Les codes ARES ont été trouvés dans les satellites il y a quelques semaines. Et l'opération qui a tué notre agent de la CIA à Shanghai a eu lieu ces dernières semaines. L'idée justifiant notre présence sur cette île est que Lena et les membres de notre gouvernement ont découvert un plan d'invasion chinois au cours des dernières semaines. Donc, si Natesh et vous avez travaillé avec elle au cours des douze derniers mois pour planifier cette mission, cela contredit directement ce que l'on nous a dit concernant la découverte récente des plans d'invasion chinoise."

Combs semblait confus. Brooke réalisa qu'il n'était pas coupable de trahison. Il était juste coupable d'être un idiot. C'était d'ailleurs peut-être pour cela qu'il avait été choisi.

Tess cria du haut de la classe, près de la fenêtre, "Brooke, Natesh est en train de revenir en courant. Il est tout seul."

11

La force attire toujours les hommes de basse moralité.
—Albert Einstein

Deux ans plus tôt, San Francisco

Natesh se rendait au volant de sa Tesla Model S dans l'un des restaurants les plus huppés de San Francisco. Il remit les clés au voiturier et entra par la grande porte-tambour en verre. Une petite Chinoise en costume d'affaires l'attendait à côté de l'hôtesse.

La Chinoise lui dit : "Par ici, monsieur Chaudry."

Il la suivit dans les escaliers jusqu'au deuxième étage du restaurant. Les odeurs de pain frais et de viande grillée lui emplissaient les narines. La femme le conduisit à une table près de la balustrade qui surplombait les convives du dessous. La salle à manger du rez-de-chaussée était bondée. Le bar était réservé aux personnes debout. À l'étage, par contre, toutes les tables avaient été débarrassées. Natesh vit un manager faire déguerpir un serveur qui nettoyait une table voisine. Il fut escorté jusqu'à la seule table où il y avait des couverts. Il s'assit seul. La Chinoise se tenait à trois mètres de là et patientait.

Natesh la regarda et lui dit : "Excusez-moi, mademoiselle, mais savez-vous quand il sera là ?"

Elle leva un doigt en l'air et se toucha l'oreille avec son autre main. Elle portait une oreillette. Une oreillette transparente comme celles que portaient les agents des services secrets qui protégeaient le président.

Natesh regarda l'entrée du restaurant et vit une demi-douzaine d'hommes en costume noir entrer et se disperser. Plusieurs d'entre eux avaient également une main à l'oreille. Le service de sécurité.

Le deuxième étage se trouvait à au moins six mètres au-dessus du rez-de-chaussée du restaurant. C'était un espace ouvert, avec des décorations de verre coloré suspendues au plafond extrêmement haut. Un groupe de jazz jouait, mais cela n'était pas trop bruyant au deuxième étage. Le bar était animé, et les serveurs et serveuses se faufilaient à travers la foule avec des plateaux de nourriture et de boissons. Il y avait beaucoup de monde. Et pourtant, lorsque l'homme qui devait être Monsieur Cheng Jinshan entra dans la salle, ses yeux se posèrent immédiatement à l'endroit exact où Natesh était assis.

Il fallut un moment à Jinshan pour monter à la table du deuxième étage. C'était un homme plutôt âgé, mais qui avait l'air très en forme. Jinshan avait un regard dur, des pommettes saillantes et des rides épaisses sur le front. Son costume avait l'air de coûter très cher, tout comme ses chaussures. Sa garde rapprochée le suivit dans les escaliers, mais se dispersa dès que Jinshan arriva à la table. Natesh se leva à son arrivée, et ils se serrèrent la main. Jinshan parlait avec un très fort accent. "Je suis heureux de vous rencontrer. Votre réputation vous précède. Vous avez fait un excellent travail avec votre entreprise, Natesh. Vous avez de quoi être très fier."

Natesh avait l'habitude de manger avec les clients avec lesquels il travaillait. Cela faisait partie de son travail. Mais en général, il s'occupait de tout et faisait des recherches sur les personnes qu'il rencontrait. Il en savait peu sur Jinshan. Hormis sa fortune et son succès en affaires, il était difficile de trouver des détails en si peu de temps. Il y avait étonnamment peu de choses concernant ses affaires personnelles sur Internet. Il avait été informé de cette rencontre quelques heures seulement auparavant par l'un des subalternes de Jinshan. *Monsieur Jinshan est en ville pour affaires. Il veut vous rencontrer. Nous vous rappellerons dans quelques heures pour vous indiquer l'heure et le lieu. Tenez-vous prêt.* Il n'avait pas le choix. Quand votre client était l'un des trois hommes les plus puissants d'Asie, vous deviez annuler tous vos plans.

"Merci, monsieur Jinshan", répondit-il.

"Veuillez m'excuser d'être aussi direct dans ma demande, mais mes conseillers m'imposent un emploi du temps très serré. J'irai donc droit au but, si cela ne vous dérange pas."

"Je suis tout ouïe, monsieur Jinshan. Que puis-je faire pour vous ?"

Jinshan lui adressa un sourire de politesse. "Où vous voyez-vous dans les cinq prochaines années ? Quelle est votre vision pour votre entreprise et pour vous-même ?"

Pas de bavardage. Il allait effectivement droit au but. Natesh lui fit son discours habituel. Il lui dit qu'il voulait transformer le monde de l'expertise-conseil et de l'innovation produit. Les grandes entreprises en avaient les moyens. Natesh et son équipe en avaient la capacité. Natesh avait engagé certains des meilleurs innovateurs du monde et voulait créer et disrupter différentes industries. Ce mot un peu barbare revenait souvent dans le monde des start-ups.

"Créer et disrupter", ce sont deux mots très différents. Mais les gens de votre métier les utilisent souvent ensemble, n'est-ce pas ?"

Natesh dit : "Oui, je suppose que vous avez raison."

Jinshan dit : "Natesh, j'ai une question à vous poser, et je veux que vous me répondiez sincèrement. J'ai lu votre dossier. J'y ai vu des choses qui m'ont intrigué. Ma question est... éprouvez-vous un fort sentiment de loyauté envers les États-Unis ?"

Natesh ouvrit la bouche pour répondre, mais rien n'en sortit. Il s'attendait à une proposition commerciale. Une éventuelle opportunité pour son cabinet de conseil de travailler avec l'une des entreprises de Jinshan. Il ne s'attendait absolument pas à cette question.

Jinshan ajouta : "Vous êtes né en Inde et vous y avez vécu jusqu'à l'âge de dix ans. Vous êtes citoyen américain. Votre père vit toujours en Inde. Mais pas votre mère..."

Natesh ressentit une soudaine inquiétude. Pourquoi cet homme avait-il cherché des renseignements sur les parents de Natesh ? "Je ne vois pas en quoi cette question est pertinente", dit-il.

"Elle l'est."

"Eh bien, cela me gêne un peu..."

Jinshan regarda par-dessus son épaule en direction de la petite Chinoise qui avait accueilli Natesh un peu plus tôt. Elle se tenait suffisamment loin pour ne pas pouvoir entendre la conversation, mais elle se précipita vers lui quand il attira son attention.

"Apportez-nous une bouteille de vin s'il vous plaît. Et faites savoir au chef que nous sommes prêts à commencer notre dîner." Elle hocha la tête et s'éloigna hâtivement.

Il se retourna vers Natesh et lui dit : "Détendez-vous, Natesh. Je me fiche de ce que vos parents ont fait il y a longtemps au Cachemire. Tout ce qui m'importe, c'est que vous ayez l'état d'esprit que je recherche. Et que vous ne soyez pas comme vos parents."

Natesh dit : "Mes parents étaient... très engagés politiquement..."

"Et vous ?"

"Non."

"Alors, qu'est-ce qui vous motive ? En quoi croyez-vous ?"

Natesh eut un rire nerveux. Cet homme creusait rapidement et profondément. Il dit : "Je crois en moi. Et je crois au pouvoir de la raison."

Jinshan dit : "Et qu'est-ce qui vous motive ? Pourquoi travaillez-vous si dur dans la vie ? Que désirez-vous ardemment faire ? Créer ? Devenir ?

Son esprit s'emballa. "Je n'ai que vingt-sept ans. Je pense que j'ai encore beaucoup de temps..."

"Ne me racontez pas d'histoires. Je ne crois pas que vous n'y ayez jamais pensé. Les hommes comme nous n'avancent pas dans la vie sans but. Nous sommes des conquérants. Maintenant dites-moi, quel est votre but ?"

Il était déstabilisé. Il dit : "Je... je suppose que j'ai toujours voulu être un de ces titans de la technologie. Chaque jour, nous créons de nouvelles idées pour les entreprises et elles utilisent nos idées pour créer une valeur ajoutée pour elles-mêmes. J'aimerais passer ces idées au crible au fur et à mesure que nous les créons, et trouver celles qui ont un vrai potentiel. Ensuite, j'aimerais créer ma propre entreprise technologique et la développer. J'aimerais en faire une de ces entreprises titanesques qui façonnent le monde".

"Vous voulez donc le pouvoir ?"

"Oui."

"Vous voulez contrôler la façon dont tourne le monde ?"

"Oui, c'est un peu ça si nous voulons être tout à fait honnêtes. Et il semble que nous le soyons."

"Vous l'êtes."

Natesh rougit. "Votre réputation n'est pas usurpée. J'ai entendu dire que vos entretiens ressemblaient plus à des interrogatoires."

Jinshan rit. "Je ne fais pas passer d'entretiens."

"N'est-ce pas ce que nous sommes en train de faire ?"

Il secoua la tête. "Non. Les entretiens sont une perte de temps. J'ai décidé de vous offrir le poste avant même que l'on se rencontre. J'ai déjà fait mes recherches. Maintenant, je dois vous convaincre que ce travail et que mes objectifs sont dignes de votre dévouement."

"Et quel est le rapport avec ma loyauté envers l'Amérique ?"

Jinshan dit : "Êtes-vous loyal envers l'Amérique ?"

Les deux hommes interrompirent leur conversation au moment où le vin arriva. Une deuxième serveuse plaça une assiette de pain et de fromages entre leurs assiettes.

Natesh arriva à la conclusion que cet homme ne se souciait pas de savoir s'il était loyal envers les États-Unis et qu'il pourrait même considérer cela comme quelque chose de négatif. S'il était honnête avec lui-même, Natesh ne ressentait pas vraiment de patriotisme envers les États-Unis. Il s'agissait maintenant de savoir si sa réponse allait porter préjudice ou servir sa future relation avec ce client.

"Non. Je n'éprouve pas particulièrement de loyauté envers l'Amérique. Ce ne sont que des lignes tracées dans la terre qui définissent des frontières, et des lois qui définissent les hommes. Et ces deux choses risquent de changer avec le temps", déclara Natesh.

Jinshan dit : "Natesh, et si je vous disais que ces lignes et ces lois étaient sur le point de changer très bientôt ? Et si je vous disais que le *monde* allait changer radicalement dans les prochaines années ? Et si je vous proposais de jouer un rôle majeur dans l'élaboration et le contrôle de ces changements ?"

Natesh n'était pas sûr de ce qu'il devait penser de cet homme. Il percevait une intelligence féroce derrière ses yeux. Il dit : "Je pense que ma décision dépendrait des détails, monsieur Jinshan. La première chose que je demande toujours quand je suis face à un nouveau problème est : quelles sont mes options ?"

Le visage de Jinshan fut envahi de rides lorsqu'il sourit vraiment pour la première fois ce soir-là. "Je suis ravi que vous ayez demandé. C'est ce dont je voulais vous parler."

Natesh regarda la salle de restaurant en contrebas. Des ampoules à incandescence illuminaient le bar. Des serveuses en robe noire, élégantes, mais qui ne laissaient pas beaucoup de place à l'imagination, se frayaient un chemin à travers les tables pour amener des additions très élevées à une partie de l'élite de San Francisco.

Il prit une gorgée de vin et dit : "J'ai hâte d'entendre ce que vous avez à me proposer."

Jinshan l'étudia. "Répondez à cette question : disons que vous ayez créé des entreprises et commencé à conquérir le monde... comme vous le faites déjà. À quel moment cela serait-il suffisant ?"

Natesh y réfléchit. Il s'était déjà posé cette question des centaines de fois.

Il dit : "Ce ne serait jamais suffisant."

Jinshan le pointa du doigt et sourit. Il dit : "C'est pour cela que les entretiens sont une perte de temps pour moi. Je fais toujours des recherches approfondies sur mes investissements avant de prendre une décision, en particulier sur mes investissements dans le capital humain. Je savais que ma décision de vous choisir était la bonne avant même que nous nous parlions."

"Merci."

"Natesh, la soif de vivre n'est jamais quelque chose dont il faut avoir honte. Certains appelleront cela de la cupidité. Mais la cupidité ne rend pas pleinement compte de ce que vous avez dit..."

La réaction de Natesh fut de dire qu'il n'était pas cupide. C'était la réponse naturelle à une telle accusation. Mais il comprit, par le ton de la voix de Jinshan, que ce n'était pas une accusation négative.

Jinshan dit : "L'ambition nous rapproche. Ce mot désigne ce qui motive vraiment beaucoup d'hommes et de femmes qui font tourner ce monde. Mais *pourquoi* ont-ils de l'ambition ? Lorsque l'on décortique tout cela, on s'aperçoit que tout s'articule autour de deux choses : le contrôle et la *peur*. Les gens veulent avoir le contrôle. Ils veulent avoir le contrôle parce qu'ils ont peur de ce qui se passe quand ils ne l'ont pas."

Natesh étala du brie sur un morceau de baguette et écoutait tout en mâchant.

Jinshan dit : "Croyez-vous en Dieu, Natesh ?"

Natesh se repositionna dans son siège, un peu mal à l'aise. Il réfléchit à sa réponse et finit par dire la vérité.

"Non.", dit-il.

"Bien. Je me moque de savoir pourquoi. Cela ne m'intéresse pas. Mais la raison pour laquelle les gens craignent Dieu, c'est qu'ils pensent qu'il contrôle leur vie."

Natesh mâchait toujours, ne sachant pas trop comment réagir. La conversation prenait une nouvelle tournure inattendue, mais il était intrigué par les idées de Jinshan.

Jinshan dit : "Cependant, si vous ne croyez pas en Dieu, c'est assez libérateur. Si aucun esprit divin ne contrôle votre destin, alors pourquoi est-ce que cela ne pourrait pas être *vous* qui avez le contrôle ? Et à quoi ressemblerait un *vrai* contrôle ?"

Natesh n'était pas sûr de devoir répondre.

Jinshan but une gorgée de vin. Il regarda le plafond et continua à parler. "Si vous ne croyez pas en Dieu, et que vous réussissez dans cette vie, alors vous finissez par réaliser que vous pouvez *en être* un.

Natesh ne savait pas quoi dire. Où cet homme voulait-il en venir ?

"Natesh, je vais vous dire quelque chose, et j'ai besoin que vous réprimiez toute inquiétude ou incrédulité que vous pourriez avoir jusqu'à ce que j'aie fini. J'ai pris ma décision à votre sujet il y a bien longtemps. Quand j'aurai fini de parler, vous devrez décider si vous voulez vous joindre à moi. Je ne vous ferai cette offre qu'une seule fois."

Natesh dit : "D'accord."

Jinshan poursuivit : "Au fil des ans, j'ai noué de nombreux contacts au sein du gouvernement chinois. D'ailleurs, j'ai noué de nombreux contacts dans des gouvernements du monde entier. Certains sont des hommes politiques et des hommes d'affaires. D'autres font partie de la communauté militaire ou des services de renseignement. Tout cela pour dire que j'ai placé des pions un peu partout, si l'on peut dire". Il sourit. Natesh pouvait constater qu'il était fier de son réseau.

"C'est très impressionnant."

"J'ai besoin de maintenir la compétitivité de mes entreprises au plus haut niveau chaque année. Ces contacts m'aident à obtenir les informations dont j'ai besoin et à surmonter les obstacles qui pourraient entraver ma réussite. Et mes entreprises se portent bien... très bien même, comme vous le savez. Mais le temps est venu de me retirer."

Natesh leva les sourcils.

Jinshan poursuivit : "Certains de mes contacts, qui sont très doués pour prédire ce genre de choses, me disent que la croissance économique de la Chine n'est pas viable. Je sais, les gens disent cela depuis des années. Mais cette fois, je crois que c'est vrai. Alors, qu'est-ce que cela signifie pour moi ? Cela signifie qu'il est temps de passer à l'étape suivante pour atteindre mes objectifs. Il est temps pour moi de prendre une décision audacieuse. L'année prochaine, la Chine aura un nouveau président. C'est moi qui le mettrai au pouvoir. Notre économie commencera à vaciller avant cela, et ce nouveau président promettra des solutions au peuple. Mais... *il n'y a pas de solutions*, Natesh. Pas de la façon dont le monde est structuré. Vous étudiez les affaires. Que se passe-t-il quand le prix d'une action monte en flèche à un rythme impossible ? Ce taux d'accélération se corrigera très probablement dans la direction opposée. L'action va s'effondrer. Il en va de même à plus grande échelle avec les économies nationales. Elles se développent ou se contractent selon des cycles infinis, certains plus violents que d'autres. Le prochain sera assez violent, j'en ai peur."

Natesh dit : "Alors vous vendez vos entreprises ?"

Jinshan secoua la tête. "Pas du tout."

"Que comptez-vous faire alors ?"

"Je vais conduire la Chine vers une expansion mondiale, et je veux que vous en fassiez partie. Je veux vous donner le contrôle que vous désirez vraiment. Vous ne vous contenterez pas de diriger des entreprises. Vous allez façonner des États-nations. Vous prendrez des décisions concernant tous les aspects de la vie des gens. Et vous savez quoi ? Vous leur rendrez vraiment service. Vous obtiendrez le contrôle et le pouvoir que vous avez toujours voulu. Pour une fois, il n'y aura pas de bureaucratie et de luttes intestines politiques ralentissant le progrès. Les masses qui formaient des démocraties en faillite et des gouvernements corrompus obtiendront la croissance et le leadership qu'elles n'auraient jamais pu mettre en place par elles-mêmes. Regardez l'histoire. Regardez ce que l'Empire romain a fait avec un leadership approprié. Regardez ce que Kangxi de la dynastie Qing a accompli.

Natesh, je vous observe depuis longtemps. Je veux que vous m'aidiez à diriger un nouvel empire qui unifiera notre globe et apportera une ère de paix et de prospérité que le monde n'a jamais connue. Les grands hommes se posent cette question depuis toujours. Qu'est-ce qui est le plus souhaitable ? L'argent ou le pouvoir ? Laissez-moi vous empêcher de gâcher votre vie. La réponse est le pouvoir. Le contrôle nous donne le pouvoir. Et c'est ce que je vous offre, si vous acceptez de travailler à mes côtés."

Natesh fit son possible pour empêcher sa bouche de s'ouvrir. Est-ce que c'était réel ? Il ne savait pas quoi dire. Son esprit se demandait s'il écoutait les divagations d'un vieux milliardaire excentrique ou si Jinshan était vraiment capable de telles choses.

"Comment ?" demanda Natesh.

Jinshan dit : "Dites-moi, Natesh. Que savez-vous de la politique de contrôle des naissances de mon pays ?"

"La politique de l'enfant unique ? Pas grand-chose. Je pense que cela se passe d'explication. Bien sûr, j'ai entendu des rumeurs sur..."

"Continuez. Je ne m'en offusquerai pas."

Natesh détourna le regard, gêné, et dit : "J'ai entendu des rumeurs sur des choses comme les avortements tardifs ou le meurtre de nouveau-nés pour faire appliquer la loi."

Jinshan se moqua et dit : "Les médias occidentaux, je vous jure. La politique de l'enfant unique, comme vous l'appelez, a été une magnifique réalisation. C'est un exemple des résultats sensationnels qui peuvent être obtenus lorsque de véritables dirigeants prennent des mesures décisives. Savez-vous combien de pauvres et de chômeurs seraient dans les rues si nous n'avions pas mis en place cette loi ? La Chine serait submergée de criminels affamés. Mais nous avons réussi à nous débarrasser de ces déchets et du cancer qu'ils incarnaient. Un tel projet ne peut être accompli que si les dirigeants ont l'*autorité* dont ils ont besoin. Et aujourd'hui, nous pouvons leur donner. Imaginez les améliorations que nous pouvons apporter à notre société mondiale. Dans le nouvel empire mondial que je vais créer, nous aurons la capacité de faire ces choix."

Natesh dit : "Comment ça, la capacité ?"

"L'Internet. Votre spécialité. La mienne aussi. En Chine, je travaille sur beaucoup de choses. Je suis dans les affaires, mais je travaille aussi dans un cadre plus public. L'un de mes emplois consiste à conseiller notre administration du cyberespace. Natesh, je peux contrôler les informations que voient plus d'un milliard de personnes. Si je veux qu'ils entendent que le ciel est devenu rose, alors c'est ce qu'ils entendront. Si je veux qu'ils arrêtent de lire CNN, alors ils n'y auront plus accès."

"De la censure ?"

"Plus qu'une simple *censure*. Un contrôle total de l'information. Et avec cela, le pouvoir de façonner l'opinion. Aujourd'hui, une véritable autorité nationale doit disposer de ce pouvoir pour réussir. Dans un monde connecté, l'administration gouvernementale qui ne peut pas contrôler l'information qui façonne l'opinion publique est condamnée à être l'esclave de ses rivaux qui le peuvent. Si je veux que le peuple chinois lise que l'Amérique a subi une cyber-attaque de grande envergure, et qu'elle sera plongée dans le noir pendant des mois, c'est ce qu'il lira. Si je veux que nos compatriotes chinois lisent qu'ils doivent accomplir leur devoir fraternel en apportant une aide militaire à l'Amérique pour s'assurer qu'ils ne souffrent pas, c'est ce qu'ils liront. Si je veux qu'ils entendent que des terroristes chrétiens radicaux américains ont assassiné des Chinois innocents, c'est ce qu'ils entendront. Et si je veux qu'ils croient que la solution est que nous nous levions et nous défendions en envahissant les États-Unis... alors c'est ce qu'ils croiront."

Le pouls de Natesh s'était accéléré. Il dit : "Cela ne semble pas très éthique."

"Vous pouvez remettre en cause mon éthique, mais vous ne pouvez pas remettre en cause ma logique. Ni mon influence. Ni mon *pouvoir*. Et c'est ce que je vous propose maintenant... le pouvoir. Comme aucun autre homme sur terre ne peut vous l'offrir. Aujourd'hui, vous encaissez des chèques que vous avez gagnés en jouant à un jeu. C'est un jeu divertissant, le business. Mais ce n'est pas le vrai jeu. Les hommes d'État diraient que le vrai jeu, c'est la politique, et ils ont raison. Car c'est là que se trouve le vrai pouvoir. Les entreprises peuvent être écrasées par les politiciens du jour au lendemain."

Le vin commençait à monter à la tête de Natesh. Il dit : "Et les dictateurs peuvent être renversés du jour au lendemain."

Jinshan regarda la foule en bas. Il dit : "C'est vrai. Mais pour gagner à *ce* jeu, le jeu des nations, vous devez être prêt à envisager toutes les options. Et c'est là que j'ai intérêt à placer la logique avant l'éthique. Vous avez dit que vous ne croyez pas en Dieu. Eh bien, moi non plus. S'il n'y a pas de Dieu, qui empêchera les guerres de détruire le monde ? Qui empêchera les économies de s'effondrer à cause des erreurs des parieurs de Wall Street ? Qui sauvera les gens d'eux-mêmes ? La réponse à ces questions a toujours été la même. Les grands empereurs de l'histoire ont été les hommes qui ont eu la vision, la capacité et l'autorité nécessaires pour façonner le monde. *Vous* avez une grande ambition. *Vous avez une grande* force. *Vous avez une grande* intelligence. *Je vous ai* choisi pour faire partie de ce grand façonnage du monde."

Natesh dit : "Je suis flatté de vous entendre dire cela. Mais, monsieur, vous venez à peine de me rencontrer. Comment pouvez-vous savoir si je suis apte à..."

"Je le sais."

Natesh marqua une pause. Il prit une autre gorgée de vin. "Comment savez-vous que je ne vous décevrai pas ?"

"Je sais que cela ne sera pas le cas."

Natesh secoua la tête. "Permettez-moi d'avoir quelques réserves."

Jinshan déclara : "Je ne doute pas que vous appréhendiez certaines choses dont j'ai parlé. La route qui s'ouvre devant nous exigera beaucoup de travail et de sacrifices. Des choses qui font partie de votre nature, j'en suis convaincu. Mais avant que je vous donne plus de détails, veuillez me donner une réponse à cette question : choisissez-vous le pouvoir ou la richesse ?

Aujourd'hui

Brooke regarda Tess depuis l'estrade en bas de la classe et dit

: "Natesh court vers ici ?"

Tess répondit : "Oui."

"Tout seul ?"

Tess dit : "Oui, il doit être dans le bâtiment maintenant. Je ne le vois plus."

Brooke se dirigea rapidement vers la porte de la salle de classe qui donnait sur le couloir extérieur et l'entrée du bâtiment. Elle ne savait pas ce qu'elle allait lui dire, mais elle savait qu'elle devait lui parler. Ce que le major Combs venait de révéler ne l'avait pas dépeint sous un bon jour. Et cela soulevait de sérieuses questions sur les choses que Natesh avait dites. Elle l'aimait bien. Il n'y avait pas de doute là-dessus. Il avait l'air honnête. Mais s'il avait menti sur le fait qu'il venait de rencontrer Lena, sur quoi d'autre pouvait-il avoir menti ? Pourquoi aurait-il menti sur ce genre de choses ? Et pourquoi était-il seul maintenant ? Pourquoi aurait-il laissé Norman et Lena seuls dans le bâtiment des communications ?

Brooke tira sur la poignée de la porte de la classe pour l'ouvrir, mais elle ne bougea pas. Elle fronça les sourcils. Ses doigts se serrèrent autour de la poignée. Elle força, mais la porte était verrouillée. La seule sortie de la pièce était fermée de l'extérieur. Elle tira à nouveau. Elle regarda la poignée et ne vit qu'un trou de serrure sans poignée de verrouillage. *C'est étrange*. Le trou de serrure ne devrait-il pas être de l'autre côté ? Elle regarda ensuite à travers le petit carré de verre en haut de la porte.

Natesh la regardait.

Elle le fixa, confuse, et lui cria d'ouvrir la porte. D'autres personnes l'entendirent crier dans la pièce et s'approchèrent d'elle. Puis Brooke entendit un cri venant du niveau supérieur de l'amphithéâtre. Elle leva les yeux et vit un groupe de personnes qui se penchaient vers la fenêtre.

Brooke cria : "Qu'est-ce qu'il y a ?

Elle pouvait à peine entendre Tess dans la panique générale. Tess était dans tous ses états. "Ils *arrivent*. Ils sont beaucoup."

Brooke regarda à nouveau par la petite fenêtre de verre. Natesh la regardait toujours avec un regard sérieux qu'elle n'avait jamais vu auparavant.

La dernière chose qu'elle vit avant qu'il ne s'éloigne, ce furent ses lèvres sur lesquelles elle put lire : "Je suis désolé."

12

L'objet de la guerre n'est pas de mourir pour son pays, mais de faire en sorte que le salaud d'en face meure pour le sien.
—Général George S. Patton

Tom Connolly ouvrit la porte de la cellule et regarda à l'intérieur.

Bill était allongé sur le sol. Il regarda Tom et demanda : "Vous êtes seul cette fois ?"

"Ouais. Il n'y a que moi."

Bill dit : "Qu'est-ce que vous voulez ?"

Tom eut un haut-le-cœur lorsqu'il sentit l'air de la pièce. Ça puait dans cette cellule. Ça sentait les déjections humaines et la nourriture pourrie. Il dit : "J'ai décidé de vous rendre visite pour voir si vous aviez besoin de quelque chose."

Bill plissa les yeux. Sa voix était rauque. "Vous les avez aidés à me mettre ici et vous vous inquiétez maintenant de mon bien-être ? Lena a dit que vous alliez revenir pour m'interroger. C'est surement pour ça que vous êtes ici. C'est plus probable."

Tom détourna le regard. Il se balançait dans l'embrasure

de la porte et pensait à partir. C'était peut-être une mauvaise idée. Que faisait-il ici, d'ailleurs ? Se sentait-il seul, le seul Américain de ce côté de l'île ? Il y en aurait bientôt d'autres, mais ils seraient enfermés comme Bill.

Bill dit : "Pourquoi est-ce que vous avez fait ça ? Qu'est-ce qu'ils vont faire à votre avis ? Faire de vous un prince ? Où allez-vous aller ensuite ?"

Tom dit : "Qu'est-ce que vous avez dit ?" Il serra les poings.

Bill cracha sur le sol de la cellule et dit : "Je suppose qu'ils vous ont fait des promesses."

Tom dit : "Ouais. De très belles promesses."

"Et cela ne vous pose pas de problème de vendre votre âme comme ça ?"

"On s'y fait."

"Vraiment ? Où est-ce que vous irez ? J'ai l'impression que vous êtes venu ici parce que vous ne saviez pas où aller. Et vous le regrettez déjà."

"Je ne regrette..."

La voix de Bill était râpeuse. "Alors, qu'est-ce que vous allez faire ? Ils vont vous renvoyer en Amérique ? Vous serez un roi là-bas ?"

Tom ne savait pas pourquoi il continuait d'écouter, mais il en tirait un certain plaisir et n'avait pas encore envie de bouger. "C'est ce qui est prévu."

"Dans ce cas... vos serviteurs vous mépriseront. Ils sauront. D'une façon ou d'une autre, ils sauront ce que vous avez fait. Et s'ils ne vous tuent pas, que ferez-vous quand vous serez frappé par la culpabilité ?"

Tom le fixa, le visage impassible. Bill était étendu sur le sol, sale et fatigué. Et pourtant, il avait l'air plus fort mentalement que Tom ne semblait l'être lui-même.

"Vous pouvez crever en enfer", dit Tom.

"Oh, je vais au paradis, moi, mon ami. J'ai une place qui

m'y attend. J'ai vécu une vie honorable. J'ai une femme et une famille qui m'aiment et des souvenirs de..." La voix de Bill se noua. Il dit : "Je suis satisfait de ce que j'ai accompli dans ma vie. Est-ce que vous pourrez en dire autant quand votre jugement viendra ?"

Tom le regardait fixement. Il prit une gorgée de sa flasque. "Ça pue la merde ici."

Il se retourna et sortit de la cellule en claquant la porte derrière lui. Il descendit le couloir vide. Presque tous les soldats chinois s'étaient précipités de l'autre côté de l'île. Il n'y avait plus personne.

Il s'approcha d'une des portes en acier qui menaient au quai et à la plage. Il l'ouvrit et sortit. Il avait besoin d'une cigarette. La pluie et le vent ne le découragèrent pas.

Tom mit sa main devant ses yeux pour se protéger de la pluie et fit le tour du grand bâtiment en béton dont il venait de sortir. Il prit une cigarette dans son paquet et essaya de l'allumer. Le vent et la pluie rendaient cela presque impossible. Après quelques minutes à jurer, il réussit à prendre une bonne bouffée avant que la cigarette ne soit trop mouillée pour être fumée. Tom la lança par terre et les rafales la firent rouler sur le sable. Il sortit sa flasque et prit une gorgée puis marcha jusqu'à la plage. Ses vêtements étaient déjà trempés. Il regarda les vagues et décida d'aller s'asseoir près des bateaux à moteur. Un verre sous la pluie sur une plage dans un cyclone. C'était un bon remède pour beaucoup de choses.

Bill ne savait pas de quoi il parlait...

Henry jeta le câble de l'antenne par la fenêtre. Il se déroula sur le mur du bâtiment, et David l'attrapa deux étages plus bas. Un vent à décorner les bœufs et une pluie torrentielle s'abattaient sur le visage de David alors qu'il s'emparait de l'extrémité du câble. La pluie arrivait maintenant par intermittence. Un instant, il y avait une pluie battante, et l'instant suivant, il n'y avait que du vent. David pensait que l'orage se calmait à chaque fois que la pluie s'arrêtait.

Henry lui expliqua que plus l'antenne était longue, plus la fréquence sur laquelle ils pouvaient émettre et recevoir était basse. Et plus la fréquence était basse, plus la portée était grande. C'était l'idée, en tout cas. David espérait que cela fonctionnerait.

Henry cria par la fenêtre de sa chambre au deuxième étage : "Recule ! Recule d'environ deux mètres ! Ok. Ne bouge plus. Je vais essayer de transmettre."

"Ok, dis-moi si..."

Le vent soufflait tellement fort que David n'entendit pas le bruit immédiatement.

Au début, c'était un bourdonnement sourd. Comme des millions d'abeilles qui volaient vers eux. David regarda vers la montagne. Son sommet était à peine visible dans la tempête. Lorsque le premier hélicoptère apparut, passant sous les nuages bas et épais et frôlant la cime des arbres de l'île, David le trouva énorme. C'était un dragon d'acier gris foncé, beaucoup plus grand que celui qui avait atterri sur la piste l'autre nuit.

Plus l'hélicoptère s'approchait, plus ses rotors devenaient bruyants, jusqu'à ce que le bruit devienne si fort qu'il noya le bruit de la tempête. La machine géante descendait le long de la crête avec une grâce et une précision qui le captivaient et l'effrayaient à la fois. Puis deux autres hélicoptères apparurent derrière le premier, et empruntèrent la même trajectoire comme s'ils étaient sur les rails d'une montagne russe géante.

David regarda vers la fenêtre. Henry regardait les hélicoptères, la bouche ouverte. Ils se regardèrent l'un l'autre. Ils savaient tous les deux ce que cela signifiait. Ils n'avaient plus de temps pour une transmission HF. S'il restait une dernière petite lueur d'espoir dans l'esprit de David, celle-ci disparut lorsqu'il aperçut une grande étoile rouge sur la queue du premier hélicoptère.

David cria : "Henry, prends la pile de rideaux de douche avec toi. On se retrouve à l'entrée de la caserne."

Glickstein acquiesça frénétiquement et sa tête disparut de la fenêtre.

David fit le tour du bâtiment en courant et se blottit dans l'entrée, à l'abri de la pluie. Il regarda à travers le grand panneau de verre vertical qui s'élevait du sol au plafond sur la droite de la porte.

Il avait une vue dégagée la base depuis cet endroit. La caserne était au-dessus de la salle de classe, qui était elle-même au-dessus du bâtiment des communications et du réfectoire. En dessous de tous ces bâtiments se trouvait la piste d'atterrissage. Il regarda les trois hélicoptères qui progressaient sous la pluie et le vent et s'inclinaient vers la gauche, se préparant à atterrir sur la piste. Le nez des trois bêtes d'acier se releva de façon spectaculaire, puis ils ralentirent jusqu'à se mettre en vol stationnaire au-dessus de la piste. Cela eut pour effet de former des tourbillons d'eau de pluie qui venaient s'étaler en une couche blanche sur le tarmac.

David se dit qu'il faudrait au moins dix minutes pour que toutes les troupes de ces hélicoptères atteignent sa position. Plus longtemps s'ils s'arrêtaient d'abord dans la salle de classe. Cela leur laisserait plus de temps à Henry et à lui. Peut-être qu'ils pourraient courir jusqu'à la salle de classe et rassembler les autres pendant que...

Il vit Natesh sur le chemin de gravier derrière les cocotiers, marcher seul entre le bâtiment de la salle de classe et le bâtiment des communications. Que faisait-il là ? Pourquoi était-il sorti de la salle de classe ? Puis il vit Lena s'approcher de lui. Elle n'était plus attachée. Elle posa une main sur l'épaule de Natesh et lui parla à l'oreille. Lena regarda en direction du bâtiment des communications et fit un grand signe de la main.

Ils sortirent en masse. Des dizaines d'hommes armés en tenue tactique noire passèrent devant Lena et Natesh en courant, en direction de la salle de classe. Ces hommes n'étaient pas sortis des hélicoptères. Ils venaient du bâtiment des communications. David vit Natesh repartir seul vers le bâtiment des communications. Lena suivit les soldats dans la salle de classe.

David fut pris d'un vertige. Natesh. Il avait dû aider Lena. C'était la seule explication plausible pouvant justifier le fait qu'ils avaient parlé avec les soldats chinois. David se sentait vraiment stupide de lui avoir fait confiance. Il avait accès à la salle informatique. Bien sûr qu'il était dans le coup. Il n'avait juste pas le profil type. David avait envie de crier, mais ce n'était pas le moment d'avoir des regrets.

Beaucoup plus loin, sur la piste, David vit plusieurs dizaines de soldats supplémentaires sortir en courant des hélicoptères. Deux des hommes étaient penchés et vomissaient près de la piste. Le trajet avait dû être cahoteux. Les autres couraient à toute vitesse sur le chemin en direction des bâtiments.

Henry arriva en bas des escaliers, traînant le rouleau de rideaux de douche en plastique, du ruban adhésif et des tiges métalliques.

"Ça s'annonce comment ?" demanda Henry en rejoignant David pour regarder par la fenêtre.

David dit : "Pas terrible. Il faut qu'on se dépêche. Henry, t'es un bon nageur ?"

Henry dit : "Je me défends en nage du chien. Bon OK... pas super bon."

David dit : "Bon, voilà ce qu'il faudrait que tu fasses. Ne prends pas plus de deux minutes pour essayer de rassembler toute la nourriture et l'eau que tu peux mettre dans une taie d'oreiller. Prends-en autant que tu peux. Et des rasoirs ou d'autres trucs qu'on pourrait utiliser pour pêcher. Merde, je sais pas... trouve quelque chose. On va se casser d'ici. Je vais nous trouver un bateau. Je sais pas jusqu'où on devra aller, alors préparons-nous pour le pire. J'ai compté au moins quarante hommes armés en bas, et on a pas beaucoup de temps avant qu'ils arrivent ici. Ne perds pas de temps. Je vais de l'autre côté de l'île. Il y avait des bateaux là-bas. On a encore quelques heures de jour. On pourra essayer de nous enfuir avec un de leurs bateaux à moteur cette nuit. Si on arrive à nous éloigner suffisamment de cette île, on pourra essayer de faire une voile avec ces rideaux quand on aura plus d'essence."

Henry rit nerveusement. "MacGyver". Il regarda en direction des bâtiments et dit : "Et les autres ?"

David dit : "La meilleure chose qu'on puisse faire pour eux maintenant, c'est de partir d'ici et de lancer l'alerte."

Henry hocha la tête et commença à monter les escaliers, puis se retourna et dit : "Hé, où est-ce qu'on se rejoint ?"

"Suis la clôture en fil barbelé à l'est des bâtiments jusqu'à la piste. Cache-toi dans les arbres jusqu'à ce que tu me vois revenir. Reste à l'affût. Je vais foncer sur la plage avec le bateau. Quand tu me verras, cours jusqu'au bateau et monte dedans. Je serai vulnérable et je ne ferai qu'une seule tentative. Si je te vois pas, je m'en vais."

"Comment tu vas faire pour voler le bateau ?"

David dit : "Je sais pas."

"OK. Bon plan."

"Honnêtement, avec ces vagues, même si j'arrive à trouver un bateau, il y a de fortes chances qu'on se noie."

Henry fit un signe de tête, les yeux écarquillés, et dit : "OK, super. Bon, eh ben à tout à l'heure." Il se précipita dans les escaliers.

David regarda par la fenêtre et vit les troupes chinoises, mitraillettes pointées vers l'avant, se préparer à entrer dans la salle de classe qui était à plus de cent mètres de là. Il ne voyait ni Lena ni Natesh. Personne ne regardait dans la direction de David. Il prit une profonde inspiration, ouvrit la porte et courut, penché en avant, en direction de la clôture. Il tourna à droite et se lança dans un sprint sur le chemin long et étroit entre la clôture et la jungle.

Il sentait son adrénaline monter en flèche alors qu'il courait sur le terrain accidenté. Une voûte de feuilles mouillées le recouvrait. Il leva les yeux un instant pendant qu'il courait et des gouttes d'eau tombèrent sur son visage. Elles étaient fraîches dans cet air chaud. Il y avait moins de vent, car il était protégé par la forêt tropicale de part et d'autre. La végétation devenait de plus en plus dense. Cela lui convenait. Mieux valait rester caché. Il courut aussi vite qu'il put, résistant à l'envie de s'arrêter et de regarder derrière lui. Il avait fait presque la moitié de l'île à la nage le matin même. Ses muscles le lui rappelaient. Ses quadriceps et ses ischio-jambiers lui faisaient déjà mal et il n'était même pas encore arrivé à la plage. David tenta de chasser la douleur de son esprit. Il finit par arriver au coin le plus éloigné de la clôture en fil de fer barbelé, qui tournait maintenant à droite pour rejoindre la mer.

David repensait à tous les événements de la journée pendant qu'il courait, pour se concentrer sur autre chose que la douleur qui se faisait de plus en plus ressentir dans ses jambes. L'arrestation de Lena et du major. Les hélicoptères plongeant au-dessus de la montagne. Natesh, debout au milieu d'une horde de soldats chinois. Natesh était-il vraiment l'un d'entre eux ? Une partie de lui n'arrivait pas à croire que

Natesh les avait trahis. Mais l'échange entre lui et Lena alors ? Les soldats qui passèrent juste à côté ? Il fallait qu'il se rende à l'évidence que Natesh les avait tous trahis.

Il était désormais dangereux de rester sur cette île. Il n'y avait aucune garantie de survie. Du moins, pas sans être fait prisonnier. Il y avait des bateaux sur le quai de l'autre côté de l'île. Il espérait qu'ils étaient toujours là. David ne savait pas jusqu'où Henry et lui pourraient aller sur l'un de ces petits bateaux gonflables à coque rigide, mais c'était probablement leur seule chance. À quelle distance de la terre étaient-ils ? La perspective de mourir de déshydratation en mer ne l'enchantait pas. S'ils atteignaient le continent, où seraient-ils ? En Chine ? Que se passerait-il s'ils accostaient à Hong Kong ?

Chaque foulée sur le chemin vallonné rapprochait David de la plage. Avec le vent, les vagues étaient maintenant beaucoup plus grosses que quelques heures auparavant. Il pouvait entendre le ressac à des centaines de mètres de distance. La pluie avait cessé pour le moment, et des morceaux de ciel bleu faisaient une timide apparition entre les nuages noirs. La mer, quant à elle, ne semblait pas se calmer.

Que ce soit par noyade ou par déshydratation, David ne voulait pas mourir en mer. Mais s'il ne quittait pas cette île, il pouvait mourir prisonnier. Il pensait à sa famille, à ses amis et à son pays. Alors qu'il approchait de la fin de la jungle, où la terre se transformait en graviers avant d'arriver sur la piste d'atterrissage, David ne cessait de penser à sa famille. Des larmes lui montaient aux yeux quand il pensait à Lindsay et à ses deux filles. Il devait chasser ces pensées pour l'instant. Il devait se concentrer sur le problème qu'il devait affronter.

Si David ne lançait pas l'alerte, l'Amérique n'aurait jamais connaissance des plans des Chinois. Personne ne serait averti. Cette perspective l'incita à redoubler d'efforts. Il devait avertir les gens. David était convaincu qu'une attaque chinoise était vraiment sur le point de frapper les États-Unis. Et la Cellule Rouge avait aidé les Chinois à rassembler des informations importantes qui allaient rendre cette attaque plus efficace.

Son cœur battait fort. Il s'arrêta un instant avant d'entamer la partie qui était à découvert. Il pria pour que personne ne le voie. S'il atteignait l'eau, il pensait pouvoir nager jusqu'au quai de l'autre côté de l'île sans être vu. Le seul problème était de survivre aux vagues. *Une chose à la fois.*

Il sprinta aussi vite qu'il put. Pendant qu'il courait, il jeta un regard à droite, sur la longue piste humide. Les trois hélicoptères étaient immobiles au sol. Il n'y avait aucun signe des soldats chinois.

Il arriva sur la plage. Il arracha ses baskets de ses pieds et les plaça près du coin de la piste. Elles ne feraient que le ralentir dans l'eau, et il avait besoin d'aller aussi vite que possible. Il ouvrit grand les yeux lorsqu'il réalisa à quel point les vagues étaient colossales. La veille, l'eau était encore calme et turquoise. Ce matin, les vagues étaient plus grosses, mais rien de comparable avec ce qui dressait désormais devant lui. C'était un déferlement de violence. Un rappel de la force de la nature. La mer était bruyante et intimidante. Les vagues ne semblaient pas être organisées en séries avec une période de calme entre deux comme c'était normalement le cas. C'était un effrayant chaos d'écume blanche.

La clôture en fil de fer barbelé qui, ce matin encore, s'enfonçait dans l'eau, n'était maintenant qu'un tas de métal plié et cassé. Les vagues déchaînées recouvraient les morceaux de barbelés encore en place. Cela effraya David. Il fallait qu'il nage au-delà des restes de cette clôture, mais la force des vagues rendait cela presque impossible.

Il était comme un pompier entrant dans un bâtiment en feu. Son instinct lui disait de s'arrêter, car le danger était trop grand. Il pensa une fois de plus à sa famille, et à tous les membres de la Cellule Rouge qui avaient probablement été faits prisonniers à présent. Il pensait à ce qui se passerait si la Chine utilisait les plans qu'ils avaient élaborés pour lancer une attaque surprise contre les États-Unis.

Il prit quelques respirations rapides, serra les dents et se lança dans les vagues.

Lorsque les vagues se mirent à le frapper au niveau de la poitrine, il plongea et nagea en crawl vers le large aussi vite qu'il le put. Il essaya de se synchroniser avec les vagues, plongeant sous la surface quand les grosses vagues déferlaient sur lui. Son timing n'était pas parfait, et il se fit frapper plus d'une fois par un mur d'eau salée. Il finit par arriver suffisamment loin pour commencer à contourner la clôture et passer de l'autre côté de l'île.

Il tourna à gauche, suffisamment loin de l'endroit où se trouvait la clôture métallique. C'est alors qu'une grosse vague le frappa. Un mur d'eau l'enveloppa et lui fit perdre tous ses repères. Il était désorienté, aveuglé, et avalait beaucoup d'eau salée. Juste au moment où il sortit la tête de l'eau, une autre vague le frappa et l'entraîna sous l'eau. Il lui avait fallu cinq minutes d'efforts physiques intensifs pour arriver aussi loin, et ces deux vagues l'avaient rapidement renvoyé en arrière vers le rivage... et vers les barbelés.

Sa tête refit surface. Il prit une grande bouffée d'oxygène, tout en battant des pieds et des mains, faisant tout ce qu'il pouvait pour respirer et garder la tête hors de l'eau. Il avait bu la tasse et toussait de l'eau de mer. Ses yeux s'écarquillèrent lorsqu'il vit les spirales de métal aiguisé qui sortaient de la mer. Un contre-courant l'entraînait vers les barbelés cassés bien plus vite qu'il ne pouvait nager. Il essaya de nager parallèlement au rivage. Si les vagues le repoussaient vers la terre, il pourrait...

Ce fut comme si un mélange de feu et de glace s'était

répandu sur toute la longueur de son bras gauche. C'était comme si quelqu'un lui avait versé des glaçons dessus, de son épaule à son coude, puis avait ensuite mis le feu exactement au même endroit. Les pointes de métal tranchantes venaient de faire une profonde entaille dans son bras alors que les vagues continuaient de le pousser vers le rivage. Il était impuissant. Il commença à paniquer. Il avait peur de se faire prendre comme un poisson sur un hameçon.

Puis une autre vague s'abattit sur lui et le ramena vers le rivage. La vague l'avait poussé sur la plage de sable noir... de l'autre côté de la clôture ! Du côté qu'il essayait d'atteindre.

La plage était presque inexistante. Les vagues déferlaient sur le sable et dépassaient la ligne de cocotiers, recouvrant temporairement le sol de la jungle sur quelques centimètres. Il se leva et regarda l'entaille dans son bras. Cela saignait abondamment et il n'avait rien d'autre que son T-shirt pour couvrir la blessure. Il marcha péniblement pour sortir complètement de l'eau, s'arrêtant toutes les quelques secondes lorsqu'une autre grosse vague déferlait et recouvrait le bas de ses jambes. Il déchira un bout de son T-shirt au niveau du ventre et l'utilisa pour panser sa blessure. Il appuyait dessus pour faire pression et commença à marcher, en direction des bâtiments et du quai, où il espérait trouver un bateau à voler.

Il se demandait ce qu'il advenait des autres consultants de la Cellule Rouge. David n'avait même pas essayé de les sauver. Il tentait de ne pas se laisser envahir par la culpabilité. *C'était la meilleure chose à faire.* Il espérait qu'Henry serait au rendez-vous s'il pouvait trouver un bateau. *Si.* C'était un grand "si". Que trouverait-il amarré au quai ? La mer était beaucoup plus calme quand il avait vu ces bateaux la dernière fois. David avait fait de la voile à l'université. Tous ceux qui avaient déjà eu un bateau savaient qu'on ne pouvait pas le laisser amarré à un quai pendant une tempête. Où pourraient-ils les avoir amenés ? Est-ce qu'ils les avaient traînés à terre ? Est-ce qu'ils seraient surveillés ? Non. Il n'y en avait pas besoin. Ils étaient sur une île isolée. Et personne ne serait dehors dans cette tempête.

Dix minutes de marche pénible plus tard, David eut sa réponse.

Il arriva sur la plage adjacente à la base. Il vit les bateaux à deux cents mètres des bâtiments et du quai. Quelqu'un les avait tirés loin de la plage, hors de portée des vagues, comme s'en était douté David. Il y avait deux bateaux, chacun avec un seul moteur hors-bord. Mais il s'était trompé en pensant qu'il n'y aurait personne dehors. Il vit quelqu'un.

Tom Connolly. *Incroyable*. Que faisait-il ici ?

Tom était assis dans le sable à une vingtaine de mètres des bateaux, et regardait les vagues. Ses genoux étaient près de sa poitrine, et il buvait de temps en temps dans une flasque en métal. David resta à environ cinq mètres à l'intérieur de la limite formée par les arbres. Il était assez bien caché, mais pouvait toujours garder un œil sur Tom en s'approchant de lui. David devait s'approcher par-derrière s'il voulait avoir une chance de réussir. *Mais réussir quoi, exactement ?* Quel était son plan, maintenant qu'il y avait quelqu'un à qui se trouvait sur sa route ? David n'avait pas d'arme. Pourrait-il ôter la vie de quelqu'un à mains nues ? Pourrait-il ôter la vie de quelqu'un tout court ? Il chassa cette idée de sa tête. Ce n'était pas le moment de réfléchir. C'était le moment d'agir.

Plus David se rapprochait, plus il était nerveux à l'idée que Tom puisse le voir.

David marchait dans la jungle humide. Il se trouvait maintenant diamétralement opposé à la direction dans laquelle regardait Tom. Alors que David s'approchait, un autre grain arriva. David craignait que Tom se lève pour se mettre à l'abri.

Mais il se contenta d'incliner sa tête en arrière, laissant la pluie tomber sur ses yeux fermés. Mais qu'est-ce qu'il faisait ?

L'hémorragie sur le bras de David avait ralenti, bien que la blessure était encore très douloureuse. Il chercha une arme sur le sol. Un bâton, une noix de coco, n'importe quoi ferait l'affaire. Il était désespéré. Et un homme désespéré n'avait pas besoin de grand-chose dans un combat. *Et un homme désespéré pouvait tuer, s'il le fallait, n'est-ce pas ?* Il finit par trouver un gros caillou, de la taille d'une orange.

David sortit furtivement de la jungle et se dirigea dans la direction de Tom. Il jeta un regard à gauche, vers les structures en béton. Elles se trouvaient à une cinquantaine de mètres, et étaient en partie occultées par les fortes pluies. Il s'assura que personne ne le regardait. Les structures ressemblaient beaucoup au bâtiment des communications. Il y avait des petites fentes en haut des murs de béton. Une faible lumière bleue en sortait. Mais il n'y avait aucun signe de quelqu'un à l'extérieur. Est-ce que les gens qu'il avait vus de l'autre côté de l'île avaient pu venir d'ici ? Y avait-il encore des gens dans ces bâtiments qui pouvaient voir ce qui se passait ? David ne voyait pas de fenêtres qui donnaient sur la plage. Cela n'avait pas d'importance. C'était sa seule chance.

David fit un pas de plus vers Tom. Il serrait la pierre dans sa paume moite. Il décida que la meilleure façon de s'y prendre serait de lui asséner un coup mortel dès le premier coup. Sans parler. Sans débattre du niveau de culpabilité de Tom. Seulement un coup fatal à la tête. La colère de David l'emportait sur tout le reste. La colère qu'il ressentait après que Tom l'ait arraché à sa femme et à sa famille. La colère due au fait que Tom avait trahi son pays. Il pensa à lui demander pourquoi il avait fait ça. Mais même cela semblait inutile. Ou plutôt, cela lui semblait être une perte de temps. David avait une mission à accomplir. Tout écart pouvant le faire dévier de la voie la plus efficace pour quitter l'île, Henry et lui, risquait d'être préjudiciable à la mission.

David se rapprochait. Il était maintenant à une vingtaine de pas de Tom, qui était toujours face à la mer. Les vagues masquaient le bruit des pas de David. Tom prit une autre gorgée de sa flasque. David sentit quelque chose. Du whisky. David réalisa que Tom était probablement saoul.

Il devait frapper le crâne de Tom avec ce gros caillou. Il devait balancer son bras droit aussi fort qu'il le pouvait, d'un mouvement violent. Ce caillou devait traverser le crâne de Tom et pénétrer dans son cerveau pour le tuer ou le mettre hors d'état de nuire. Ce n'est qu'alors qu'il pourrait commencer à traîner le lourd bateau à moteur sur le sable, en espérant qu'aucun militaire chinois ne sorte des bâtiments avec une mitrailleuse.

David dut faire un effort pour faire taire les bruits parasites dans sa tête. Sa sœur, la pilote de la marine, appelait cela compartimenter. Était-il vraiment capable de tuer cet homme ? Serait-il capable de tracter ce lourd bateau ? Reverrait-il sa femme un jour ? Arriverait-il à démarrer le bateau ? Henry serait-il au rendez-vous ou seraient-ce les Chinois qui l'attendraient ? Tant de questions. Tant d'émotion. David mit toutes ces pensées dans une boîte imaginaire qu'il ferma à clé.

Il n'était plus qu'à dix pas.

Chaque pas était terriblement lent. Le cœur de David battait la chamade lorsqu'il souleva la pierre au-dessus de sa tête. Il sentait les coquillages et le sable craquer sous ses pieds. Tom regardait devant lui. Que faisait-il assis ici à boire au milieu de tous ces événements ?

Plus que cinq pas.

Tom était assis là, serrant ses genoux contre sa poitrine et regardant droit devant lui. Toutes les quelques secondes, il prenait une autre petite gorgée de sa flasque.

Encore deux pas.

Tom secoua la flasque comme s'il essayait de savoir combien il en restait dedans.

Dans un mouvement aussi rapide qu'inattendu, Tom laissa tomber sa tête en arrière dans le sable. Cette fois, ses yeux étaient ouverts et il regardait vers le haut.

Leurs yeux se croisèrent.

David était immobile à deux mètres de lui, tenant le caillou au-dessus de sa tête. D'un geste maladroit, Tom se retourna pour lui faire face. Ils plissaient tous les deux les yeux à cause de la pluie. Ils se fixaient mutuellement du regard, tous deux en position défensive, alors que l'écume blanche recouvrait le sable sombre.

Tom regarda le caillou, puis David. Il bredouilla : "Tu vas me frapper avec ça ?", puis il rit. Ses yeux étaient rouges et regardaient dans le vide. Tom se mit debout en titubant. Il laissa tomber la flasque par terre et leva ses poings comme s'il était prêt à boxer.

David ne lâcha pas le caillou, mais il adopta une posture de combat similaire. Il dit : "Pourquoi t'as fait ça ?"

Tom répondit : "Putain, mais je commence à en avoir marre de cette question. Qu'est-ce que ça peut te foutre ?"

Les yeux de David se portèrent brièvement vers les bâtiments avant de revenir vers Tom.

David dit : "Comment as-tu pu trahir ton pays ?"

Tom renifla et dit : "Ne me prends pas de haut. Tu n'as pas vécu ce que j'ai vécu. Si c'était le cas, tu aurais fait la même chose." Il regarda derrière David, en direction de la jungle. "Comment t'es venu ici, de ce côté ?"

David fit un pas vers lui.

Tom dit : "Tu penses que ton pays est loyal envers toi ? Il n'y a pas de loyauté qui tienne. Pas avec les entreprises. Ni avec les pays. Ni avec les femmes. Ni avec les gens. Il y a l'argent, il y a le pouvoir et il y a toi et c'est *tout*. Tu veux savoir..."

David porta son premier coup dans l'estomac de Tom. Il lui enfonça la pierre dans le ventre avec un uppercut. Tom se plia en deux, mais David souleva à nouveau la pierre et l'abattit violemment sur la tempe de Tom. La pierre s'enfonça un peu. Le crâne avait cédé sous l'impact de la pierre. Tom tomba, du sang s'écoulant profusément de sa tête.

David lâcha la pierre et empoigna Tom à deux mains. Il mit une vingtaine de secondes pour le traîner au bord de l'eau. L'entaille que David avait au bras saignait abondamment, mais il ne s'en soucia pas. Agir vite était tout ce qui lui importait à ce moment. Le corps de Tom était lourd et laissa une trace profonde derrière lui. Il n'avait pas fait un bruit ni bougé. David pensait qu'il était mort jusqu'à ce qu'ils arrivent dans l'eau.

Lorsque l'eau de mer recouvrit le visage de Tom, ce dernier commença à se débattre en donnant des coups de pied.

Tom essaya de se lever, mais il était faible et David pouvait facilement le maîtriser. Il lui enfonça le visage sous l'eau. Les bras de Tom s'agitaient dans tous les sens. David pouvait voir ses yeux grands ouverts qui regardaient vers le ciel.

Le courant était incroyablement fort. Même dans un mètre d'eau, David dut faire preuve de beaucoup de force et d'équilibre pour maintenir Tom sous l'eau sans tomber. Les jambes et les muscles du dos de David étaient tendus. Le sang coulait de la coupure sur son bras gauche. Il se sentait s'enfoncer à mesure que l'eau érodait le sable autour de ses pieds.

David regardait Tom dans les yeux lorsque la lutte prit fin. Il y eut un instant précis où Tom ne put plus retenir son souffle, et où l'océan commença à se déverser dans ses poumons. C'était fini. Les yeux de Tom se révulsèrent et il cessa de se battre. David continua à le pousser vers le bas pendant quelques secondes encore, juste pour être sûr. Il ne voulait prendre aucun risque. Il compta jusqu'à dix et ne sentit aucune résistance dans le corps de Tom. Juste un sac mouillé de chair et d'os de traître.

C'était étrange. David ne ressentait aucun remords. Il lâcha le cadavre et laissa la mer l'emporter. Puis il se retourna et courut vers les bateaux.

Il y avait des roues sous les bateaux. Ils étaient sur une remorque qui permettait de les déplacer. C'était probablement prévu pour être accroché à un véhicule. David espérait qu'il serait assez fort pour y arriver tout seul. Heureusement qu'il y avait des roues. Il se déplaçait aussi vite qu'il le pouvait. Il y avait des cales sur toutes les roues, pour les empêcher de rouler. David les retira une par une en faisant le tour, puis il poussa le bateau vers l'océan. Il regardait régulièrement par-dessus son épaule en direction des bâtiments, mais personne n'en sortit jamais.

Le corps de Tom était ballotté par les vagues. Il était à plusieurs mètres de la plage.

Lorsque le bateau arriva dans l'eau, la proue en premier, il se mit à flotter. David poussa aussi fort qu'il put, en veillant à ce que la proue reste bien droite face aux vagues.

David avait de l'expérience en mer. Il avait grandi sur des bateaux et avait navigué pendant quatre ans sur la côte est des États-Unis au sein de l'équipe de voile de l'Académie navale. Heureusement, les vagues de ce côté de l'île n'étaient pas aussi déchaînées que celles dans lesquelles David s'était jeté de l'autre côté de la clôture. Ici, les vagues cassaient beaucoup plus loin, à une centaine de mètres. Il devait y avoir un récif. Il réussit à maintenir le bateau stable en le poussant de plus en plus loin dans les vagues.

Il avait poussé le bateau sur environ quinze mètres et avait de l'eau jusqu'à la poitrine quand il décida de sauter dedans en passant une jambe par-dessus. Il monta sur le tube gonflable qui servait de rebord à la coque rigide. C'était un petit bateau. Il faisait environ cinq mètres de long. S'il y avait vraiment des creux de six mètres en mer, comme le major Combs leur avait annoncé, alors Henry et lui allaient se faire ballotter comme des poupées de chiffon.

Henry. Il fallait qu'il se dépêche. Le ciel commençait à s'assombrir.

Dès que David fut à bord, il se précipita vers le moteur hors-bord et le mit manuellement à l'eau, puis le verrouilla en place et amorça la pompe. Il priait pour qu'il démarre sans problème. Il tira sur la poignée du lanceur, et après quelques toussotements, le moteur se mit à ronronner. Il se mit au volant et poussa lentement le levier de commande des gaz vers l'avant, en faisant attention à ne pas aller trop vite dans les vagues qui déferlaient.

Henry se cacha dans le dernier groupe d'arbustes tropicaux avant la fin de la jungle et le début de la piste. Il regarda sa montre. Il était presque dix-huit heures. Cela faisait une heure complète que David était parti de l'autre côté de l'île. La pluie s'était arrêtée. Si les soldats les cherchaient, combien de temps leur faudrait-il avant qu'ils ne viennent par ici ?

Après le départ de David, Henry avait couru à travers le bâtiment de la caserne. Il avait pris deux taies d'oreiller et les avait remplies de tout ce qui pouvait leur être précieux : des bouteilles d'eau, des fruits et des en-cas qu'il avait trouvés dans les chambres des gens. Quelqu'un avait ramené une boîte entière de barres de céréales de la cafétéria. Henry s'en empara, comme s'il avait gagné le jackpot. Il essaya de réfléchir à ce dont ils pourraient avoir besoin d'autre. Il prit le réveil de quelqu'un et le fracassa contre le miroir de la salle de bain, puis ramassa un morceau du miroir. Ils pourraient peut-être s'en servir pour réfléchir la lumière du soleil pour signaler leur présence en mer. Il ne trouva pas de crème solaire, mais il trouva du cirage noir pour chaussures. Il se dit qu'ils pourraient l'utiliser pour couvrir leur peau exposée. Il l'avait pris impulsivement, sans savoir si cela fonctionnerait.

Alors qu'il attendait dans la jungle, il se dit que se couvrir le visage avec le cirage noir pourrait le rendre plus difficile à voir. Il serait camouflé, comme un commando. Comme Rambo, sauf que, contrairement à lui, Rambo ne tremblait jamais comme une feuille.

Il avait toujours la radio HF et avait essayé d'émettre plusieurs fois sur toutes les fréquences qu'il pensait être utilisées. Rien. Il avait baissé le volume presque au minimum, mais l'antenne était étalée à plat sur le sol. Ce n'était pas idéal. Il décida de prendre un morceau de ruban adhésif et de l'accrocher aussi haut qu'il pouvait sur l'un des nombreux cocotiers.

Henry jeta un œil au chemin vallonné qu'il avait suivi pour arriver jusqu'ici. Aucun signe de vie. Puis il regarda la piste sur sa droite. Elle était vide sur un bon kilomètre, à l'exception des trois hélicoptères qui étaient posés dessus. Leurs rotors chancelaient dans les vents violents.

Il était 18 h 10, d'après sa montre. Il espérait vraiment que David arrive bientôt. Dans le cas contraire Henry ne voulait même pas imaginer ce qui lui arriverait s'il se rendait aux Chinois.

Henry était sur une des fréquences MARS. Il essaya une fois de plus. David serait bientôt là... il l'espérait.

"Station MARS, station MARS, ici Hôtel Golf, me recevez-vous ? À vous"

Henry mit son oreille sur le récepteur, et écoutait si quelque chose venait troubler le bruit statique. Rien. Il soupira.

"...Terminé...Hôtel Golf, ici l'émetteur radio MARS sept-trois, je répète, je vous reçois...le signal est brouillé...À vous..."

Le cœur d'Henry fit un bond. Il appuya sur le bouton de transmission et dit : "MARS sept-trois, ici Hôtel Golf, demande une connexion immédiate au numéro de téléphone américain suivant..."

De nos jours, Henry n'avait tout simplement plus besoin de mémoriser les numéros de téléphone. Et ce n'était pas tous les jours qu'il avait besoin de joindre quelqu'un par l'intermédiaire d'un passionné de radio HF pour sauver sa vie et enrayer une tentative d'invasion. Il envisagea de dire à l'opérateur radio ce qu'il se passait, mais il aurait probablement pensé que c'était une sorte de canular. Non, il devait appeler quelqu'un qu'il connaissait. Henry soupira en réalisant de qui il s'agirait. Il donna le seul numéro de téléphone qu'il connaissait. Celui de sa première ex-femme. Henry donna le numéro et écouta l'opérateur radio le répéter, puis lui demander d'attendre.

Henry se dit qu'elle ferait le nécessaire pour lui. Ils étaient restés en bons termes, après tout. Henry pensait toujours affectueusement à Jan. Il pensait qu'il en allait de même pour elle. Ils étaient jeunes quand ils s'étaient mariés. Et elle n'était probablement plus fâchée par les termes du divorce. Ou par le fait qu'il était sorti avec deux de ses amies l'année suivant leur rupture. Ils avaient passé de bons moments ensemble. Henry le pensait vraiment. Jan était une femme intelligente et raisonnable. Elle comprendrait à quel point c'était important et agirait en conséquence.

Henry entendit le bruit statique se transformer en sonnerie, puis en une brève conversation entre une femme à qui il n'avait pas parlé depuis quinze ans et l'opérateur de radio amateur à la voix pubère.

"Madame, je m'appelle Ron Jacobson, et je suis opérateur radio MARS. On m'a demandé de vous mettre en relation avec..."

Henry n'avait pas le temps pour toutes ces politesses. Il attendit juste que le jeune homme lui explique qu'il fallait dire "À vous" après chaque phrase. Henry dit : "Jan, c'est Henry." Il hésita. "Henry Glickstein." Écoute, j'ai besoin que tu me rendes un service. Je sais que je ne t'ai pas parlé depuis longtemps, mais j'ai besoin que tu appelles..."

Henry entendit la voix de son ex-femme à la radio, "...*non*, je n'accepterai pas un appel en PCV de ce coureur de jupons..."

"Jan, attends. *Écoute*. Je suis dans le pétrin." Henry essayait de contrôler sa voix. Il voulait crier, mais il ne voulait pas que le bruit porte à travers les arbres. Il y avait moins de vent ici.

"Dites à ce salaud qu'il peut m'appeler sur son portable. Où est-ce qu'il est ? Il est en prison ? C'est pour ça qu'il appelle en PCV ? Dites-lui qu'il peut moisir là-bas, je m'en fous."

"Ici l'opérateur radio MARS..."

"Bon sang, Jan, écoute une seconde !" Henry parla aussi fort qu'il estimait raisonnable, ses yeux rivés sur le chemin pour voir s'il n'y avait toujours personne qui arrivait. "J'ai de gros problèmes ici !"

Bruit statique.

"Hôtel Golf, ici l'opérateur radio MARS sept-trois, à vous."

Henry leva les yeux. "*Qu'est-ce qui se passe ?* "

"Hôtel Golf, ici l'opérateur radio MARS sept-trois, j'ai le regret de vous informer que le numéro auquel vous avez été connecté a mis fin à l'appel. À vous."

Henry voulait crier. Cette femme allait littéralement causer sa perte.

Il réfléchissait à ce qu'il allait dire à l'opérateur radio MARS quand il aperçut un bateau noir ressemblant à un canot de sauvetage qui se dirigeait droit vers l'endroit où David lui avait dit d'attendre. Henry tourna la tête une dernière fois, pour vérifier si...

Ils étaient là, sur le chemin ! À une centaine de mètres. Il y avait au moins six hommes en uniformes noirs avec des mitrailleuses. Ils avançaient sans bruit, avec leurs armes qui se balançaient d'avant en arrière.

Henry resta figé sur place. Il se sentit soudain incroyablement visible avec son T-shirt blanc et son pantalon gris dans une jungle vert foncé. Il fallait qu'il coure. Il regarda le bateau de David. Il devait y aller maintenant. Il regarda la radio HF. L'antenne était déployée sur cinq mètres, l'extrémité attachée à un arbre. Ces hommes se rapprochaient. Il laissa tomber la radio.

Henry prit les taies d'oreiller remplies de provisions et mit le lourd rouleau de rideaux de douche sur son épaule. Puis il courut vers la plage aussi vite qu'il put. Il levait les yeux toutes les quelques secondes pour voir où en était David qui rebondissait dans les vagues.

Le bateau fit quasiment un vol plané avant d'atterrir sur la plage et de venir se loger dans le sable. David aperçut Henry et lui cria : "Allez, dépêche-toi. Il faut qu'on tourne le bateau et qu'on reparte tout de suite."

Henry dit : "J'ai vu des soldats approcher sur le chemin." Ils se mirent au travail immédiatement et firent pivoter le bateau. Le moteur était éteint et relevé pour ne pas endommager l'hélice.

Henry sauta dans le bateau et démarra le moteur en suivant les instructions de David. David poussait le bateau en marchant dans l'eau à côté, jusqu'à ce qu'il y ait suffisamment d'eau pour que l'hélice ne touche pas le fond. David sauta alors dans le bateau et Henry mit les gaz. David reprit les commandes et se dirigea vers le large.

Un coup de feu retentit derrière eux.

Les deux hommes se retournèrent et virent une demi-douzaine d'hommes en uniforme noir courir vers eux. Un homme avait un genou à terre et les visait. David vit un éclair sortir du canon. Il entendit la balle siffler non loin d'eux, suivi par le bruit de la détonation une fraction de seconde plus tard.

"Putain de merde, dégage-nous d'ici !" dit Henry.

David poussa la manette des gaz à fond. Le nez du bateau s'enfonçait dans les vagues. Une épaisse écume blanche et des embruns passaient par-dessus la proue. Henry était accroupi au fond du bateau et s'accrochait à des taquets métalliques pour tenter de garder l'équilibre. La proue frappa une vague plus grosse et le bateau monta si haut que David crut qu'ils allaient se retourner. Mais ils retombèrent violemment à plat et continuèrent à avancer, en s'éloignant des soldats sur le rivage. David tourna à gauche, pour passer la pointe de l'île et être hors de vue.

Plusieurs coups de feu avaient retenti derrière eux, mais ils étaient suffisamment éloignés et bougeaient tellement qu'aucune des balles n'était passée assez proche pour les inquiéter. Au bout d'un moment, les tirs s'arrêtèrent. David se retourna pour regarder leurs assaillants. Ils couraient dans la direction opposée, sans doute pour aller chercher des renforts.

"Ils sont partis ?", demanda Henry.

David regarda Henry, toujours accroupi sur le sol et dit : "Qu'est-ce qui est arrivé à ton visage ?"

Henry lui fit un signe de la main comme pour lui dire de ne pas s'inquiéter. Il dit : "C'est du cirage. En y repensant, c'était une solution inefficace à un problème bien plus grave."

"Tu peux me passer le scotch ?"

Henry fouilla dans un des sacs et le lui passa. David en déchira un long morceau et le colla sur l'entaille de son bras.

Alors qu'ils montaient et descendaient au gré des vagues, David commença à expliquer à Henry son idée de fabriquer une voile de fortune à partir de rideaux de douche, de tringles et de ruban adhésif.

"Je pense que je peux bricoler quelque chose", déclara Henry.

Les deux hommes firent l'inventaire de ce qu'il y avait à bord du bateau et furent ravis de trouver un kit d'urgence avec du matériel de pêche et un dispositif de purification de l'eau. Avec un peu de chance, ils atteindraient le continent ou seraient secourus par un bateau.

Ils se dirigeaient toujours parallèlement au rivage, vers l'autre côté de l'île. David annonça : "On va devoir partir vers le large maintenant. Si on continue par là, on risque d'être repérés par quelqu'un de l'autre base."

Henry regarda vers le large. Il y avait des moutons blancs formés par l'écume à perte de vue. Il fit un signe de tête. "Le temps semble s'éclaircir. Peut-être que les vagues vont se calmer un peu. Il faut qu'on essaie, non ? C'est notre seule chance d'alerter les secours."

"Ouais... notre seule chance."

David tourna le volant à tribord, ce qui marqua le début de leur périple en haute mer.

13

Soit vous décidez de rester dans la partie peu profonde de la piscine, soit vous sortez dans l'océan.
—Christopher Reeve

David tenait la bouteille en plastique à l'envers, laissant les dernières gouttes d'eau tomber dans sa bouche sèche. C'était l'une de leurs dernières bouteilles d'eau. L'océan s'était calmé. David était assis et écoutait l'eau caresser la coque en se demandant jusqu'où ils allaient pouvoir aller.

Deux jours seulement et ils étaient déjà presque à court d'eau. Au début, Henry et lui avaient prévu d'utiliser l'eau de pluie pour réapprovisionner leurs réserves. Mais depuis que la tempête était passée, ils n'avaient pas vu la trace d'un nuage à l'horizon.

David avait évoqué l'idée d'utiliser son T-shirt pour filtrer l'eau salée, mais Henry lui avait assuré que cela ne fonctionnerait pas. Henry tendit alors un des rideaux de douche comme une tente pour que la condensation s'écoule dans les bouteilles vides—une sorte de collecteur d'eau douce. Mais c'était une solution à long terme pour un problème à court terme. Ils avaient besoin d'eau douce rapidement. Il faisait très chaud. Ils pouvaient faire durer le stock de nourriture qu'Henry avait rassemblé quelques jours encore, mais pas l'eau.

David regarda Henry. Il semblait aller mieux que la veille. Son visage était encore un peu vert, mais au moins, il avait cessé de vomir. Il n'était pas fait pour la mer, répétait-il. L'expérience qu'ils avaient vécue dans la tempête la première nuit avait été aussi effrayante que physiquement épuisante.

La tempête avait bringuebalé la petite embarcation comme s'il s'agissait d'un vulgaire jouet pour le bain. Ils pouvaient à peine contrôler la direction du bateau. L'hélice sortait sans cesse de l'eau alors qu'ils surfaient sur de gigantesques crêtes blanches. Après avoir pris le large, David avait mis leurs provisions dans un petit compartiment de stockage sur bâbord. Henry et lui avaient passé les dix heures suivantes à vomir, en s'accrochant de toutes leurs forces pour ne pas passer par-dessus bord. Ces vagues étaient les plus grandes que David ait jamais vues en personne. Six mètres de haut, facile.

Il pria beaucoup cette nuit-là. À plusieurs occasions, il pensa qu'ils n'en sortiraient pas vivants. Il lui arriva aussi de se dire qu'il n'était pas sûr de vouloir rester en vie, à tel point sa détresse semblait insurmontable. Mais sa femme et ses filles lui revenaient sans cesse à l'esprit et il se remettait à chaque fois à prier. Il se sentait coupable de ne faire appel à Dieu qu'en cas de besoin.

Le matin suivant la tempête, alors que la mer se calmait et que le soleil se profilait à l'horizon, ils purent enfin se reposer. C'est alors qu'ils entendirent les hélicoptères.

David regarda par-dessus la partie gonflable du bateau lorsqu'il entendit le bruit. Il avait été horrifié de constater qu'ils étaient toujours en vue de l'île. Elle était loin, certes, mais il réussissait toujours à distinguer sa silhouette à l'horizon. Ce devait forcément être la même île, car c'était de là qu'avaient décollé les trois hélicoptères qui volaient en formation vers le sud.

Ils étaient à des kilomètres de là et ne représentaient pas encore un danger pour les deux hommes. David avait tout de même attendu qu'ils soient complètement hors de vue avant de mettre en marche le moteur pour s'éloigner davantage de l'île. Il ne voulait pas créer un sillage visible depuis le ciel et risquer d'être capturé. L'essence de secours qu'ils avaient trouvé dans l'un des compartiments de stockage du bateau ne leur donnait que deux heures de propulsion supplémentaires.

Ils étaient désormais à court d'essence et dérivaient en espérant que le vent vienne gonfler leur voile de fortune. Ni Henri ni David ne savaient quelle direction prendre pour atteindre la côte la plus proche. Ils s'étaient mis d'accord sur l'ouest. Compte tenu du climat et du fait que le vol vers l'île avait pris environ neuf heures depuis la Californie, ils pensaient tous les deux qu'ils se trouvaient probablement dans le Pacifique Sud. Plus près de l'Asie du Sud-Est que d'autre chose. L'ouest était probablement le meilleur cap. L'Amérique du Sud pourrait prendre plus de temps.

David regarda Henry et lui dit : Ça en est où ta machine de purification de l'eau ?"

Henry prenait des petites bandes de ruban adhésif et reliait les anneaux du rideau à la barre métallique qui faisait le tour de la partie gonflable du bateau. Cela faisait une petite tente pour se mettre à l'ombre. Il avait utilisé une des tringles pour soutenir le rideau au milieu et avait placé des bouteilles dans les coins, en espérant que la gravité ferait tomber les gouttes de condensation dedans.

"Ça vient", dit Henry. Son visage était brûlé par le soleil et fatigué. "C'est pas tant la chaleur qui est dure ici... c'est l'humidité..."

David essaya de sourire, mais les muscles de sa bouche ne lui permettaient pas. "Ouais."

"Voilà", dit Henry. "Ça devrait le faire."

"Ça a l'air pas mal. L'ombre sera aussi la bienvenue". David se mit aussi loin sous la tente qu'il le pouvait sans lâcher le volant.

Les lèvres d'Henry étaient gercées. Son cou et ses épaules étaient rouge vif et parsemés de cloques à cause du soleil. En le voyant, David s'imaginait qu'il ne devait pas avoir l'air beaucoup mieux.

Ils avaient installé la voile dès qu'ils tombèrent en panne d'essence. Le design était d'Henry. Il était plutôt bricoleur, David lui reconnaissait cette qualité. Il avait utilisé le bout de la petite ancre, plusieurs tringles à rideaux de douche et un demi-rouleau de ruban adhésif, et avait transformé tout ça en une sorte de foc. Puis ils avaient utilisé les mêmes objets pour augmenter la surface du safran, la partie immergée du gouvernail. C'était rudimentaire, mais ça faisait l'affaire. Un vent constant soufflait d'une direction non idéale, mais David faisait ce qu'il pouvait pour aller vers l'ouest malgré tout.

Alors qu'il rangeait les "outils", Henry dit : "Ok, faisons un pari. On arrive à terre, on se fait secourir par un bateau ou on meurt de déshydratation. Tu paries sur quelle option ?"

"N'oublie pas les requins."

"Ah ouais. Bien vu. Donc, tu paries sur les requins ? Personnellement, je pense qu'on mourra de déshydratation d'abord. Mais..." Il s'arrêta, le regard figé vers l'ouest. Il se mit à parler plus vite. "En fait, je vais changer mon pari. David, regarde. Je vois quelque chose".

David regarda dans la même direction qu'Henry. Il y avait une forme sombre à l'horizon.

Henry dit : "Tu vois ? Juste à droite de là où commence l'avant de la voile. Je crois que c'est un bateau."

David pensa la même chose, même s'il ne pouvait pas distinguer de quel type de navire il s'agissait. Ce serait un petit miracle que deux navires se rencontrent ici. Ce serait encore plus miraculeux s'ils étaient repérés et sauvés.

Henry dit : "Je vais faire des signaux avec le miroir."

"Attends."

"Écoute, on en a déjà parlé. On s'était mis d'accord que si on voyait *quoi que ce soit...*"

David plissait les yeux pour essayer de distinguer les caractéristiques du navire. Un mât, un radar, des filets de pêche... tout ce qui aurait pu leur indiquer s'il s'agissait d'un bateau ami ou ennemi. Il dit : "Tu es sûr de ne pas vouloir attendre qu'il se rapproche pour qu'on soit au moins sûrs que ce n'est pas un navire de guerre ?"

"Je suis sûr. On ne peut pas prendre le risque de laisser passer une opportunité", déclara Henry. Il montra une bouteille d'eau vide. "On ne peut pas se permettre de faire la fine bouche", dit-il en grattant la peau brûlée par le soleil qui pelait sur son cou.

David se mordit la lèvre en secouant sa bouteille d'eau vide, puis regarda la tache sombre à l'horizon. Même s'ils envoyaient des signaux, ce bateau était si éloigné que les personnes à bord auraient du mal à les repérer.

"OK. Mais en supposant que ce sont des civils et qu'ils ne veulent pas nous tuer ou nous capturer, il faut qu'on s'en tienne à notre plan."

Nathan entendit un de ses hommes crier depuis le pont. Ça ressemblait à la voix de Byron, son neveu bon à rien. Bon sang, mais qu'est-ce qu'il avait encore ? Leur machine à glace était en panne depuis une semaine. Pas de pêche et dix jours de mer pour rentrer à Darwin. Si cela avait dû durer dix ans, cela aurait eu le même effet. Impossible de conserver du poisson sans machine à glace. Ils se trouvaient à plus de cent milles à l'ouest des Philippines lorsqu'ils étaient enfin arrivés à la réparer, mais leur joie fut de courte durée, car ils découvrirent juste après une grosse fuite hydraulique qui les empêchait de remonter leurs prises. Encore une fois, pas de pêche. Le navire allait avoir besoin d'une révision complète. Le chef mécanicien de Nathan l'informa qu'ils devaient rentrer au port le plus vite possible. Retour à Darwin.

Nathan monta l'échelle qui menait au pont pour voir pourquoi son idiot de neveu braillait. Quand il arriva sur le pont, Byron regardait dans ses jumelles—et comme d'habitude, il ne les portait pas comme on lui avait appris—et s'excitait de plus en plus.

"Nathan, quelqu'un nous fait signe ! On dirait qu'ils sont en détresse. Regarde."

Nathan fronça les sourcils. Mais de quoi parlait-il ? Ils étaient au milieu du Pacifique. Loin de toute terre. Nathan ne s'attendait pas à croiser quelqu'un dans ces eaux. Il prit les jumelles que lui tendait Byron. Le chef mécanicien montait à l'échelle derrière eux. *Ben voyons. Faisons monter tout l'équipage sur le pont.* Une croisière touristique d'un mois sans prendre de poisson.

Nathan se concentra sur le radeau. Ou était-ce un bateau à moteur ? Cela ressemblait à un bateau de sécurité comme ceux qu'il y a dans les bases navales. Mais il était recouvert par des bâches, et Nathan pouvait distinguer deux hommes blottis l'un contre l'autre à l'ombre. L'un d'eux les pointait avec quelque chose qui reflétait la lumière du soleil. C'est ce qui avait dû attirer l'attention de Byron. Il n'y avait personne d'autre ici sur des dizaines de kilomètres à la ronde. C'était l'un des endroits préférés de Nathan pour pêcher, car il n'y avait jamais personne dans les parages. Et ces connards flottaient sur un canot de la marine au milieu de son territoire de pêche secret. Il soupira. Il valait mieux aller les aider.

Nathan dit : "Virez de cinq degrés sur tribord. Et réveillez McCormick. Dites-lui qu'il doit mettre son chapeau d'infirmière aujourd'hui."

Sept heures plus tard, Nathan tapotait des doigts sur la table en métal de sa cabine personnelle. Les deux hommes qu'il avait sauvés étaient assis en face de lui. La porte était fermée.

Ils n'étaient pas beaux à voir. La peau pelée et les lèvres gercées. McCormick les avait examinés et leur avait donné beaucoup à boire. Ils avaient pris une douche et enfilé des vêtements trop grands empruntés à l'équipage. Ils continuaient à boire de l'eau sans s'arrêter. Comme s'ils avaient peur d'en manquer.

Nathan prit une grande respiration et expira par le nez. C'était la loi des séries, un problème après l'autre.

"Donc pour résumer, vous travailliez pour le gouvernement américain sur un projet top secret dont vous ne pouvez pas me parler. Des *criminels chinois* armés sont à vos trousses, et vous pensez que si j'appelais ou envoyais un message radio ou un e-mail à quelqu'un pour leur signaler que je vous ai récupérés, je nous mettrais tous en grand danger. C'est ça en gros ?

Henry fit oui de la tête.

David dit : "Je sais que ça semble très inhabituel, mais..."

Nathan leva la main. "Ce qui serait inhabituel ce serait de sauver deux Américains au milieu du Pacifique. Ce que vous me racontez est digne d'une intrigue d'un de ces livres complètement invraisemblables que mon neveu lit toujours."

David et Henry échangèrent un regard nerveux.

Le capitaine du navire fermait les yeux pendant qu'il parlait. "Cette sortie en mer a vraiment été étrange pour moi. D'habitude, j'ai de la chance. J'attrape beaucoup de poisson. Mais cette fois, ma chance a tourné. Peut-être qu'elle tournera à nouveau si je vous aide tous les deux, non ?"

Henry lui sourit en hochant la tête.

"Mais dites-moi, comment puis-je être sûr que vous n'êtes pas impliqués dans une histoire criminelle vous-mêmes ? Qu'est-ce qui me dit que vous n'êtes pas dans le trafic de drogue, la contrebande ou d'autres conneries de ce genre ?"

Henry dit : "Je préférerais que ce soit ça."

Nathan fronça les sourcils.

Henry se tortilla sur sa chaise. "Ce que je veux dire, c'est que j'aimerais que ce soit notre seul problème. Enfin, pas un problème de plus. Je veux dire un problème à la place de notre vrai problème. Notre vrai problème c'est... les criminels chinois *qui* sont après nous."

David dit : "Euh... ce qu'il veut dire, c'est qu'on a de gros problèmes, mais qu'on a rien fait de mal. S'il vous plaît, Capitaine, on a besoin de votre aide. Il faut juste qu'on arrive en lieu sûr sans alerter personne. S'il vous plaît, croyez-moi quand je vous dis qu'Henry et moi aurions pu être faits prisonniers ou pire encore. Et vous et vos hommes pourriez vous retrouver mêlés à cette affaire."

"Et de quoi s'agit-il exactement ? À quoi pourrait-on nous retrouver mêlés ?"

David dit : "On ne peut pas en parler."

. . .

Nathan les regarda tous les deux et secoua la tête. Il n'aimait pas ne pas savoir exactement à quoi ils essayaient d'échapper. Mais il était convaincu que ces hommes étaient inoffensifs. Nathan connaissait deux choses : la mer et les gens. Il pouvait croire ces hommes sur parole, il en était sûr.

"Je vais m'assurer que mes hommes n'appellent pas chez eux et ne disent rien. C'est tout ce qui intéressait les jeunes de nos jours, envoyer des messages sur leurs téléphones et leurs applications pour expliquer ce qu'ils font. Mais personne ne fait trop rien. Ils ne font que parler sur leurs *applications*."

Les deux hommes étaient assis et attendaient.

Nathan dit : "La meilleure façon de procéder est d'interdire toute utilisation des téléphones jusqu'à notre retour à Darwin. Ils vont pas aimer ça, c'est sûr. La seule façon d'envoyer des e-mails est depuis mon propre ordinateur, et les deux seuls téléphones satellites sont enfermés dans ma cabine. Je vais parler à mon ingénieur. Et à mon neveu, Byron. Ce sont les seuls qui ont accès à ma cabine et qui pourraient y entrer quand je ne suis pas là. L'ingénieur est un homme de confiance. Il comprendra. Et mon débile de neveu fera ce que je lui dirai de faire. Que voulez-vous que je dise à mes hommes ? À propos de votre situation ?"

David dit : "Ce que vous voulez. Nous resterons à l'écart et aiderons du mieux que nous pourrons. Nous devons juste atteindre la terre ferme en toute sécurité." David hésita. "Et il serait préférable que personne ne sache que nous sommes entrés dans le port où vous nous déposerez."

Nathan dit : "Ce n'est pas un ferry. Nous rentrons à notre port d'attache à Darwin. Il faut que je fasse réparer ce bateau. Je peux vous loger et vous nourrir, mais je ne vais pas faire un détour pour vous débarquer. Ma boîte pourrait me virer..."

David dit : "Combien de temps jusqu'à..."

"Douze jours, à condition que rien d'autre ne casse. Je n'ai pas eu beaucoup de chance ces derniers temps."

Henry dit : "Est-ce qu'on pourrait revenir à notre plan ?"

David avait l'air déçu.

"Vous êtes pressés, les gars ?", dit

Nathan en tapotant encore des doigts sur la table.

"Pour ce qui est de vous déposer sans que personne ne le sache, j'ai peut-être une idée. J'ai un ami qui travaille sur les remorqueurs. Il pourra vous déposer sans poser de questions."

David dit : "Merci beaucoup capitaine. Vous n'avez pas idée à quel point on vous est redevables."

"Comme je vous l'ai dit, j'espère que tout cela me reviendra sous forme de chance. Sinon, vous viendrez me sauver la prochaine fois que je suis coincé en pleine mer, hein ?"

David et Henry sortirent de la cabine du capitaine et descendirent les escaliers qui menaient à la cuisine. Ils purent voir par un hublot qu'il faisait nuit maintenant. Ils s'assirent l'un en face de l'autre à l'une des trois tables avec banquettes où l'équipage prenait ses repas.

Henry dit : "Les choses s'améliorent."

"Pour *nous*..."

"Tu t'inquiètes pour les autres sur l'île ?"

"Pas toi ?"

"Bien sûr que si. Mais comme tu l'as déjà dit, c'est la meilleure façon de les aider. Ça serait dommage d'avoir fait tout ce chemin et de se faire prendre."

David dit : "Oui, je sais qu'on a pris la bonne décision. Si on entend un hélicoptère, on aura nulle part où aller. Pas de nuit orageuse pour nous dissimuler. Mais c'est quand même dur à vivre de laisser des gens derrière. Et c'est encore plus dur de ne pas demander au capitaine si je peux emprunter son téléphone pour appeler ma femme."

Henry dit : "Si tu lui parlais, ça pourrait aussi être la dernière fois que tu l'entends. Et tu pourrais la mettre en danger elle aussi."

"Parce qu'ils pourraient être capables de trianguler notre position ?"

"Ouais."

"J'ai vraiment envie de l'appeler."

"Oublie ça mon pote. C'est mieux pour tout le monde. Je sais que c'est dur."

David dit : "Ouais..."

"Répète-moi ce que tu me disais à propos des transpondeurs sur les bateaux."

David dit : "Les hommes de Lena nous ont vus partir en mer. Elle suppose peut-être qu'on s'est noyés. Peut-être que non. Un chalutier de pêche commerciale sur lequel on va être coincés pendant douze jours serait idéal pour nous cueillir si elle nous retrouvait. Comme tous les autres bateaux de pêche, ce chalutier a un transpondeur. Et comme toutes les autres armées du monde, la marine chinoise suit tous ces transpondeurs pour savoir où se trouve tout le trafic maritime commercial. Si l'équivalent chinois de la NSA interceptait notre appel satellite, il pourrait trianguler notre position et envoyer un de ces hélicoptères ou navires de guerre en un clin d'œil. Et si on éteint le transpondeur, ça pourrait sembler tout aussi suspect. Dans les deux cas, ils pourraient nous retrouver."

Henry dit : "Et donc, qu'est-ce qu'on fait maintenant ?"

"Maintenant, on sait qu'on va à Darwin, en Australie. Tu y es déjà allé ?"

"Non, mais j'ai fait une croisière aux Galapagos une fois."

"Pas loin, mais je ne suis pas sûr que ça va nous aider. Quoi qu'il en soit, il faut qu'on se mette d'accord pour ne passer des appels qu'une fois arrivés."

Henry, reprit son sérieux et dit : "Bien, disons qu'ils surveillent tous les numéros qu'ils pensent que nous pourrions appeler. La famille, le travail, peut-être même certains numéros du gouvernement ou de chaînes d'information. La NSA dispose de programmes qui peuvent chercher des combinaisons de mots clés dans les conversations et signaler celles-ci à un agent pour qu'il surveille ça de plus près. C'est la même chose pour les e-mails, et c'est encore plus facile puisque ce sont des mots écrits."

David dit : "Et on pense que la Chine peut faire la même chose ?"

"D'après ce qu'on a appris sur l'île, je pense que c'est une évidence."

"Comment être sûrs qu'ils ne nous attendront pas à l'arrivée ?"

"On ne peut pas être sûrs. Mais s'ils savent qu'on est sur ce bateau, pourquoi ne nous arrêteraient-ils pas ici, où il n'y a pas de témoins ? Je pense que si on arrive jusqu'à Darwin, on pourra supposer que Lena et compagnie ne sauront pas que nous sommes là-bas tant que l'on aura pas essayé de communiquer."

"Darwin est relativement loin de la Chine. On aura de la marge avant que quelqu'un essaie de venir nous chercher. Et que fera Lena quand elle apprendra qu'on est là-bas à ton avis ?"

Henry dit : "Je pense qu'elle enverra des hommes de main pour venir nous chercher, voire pire. Disons qu'un vol entre la Chine et l'Australie dure six heures. Il faudrait vérifier, mais on doit pas être loin du compte. Ajoutons deux heures pour que l'équipe d'intervention chinoise qu'ils envoient à notre recherche prenne un autre vol pour nous retrouver en Australie. Cela nous laisse huit heures entre notre premier appel téléphonique et le moment où nous sommes en danger."

David ajouta : "Il faut donc bien réfléchir à qui on va appeler en premier. C'est quoi le mieux d'après toi ?"

"Je pense qu'il faut qu'on appelle autant d'agences gouvernementales que possible. On sait que certaines ont été compromises et que des espions chinois se sont infiltrés dans notre gouvernement. Il faut qu'on informe un maximum de personnes pour réduire les chances de tomber sur un espion au bout du fil. Ils garderaient ce qu'on leur dirait pour eux, appelleraient Lena, et ça serait fini pour nous."

David hocha la tête. "T'as raison. Je connais quelqu'un à mon travail en qui je peux avoir confiance. Un gars qui s'appelle Lundy. Je le connais depuis des années chez In-Q-Tel. Un type bien, père de famille, digne de confiance à ce que je sache. On peut le contacter. Mais ça ne va pas suffire à propager l'information. Si on a huit heures devant nous, on pourrait utiliser notre premier appel pour donner rapidement toutes les infos à mon collègue et lui demander de contacter des gens de la CIA, du Pentagone, ou d'autres personnes qui méritent d'être au courant et on fixerait une heure précise pour qu'ils se réunissent tous. Il aura les contacts nécessaires pour mettre ça en place. Il est très proche de la CIA et a des contacts dans plusieurs autres agences gouvernementales par le biais de notre travail. Ensuite, on rappelle tout le groupe et on leur donne tous les détails."

"Tout repose sur les épaules de ton collègue."

"Je sais. Mais je ne vois pas comment on pourrait éviter ça. Il faut bien commencer par quelqu'un."

Henry fronça les sourcils. "Est-ce qu'on pourrait pas contacter un journal ? Ou la police de Darwin ?"

David demanda : "Comment s'est passé ton coup de fil avec ton ex-femme ?"

"Pas terrible. Ça aurait pu mieux se passer."

"Pourquoi ça ?"

"Parce que c'est une vieille salope pleine de rancœur ?"

"Non. C'est parce que tu n'as pas eu le temps d'établir une relation basée sur la crédibilité et la confiance. Même si elle avait cru en ce que tu disais, elle n'était pas équipée pour faire ce qu'il fallait. La première personne à qui on en parlera devra avoir confiance en ce qu'on lui dira et avoir la capacité de prendre les mesures qui s'imposent. On ne peut pas aller voir la police sans passeport et leur parler d'une invasion chinoise. Pareil pour un journal ou une chaîne de télé. Il y a beaucoup trop de chances qu'ils nous prennent pour des fous et qu'on soit appréhendés par les hommes de main de Lena avant qu'on puisse vraiment faire bouger les choses. On ne peut pas prendre ce risque. Il faut taper dans le mille dès le premier coup."

Henry fit craquer ses articulations et hocha la tête. "Le plan d'appeler en deux fois pourrait fonctionner, même si j'ai un peu peur que la version chinoise de la NSA brouille notre second appel. Mais j'ai peut-être une idée pour éviter ça."

"Et qu'est-ce qu'on fait de l'équipe d'intervention chinoise qui sera là pour nous huit heures plus tard ? On peut passer des coups de téléphone pour avertir les gens, mais comment on se protège après ?

Henry dit : "Il faudra qu'on utilise nos deux premiers appels téléphoniques pour organiser notre sécurité. Si on parle aux bonnes personnes du gouvernement américain, on pourrait pouvoir bénéficier d'une protection australienne. Ou ils pourront nous envoyer à l'ambassade américaine. Je sais pas trop où elle se trouve. Probablement à Sydney. Il faut que je regarde la carte."

"Et si l'équipe chinoise arrive plus tôt ?"

Henry dit : "J'ai peut-être aussi une idée pour nous faire gagner du temps. Laisse-moi y réfléchir."

David dit : "D'accord. De toute façon, on a plusieurs jours devant nous pour préparer notre plan avant d'arriver. Maintenant, la seule chose que l'on puisse faire c'est de prier pour que les Chinois ne découvrent pas où on est, ni où on va."

"Avec un peu de chance, ils pensent qu'on s'est noyés dans la tempête. C'est bien ce qui a failli nous arriver."

David dit : "La chance change souvent de camp."

Deux heures plus tard, Byron était allongé dans sa couchette. Il venait de terminer le deuxième livre d'une nouvelle série de science-fiction. Cela parlait d'un avenir dystopique dans lequel des milliers de personnes vivaient toute leur vie sous terre. Leurs journées étaient rythmées par un travail physique sans fin et étaient ennuyeuses à mourir. Cela lui rappelait quand il travaillait pour son oncle sur le chalutier.

Son oncle Nathan lui avait assigné le quart de nuit tous les jours depuis qu'ils étaient partis. Tenir la barre en gardant un cap n'avait rien de vraiment excitant et Byron passait souvent ses quarts à lire des livres. Il adorait lire. Il lui arrivait de s'écarter un peu du cap. Mais l'océan était grand, et il y avait très peu de récifs dont il fallait se préoccuper à cette distance des côtes.

Byron regarda sa montre. Il était vingt-deux heures. Encore quelques heures et il devrait reprendre son poste dans la timonerie. Il prenait le quart de minuit à six heures du matin. Sans livre pour passer le temps, cela s'annonçait d'un ennui mortel. Il était censé tenir la barre, naviguer et surveiller l'éventuelle présence d'autres navires pendant six heures d'affilée au milieu de la nuit.

Byron se mit en tête de télécharger le prochain livre de la série pour ce soir. Le problème, c'est que Nathan avait dit qu'ils n'étaient pas censés utiliser les ordinateurs avant d'être rentrés à terre. Byron ne comprenait pas pourquoi. Nathan lui fixait toujours plus de règles. Ne pas aller sur l'ordinateur, ne pas lire pendant son quart. Des règles stupides. C'était comme la société souterraine dans le livre qu'il venait de lire.

Cela ne coûtait rien de simplement vérifier si la chambre de Nathan était vide. Il pourrait y entrer en douce pendant quelques minutes, se connecter à son ordinateur et télécharger son livre. Furtif comme un renard. Il descendit le couloir en tongs, entrouvrit la porte de Nathan et jeta un œil à l'intérieur. Aucun signe de lui. Il devait être dans la timonerie ou sur le pont en train de faire sa ronde.

Byron se faufila dans la pièce et se connecta à l'ordinateur de bureau. Le signal satellite était bon. Le débit était extrêmement lent, mais la taille du fichier du livre serait minuscule. Il connecta le câble USB entre sa liseuse et l'ordinateur et cliqua sur différents liens jusqu'à ce que le téléchargement du fichier commence. Une fenêtre affichant le temps restant apparut : six minutes.

Hmm. Un peu plus longtemps qu'il ne l'avait pensé. Il espérait que Nathan ne le prenne pas la main dans le sac.

Pendant qu'il attendait, Byron ouvrit un autre onglet dans le navigateur Internet et se connecta à son compte Facebook. Il se demandait si Wendy lui avait répondu.

Il lui avait envoyé plusieurs messages pour lui raconter ses expériences en mer. Il lui écrivait de longs paragraphes relatant les détails de sa journée et lui livrait ses sentiments en lui disant que plus la distance et le temps qui les séparaient étaient longs, plus il avait l'impression que leur relation se renforçait. D'habitude, ses réponses étaient très courtes. Il y en avait eu une longue dans laquelle elle disait qu'ils n'étaient qu'amis et qu'il fallait qu'il s'y fasse. Il lui arrivait même de ne pas répondre du tout. Mais c'était probablement parce qu'elle était très pragmatique.

Hmm. Wendy ne lui avait pas écrit depuis sept jours. Byron compta combien de messages il lui avait envoyés pendant ce laps de temps. Dix-sept. Ça commençait à faire beaucoup. Il ne voulait pas paraître désespéré. Il se dit qu'il valait mieux "liker" ses posts pour lui faire savoir qu'il pensait à elle... et peut-être lui envoyer un dernier message puisqu'il ne pourrait plus lui écrire jusqu'à ce qu'ils rentrent à terre. Byron décida de s'en tenir au déroulement de sa journée, sans parler de sentiments. De quoi allait-il lui parler ? Du *sauvetage*. Bien sûr, il fallait qu'il dise à Wendy comment il avait sauvé à lui seul deux Américains qui s'étaient perdus en mer. Il tapa l'histoire et appuya sur "envoyer".

Byron regarda où en était le téléchargement du livre électronique. Téléchargement terminé. Excellent. Il pourrait maintenant lire le prochain livre de la série pendant son quart de nuit. Il se déconnecta de l'ordinateur de son oncle et sortit de la pièce. Il ne put s'empêcher de sourire en pensant à quel point Wendy serait impressionnée en lisant son message.

Six jours plus tard, sur l'île

Lena sortit de la salle de contrôle, les soldats et les spécialistes des communications s'écartèrent sur son passage. Le superviseur du site et Natesh s'empressèrent de la suivre alors qu'elle commençait à descendre à l'échelle.

"Qu'a dit Jinshan ?", demanda Natesh.

Elle lui lança un regard dur. "Il n'était pas content. Nous allons peut-être devoir avancer la date."

"De combien ?"

"De beaucoup."

Natesh dit : "Qu'est-ce que ça change pour nous ?"

Elle s'arrêta net dans le couloir. Les deux hommes qui la suivaient faillirent se rentrer dedans lorsqu'ils s'arrêtèrent. Lena dit : "Cela change que vous serez tous les deux seuls ici à diriger les choses. On a besoin de moi ailleurs." Elle regarda le superviseur du site. "*Vous pensez pouvoir gérer* ?"

Le superviseur du site hocha la tête. Il avait été pris au dépourvu lorsque Lena avait été faite prisonnière. Lena avait pris de nombreux risques dans cette opération, elle pouvait donc pardonner le temps qu'il lui avait fallu pour réagir. Mais laisser deux des prisonniers s'échapper avec un des bateaux motorisés... ce n'était *pas* pardonnable. Elle continua à marcher dans le couloir, tout en parlant.

Elle ne regardait que Natesh. "Il s'inquiète pour les prisonniers qui se sont évadés. Il pense qu'ils pourraient alerter les Américains."

"Manning et Glickstein ?"

"Parce qu'il y en a *d'autres qui se sont* échappés ?" Elle jeta un coup d'œil au superviseur du site.

Natesh fronça les sourcils. "N'est-il pas très improbable qu'ils aient survécu à la tempête ?"

Lena dit : "Apparemment non."

"Comment ça ?"

"Les cyber-guerriers de Jinshan pensent que David Manning et Henry Glickstein ont été secourus par un chalutier australien il y a quelques jours."

Les deux hommes parurent choqués à cette annonce. Cela ne fit qu'irriter davantage Lena. Elle dit : "Natesh, permets-moi de te demander, quel est le but principal de l'opération en Iran ?"

"De forcer un conflit militaire entre l'Iran et les États-Unis."

"Et pour ce faire, nous allons attaquer une cible en Iran et faire un lien avec les États-Unis. N'est-ce pas ?"

"Correct."

"Et quel est ce lien ? Je peux aller en Iran demain et tuer quelqu'un d'important. Ce n'est pas le problème. Ce qui me préoccupe, c'est *le lien*. Cela va nécessiter plus de temps et d'efforts pour faire croire que l'attaque est une action américaine."

Natesh dit : "Je comprends."

Lena s'arrêta devant une porte sur laquelle il était écrit "*Médical*". Elle tint la porte ouverte et fit signe aux deux autres hommes d'entrer. "Après vous."

À l'intérieur, des piles de brancards et de fournitures médicales inutilisées remplissaient la pièce. Un technicien médical portant une blouse verte se tenait au-dessus d'un sac mortuaire noir posé sur une table.

Le technicien était une nouvelle recrue. Il faisait partie de la douzaine de nouveaux militaires qui habitaient maintenant sur l'île. Le nombre de vols avait triplé depuis que les Américains avaient été faits prisonniers. L'île était approvisionnée en soldats, en armes, en carburant et en fournitures diverses. Les sous-marins étaient censés arriver la semaine suivante.

Lena sourit en voyant la réaction de Natesh lorsque le technicien médical ouvrit le sac mortuaire. Son visage était pâle. Il n'avait probablement jamais vu de cadavre auparavant. Ce ne serait pas le dernier.

Elle demanda au superviseur du site : "Où l'avez-vous trouvé ?"

"Madame, il était échoué sur la plage, à environ un kilomètre au sud d'ici."

"Comment est-il mort ?"

"Il s'est noyé. Les vagues..."

"*Ça j'avais compris.* Je veux dire, comment est-il possible qu'il se soit noyé ?"

Le superviseur du site dit : "Madame, cela a dû arriver quand nous étions... la majorité de mes hommes et moi... nous étions presque tous de l'autre côté de l'île, en train de rassembler les prisonniers. Il a dû sortir pendant la tempête et s'approcher trop près des vagues. De grosses vagues comme ça peuvent créer un fort contre-courant. Peut-être qu'il a été aspiré."

Lena se pencha sur le corps gris et boursouflé. "J'en doute. Dites-moi, est-ce que cela aurait pu arriver au moment où David Manning et Henry Glickstein ont volé un de vos bateaux ?"

Le superviseur du site regarda le sol. "Je crois que oui."

Lena regarda Natesh. "Qu'en penses-tu, Natesh ?"

Des gouttes de sueur perlèrent sur son front. "Je pense qu'il est très probable qu'il s'agisse d'un acte de violence volontaire, et que ce soit lié au vol du bateau et à l'évasion des deux prisonniers."

Lena fit un signe de tête. "Je suis d'accord." Elle était sur le point de réprimander le superviseur du site, mais Natesh parla avant qu'elle ne le fasse.

Il dit : "Lena, je... je pense que cela pourrait nous offrir une opportunité."

"C'est-à-dire ?"

Natesh déclara : "Tu as besoin d'un lien avec les États-Unis en Iran. Tom a été employé de la CIA dans le passé. Même après être passé dans le secteur privé, il travaillait souvent pour des agences de renseignement américaines. Bien que ce soit le réseau de Jinshan qui l'ait placé à son poste d'In-Q-Tel, personne ne le sait à part nous..."

Son sourire s'élargit. "Je vois. C'est une proposition intéressante."

"Merci."

Lena dit : "Je vais bientôt devoir quitter l'île. Natesh, fais monter la pression d'un cran sur nos consultants pour leur tirer les vers du nez. Je te tiendrai au courant de notre nouveau planning. Adresse-toi au superviseur du site si tu as besoin d'aide pour *motiver* les prisonniers."

Natesh était hésitant à l'idée de commettre de nouvelles violences à l'encontre de personnes qu'il avait appris à connaître personnellement.

Lena dit : "Si vous voulez bien m'excuser, je dois aller passer un autre coup de fil avant de partir."

Siège et Centre d'Innovation d'Interpol en Asie, Singapour

Philippe Shek regardait la photo sur son bureau. Il s'agissait d'une photo prise dans son ancienne maison dans le sud de la France. Il était né et avait grandi près de Nice. Cette partie du monde lui manquait. Interpol l'avait muté à Singapour depuis quelques années, dans leur centre d'innovation. Philippe n'était pas sûr de savoir quelles étaient les innovations. Ils trouvaient les criminels et les coffraient. C'est ainsi que cela se passait. Normalement, en tout cas. Il y avait parfois quelques zones d'ombre et des négociations. Mais en général, ils les coffraient.

Son téléphone portable vibra sur son bureau. "Shek. Oui, lui-même. J'attends."

"Bonjour, Philippe", dit la voix féminine. Une voix qu'il

n'avait pas entendue depuis des années. Un frisson lui parcourut la colonne vertébrale.

"Lena. Ça fait plaisir d'entendre ta voix."

"J'ai quelque chose à te demander."

"Pas de problème, donne-moi le nom."

"Je vais t'envoyer deux noms. Dans quelques jours, ces hommes seront des terroristes recherchés. J'ai des informations selon lesquelles ils se rendent à Darwin, en Australie. C'est une situation délicate. J'apprécierais que tu t'en occupes personnellement."

Philippe dit : "Ils *seront des* terroristes recherchés ? Ils ne le sont pas encore ?"

Elle ne répondit pas. À chaque fois que Philippe avait eu affaire à Léna, elle ne lui donnait que les informations qu'elle voulait qu'il sache. C'était la même chose aujourd'hui. Lena dit : "Je voudrais que tu les appréhendes. Que tu les enfermes pour un moment. Et, très important, assure-toi qu'ils ne parlent à personne pendant quelques semaines."

Philippe fronça les sourcils. Il se leva, ferma la porte de son bureau et se rassit. Il baissa la voix. "Quand vont-ils commettre cet acte de terrorisme ?"

"Je vais te mettre en contact avec quelqu'un qui te donnera plus de détails. Attends-toi à recevoir un e-mail d'ici peu. Tout ça va se passer assez rapidement. Ça fera les gros titres du monde entier dans quelques jours. J'ai besoin que ces hommes soient appréhendés dès leur arrivée à Darwin. C'est compris ?"

"Oui, bien sûr."

"Il est impératif qu'ils ne parlent à personne pendant quelques semaines une fois que tu les auras. Invoque des raisons juridiques. Fais le nécessaire. Il faut juste les enfermer pendant quelques semaines sans communication. Tu peux m'aider avec cette affaire ?"

Il prenait des notes. "Je vais m'en occuper. Interpol est très doué pour compliquer les choses. Je suis sûr que je peux les garder enfermés et isolés. Tu vas me rendre célèbre, Lena ?"

"Pour un temps. Oui."

"Et..."

"Et tu toucheras tes honoraires habituels."

Philippe sourit. "Je suppose que je ferais bien de prendre un billet d'avion."

"Merci, Philippe. On se tient au courant."

Elle raccrocha.

Il sortit de son bureau et dit à sa secrétaire : "J'ai besoin que vous me réserviez un vol pour Darwin. Le plus tôt possible."

Elle fit un signe de tête et décrocha son téléphone.

Il retourna dans son bureau et consulta sa boîte mail. Il y avait déjà un e-mail du contact de Lena. Il levait les sourcils en le lisant.

Darwin, Australie

David et Henry descendirent la passerelle en aluminium et foulèrent la terre ferme pour la première fois depuis plus de deux semaines. La sensation était étrange. Il n'y avait plus de tangage ni de roulis. David jeta un œil au remorqueur pardessus son épaule. Le capitaine du remorqueur, l'ami de Nathan, leva son chapeau depuis son poste de pilotage en signe de salutation.

David fit un signe de tête. Ne pas débarquer avec le chalutier était une précaution supplémentaire que Henry et David avaient jugée prudente.

Henry dit : "C'est sympa de la part du Capitaine Nate de

nous avoir donné de l'argent pour manger et prendre un taxi." Il regarda sa Rolex et soupira. "Cette montre va me manquer. Une fois que je l'aurais vendue, je vais avoir besoin d'un verre pour oublier."

"On devrait passer les coups de fil avant de boire."

"Bien sûr. On va faire ça dans l'ordre : vendre la montre à un prêteur sur gages, acheter des téléphones, prendre une chambre d'hôtel, passer le coup de fil, et happy hour pour finir. Je me demande s'ils auront une piscine avec un bar. Tu sais si les Australiennes bronzent les seins à l'air ?"

David eut un petit sourire. Le stress commençait à l'envahir. Beaucoup de choses allaient se jouer aujourd'hui. Et en ce qui le concernait, il avait plus d'un coup de fil à passer. David était maintenant si près d'entendre la voix de sa femme. Si près de lui faire savoir qu'il était en sécurité. Ils allaient bientôt se retrouver. Il pourrait prendre Lindsay dans ses bras et embrasser sa fille de trois ans, Maddie. Il pourrait tenir sa plus jeune fille, Taylor, dans ses bras et la voir rire. Il désirait tout cela plus que tout et c'était enfin presque à sa portée. Il fallait juste qu'il patiente encore un peu plus...

À un peu plus d'un kilomètre de l'endroit où le remorqueur était arrivé, Philippe fumait une cigarette, sur un quai similaire. Il regardait un chalutier bleu et blanc qui s'approchait de son poste d'amarrage. Il leva les yeux vers le grand "19" écrit sur la poutre en bois adjacente au bateau. Aucun autre bateau de pêche ne se trouvait sur ce quai. Cela ne pouvait être que ce chalutier. C'est de là qu'était parti l'e-mail.

Il jeta son mégot sur le sol et l'écrasa avec son pied. Puis il se dirigea vers le chalutier. Deux des hommes étaient en train de préparer la passerelle. Ils s'apprêtaient à descendre.

D'après ce que le responsable de la compagnie de pêche avait dit à Philippe, ils étaient en mer depuis plusieurs semaines. Une longue sortie. Mais la taille et la qualité du thon justifiaient le voyage, lui avait assuré le directeur.

"Pourrais-je parler à votre capitaine ?" Philippe tenait son portefeuille ouvert. "Organisation internationale de police criminelle."

Un jeune homme d'une vingtaine d'années cria : "Oncle Nathan, la police internationale est là !"

Un homme bronzé d'une cinquantaine d'années, vêtu d'une salopette et de bottes à embout d'acier, descendit d'une échelle et tendit la main. "Je suis Nathan, le capitaine. Comment puis-je vous aider ?" Il avait l'air nerveux.

"Bonjour, capitaine. Je suis Philippe Shek d'Interpol. J'aimerais vous parler, à vous et votre équipage, quelques instants."

Shek leva son téléphone pour que le capitaine puisse voir l'écran. "Reconnaissez-vous les hommes sur ces photos ?"

Nathan commença à rougir. Derrière lui, Byron s'exclama : "Hé, Nathan, c'est les gars qu'on a sauvés ! David et Henry."

Philippe sourit. Il dit : "Et où sont-ils maintenant ? Toujours à bord ? Puis-je leur parler ?" Il regarda en direction des deux berlines noires stationnées au bout du quai. Ses hommes attendaient ses ordres. Philippe préférait faire cette partie du travail tout seul. Cela créait moins de suspicion.

Nathan dit : "Excusez-moi, mais puis-je vous demander de quoi il s'agit ?" Il regardait l'arme de poing à la taille de Philippe.

"J'ai bien peur que les détails soient confidentiels. Les hommes sur ces photos sont-ils à bord ? Je veux juste leur parler et leur poser quelques questions."

Nathan regarda Byron, puis revint sur Philippe. La culpabilité se lisait sur le visage de Nathan.

Henry prit la moitié de l'argent que Nathan leur avait donné et le mit dans sa poche. Il laissa David à quelques pâtés de maisons du quai, puis prit un taxi jusqu'à un marché en plein air.

Le marché avait beaucoup de charme. Des fruits et légumes frais dans des paniers. Des souvenirs touristiques et des artistes locaux qui vendaient leurs œuvres. Le soleil brillait et l'air était chaud. Henry ne s'était jamais senti aussi libre. C'était presque l'heure du déjeuner, et il avait très faim. Il y avait un homme qui vendait des brochettes de poulet. Henry sortit la petite liasse d'argent que Nathan lui avait donnée, en prenant soin de la garder à l'abri des regards. Il lui tendit un billet pour le repas. Délicieux.

Le prêteur sur gages se trouvait à une rue du marché. Ce serait son premier arrêt. Son deuxième si l'on comptait le stand de brochettes de poulet. Le magasin était rempli d'un énorme bric-à-brac. Cela allait des arbalètes aux lanternes, en passant par les bijoux en vitrine. Le propriétaire avait l'air d'être Chinois. Au vu des circonstances, Henry avait presque fait demi-tour en le voyant. Mais le chauffeur de taxi lui avait dit que c'était le seul *vrai prêteur sur* gages de Darwin, même s'il n'était pas sûr de ce qu'il entendait par là. Henry se dit qu'il fallait qu'il laisse ses préjugés ethniques de côté. Le capitaine Nate leur avait donné cinquante dollars australiens, ce qui était très gentil, mais n'allait pas les mener très loin.

"Je voudrais vous vendre ceci", dit Henry, en retirant sa précieuse montre en platine de son poignet gauche.

Le Chinois derrière le comptoir regarda la montre et dit : "Vous permettez ?" Il avait un accent australien, ce qu'Henry trouva drôle.

L'homme en face d'Henry examina la montre et demanda :

"Combien vous en voulez ?"

"Eh bien, je l'ai eu pour dix-sept mille dollars américains. Donc j'aimerais bien en récupérer autant."

Le Chinois avait l'air de réfléchir à ce qu'il allait dire. "Ce n'est pas une vraie."

"Mon cul que ce n'est pas une vraie. Elle est authentique, mon pote." Henry détestait les prêteurs sur gages. "Écoutez, faites-moi une offre et on en discute."

Le prêteur sur gages fronça les sourcils et dit : "Je vous en donne trois mille australiens."

Henry voulait l'étrangler. Il dit : "Quinze."

L'homme sortit une calculatrice de derrière le comptoir. Il commença à taper comme si cela allait lui apprendre quelque chose de nouveau et d'intéressant. Il leva les yeux et dit : "Cinq mille."

Henry pencha la tête et regarda autour de lui. Il vit une section pour les armes à feu. *Hmm.* "Il faut un permis pour les armes de poing par ici ?"

Le Chinois balaya le magasin du regard. Il était vide. Il se pencha en avant et dit. "Ça dépend du prix."

"Et si vous mettiez un de ces pistolets là-bas en plus des cinq-mille ?"

Quelques minutes plus tard, Henry sortait du magasin avec cinq mille dollars australiens en liquide et un petit sac contenant une arme de poing et suffisamment de munitions pour "traverser les régions les plus craignos du Territoire du Nord."

Henry était très satisfait de sa transaction et il se rendait maintenant à pied au magasin d'électronique deux rues plus loin. Il devait maintenant acheter des téléphones. Henry entra dans le magasin Darwin Cellular sur Edmunds Street. Il acheta trois smartphones débloqués. Puis il marcha trois pâtés de maisons supplémentaires jusqu'au quartier des hôtels.

Henry entra par la porte tournante de l'hôtel Norvoel. Le capitaine Nathan leur avait donné les noms des meilleurs hôtels. En parlant avec l'équipage, ils avaient pu déduire quels hôtels étaient à côté les uns des autres. La plupart des hôtels de l'Esplanade donnaient sur les eaux bleues de Fannie Bay.

Henry prenait les Australiens pour des originaux. Un peu comme les Canadiens de l'hémisphère sud, mais en plus durs à cuire. Probablement parce qu'ils devaient se battre contre des crocodiles. Il espérait que David et lui en auraient bientôt fini avec cette affaire avec les Chinois pour qu'ils puissent profiter de leur séjour et faire la connaissance des femmes de la région. Il y avait probablement beaucoup de jolies filles dans le Territoire du Nord. Comme la femme qui se tenait devant lui à la réception.

"Puis-je vous aider, monsieur ?" demande-t-elle. Elle avait le teint clair, un joli sourire, un accent charmant. Peut-être qu'elle aimerait prendre un verre au bar ce soir avec un Américain dans la fleur de l'âge.

"Comment ça va ? J'aimerais une chambre au rez-de-chaussée, qui donne sur Peel Street."

"Bien sûr. Mais je peux vous trouver encore mieux que cela, monsieur. Nous n'avons pas beaucoup de réservations en ce moment et..."

Henry lui fit signe d'arrêter. "Non. J'insiste pour être au rez-de-chaussée. Avec vue sur Peel Street, si possible. Avez-vous quelque chose qui corresponde à ces critères ? Rez-de-chaussée face à Peel Street ?"

Elle avait l'air confuse et répondit : "Je suis sûre que oui. Nous avons une chambre avec lit queen size pour cent trente-neuf dollars. Je vais juste vous demander une pièce d'identité et votre carte de crédit."

Henry était mal à l'aise. *C'était la partie compliquée.* Il jeta un œil autour de lui pour s'assurer que personne d'autre ne regardait. "En fait, j'espérais que mon séjour ici puisse rester confidentiel, si ça ne vous dérange pas. Je suis... *détective privé*, vous voyez. Vous pouvez inscrire mon nom, Merriweather. Docteur Alphonso Merriweather. Ce n'est que pour une nuit, s'il vous plaît. Et si nous pouvions éviter toute utilisation de papiers d'identité, j'aimerais vous donner un pourboire généreux *pour votre service exceptionnel.*" Henry la regarda en lui glissant trois cents dollars.

Elle hésita, puis regarda autour d'elle. "Bien sûr, monsieur Merriweather. Je pense que l'on peut s'arranger." Elle se mit à rougir et commença à taper.

Lorsqu'ils eurent terminé, Henry prit la clé et emprunta le couloir qui menait à sa chambre. Il fit glisser la carte dans la fente du lecteur et entra. Il sortit deux téléphones portables et les mit à charger sur la table basse. Il s'assit sur une chaise et parcourut les différents menus de configuration des téléphones pendant quelques minutes jusqu'à ce qu'ils soient prêts à être utilisés. Il téléchargea ensuite l'application dont il avait besoin sur les deux téléphones et vérifia qu'elle fonctionnait.

Lorsqu'il eut terminé tout ce qu'il avait à faire dans la chambre d'hôtel, Henry sortit et traversa la rue pour se rendre au Mantra on the Esplanade, un autre hôtel touristique de la rue. David l'attendait dans le hall.

Henry demanda : "Tu n'as pas eu de problème pour réserver sans papiers d'identité ?"

"Étonnamment, non. Ces Australiens savent être discrets quand ils ont une bonne incitation financière."

Henry dit : "Les prêteurs sur gages sont un peu radins par contre. Mais je nous ai obtenu une protection supplémentaire." Il ouvrit le sac pour que David puisse voir le pistolet.

"Joli. Je nous ai réservé une chambre au cinquième étage. Montons et faisons-nous discrets."

14

La moitié des mensonges qu'ils racontent sur moi ne sont pas vrais.
—Yogi Berra

Ils attendirent qu'il soit vingt-et-une heures à Darwin avant d'appeler. Il était huit heures du matin sur la côte est des États-Unis. David s'était dit que Lundy serait au bureau à cette heure-là. L'attente était insoutenable. Henry avait placé le téléphone sur le bureau de la chambre.

David regarda Henry et lui dit : "Tu es prêt ?"

Henry répondit : "Je suis prêt, mais c'est pas moi qui parle. Toi, tu es prêt ?"

Il prit une profonde inspiration et dit : "Oui, je crois. Allez, c'est parti."

David composa le numéro qu'il avait trouvé en ligne. Il fallut un moment avant qu'une voix de femme ne réponde : "In-Q-Tel, que puis-je faire pour vous ?"

"Bonjour, je voudrais parler à monsieur Chuck Lundy. Pourriez-vous me mettre en relation, s'il vous plaît ?"

"C'est de la part de qui ?"

"Dites-lui que c'est..." Il hésita. "Dites-lui que c'est David Manning. Je suis un employé d'In-Q-Tel."

David fut attentif à la moindre réaction de la réceptionniste. Si elle connaissait son nom, elle ne laissait en tout cas rien paraître dans sa voix. "Bien sûr, monsieur Manning. Un instant, je vous connecte."

Il y eut près d'une minute de silence avant que quelqu'un ne réponde.

"Chuck à l'appareil. David, *c'est vraiment toi* ?"

La voix de David était un mélange de joie et de stress. "Chuck, que c'est bon d'entendre ta voix. S'il te plaît, écoute-moi très attentivement. Je suis peut-être en danger. Il faut que je te parle de quelque chose et je n'ai pas beaucoup de temps. Je vais te parler pendant environ deux minutes, puis je te rappellerai dans une heure environ. Lorsque je rappellerai, il faudrait que je puisse parler à des représentants haut placés des agences suivantes : la CIA, le Pentagone, le FBI et le Département d'État. Est-ce que tu peux t'occuper de ça ?"

"*David, t'es où ?* Ta famille est morte d'inquiétude. Est-ce que Lindsay sait où tu es ?"

David baissa les yeux et soupira. Henry l'encourageait à faire avancer la conversation aussi vite que possible. Si les Chinois écoutaient, plus ils parlaient longtemps, plus l'appel avait de chances d'être tracé ou coupé. "Chuck. C'est une question de vie ou de mort. Je dois informer les gens de la situation, mais j'ai besoin que les membres de toutes ces organisations soient en ligne. Je t'en prie, aide-moi. Tu peux faire ça ?"

"Bien sûr, David, tout ce que tu voudras..." Il avait l'air abasourdi.

David dit : "Je vais te dire des choses et j'ai besoin que tu prennes des notes. Tu as un stylo ?"

"Attends...oui, je suis prêt. Vas-y."

"OK, ne m'interromps pas pour poser des questions, contente-toi d'écrire ce que je te dis pour pouvoir t'y référer plus tard au cas où nous serions coupés. Chuck, il y a environ trois semaines, Tom Connolly m'a emmené quelque part. Il m'a dit que c'était dans le cadre d'une Cellule Rouge commune entre le département de la défense et la CIA. Ça c'est la vérité. Je suis sous contrat pour un de ces projets. Mais cette Cellule Rouge n'était pas réelle. Tom travaillait pour les Chinois. Je ne sais pas comment, mais ils ont réussi à activer une Cellule Rouge du gouvernement américain. Je crois que Tom les a aussi aidés à mettre la main sur ARES, la cyber-arme sur laquelle on travaille toi et moi pour In-Q-Tel..."

David parla pendant deux minutes d'affilée. Il donna toutes les informations dont il pensait que Lundy pourrait avoir besoin. Il donna les noms de toutes les personnes encore captives sur l'île dont Henry et lui pouvaient se souvenir. Il parla à Chuck de la planification d'une attaque chinoise contre les États-Unis, de la fausse attaque en Iran, d'ARES, et de possibles espions déjà infiltrés dans le gouvernement américain. Il lui parla aussi de Bill, des troupes chinoises, des hélicoptères et de Lena Chou.

Quand David eut fini, Chuck dit : "Merde David... c'est vraiment arrivé tout ça ?"

"J'ai bien peur que oui. Chuck, tu es la première personne qu'on appelle. On a besoin de ton aide."

Henry leva deux doigts et chuchota de manière à ce que seul David entende : "Techniquement, c'est la deuxième personne qu'on appelle, mais mon ex-femme est probablement communiste."

David ignora la remarque d'Henry et dit : "Chuck, il faut que tu agisses aussi vite que possible. Contacte la CIA pour qu'on puisse les informer. Je sais que tu as des contacts là-bas, dans le cadre de ton travail. Assure-toi que ce soit des personnes en qui tu as confiance. Il faut qu'on sauve les autres Américains sur cette île s'ils y sont toujours, et il faut qu'on empêche les Chinois de mettre leurs plans à exécution."

Il y avait un petit temps de retard dû à la distance, et la voix de Chuck chevaucha celle de David. "David, c'est noté. Je m'y mets immédiatement. Hé, vous êtes où au fait ? On va envoyer une équipe vous chercher dès que possible."

David et Henry se regardèrent. Henry hocha la tête. David dit : "On est à Darwin, en Australie."

"En Australie ? Comment vous vous êtes retrouvés là-bas ? Bon, bougez pas. C'est quoi votre numéro ? Je vous rappelle..."

David dit : "Chuck, c'est moi qui te rappellerai sur ce numéro dans une heure. Désolé, mais je dois raccrocher maintenant. S'il te plaît, fais en sorte qu'il y ait quelqu'un de chacune de ces agences au téléphone quand je te rappellerai. Si tu penses à quelqu'un d'autre, n'hésite pas. À tout à l'heure."

"Pas de problème, David. À tout à l'heure."

David dit : "Attends !"

"Quoi ?"

"Encore une chose... est-ce que tu as parlé à Lindsay ? Est-ce qu'elle va bien ?"

"Elle va bien, David. Je lui ai parlé hier. Elle est contrariée de ne pas encore avoir eu de tes nouvelles, mais elle va bien."

David ferma les yeux et dit : "Merci Chuck."

David raccrocha le téléphone et le donna à Henry.

Henry dit : "OK. Pour l'instant, tout va bien."

Philippe était sur la banquette arrière de la berline noire. Les marins du chalutier n'avaient été d'aucune aide, si ce n'est qu'ils avaient confirmé que les deux hommes en question avaient été débarqués à Darwin vers midi.

Il ne voulait pas penser à ce que Lena ferait s'ils arrivaient à communiquer avant que Philippe ne puisse les arrêter. Il ne savait pas ce que Lena essayait de garder secret, mais il avait été témoin de ce qui pouvait arriver lorsque d'autres hommes l'avaient déçue. Il ne voulait pas subir le même sort.

Il sentit son téléphone vibrer dans sa poche.

"Shek à l'appareil."

Une voix d'homme. "Manning a passé un appel téléphonique. On est en train de géolocaliser l'origine de l'appel. En attendant le résultat final, on peut déjà dire que c'est près de l'intersection de Daly Street et de l'Esplanade."

Philippe s'adressa à son chauffeur, "Daly et Esplanade. Vite."

L'homme au téléphone ajouta : "Il faut que vous les localisiez rapidement. Madame Chou voulait que j'insiste sur l'importance du timing. Elle a également dit que l'usage de la force létale pouvait être envisagé."

Philippe grimaça. "Compris. Par contre, ce dernier point... cela sort de mon champ d'action habituel."

Il y eut une pause. "Vous serez indemnisé proportionnellement au risque."

L'appel prit fin et Philippe remit le téléphone dans sa poche. La voiture fit un virage serré à droite et accéléra.

"Tu vas l'appeler maintenant ?"

David dit : "Tu penses que c'est sans danger ?"

Henry dit : "Je sais pas. Mais on a déjà passé un appel. Je ne pense pas que ça change grand-chose. Soit ils ont intercepté le premier appel et ils nous coupent la ligne soit ils n'ont pas réussi."

"Il faut que je l'appelle. Je vais le faire."

"Appelle-la. Ne passe pas plus de quelques minutes en ligne si tu peux." Une fois n'était pas coutume, Henry parut sérieux en disant cela.

"OK."

David reprit le téléphone portable sur la table et respira profondément. Il avait les mains moites. Elle allait bien. Il composa le numéro.

Il y eut un clic et le téléphone sonna. Il avait la gorge nouée. Sa respiration s'accéléra rien qu'à l'idée de parler à sa femme après une telle épreuve.

Il tomba sur le répondeur. *Bordel de merde.*

Il recomposa le numéro, mais il tomba à nouveau sur la messagerie vocale comme la dernière fois. Il fit deux autres tentatives avant de se résoudre à laisser un message. Henry assistait à la frustration de David depuis la chaise près de la fenêtre. Il détourna le regard et regarda par la fenêtre, de l'autre côté de la rue.

David était au bord des larmes lorsqu'il enregistra son message vocal. "Lindsay, c'est moi, David. Je t'aime, chérie." Il renifla et essuya la première larme qui coula sur sa joue. "Écoute, je veux que tu saches que je vais bien. Je t'aime. S'il te plaît, dis aux filles que je les aime et qu'elles me manquent. J'ai eu pas mal d'ennuis ces dernières semaines. Je suis presque sorti de l'auberge maintenant, mais je ne peux pas en dire plus au téléphone." David pensa à laisser le numéro de la chambre, mais se ravisa. Et l'application qu'Henry avait installée sur ces téléphones empêchait quiconque de rappeler. "Je te rappellerai bientôt."

Il raccrocha, s'essuya le nez et détourna le regard d'Henry.

Henry baissait les yeux. "Désolé", dit-il.

David hocha la tête. "Tu as dit que les SMS et les e-mails ne fonctionnaient pas, n'est-ce pas ?"

"Pas avec cette configuration. Désolé. C'est juste pour les appels sortants pour le moment."

David dit : "Tu veux passer un coup de fil ?"

Henry prit le téléphone et composa un numéro. Il tint le téléphone à son oreille un instant avant de regarder l'écran. Il appuya sur le bouton rouge pour mettre fin à l'appel. Il renifla. "Répondeur."

"Tu ne veux pas laisser de message ?"

"Non. C'était ma fille. On n'a pas parlé depuis un moment. C'est la seule personne que j'ai vraiment besoin d'appeler." Henry rendit le téléphone. "Tu veux essayer d'appeler quelqu'un d'autre ?"

David y réfléchit en prenant le téléphone.

Henry dit : "Je vais vite fait en bas voir s'ils ont des boissons que je peux ramener." Il sortit de la pièce.

David ne connaissait presque plus aucun numéro de téléphone par cœur. Il essaya celui de sa sœur. Il y eut un clic sur la ligne, puis il tomba sur sa boîte vocale. Il se rappela qu'elle était déployée en ce moment. Elle ne recevrait probablement pas ce message avant des semaines, voire des mois. Il raccrocha.

Il appela son frère, Chase. Il ne répondait jamais au téléphone. David laissa un message. "Chase, c'est David. Je..." Il avait réfléchi à chaque mot qu'il allait dire quand il avait appelé Chuck Lundy au travail, mais maintenant il ne savait pas ce qu'il convenait de dire à son frère. Devait-il tout déballer sur une boîte vocale ? Est-ce qu'au moins il savait que David était parti ? Il devait être au courant. Lorsque David n'avait pas appelé pour prendre des nouvelles, Lindsay avait dû envoyer un e-mail à Victoria, même si David lui avait dit de ne pas parler de ce "voyage d'affaires". Et la sœur de David,

Victoria, la plus responsable des trois enfants, en aurait probablement déjà parlé à Chase à son tour.

"Je vais bien. S'il te plaît, dis à Lindsay que je l'aime. Je n'ai pas réussi à la joindre et... je ne suis pas encore sûr de ce qui va m'arriver, alors s'il te plaît, dis-lui que t'as eu de mes nouvelles, que je vais bien et que je l'aime..." David posa les yeux sur la porte fermée. "Écoute, j'ai des ennuis. Il se passe des choses assez graves. Il y a peut-être des gens qui me veulent du mal et je..."

La porte s'ouvrit et Henry entra, un pack de six bières à la main.

David dit au téléphone : "Je te rappelle bientôt." Il regarda le téléphone. Le temps écoulé était d'un peu plus d'une minute. Il appuya sur l'écran pour mettre fin à l'appel.

Henry dit : "T'en veux une ?"

David secoua la tête. "Non, merci. Pas maintenant."

Henry sauta sur le lit et prit la télécommande pour allumer la télévision.

David dit : "Tu n'as pas l'air très inquiet ?"

Henry le regarda. "Pourtant je le suis." Il ouvrit sa première bière, ferma les yeux et but une longue gorgée. "Ahh. Mais parfois, il faut savoir lâcher prise."

David dit : "Il va falloir qu'on se mette d'accord pour qu'il y ait toujours l'un de nous qui surveille la rue."

Henry regardait toujours la télévision. C'était un feuilleton qui avait l'air de lui plaire.

"Henry !"

"Ouais." Il prit une gorgée de bière, les yeux toujours rivés sur la télé.

David soupira. "Je prends le premier tour." David regarda sa montre. Quarante minutes avant qu'il ne doive rappeler Lundy.

La voiture de Philippe s'arrêta sur Peel Street, devant l'hôtel. Il regarda l'adresse qu'on venait de lui envoyer par SMS sur son téléphone.

"C'est là."

Il envoya un message sur son téléphone. PRÊT.

Un moment plus tard, il reçut une réponse. ATTENDEZ NOTRE COMMANDEMENT. ENVIRON 10 MINUTES.

Le chauffeur dit : "On entre ?"

Philippe répondit : "Pas encore."

David s'assit à la table et dit : "OK, allons-y."

Henry était maintenant à la fenêtre, sirotant sa deuxième bière et surveillant à moitié l'hôtel de l'autre côté de la rue. La télécommande était toujours dans sa main et il jetait un œil à la télévision toutes les quelques secondes. Au moins, il avait coupé le son, remarqua David.

David composa le numéro et appuya sur "appeler".

Après quelques sonneries, une voix répondit d'un air grave : "Est-ce David Manning ?"

"Oui, c'est David."

"Et Henry Glickstein est-il avec vous ?" Henry regarda David.

"Oui, il est là."

"Bien. Messieurs, monsieur Lundy a contacté mon bureau il y a environ une heure et m'a informé de la situation. Je m'appelle Bob Crowley. Je suis de la CIA."

"Chuck est en ligne ?"

"Je suis là, David."

"Est-ce que toutes les personnes en ligne pourraient se présenter s'il vous plaît ?"

Six autres hommes se présentèrent. Il y avait des représentants des départements de la justice, de l'État et de la sécurité intérieure, ainsi que de trois branches de l'armée.

David dit : "OK, merci tout le monde, laissez-moi vous répéter les informations que j'ai données à Chuck."

David répéta ce qu'il avait dit à Lundy, un peu plus en détail cette fois. Quand il eut fini, Crowley commença à poser tout un tas de questions.

Crowley dit : "David, je vous prie de ne pas vous offusquer de mes questions ni de penser que je cherche à faire porter le chapeau à qui que ce soit. J'essaie juste de comprendre pleinement ce qui s'est passé."

"OK."

"Était-il question d'un plan pour que l'Iran attaque les États-Unis ?"

"En quelque sorte. Le plan était d'organiser une attaque contre l'Iran pour les inciter à riposter contre les États-Unis dans la région du Golfe. Ensuite, plusieurs attentas devaient être organisés sur le continent américain afin de déclencher une guerre à grande échelle avec l'Iran. Les membres de la Cellule Rouge ont élaboré des plans de manière à ce que toutes les attaques laissent penser que l'Iran était responsable. Et pour finir, il devait y avoir une cyber-attaque de grande envergure en provenance de Chine, mais qui tiendrait toujours l'Iran pour responsable."

"D'accord. Donc cette cyber-attaque impliquerait ARES, c'est ça ?"

"C'est exact."

"Pouvez-vous confirmer que toutes les personnes impliquées, y compris vous et Henry Glickstein, ont pris part à la planification des attaques contre les États-Unis ?"

David fronça les sourcils. "Nous avons fait de notre mieux pour ne pas participer pleinement dès que nous avons compris ce qui se passait."

"David, je comprends tout à fait. Encore une fois, je n'essaie pas de déterminer un coupable. Je veux juste comprendre comment les gens ont été manipulés. Donc vous deux, ainsi que le reste des membres de cette Cellule Rouge, avez participé à la planification d'attaques contre les États-Unis et son armée ?"

David regarda Henry en se demandant pourquoi ce point semblait si important. "Oui, monsieur Crowley, c'est exact."

"Donc, cette..." Il fit une pause comme s'il regardait ses notes. "Lena... a choisi les participants en fonction de leurs domaines d'expertise et de la façon dont ils pourraient contribuer à la planification des attaques contre les États-Unis."

"C'est exact. Mais, Bob, je pense qu'il serait préférable d'utiliser le temps dont nous disposons pour réfléchir à la façon de sauver les Américains qui sont toujours piégés sur cette île."

"Je suis d'accord David. Une dernière question, votre domaine d'expertise était ARES, c'est exact ?"

David répondit : "Oui, c'est exact."

"Très bien, merci, David."

"J'aimerais maintenant vous poser quelques questions si vous n'y voyez pas d'inconvénient", dit-il en essayant de ne pas paraître impatient.

"Bien sûr, allez-y."

"Est-ce que ma femme va bien ? Je n'ai pas réussi à la joindre."

Lundy prit la parole. "David, je lui ai parlé il y a moins de trente minutes. Nous lui avons dit de venir au bureau pour un briefing sur la situation. Évidemment, vu la sensibilité de cette affaire, nous ne voulions pas tout lui dire au téléphone." David se demanda si Lundy l'avait appelée en même temps que lui, ce qui expliquerait pourquoi il était tombé sur sa boîte vocale.

David dit : "Merci, Chuck. Maintenant, à propos des Américains sur l'île..."

Bob reprit la parole. "David, nous ne pouvons pas entrer dans les détails sur cette ligne, mais soyez assuré que nous avons l'intention de libérer tous ces Américains dans les prochaines quarante-huit heures. Je ne devrais même pas vous en parler, mais je veux que vous dormiez bien cette nuit. Tout le monde dans cette salle s'engage pleinement à sauver nos concitoyens."

David ressentit une énorme vague de soulagement. Henry avait un grand sourire sur le visage.

"Et au sujet d'ARES et de l'attaque chinoise ? Ils prévoient de plonger le pays dans blackout total. Et bien d'autres choses encore. Je vous ai donné les grandes lignes de ces plans. Et il y aurait déjà des agents chinois infiltrés au sein du gouvernement. Nous ne savons plus trop quoi croire, mais..."

"David, encore une fois... les hommes dans cette pièce sont tous dignes de confiance. Vous ne nous connaissez pas, mais vous connaissez Lundy. Et il peut se porter garant pour nous autres. Faites-nous confiance. Maintenant que nous savons ce qui se passe, nous allons pouvoir mettre nos meilleures équipes sur le coup. Le Cyber Commandement américain a déjà identifié les programmes ARES sur plusieurs de nos satellites et a lancé des opérations pour neutraliser leur activation. Et je supervise personnellement les questions que vous avez soulevées quant au personnel infiltré."

Henry leva la main paume ouverte pour que David lui tape dans la main. David lui tapa dans la main sans grand enthousiasme.

Crowley dit : "Vous avez réussi, messieurs. Vous nous avez avertis à temps. Je n'ose pas imaginer ce qui aurait pu se passer si vous ne l'aviez pas fait. Et puisque nous vous avons comme témoins, nous pouvons faire pression sur la communauté internationale pour que les responsables soient punis unilatéralement. Laissez-moi être le premier à vous offrir une bière à votre retour."

Quelques hommes applaudirent au téléphone. Henry leva sa bière.

"Et en ce qui concerne notre protection ici ? Où devons-nous aller ? Nous sommes un peu inquiets que les hommes de Lena Chou puissent être à notre recherche."

Philippe reçut le message qu'il attendait. EXÉCUTION DE L'ORDRE. APPRÉHENDEZ MANNING ET GLICKSTEIN. FORCE LÉTALE MAINTENANT RECOMMANDÉE. SUPPRIMEZ CE MESSAGE APRÈS LECTURE.

Il supprima le message, ouvrit la porte de la voiture et sortit vers l'hôtel.

"Restez ici", dit-il aux hommes dans la voiture.

Philippe dégaina son arme et arriva devant la porte de la chambre avant même que les hommes dans la voiture comprennent ce qu'il faisait. Il pointa son pistolet sur la serrure et tira deux fois. Les coups de feu retentirent dans la rue. Il y eut quelques cris de surprise dans les rues avoisinantes. Ses hommes couraient pour venir lui prêter main forte, ignorant ses ordres. Philippe devait se dépêcher s'il voulait réussir.

La porte s'ouvrit légèrement lorsque la serrure explosa. Il donna un violent coup de pied dans la porte, qui vint claquer dans le mur. Philippe courut dans la pièce, l'arme à la main.

David entendit les coups de feu venant de l'extérieur.

Henry se précipita à la fenêtre et agita le bras pour que David vienne jeter un coup d'œil. Il y avait deux berlines garées sur le trottoir de l'hôtel de l'autre côté de la rue, juste devant la chambre 142, où Henry avait placé les téléphones relais.

Henry se précipita sur le téléphone et mit fin à l'appel.

David dit : "Qu'est-ce qu'on fait maintenant ?"

"On les rappelle avec ce téléphone, sans le relais cette fois. L'application que j'ai installée sur les téléphones d'en face a servi de leurre. Mais maintenant, il faut qu'on utilise ce téléphone sans relais qui pourrait nous trahir. On les rappelle tout de suite et on fixe un lieu et une heure de rendez-vous. Puis on laisse ce téléphone ici et on se casse. Ils vont tracer cet appel dès qu'on l'aura passé."

David dit : "D'accord. Désactive le relai. On y va."

Henry tapa sur le téléphone et déconnecta l'application qui avait servi de relais aux téléphones de l'autre côté de la rue. Il composa le numéro et posa le téléphone en train de sonner sur la table.

"Lundy à l'appareil."

"C'est David. On a un problème. Il y a des hommes de l'autre côté de la rue qui ont tiré des coups de feu et sont entrés dans la chambre qu'on a utilisée comme leurre. J'ai pas le temps de tout t'expliquer. On a pas le temps. Il faut qu'on quitte cet endroit. Je vais te donner un point de rendez-vous. Quand est-ce que quelqu'un peut venir nous chercher ?"

On aurait dit la voix de Bob à nouveau. "Oui, David. Nous pouvons venir vous chercher. Nous aurons bientôt des hommes sur le terrain. Dites-nous où vous allez, et nous viendrons vous chercher et vous emmènerons en lieu sûr."

David plaça son doigt sur la carte à la recherche d'un lieu propice.

Henry, debout à la fenêtre, dit : "Ils quittent la pièce. Il y a deux voitures. Merde, il y en a un qui traverse la rue et vient par ici."

"Lundy, t'as dit que ma femme était en route ?"

"Oui, David, elle sera bientôt là."

"Parle à ma femme. Demande-lui de te dire le nom de sa tante préférée. On sera dans cette rue dans une heure."

Lundy dit : "OK, compris..."

David raccrocha le téléphone.

Henry éteignit les lumières et dit : "Où est-ce qu'on va ?"

"Beatrix Street."

Henry prit le sac contenant le pistolet. David prit la carte.

Ils coururent aussi vite qu'ils purent et se dirigèrent vers l'escalier du fond. David se demandait maintenant si une chambre au cinquième étage était une bonne idée. Ils dévalèrent les marches quatre à quatre en se demandant ce qui les attendait en bas. Par chance, la porte en bas de l'escalier donnait sur un parking vide du côté du bâtiment opposé aux hommes dans les berlines noires.

Henry et David essayèrent de passer inaperçus dans la rue principale avant de bifurquer le plus vite possible dans la première rue en direction de leur lieu de rencontre.

Henry dit : "Qu'est-ce qu'on fait si ces types nous attendent à Beatrix Street ?"

David réfléchit un instant et dit : "Eh bien, ça sera l'occasion d'essayer cette nouvelle arme que tu as achetée."

Henry dit : "OK." Il regarda le pistolet qui était dans le sac posé sur la boîte de munitions. Il tendit le sac à David. "Ça serait peut-être mieux que tu le prennes. J'ai pas beaucoup d'expérience avec les armes à feu. Tu devrais peut-être le charger aussi."

Philippe regarda les téléphones sur la table basse et laissa échapper quelques grossièretés.

Il y avait de plus en plus de remue-ménage à l'extérieur. Deux hommes en costume que Philippe ne reconnaissait pas passèrent devant ses hommes. L'un d'eux brandit un badge.

"Vous êtes Philippe Shek ?"

Philippe regarda l'insigne. *ASIO*. C'était l'équivalent australien d'un mélange entre le FBI et la CIA.

"C'est moi."

L'agent de l'ASIO dit : "Pourriez-vous venir avec moi, s'il vous plaît ? Nous aimerions vous parler."

Quarante-cinq minutes plus tard, David se tenait sous les fils téléphoniques d'une petite rue résidentielle. Il était maintenant presque vingt-trois heures, heure locale. Il n'y avait personne dans le quartier. Une légère brise soufflait sur les cocotiers qui bordaient la rue. Henry se cachait derrière l'un d'eux, essayant de passer inaperçu.

Un SUV Mercedes blanc avec le mot POLICE sur le côté tourna au coin de la rue et se dirigea vers eux. David sentit son cœur se serrer dans sa poitrine à l'approche du véhicule. Au moins, ce n'était pas une des berlines noires qu'ils l'avaient vu plus tôt. C'était bon signe. Il saisit le pistolet en gardant la main à l'intérieur du sac, se préparant à toute éventualité.

Le SUV s'arrêta juste devant lui. La fenêtre du côté passager descendit et révéla un homme portant une chemise boutonnée et tenant son portefeuille ouvert pour montrer son insigne. David pouvait juste discerner les mots "*Australian Security Intelligence Organization*".

"Je m'appelle Wilson. Je suis de l'ASIO. Vous êtes David Manning ?" dit l'homme à l'accent australien.

David, ne sachant pas quoi dire d'autre et toujours la main sur l'arme, dit : "Qui vous envoie ?"

"Bob Crowley et votre ami Lundy. Je peux les appeler si vous voulez, mais je préfèrerais que vous montiez d'abord pour qu'on puisse vous emmener à Larrakeyah."

"Où ça ?

"C'est une base militaire à dix minutes d'ici. Nous avons un endroit sûr pour vous loger. Je ne sais pas exactement ce qui se passe, mais apparemment vous êtes relativement importants et en danger. Mon travail consiste à vous mettre en sécurité le plus rapidement possible. Je vous invite à monter si vous le voulez. Et vous pouvez appeler l'homme derrière l'arbre. Glickstein, je présume ?"

David soupira de soulagement et appela Henry : "Allez, Henry. Viens."

David glissa sur le siège arrière et Henry monta derrière lui. Wilson sortit sa main par la fenêtre et ferma la porte. Le SUV se mit en route.

Wilson dit : "Messieurs, monsieur Crowley nous a demandé de vous dire que nous sommes chargés de votre sécurité pour le moment. Comme je l'ai dit, nous vous emmenons à la base militaire de Larrakeyah pour la nuit. Vous y serez en sécurité. Nous avons des gardes armés dehors, et nous vous déplacerons demain matin."

Il tendit la main et dit : "Ça ne vous dérange pas si je prends cette arme dans le sac ? Nous allons devoir passer un contrôle de sécurité pour entrer dans la base, et ils risquent de ne pas aimer ça."

Henry regarda David et haussa les épaules. David lui tendit le sac avec l'arme à l'intérieur. Il dit : "Et pour les hommes qui étaient à nos trousses ?"

"On s'en occupe. Nous les avons identifiés et le problème sera bientôt réglé. Vous n'avez plus à vous en préoccuper." Il sourit et dit : "Vous pouvez vous détendre, messieurs." David vit le chauffeur jeter un coup d'œil à Wilson pendant qu'il parlait.

Henry donna une tape dans le dos de David. "Ça y est. On a réussi", dit-il en chuchotant. Il s'affala sur le siège et ferma les yeux. On aurait dit qu'il venait de se défaire d'un sac de vingt kilos qu'il avait porté pendant deux semaines d'affilée.

David pensait à sa femme et à ses enfants. "Vous avez toujours le téléphone ?"

Wilson dit : "Bien sûr, vous voulez que j'appelle Lundy ?"

"En fait, j'aurais voulu parler à ma femme."

"Pas de problème. Nous sommes presque arrivés à la base. Vous pourrez l'appeler au calme depuis votre chambre quand vous serez installés."

"Parfait."

Le SUV ralentit et s'arrêta à une barrière de sécurité. De puissants faisceaux lumineux éclairèrent la voiture. David plissait les yeux alors qu'un homme en uniforme militaire beige passait de fenêtre en fenêtre, en dirigeant le faisceau de sa lampe torche à l'intérieur. Le conducteur australien dit : "Allez, c'est important, on se dépêche s'il vous plaît." Il brandit son badge au garde et ce dernier leur fit signe de circuler.

Le véhicule s'arrêta devant un minuscule bâtiment de plain-pied qui faisait penser à un mobile-home. Il y avait plusieurs autres SUV Mercedes garés devant le bâtiment, chacun avec des militaires armés à côté. Il devait y avoir plus d'une douzaine d'hommes, et presque tous regardèrent David et Henry sortir de la voiture. Ça c'est ce qui s'appelait un service de sécurité.

Des éclairages mobiles avaient été installés. Comme ceux qui étaient utilisés sur les chantiers la nuit. Il n'y avait pas d'autres bâtiments aux alentours. David pouvait entendre les bruits d'une marina à proximité. Le cliquetis des parties mobiles des bateaux qui tapaient contre les parties dures au rythme du clapot de l'eau.

Henry suivit les deux Australiens qui les avaient conduits jusqu'ici. David était juste derrière. Il avait mal à la tête et avait faim. Wilson leur expliquait qu'ils seraient transportés par avion vers un autre endroit le lendemain matin.

Ils entrèrent dans le bâtiment. Deux autres hommes étaient assis l'un en face l'un de l'autre à un grand bureau en bois. Ils levèrent tous les deux les yeux. Ils les regardaient de manière bizarre. Une télévision à écran plat dans le coin de la pièce diffusait une chaîne d'information en continu. Le son était coupé. David aperçut un court instant une bannière en bas de l'écran qui disait quelque chose à propos de l'Iran.

"Merci, monsieur Wilson", dit l'homme derrière le bureau. Cet homme avait un accent européen.

Wilson répondit : "De rien monsieur Shek, voulez-vous qu'on les menotte maintenant ?"

"Je pense que c'est le moment, oui."

David sentit Wilson saisir ses bras par-derrière et entendit le clic des menottes.

Henry se débattit et cria : "Qu'est-ce que vous faites ? L'homme qui les avait conduits jusqu'ici le menottait lui aussi.

David, regardait autour de lui, paniqué et ne comprenant pas ce qui se passait. Puis il vit de grandes barres en métal noires derrière lui. Il ne les avait pas vus en entrant. Ce bâtiment était comme une de ces vieilles prisons que l'on pouvait voir dans les films de John Wayne. Moitié bureau pour le shérif, moitié prison. Ces hommes venaient de les amener dans une prison et de les menotter. Cela ne semblait pas être une procédure standard pour des gens que l'on essayait de protéger. Cela ressemblait plutôt à la procédure pour des gens que l'on voulait emprisonner.

Les hommes parlaient et disaient quelque chose à Henry.

Comme si ils leur lisaient leurs droits, mais David était tellement abasourdi qu'il n'entendait plus rien. Il regardait juste l'écran de télévision, sans rien dire, le regard dans le vide. Les sous-titres étaient activés.

"Nous pouvons désormais vous fournir les noms des deux Américains considérés comme armés et dangereux. David Manning et Henry Glickstein se trouveraient quelque part en Australie ou aux Philippines. Une chasse à l'homme mondiale est en cours. Les autorités affirment avoir des enregistrements des hommes revendiquant le vol de secrets liés à une cybertechnologie militaire américaine et leur vente à l'Iran. Ils ont également participé à la planification d'attaques contre les États-Unis. Nous ne savons pas encore si tout cela est lié aux autres nouvelles importantes qui nous parviennent d'Iran aujourd'hui.

Et une nouvelle de dernière minute sur cette autre histoire en Iran... la violente attaque qui a coûté la vie à un haut politicien iranien et à sa femme, dont nous avons appris qu'elle était la nièce du Guide suprême iranien... Le gouvernement iranien a déclaré qu'il avait maintenant des preuves ADN irréfutables reliant le gouvernement américain à l'attaque. Ils ont avancé le nom de Tom Connolly, un homme que l'Iran prétend être l'agent de la CIA derrière l'horrible attentat qui a fait plus de vingt morts. Le Département d'État américain a condamné l'attentat, mais n'a pas encore publié de déclaration officielle concernant cette nouvelle preuve ADN."

"Monsieur Manning, comprenez-vous ce que je viens de dire ?", lui demanda l'homme à l'accent européen.

David hocha la tête même s'il n'avait rien entendu. Henry criait et exigeait un avocat.

"Monsieur Manning, vous êtes accusé d'actes de terrorisme

en vertu du droit international. Vous avez avoué ces actes. Souhaitez-vous faire une déclaration ?"

David était complètement ankylosé. "Je... je voudrais parler à ma femme."

"Je crains que cela ne soit pas possible pour le moment. Venez par ici."

Les Australiens aidèrent à transporter Henry et David dans la cellule de la prison. Il y avait un banc en bois, deux petits matelas en mousse et des toilettes ouvertes. Un rouleau de papier toilette était posé sur le sol. Un mur en béton au fond et des barres de fer sur les trois autres côtés.

L'Européen dit : "Je m'appelle Philippe Shek et je travaille pour Interpol. Vous êtes désormais placés sous ma garde. Vous ne devez parler à personne d'autre que moi. Tout ce que vous direz pourra être utilisé contre vous lors de votre procès." Il sortit et composa un numéro sur son téléphone portable. Deux des Australiens restèrent dans la pièce, assis au bureau. L'un d'eux monta le son de la télé.

À l'extérieur de la prison, Philippe était au téléphone.

Lundy le félicitait : "Excellent travail, Philippe. Lena avait raison à ton sujet."

"Pas de problème, monsieur Lundy."

C'était maintenant Bob Crowley qui s'adressait à lui : "Monsieur Shek, pouvez-vous nous assurer qu'ils ne pourront communiquer avec personne au cours des prochaines semaines ? C'est très important pour nous. Si vous avez le moindre doute à ce sujet, il vous faudra peut-être envisager des mesures plus permanentes pour résoudre ce problème de communication."

Lundy prit la parole : "Ce que monsieur Crowley veut dire, c'est que nous..."

Philippe dit : "Je comprends parfaitement ce que dit monsieur Crowley. J'ai déjà travaillé avec Lena. Je vous assure que vous pouvez compter sur moi pour respecter ses volontés. Je vais devoir les transporter à travers plusieurs pays avant de les ramener aux États-Unis. Manning et Glickstein seront menottés et indisponibles pendant plusieurs semaines en raison de problèmes de juridiction dans plusieurs de ces pays, d'autant plus que des charges pénales supplémentaires pourraient survenir."

"Excellent. Cela devrait faire l'affaire, Philippe."

Les deux gardes australiens étaient scotchés devant les informations. Tout comme David et Henry.

Les autorités iraniennes affirment que les armes sur le terrain proviennent de fabricants israéliens et américains.

Le titre en bas de l'écran disait "MASSACRE EN IRAN" et en dessous : "UN AGENT AMÉRICAIN DE LA CIA IMPLIQUÉ."

David chuchota à Henry : "Rien de tout cela n'était censé se produire avant un an. Les plans ont été élaborés il y a quelques semaines à peine. C'est impossible qu'ils..."

La présentatrice annonça : "Les *Iraniens affirment qu'ils ont des informations reliant l'agent de renseignement américain Thomas Connolly à l'attentat, où des Iraniens ont été brutalement massacrés. La voiture transportait..." La présentatrice lut plusieurs noms iraniens qui ne disaient rien à David, puis ajouta : "La mère des deux enfants est la nièce de l'ayatollah, le guide suprême de l'Iran, et l'épouse de l'un des principaux dirigeants politiques iraniens. Elle se trouvait sur la base navale iranienne lors d'une cérémonie de baptême célébrant le dernier sous-marin iranien en date, qui était...*"

Henry dit : "Ils ont fait ça à cause de nous."

"Qu'est-ce que tu veux dire ?"

"Tu comprends pas ? Ils ont avancé l'attaque sur l'Iran parce qu'ils savaient qu'on allait tout balancer."

David secoua la tête. "On peut encore le dire à quelqu'un. On a prévenu Lundy. Tout ça va s'arranger. Ils nous ont dit..."

Henry secoua la tête à son tour : "David, c'est fini. S'ils ont avancé l'Iran, ils auront aussi avancé le reste du plan d'attaque. On n'a plus aucune crédibilité. On est des terroristes maintenant. Ils nous ont enregistrés en train de dire qu'on avait fourni des informations sur ARES et des plans d'attaque contre les États-Unis à un gouvernement étranger. On ne peut plus avertir personne. Lundy et Bob et tous ces gens au téléphone... qu'ils soient vraiment ceux qu'ils prétendaient être ou non... ils doivent être du côté de Lena. C'est fini. On a perdu."

David se prit le visage dans les mains et dit : "Qu'est-ce qu'il va se passer maintenant ?

À la télévision, la présentatrice ajouta : "*Nous apprenons à l'instant que des pannes de GPS généralisées ont eu lieu sur tout le territoire. Des avions n'ont pas pu décoller dans plusieurs des plus grands aéroports des États-Unis sans qu'aucun délai précis n'ait été donné quant à une éventuelle reprise...*"

Henry dit : "Et on va maintenant assister à l'exécution de nos plans de guerre..."

LE THÉÂTRE DE GUERRE :

LES PLANIFICATEURS DE GUERRE N°2

Un complot chinois visant à détruire l'économie américaine.
Une menace grandissante de guerre contre l'Iran.
La course d'un homme pour protéger l'Amérique, et sauver son frère...

Un destroyer de la marine américaine coule un patrouilleur iranien lors d'un échange controversé dans le golfe Persique. Alors que les tensions s'intensifient entre les deux nations, un homme politique iranien contacte secrètement la CIA et fait une effroyable révélation impliquant les Chinois.

Chase Manning est un ex-SEAL endurci qui travaille pour le groupe d'opérations spéciales de la CIA au Moyen-Orient. Il est chargé de découvrir la vérité derrière les déclarations iraniennes avant qu'il ne soit trop tard. Mais alors qu'il se bat contre des assassins et tente de démêler les différents éléments de l'intrigue, Chase découvre que son propre frère, David Manning, est au cœur même du complot.

ÉGALEMENT PAR ANDREW WATTS

Pare-feu

Série Planificateurs de Guerre

Les Planificateurs de Guerre

Le Théâtre de Guerre

Les Pions du Pacifique

L'Échiquier des Éléphants

Une Force Écrasante

Frappe Mondiale

Série Max Fend

Glidepath

La Connexion Oshkosh

Rejoignez le groupe de lecteurs de l'ancien pilote de la navy américaine et auteur de best-sellers d'USA Today, Andrew Watts, et soyez les premiers à être informés des nouveautés et des offres spéciales.

Ou visitez le site

AndrewWattsAuthor.com/Connect-FR/

À PROPOS DE L'AUTEUR

Andrew Watts a fait ses études à l'Académie navale américaine. Après l'obtention de son diplôme en 2003, il a servi en tant qu'officier de marine et pilote d'hélicoptère jusqu'en 2013. Pendant cette période, il a effectué des missions de lutte contre les stupéfiants dans le Pacifique Est et des missions de lutte contre la piraterie au large de la Corne de l'Afrique en tant que pilote. Il a également été instructeur de vol à Pensacola en Floride, et a aidé à diriger des opérations navales et aériennes à bord d'un porte-avions nucléaire déployé au Moyen-Orient.

Il vit aujourd'hui avec sa famille dans l'Ohio.

De la part d'Andrew :

J'espère que vous avez pris du plaisir à lire Les Planificateurs de Guerre ! Les premières ébauches ont été rédigées au cours de mon dernier déploiement sur le porte-avions USS Enterprise en 2012. La série, qui compte désormais plusieurs romans, s'est vendue à plus de cent mille exemplaires et fait partie de la liste des best-sellers de USA Today. L'aventure devient de plus en plus palpitante au fil des tomes ! Le deuxième livre de la série Les Planificateurs de Guerre s'intitule LE THÉÂTRE DE GUERRE.

POUR ÊTRE AVERTI DE LA SORTIE DE NOUVEAUX LIVRES, INSCRIVEZ-VOUS SUR ANDREWWATTSAUTHOR.COM

Printed by Amazon Italia Logistica S.r.l.
Torrazza Piemonte (TO), Italy

25565983R00194